"中国现当代名家散文典藏"编辑委员会

主　任：阎晶明
副主任：丁　帆
委　员（以姓氏笔画为序）：
　　　　止　庵　孔令燕　何　平　何向阳
　　　　李红强　张　莉　周立民　施战军
　　　　贺绍俊　臧永清

中国现当代
名家散文
典藏

贾平凹散文

人民文学出版社

图书在版编目（CIP）数据

贾平凹散文/贾平凹著.—北京：人民文学出版社，2022（2023.6重印）
（中国现当代名家散文典藏）
ISBN 978-7-02-011390-3

Ⅰ.①贾… Ⅱ.①贾… Ⅲ.①散文集—中国—当代 Ⅳ.①I267

中国版本图书馆 CIP 数据核字（2022）第 047038 号

责任编辑　杜　丽
装帧设计　陶　雷
责任校对　孟天阳
责任印制　宋佳月

出版发行　人民文学出版社
社　　址　北京市朝内大街 166 号
邮政编码　100705

印　　刷　河北环京美印刷有限公司
经　　销　全国新华书店等

字　　数　301 千字
开　　本　880 毫米×1230 毫米　1/32
印　　张　13　插页 4
印　　数　8001-11000
版　　次　2022 年 5 月北京第 1 版
印　　次　2023 年 6 月第 3 次印刷

书　　号　978-7-02-011390-3
定　　价　42.00 元

如有印装质量问题，请与本社图书销售中心调换。电话:010-65233595

作者像

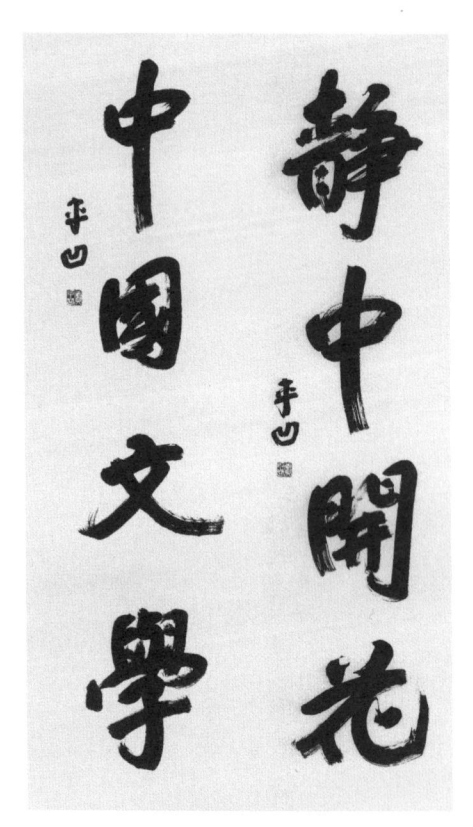

中国文学　静中开花

北斗

南宫山

出版缘起

中国现代文学开启自一百多年前的一场文学革命。从此,与社会现实密切相关,普通人众可以接受、可以欣赏、可以从中得到思想启蒙和艺术享受的新文学,就如雨后春笋般生长,涌现出一篇又一篇、一部又一部影响当时、传之久远的经典作品。自"五四"新文学以来的中国现当代文学发展进程中,散文无疑是耀人眼目的明星。

散文既能直抒胸臆,又能描摹万物,因此被视为自由多样的文体;散文语言贴近日常,最易触动人们的情感,可以直接地陶冶人们的心灵。这也是经典散文被誉为美文、拥有广泛读者、历经岁月更迭仍让人捧读的原因。百余年来的中国现当代散文创作云蒸霞蔚,已莽莽如浩瀚的文学森林,人们若贸然闯入这片森林之中,时有乱花迷眼、茫然难辨之困扰。为了让广大喜爱散文的读者能够更迅捷地读到中国现当代散文的经典性作品,我们精心编选了这套"中国现当代名家散文典藏"丛书。本丛书编选过程中,我们邀请了文学界的专家学者组成编委会,在认真商讨的基础上,汇集、编选了20世纪以来中国现当代散文史上的名家、名作。目的就是方便广大读者感受散文经典的艺术魅力,有利于集中欣赏、比较阅读、收藏,以及进行相关研究。

在研究、讨论过程中,编委会形成了经典性的编选宗旨。卷帙浩繁的现当代散文作品中，以经典作家、经典作品的筛选为编选原则，是为读者提供阅读便利的需要，也是为百余年散文创作所做的某种回顾和总结。我们深知，任何一部文学经典都并非一蹴而就，也非任由某个权威命名而成，文学经典是经过时间的淘洗，经受了社会和读者等各个方面的考验，自然形成的。这个淘洗和考验的过程就是一部文学作品被经典化的过程。经典，是经典化过程的结晶。中国现代文学是中国当代文学的前身，当代文学是活在我们身边的文学，这是一件非常有趣的事，因为这样一来，我们也许就能亲眼看到一部文学作品是如何诞生的，又是如何引起社会的热议，得到不断深入阐释的，我们对一部当代散文的喜爱，往往也是在这一过程中不断地得以强化。经典便是在这样不断被阅读、被热议、被阐释的过程中得到人们的广泛肯定从而成为大家公认的经典。当我们要编选一套现当代散文经典的丛书时，就应该考虑到当代文学的这一特点，要意识到当代文学的经典并不是凝固不变的，它仍处在不断丰富和不断成熟的经典化过程之中。这就确定了我们的基本编辑思路，即我们自觉地将"中国现当代名家散文典藏"的编选和出版，视为参与到现当代散文的经典化过程的一次积极行动。经典化，为我们的编选打通了一条通往经典性的最佳通道。我们从经典化的角度来审视现当代散文，就要更强调发展和辩证的眼光，更需要发现和辨析那些正在茁壮生长中的新现象和新作品；这也提醒我们，在经典标准的确认上不能墨守成规。我们既要关注作为文学史的经典，同时又要更看重历经岁月变幻始终在广大读者中拥有良好口碑的作品。我们认为，读者是经典化过程中不可忽视的参与者，因此也希望这次"中国现当代名家散文典藏"的编选和出版，能够为广大读者参与到现当代散文经典化进程中来提供一次良好的机会。

经典化的编选思路,自然决定了这套丛书有另一特征:开放性。中国现当代文学作为活在我们身边的文学,这就意味着它是一种具有旺盛生命力的,仍在茁壮生长的文学。回望过去的一百余年,现当代散文已经产生了不少的经典性作品;凝视当下的现实,仍有许多正行走在经典化道路上的优秀作品;放眼未来,我们相信,将会有更多的经典脱颖而出。我们这套散文典藏丛书不光要"回望",而且还要有"凝视"和"放眼",也就是说,我们不光要推出已有定论的经典性作品,而且还要把那些正行走在经典化道路上的,以及刚刚萌芽即将脱颖而出的优秀作品也纳入丛书的视野,因此我们必须采取开放性的编选方针。我们不是一次性地编选数十本书就宣布大功告成了,我们还要在此基础上继续延伸下去,把在经典化进程中逐渐成熟了的作家和作品吸纳进来,作为系列丛书、长期工作、"长河"计划而接连不断地出版下去。

本丛书编辑过程中,坚持优中选优原则,同时也充分尊重作家意愿和相关版权要求。在编辑"中国现当代名家散文典藏"过程中,由于版权限制等因素,使得一些名家名作还没有如期纳入丛书当中,我们也将努力创造条件,争取将更多的优秀散文佳作奉献给读者,以呈现中国现当代散文创作的整体成就和总体风貌。

感谢广大作家的支持,感谢广大读者的厚爱。

人民文学出版社
"中国现当代名家散文典藏"编辑委员会

目 录

1 导读

1 丑石
3 静
6 静虚村记
11 五味巷
16 风雨
18 夜籁
24 陋室
27 荒野地
29 一位作家
35 弈人
39 人病
46 闲人
51 名人
57 关于女人
62 看人

70	朋友
74	友谊
76	说花钱
79	说生病
81	说话
83	说奉承
87	说请客
90	说美容
92	说舍得
93	好读书
96	喝酒
99	三月八日在没有电的宾馆里吃茶
101	茶事
107	三目石
109	笑口常开
113	红狐
118	狐石
121	山中王者
122	吉祥的一次
124	十篇短信
128	祭父
138	我不是个好儿子

144	四十岁说
148	五十大话
151	读书示小妹生日书
155	在女儿婚礼上的讲话
157	读张爱玲
159	孙犁论
161	怀念杜鹏程
164	怀念路遥
167	怀念陈忠实
168	哭三毛
171	再哭三毛
	附：三毛致贾平凹的信
177	进山东
182	入川小记
188	江苏见闻
205	定西笔记
262	灵山寺
266	通渭人家
273	抚仙湖里的鱼

277	"卧虎"说
279	《海风山骨——贾平凹书画作品选》序
281	释画(六篇)
287	孤独地走向未来
289	数幅木刻年画
292	古土罐
295	生活一种
297	《大堂书录》序
299	读稿人语(十四则)
317	说棣花
328	安妥我灵魂的这本书
337	六棵树
347	《秦腔》后记
357	《山本》后记
363	关于"山水三层次说"的认识

导　读

　　贾平凹以小说名世，但私心所爱，或也有散文，1980年代初迄今，虽多用心于小说，却常在长篇写作的间隙，在前往各地采风的过程中，写下若干短制，或抒情，或写意，逸笔草草，不求形似，随意挥洒，却自成格调，自有规矩，遂开当代散文新风。也因小说与散文创作并进，其小说颇多散文笔法，散文亦多具小说笔意。

　　其文章观念之变，1992年为一重要时间节点。是年秋，贾平凹在西安创办《美文》杂志，旗帜鲜明地标举不拘于现代以降"散文"的抒情一路，可以向悠远的古典传统、丰富的生活世界及文体的多样可能敞开的"大散文"。以近乎"杂的文学"的思路，力图打开散文更为广阔的空间。多年以后，贾平凹以"水""火"意象比拟文章之道，说明古来文章家观念和笔法的分野。如韩愈如柳宗元如鲁迅为"火"一类，陶渊明、苏东坡、沈从文则属"水"一类。"水"与"火"、"阴"与"阳"、"刚"和"柔"，也是古典文章家说明文章气象、格局与章法的既有观念。前者格局宏大、气象开阔；后者静水深流、摇曳多姿。贾平凹以之概括自家文章，当然别有深意。

　　若将写作视为个人体证世界的法门，"而文章只是体证的一种载体，一旦有悟有感要说，提笔写出，这样的文章自然而然就是好的文章，好的文章自然就有千古价值"。文章若不强作，摒弃贾岛气和孟郊气，便是个人仰观俯察，感应天地消息，有得于中而自然形于言的观念和情感的自然抒发。有多少种"我"，便生发多少种文章。《丑石》属典型的少年文。感情充沛，笔法讲究，约略虽有自家面目，却未脱其时潮流化写作的影响，美则美矣，还未尽善。故而《静虚村记》《五味巷》及《弈人》《人病》等篇什，尤着意于书写现实生活之诸般面相。普通人于日常情境中所面临之兴衰际遇、喜怒哀乐、悲欢离合，皆在其中，读来莫不会心。如此，以日常生活书写拓展散文抒情的疆界，仍有未尽之处，贾平凹再以颇具个人意义之"深入生活"，开拓文章视野。如《商州初录》《商州又录》《商州再录》《走三边》《通渭人家》等等皆属此类。这一类文章，不仅包含着行旅之人的所思所感，亦颇具中国古典笔记的韵致。"商州三录"虽被视作"散文"，但将其作小说读，似乎也未为不可。小说可以借鉴散文笔法，散文又何尝不能吸纳小说笔意。故而贾平凹其后的《太白山记》《说棣花》，甚至新作《秦岭记》，亦不能简单地以散文、小说名之。文体之间人为创设的疆界，就此被一一破除。

　　文章本无畛域，发乎性情，可以与天为徒，自由挥洒，有多少种才情灵思，便有多少种文章。要将散文还原到"其本来面目，散文是大而化之，散文是大可以随便的"，极而言之，散文就是"一切的文章"。这文章，当然不是现代意义上的"散文"所能囊括，须得将眼光投向中国古典传统，以开启新的视野和志趣。这又与他四十余年小说写作的努力互为表里，可一并言之。以其文章（不限于散文）所承续之传统大略言之，则先"五四"，次"明清"，再"秦汉""盛唐"，甚至于《山海经》所持存开显的更为阔大的传统。数种"传统"流脉却并不呈现为非此即彼式的单向度选择，而是彼此包容，互相成就而融构的多元浑成之境，类乎庄子所言之"混沌"。贾平凹常谈"混沌"，观念不拘于一种路径为浑沌；章法不以简单的逻辑的方式呈现，而如流水，如行云，常行于所当行，止于不可不止，文理自然，姿态横生为混沌；作品有实境，亦有虚境，实境写山写水写石写人之状貌，虚境便写云写烟写雾写人之精神气象，虚实相生，境界自具，如珠之生光，宝之有气，如瀑布为光照后所映现之彩虹，自有其味外之旨，韵外之致。

以此笔法写人，则虽寥寥数语，其人其性便如在目前。他的《孙犁论》，被孙犁认为是1993年写他写得最好的文章。《读张爱玲》《怀念路遥》《怀念陈忠实》《先生费秉勋》《穆涛其人其文》，是读文也是读人，而于文中见人，以人解文，自有独特识见，自家趣味。贾平凹也是当代作家中为数不多的兼善书画的作家，虽将书画视为余事，但从他自述书画心得的《〈海风山骨——贾平凹书画作品选〉序》和《〈大堂书录〉序》等作中，不难见出其情其性及志趣所在，亦是理解其审美观念的别一种路径。说书说画，皆见出书画家之精神气象，骨法用笔倒在其次，有境界则自成高格，自有佳作。融通中国古典思想和审美传统所开显之章法与笔意，朗现多元共在的观念和审美境界，文章大开大阖，看似胡说乱说，骨子里却尽有分寸，有独特规矩，自家章法，为当代文章路径之重要一种。

贾平凹自知其心性和才情，偏于沈从文、废名，以及曹雪芹的"柔性"一路，故而能做如《项脊轩志》般明清性灵派之抒情文章，可以目送归鸿、手挥五弦，写出自家诸多情思，却深知在当下语境中，如限于此，则格局、气象终不阔大，故而有心师法两汉史家笔法。他的散文中，如同为江浙记行，《江浙日记》多实写，为记游；《江苏见闻》却写"意"，用笔洒脱，大开大阖，气韵生动、摇曳多姿，乃另一种文章气象。由写我之所思所感所闻，到穷究世态人情物理，进而感通地域风土人情及民族精神传统，虽仍是写我思我想我感，但此我非彼我，不是固步自封、抱残守缺、拘泥一己之得失悲欢的"小我"，而是多元感通，内外拓展而敞开之更为阔大的境界。《说奉承》《说请客》，以及说山说水说文化说艺术，各自为体证世界万千消息之一种。如万千溪水出于山巅，所行路径不同，所显之风景也异，却并无町畦，亦无阻隔，如百川汇海，共同融汇成或如静水深流或如惊涛裂岸，横无际涯之万千气象。

1970年代中后期迄今四十余年间，于古今中西多元传统中转益多师，并开出自家面目，在观念、视野、意趣、笔法上皆有发乎个人性情的独异创造，由之形成的对物事人事及其背后浩瀚无边的天地消息的复杂感通,遂成近乎"野马也,尘埃也,生物之以息相吹也"的博大雄浑之境。此境显发于《老生》《山本》等小说作品中,亦显发于介乎"小说""散文"之间,惟中国古典"文章学"足以名之的《秦岭记》中。而在本书收录的若干篇章中,有心的读者不难意会一位写作者如何创化传统,并于自我和生活世界的交相互动中成就个人精神及文学世界的路径和方法。其间亦包含着"物""我"感通所开显之无限可能。一位写作者自我成就或大或小或隐或显的道理,几乎全在其中了。

杨 辉

丑 石

我常常遗憾我家门前的那块丑石呢：它黑黝黝地卧在那里，牛似的模样；谁也不知道是什么时候留在这里的，谁也不去理会它。只是麦收时节，门前摊了麦子，奶奶总是要说：这块丑石，多碍地面哟，多时把它搬走吧。

于是，伯父家盖房，想以它垒山墙，但苦于它极不规则，没棱角儿，也没平面儿；用錾破开吧，又懒得花那么大气力，因为河滩并不甚远，随便去掮一块回来，哪一块也比它强。房盖起来，压铺台阶，伯父也没有看上它。有一年，来了一个石匠，为我家洗一台石磨，奶奶又说：用这块丑石吧，省得从远处搬动。石匠看了看，摇着头，嫌它石质太细，也不采用。

它不像汉白玉那样的细腻，可以凿下刻字雕花，也不像大青石那样的光滑，可以供来浣纱捶布；它静静地卧在那里，院边的槐阴没有庇覆它，花儿也不再在它身边生长。荒草便繁衍出来，枝蔓上下，慢慢地，竟锈上了绿苔、黑斑。我们这些做孩子的，也讨厌起它来，曾合伙要搬走它，但力气又不足；虽时时咒骂它，嫌弃它，也无可奈何，只好任它留在那里去了。

稍稍能安慰我们的，是在那石上有一个不大不小的坑凹儿，雨天就盛满了水。常常雨过三天了，地上已经干燥，那石凹里水儿还有，鸡儿便去那里渴饮。每每到了十五的夜晚，我们盼着满月出来，就爬到其上，翘望天边；奶奶总是要骂的，害怕我们摔下来。果然那一次就摔了下来，磕破了我的膝盖呢。

人都骂它是丑石，它真是丑得不能再丑的丑石了。

终有一日，村子里来了一个天文学家。他在我家门前路过，突然发现了这块石头，眼光立即就拉直了。他再没有走去，就住了下来；以后又来了好些人，说这是一块陨石，从天上落下来已经有二三百年了，是一件了不起的东西。不久便来了车，小心翼翼地将它运走了。

这使我们都很惊奇！这又怪又丑的石头，原来是天上的呢！它补过天，在天上发过热，闪过光，我们的先祖或许仰望过它，它给了他们光明，向往，憧憬；而它落下来了，在污土里，荒草里，一躺就是几百年了？

奶奶说："真看不出！它那么不一般，却怎么连墙也垒不成，台阶也垒不成呢？"

"它是太丑了。"天文学家说。

"真的，是太丑了。"

"可这正是它的美！"天文学家说，"它是以丑为美的。"

"以丑为美？"

"是的，丑到极处，便是美到极处。正因为它不是一般的顽石，当然不能去做墙，做台阶，不能去雕刻，捶布。它不是做这些小玩意儿的，所以常常就遭到一般世俗的讥讽。"

奶奶脸红了，我也脸红了。

我感到自己的可耻，也感到了丑石的伟大；我甚至怨恨它这么多年竟会默默地忍受着这一切？而我又立即深深地感到它那种不屈于误解、寂寞的生存的伟大。

1981 年

静

去年秋季,我去兴庆宫公园划了一次船。去的那天,天阴,没有太阳,但也没有下雨,游人少极少极的。我却觉得这时节最好了,少了那人的吵闹,也少了那风声雨声;天灰灰的,略见些明朗,好像一位端庄的少妇,褪了少女的欢悦,也没上了年纪的人的烦躁,恰是到了显着本色的好处。

同游的是我的妻,她最是懂得我;新近学着作画,是东山魁夷的崇拜者。我们租得一只小船,她坐船首,我坐船尾;这船就是我们的,盛满了脉脉的情味。桨在岸上一点,船便无声地去了,我们蓦地一惊,平日脚踏实地的一颗心,顿时提了起来,一时觉得像飞出了地球的吸引层,失去了重量,也失去了控制,一任飘飘然去了。

船箭一般地飞去了四五米,突然一个后退,一瞬间地停止了,像一个迷丽丽的梦,突然醒了,觉得凭一只木船,身已在了水上,心倒妥妥地落下来,默默看着对方,都脸色苍白,脖颈上的筋努力地用劲,便无声地笑了。妻说:古人讲羽化而登仙,其实大致如此,并不会轻松的。这话倒也极是。

倏忽间,船就打旋起来,像一片落下的柳叶,便见光滑的水面有了波纹,像放射了电波,一个弧圈连着一个弧圈,密密的,细细的,传到湖心。以前只认为水是无生命的,现在却是有了神经;神经碰在了岸上,又折回来,波纹就不再是光洁的弧线,成了跳跃的曲线,像书写的外文,同时有一股麻酥酥的滋味袭上心头了。桨继续划动着，起落没有声息，无数的漩涡儿悠悠地向四边溜去，柔得可爱，腻得可爱，妻用手去捉拿，但一次也没有成功。

我们调正了方向，向湖心划去，妻终是力小，船老向一边弯，末了就兜着圈儿。她坐在船尾来，我们紧挨着，一起落桨，一起用力，船首翘起来，船尾似乎就要沉了，但水终没有涌进后舱。我们身子深深往下落，正好可以平视那湖面。水和天并没有相接，隔着的是一痕长堤，堤边密密地长了灌木，叫不上名儿，什么藤蔓缠得粘粘乎乎，堤上是枫树和垂柳，枫叶成三角模样，把天变成像撒开的小纸片儿，垂柳却一直垂到树下，像是齐齐站了美人，转过身去，披了秀发，使你万般思绪儿，去猜想它的眉眼。湖面上，远处的水纹迅速地过来了，过来了，看了好久，那水纹依然离得我们很远，像美人的眨着的脉脉的眼，又像是嘴边的绽着的羞涩涩的笑。我们终于明白那柳之所以背过去，原来将眉眼留在了水里。

船到湖心，我们便不再划，将桨双双收在舱里，任船儿自在。妻便作起画来，我仰躺在船里，头枕在船帮，兀自看着天，天也是少妇的脸，我突然觉得天和这水，端庄者对端庄者，默默地相视；它们是友好的，又是距离着，因此它们不像月亮绕太阳太紧，出现月圆月缺，它们永远的天是天，水是水，千年万年。我还要再想下去，突然一时万念俱灰，空白得如这天，如这水一般的了。

划了两个钟头，湖面上依然没有第二只船，一切都是水，灰灰的，白白的。我一时想作些诗，来形容这水的境界，却无论如何想不出来。我去过革命公园的湖，那水里有了茸茸的绿藻，绿得有些艳了，也去过莲湖公园的湖，那里生了锈红的浮萍，红得有些俗了：全没有兴庆宫公园的湖来得单纯，来得朴素。我只好说，兴庆宫公园湖里的水，单纯得像水一样，朴素得像水一样。

诗没有作成，我起身去看妻的画，她却画了一痕土岸，岸上一株垂柳，一动不动的一株垂柳，柳条自上而下，像一条条拉直的线。柳的下方，是一只船，孤零零的一只船。除此都空白了。我说，我看懂了这画，我不必要再作诗了，她真是东山魁夷的弟子，是最深知这兴庆宫公园的湖水了。

作于 1981 年 10 月 5 日夜　静虚村

静虚村记

如今，找热闹的地方容易，寻清静的地方难；找繁华的地方容易，寻拙朴的地方难，尤其在大城市的附近，就更其为难的了。

前年初，租赁了农家民房借以栖身。

村子南九里是城北门楼，西五里是火车西站，东七里是火车车站，北去二十里地，又是一片工厂，素称城外之郭。奇怪台风中心反倒平静一样，现代建筑之间，偏就空出这块乡里农舍来。

常有友人来家吃茶，一来就要住下，一住下就要发一通讨论，或者说这里是一首古老的民歌，或者说这里是一口出了鲜水的枯井，或者说这里是一件出土的文物，如宋代的青瓷，质朴，浑拙，典雅。

村子并不大，屋舍仄仄斜斜，也不规矩，像一个公园，又比公园来得自然，只是没花，被高高低低绿树、庄稼包围。在城里，高楼大厦看得多了，也便腻了，陡然到了这里，便活泼泼地觉得新鲜。先是那树，差不多没了独立形象，枝叶交错，像一层浓重的绿云，被无数的树桩撑着。走近去，绿里才见村子，又尽被一道土墙围了，土有立身，并不苫瓦，却完好无缺，生了一层厚厚的绿苔，像是庄稼人剃头以后新生的青发。

拢共两条巷道，其实连在一起，是个"U"形。屋舍相对，门对着门，窗对着窗；一家鸡叫，家家鸡都叫，单声儿持续半个时辰；巷头家养一条狗，巷尾家养一条狗，贼便不能进来。几乎都是茅屋，并不是人家寒酸，茅屋是他们的讲究：冬天暖，夏天凉，又不怕被地震震了去。从东往西，从西往东，茅屋撑得最高的，人字形搭得最起的，要算是我的家了。

村人十分厚诚，几乎近于傻昧，过路行人，问起事来，有问必答，比比划划了一通，还要领到村口指点一番。接人待客，吃饭总要吃得剩下，喝酒总要喝得昏醉，才觉得惬意。衣着朴素，都是农民打扮，眉眼却极清楚。当然改变了吃浆水酸菜，顿顿油锅煎炒，但没有坐在桌前用餐的习惯，一律集在巷中，就地而蹲。端了碗出来，却蹲不下，站着吃的，只有我一家，其实也只有我一人。

我家里不栽花，村里也很少有花。曾经栽过多次，总是枯死，或是委琐。一老汉笑着说：村里女儿们多啊，瞧你也带来两个！这话说得有理。是花嫉妒她们的颜色，还是她们羞得它们无容？但女儿们果然多，个个有桃花水色。巷道里，总见她们三五成群，一溜儿排开，横着往前走，一句什么没盐没醋的话，也会惹得她们笑上半天。我家来后，又都到我家来，这个帮妻剪个窗花，那个为小女染染指甲。什么花都不长，偏偏就长这种染指甲的花。

啥树都有，最多的，要数槐树。从巷东到巷西，三搂粗的十七棵，盆口粗的家家都有，皮已发皱，有的如绳索匝缠，有的如渠沟排列，有的扭了几扭，根却委屈得隆出地面。槐花开时，一片嫩白，家家都做槐花蒸饭。没有一棵树是属于我家的，但我要吃槐花，可以到每一棵树上去采。虽然不敢说我的槐树上有三个喜鹊窠、四个喜鹊窠，但我的茅屋梁上燕子窝却出奇地有了三个。春天一暖和燕子就来，初冬逼近才去，从不撒下粪来，也不见在屋里落一根羽毛，从此倒少了蚊子。

最妙的是巷中一眼井，水是甜的，生喝比熟喝味长。水抽上来，聚成一个池，一抖一抖地，随巷流向村外，凉气就沁了全村。村人最爱干净，见天有人洗衣。巷道的上空，即茅屋顶与顶间，拉起一道一道铁丝，挂满了花衣彩布。最艳的，最小的，要数我家：艳者是妻子衣，小者是女儿裙。吃水也是在那井里的，需天天去担。但宁可天天去担这水，不愿去拧那自来水。吃了半年，妻子小女头发愈是发黑，肤色愈是白皙，我也自觉心脾清爽，看书作文有了精神、灵性了。

当年眼羡城里楼房，如今想来，大可不必了。那么高的楼，人住进去，如鸟悬窠，上不着天，下不踏地，可怜怜掬得一抔黄土，插几株花草，自以为风光宜人了。殊不知农夫有农夫得天独厚之处。我不是农夫，却也有一庭土院，闲时开垦耕耘，种些白菜青葱。菜收获了，鲜者自吃，败者喂鸡，鸡有来杭、花豹、翻毛、疙瘩，每日里收蛋三个五个。夜里看书，常常有蝴蝶从窗缝钻入，大如小女手掌，五彩斑斓。一家人喜爱不已，又都不愿伤生，捉出去放了。那蛐蛐就在台阶之下，彻夜鸣叫，脚一跺，噤声了，隔一会，声又起。心想若是有个儿子，儿子玩蛐蛐就不用跑蛐蛐市掏高价购买了。

门前的那棵槐树，惟独向横的发展，树冠半圆，如裁剪过一般。整日看不见鸟飞，却鸟鸣声不绝，尤其黎明，犹如仙乐，从天上飘了下来似的。槐下有横躺竖蹲的十几个碌碡，早年碾场用的，如今有了脱粒机，便集在这里，让人骑了，坐了。每天这里人并不散，谈北京城里的政策，也谈家里婆娘的针线，谈笑风生，乐而忘归。直到夜里十二点，家家喊人回去。回去者，扳倒头便睡的，是村人，回来捻灯正坐，记下一段文字的，是我呢。

来求我的人越来越多了，先是代写书信，我知道了每一家的状况，鸡多鸭少，连老小的小名也都清楚。后来，更多的是携儿来拜老师，一到高考前夕，人来得最多，提了点心，拿了水酒。我收了学生，退了礼品，孩子多起来，就组成一个组，在院子里辅导作文。村人见得喜欢，越发器重起我。每次辅导，门外必有家长坐听，若有孩子不安生了，进来张口就骂，举手便打。果然两年之间，村里就考中了大学生五名，中专生十名。

天旱了，村人焦虑，我也焦虑，抬头看一朵黑云飘来了，又飘去了，就咒天骂地一通，什么粗话野话也骂了出来。下雨了，村人在雨地里跑，我也在雨地跑，疯了一般，有两次滑倒在地，磕掉了一颗门牙。收了庄稼，满巷竖了玉米架，柴火更是塞满了过道，我骑车回来，常是扭转不及，车子跌倒在柴堆里，吓一大跳，却并不疼。最香的是鲜玉米棒子，煮能吃，烤能吃，剥下颗粒熬稀饭，粒粒如栗，其汤有油汁。在城里只道粗粮难吃，但鲜玉米面做成的漏鱼儿，搅团儿，却入味开胃，再吃不厌。

小女来时刚会翻身，如今行走如飞，咿呀学语，行动可爱，成了村人一大玩物，常在人掌上旋转，吃过百家饭菜。妻也最好人缘，一应大小应酬，人人称赞，以至村里红白喜事，必邀她去，成了人面前走动的人物。而我，是世上最呆的人，喜欢静静地坐地，静静地思想，静静地作文。村人知我脾性，有了新鲜事，跑来对我叙说，说毕了，就退出让我写，写出了，嚷着要我念。我念得忘我，村人听得忘归；看着村人忘归，我一时忘乎所以，邀听者到月下树影，盘脚而坐，取清茶淡酒，饮而醉之。一醉半天不醒，村人已沉睡入梦，风止月暝，露珠闪闪，一片蛐蛐鸣叫。我称我们村是静虚村。

鸡年八月,我在此村为此村记下此文,复写两份,一份加进我正在修订的村史前边,作为序,一份附在我的文集之后,却算是跋了。

1982年

采莲归来

采莲归

五 味 巷

长安城内有一条巷：北边为头，南边为尾，千百米长短；五丈一棵小柳，十丈一棵大柳。那柳都长得老高，一直突出两层木楼，巷面就全阴了，如进了深谷峡底；天只剩下一带，又尽被柳条割成一道儿的，一溜儿的。路灯就藏在树中，远看隐隐约约，羞涩像云中半露的明月，近看光芒成束，乍长乍短在绿缝里激射。在巷头一抬脚起步，巷尾就有了响动，背着灯往巷里走，身影比人长，越走越长，人还在半巷，身影已到巷尾去了。巷中并无别的建筑，一堵侧墙下，孤零零站一竿铁管，安有龙头，那便是水站了；水站常常断水，家家少不了备有水瓮、水桶、水盆儿，水站来了水，一个才会说话的孩子喊一声"水来了！"全巷便被调动起来。缺水时节，地震时期，巷里是一个神经，每一个人都可以当将军。买高档商品，是要去西大街、南大街，但生活日用，却极方便：巷北口就有了四间门面，一间卖醋，一间卖椒，一间卖盐，一间卖碱；巷南口又有一大铺，专售甘蔗，最受孩子喜爱，每天门口拥集很多，来了就赶，赶了又来。巷本无名，借得巷头巷尾酸辣苦咸甜，便"五味，五味"，从此命名叫开了。

这巷子，离大街是最远的了，车从未从这里路过，或许就最保守着古老，也因保守的成分最多，便一直未被人注意过、改造过。但居民却看重这地方，住户越来越多，门窗越安越稠。东边木楼，从北向南，一百二十户，西边木楼，从南向北，一百零三户。门上窗上，挂竹帘的、吊门帘的、搭凉棚的、遮雨布的，一入巷口，各人一眼就可以看见自己门窗的标志。楼下的房子，没有一间不阴暗，楼上的房子，没有一间不裂缝；白天人人在巷里忙活，夜里就到每一个门窗去，门窗杂乱无章，却谁也不曾走错过。房间里，布幔拉开三道，三代界线划开；一张木床，妻子，儿子，香甜了一个家庭，屋外再吵再闹，也彻夜酣眠不醒了。

城内大街是少栽柳的，这巷里柳就觉得稀奇。冬天过去，春天几时到来，城里没有山河草林，惟有这巷子最知道。忽有一日，从远远的地方向巷中一望，一巷迷迷的黄绿，忍不住叫一声"春来了！"巷里人倒觉得来的突然，近看那柳枝，却不见一片绿叶，以为是迷了眼儿。再从远处看，那黄黄的，绿绿的，又弥漫在巷中。这奇观儿曾惹得好多人来，看了就叹，叹了就折，巷中人就有了制度：君子动眼不动手。只有远道的客人难得来了，才折一枝二枝送去瓶插。瓶要瓷瓶，水要净水，在茶桌几案上置了，一夜便皮儿全绿，一天便嫩芽暴绽，三天吐出几片绿叶，一直可以长出五指长短，不肯脱落，娟秀如美人的长眉。

到了夏日，柳树全挂了叶子，枝条柔软修长如长发，数十缕一撮，数十撮一道，在空中吊了绿帘，巷面上看不见楼上窗，楼窗里却看清巷道人。只是天愈来愈热，家家门窗对门窗，火炉对火炉，巷里热气散不出去，人就全到了巷道。天一擦黑，男的一律裤头，女的一律裙子，老人孩子无顾忌，便赤着上身，将那竹床、竹椅、竹席、竹凳，巷道两边摆严，用水哗地泼了，侧身躺着卧着上去，茶一碗一碗喝，扇一时一刻摇，旁边还放盆凉水，一刻钟去擦一次。有月，白花花一片，无月，烟火头点点，一直到了夜阑，打鼾的、低谈的、坐的、躺的、横七竖八，如到了青岛的海滩。

若是秋天，这里便最潮湿，砖块铺成的路面上，人脚踏出坑凹，每一个砖缝都长出野草，又长不出砖面，就嵌满了砖缝，自然分出一块一块的绿的方格儿。房基都很潮，外面的砖墙上印着泛潮后一片一片的白渍，内屋脚地，湿湿虫繁生，半夜小解一拉灯，满地湿湿虫乱跑，使人毛骨悚然，正待要捉，却霎时无影。难得的却有了鸣叫的蛐蛐，水泥大楼上，柏油街道上都有着蛐蛐，这砖缝、木隙里却是它们的家园。孩子们喜爱，大人也不去捕杀，夜里懒散地坐在家中，倒听出一种生命之歌，欢乐之歌。三天，五天，秋雨就落一场，风一起，一巷乒乒乓乓，门窗皆响，索索瑟瑟，枯叶乱飞。雨丝接着斜斜下来，和柳丝一同飘落，一会拂到东边窗下，一会拂到西边窗下。末了，雨戛然而止，太阳又出来，复照玻璃窗上，这儿一闪，那儿一亮，两边人家的动静，各自又对映在玻璃上，如演电影，自有了天然之趣。

孩子们是最盼着冬天的了。天上下了雪，在楼上窗口伸手一抓，便抓回几朵雪花，五角形的，七角形的，十分好看，凑近鼻子闻闻有没有香气，却倏忽就没了。等雪在柳树下积得厚厚的了，看见有相识的打下边过，动手一扯那柳枝，雪块就哗地砸下，并不生疼，却吃一大惊，楼上楼下就乐得大呼小叫。逢着一个好日头，家家就忙着打水洗衣，木盆都放在门口，女的揉，男的涂，花花彩彩的衣服全在楼窗前用竹竿挑起，层层叠叠，如办展销。凡翻动处，常露出姑娘俊俏俏白脸，立即又不见了，唱几句细声细气的电影插曲，逗起过路人好多遐想。偶尔就又有顽童恶作剧，手握一小圆镜，对巷下人一照，看时，头儿早缩了，在木楼里嗤嗤痴笑。

这里每一个家里，都在体现着矛盾的统一：人都肥胖，而楼梯皆瘦，两个人不能并排，提水桶必须双手在前；房间都小，而立柜皆大，向高空发展，乱七八糟东西一股脑全塞进去；工资都少，而开销皆多，上养老，下育小，两个钱顶一个钱花，自由市场的鲜菜吃不起，只好跑远道去国营菜场排队；地位都低，而心性皆高，家家看重孩子学习，巷内有一位老教师，人人器重。当然没有高干、中干住在这里，小车不会来的，也就从不见交通警察，也不见一次戒严。他们在外从不管教别人，在家也不受人教管：夫妻平等，男回来早男做饭，女回来早女做饭。他们也谈论别人住水泥楼上的单元，但末了就数说那单元房住了憋气：一进房，门"砰"地关了，一座楼分成几十个世界。也谈论那些后有后院，前有篱笆花园的人家，但末了就又数说那平房住不惯：邻人相见，而不能相逾。他们害怕那种隔离，就越发维护着亲近，有生人找一家，家家都说得清楚：走哪个门，上哪个梯，拐哪个角，穿哪个廊。谁家娶媳妇，鞭炮一响，两边楼上楼下伸头去看，乐事的剪一把彩纸屑，撒下新郎新娘一头喜，夜里去看闹新房，吃一颗喜糖，说十句吉祥。谁说不出谁家大人的小名，谁家小孩的脾性呢？

他们没有两家是乡党的，汉，回，满，各种风俗。也没有说一种方言的，北京，上海，河南，陕西，南腔北调。人最杂，语言丰富，孩子从小就会说几种话，各家都会炒几种风味菜，除了外国人，哪儿来的人都能交谈，哪儿来的剧团，都要去看。坐在巷中，眼不能看四方，耳却能听八面，城内哪个商场办展销，哪个工厂办技术夜校，哪个书店卖高考复习资料？只要一家知道，家家便知道。北京开了什么会，他们要议论，某个球队出国得了冠军，他们要欢呼，哪个干部搞走私，他们要咒骂。议完了，笑完了，咒完了，就各自回家去安排各家的事情，因为房小钱少，夫妻也有吵的，孩子也有哭的。但一阵雷鸣电闪，立即便风平浪静，妻子依旧是乳，丈夫依旧是水，水乳交融，谁都是谁的俘虏；一个不笑，一个不走，两个笑了，孩子就乐，出来给人说：爸叫妈是冤家，妈叫爸是对头。

早上，是这个巷子最忙的时候。男的去买菜，排了豆腐队，又排萝卜队，女的给孩子穿衣喂奶，去炉子上烧水做饭。一家人匆匆吃了，但收拾打扮却费老长时间：女的头发要油光松软，裤子要线楞不倒，男子要领齐帽端，鞋光袜净，夫妻各自是对方的镜子，一切满意了，一溜一行自行车扛下楼，一声丁零，千声呼应，头尾相接，出巷去了。中午巷中人少，孩子可以隔巷道打羽毛球。黄昏来了，巷中就一派悠闲：老头去喂鸟儿，小伙去养鱼，女人最喜育花。鸟笼就挂满楼窗和柳桠上，鱼缸是放在走廊、台阶上，花盆却苦于没处放，就用铁丝木板在窗外凌空吊一个凉台。这里的姑娘和月季，突然被发现，立即成了长安城内之最，五年之中，姑娘被各剧团吸收了十人，月季被植物园专家参观了五次。

就是这么个巷子，开始有了声名，参观者愈来愈多了。八一年冬，我由郊外移居城内，天天上下班，都要路过这巷子，总是带了油盐酱醋瓶，去那巷头四间门面捎带，吃醋椒是酸辣，尝盐碱是咸苦。进了巷口，一直往南走，短短小巷，却用去我好多时间，走一步，看一步，想一步，千缕思绪，万般感想。出了南巷口，见孩子们又拥集在甘蔗铺前啃甘蔗，吃得有滋有味，小孩吃，大人也吃。我便不禁两耳下陷坑，满口生津，走去也买一根，果然水分最多，糖分最浓，且甜味最长。

记于1982年7月2日静虚村

风　雨

　　树林子像一块面团了，四面都在鼓，鼓了就陷，陷了再鼓；接着就向一边倒，漫地而行的；呼地又腾上来了，飘忽不能固定；猛地又扑向另一边去，再也扯不断，忽大忽小，忽聚忽散：已经完全没有方向了。然后一切都在旋，树林子往一处挤，绿似乎被拉长了许多，往上扭，往上扭，落叶冲起一个偌大的蘑菇长在了空中。哗的一声，乱了满天黑点，绿全然又压扁开来，清清楚楚看见了里边的房舍、墙头。

　　垂柳全乱了线条，当抛举在空中的时候，却出奇地显出清楚，霎那间僵直了，随即就扑撒下来，乱得像麻团一般。杨叶千万次地变着模样：叶背翻过来，是一片灰白；又扭转过来，绿深得黑青。那片芦苇便全然倒伏了，一节断茎斜插在泥里，响着破裂的颤声。

　　一头断了牵绳的羊从栅栏里跑出来，四蹄在撑着，忽地撞在一棵树上，又直撑了四蹄滑行，末了还是跌倒在一个粪堆旁，失去了白的颜色。一个穿红衫子的女孩冲出门去牵羊，又立即要返回，却不可能了，在院子里旋转，锐声叫唤，离台阶只有两步远，长时间走不上去。

　　槐树上的葡萄蔓再也攀附不住了，才松了一下屈蜷的手脚，一下子像一条死蛇，哗哗啦啦脱落下来，软成一堆。无数的苍蝇都集中在屋檐下的电线上了，一只挨着一只，再不飞动，也不嗡叫，黑乎乎的，电线愈来愈粗，下坠成弯弯的弧形。

　　一个鸟窠从高高的树端掉下来，在地上滚了几滚，散了。几只鸟尖叫着飞来要守住，却飞不下来，向右一飘，向左一斜，翅膀猛地一颤，羽毛翻成一团乱花，旋了一个转儿，倏忽在空中停止了，瞬间石子般掉在地上，连声响儿也没有。

窄窄的巷道里，一张废纸，一会儿贴在东墙上，一会儿贴在西墙上，突然冲出墙头，立即不见了。有一只精湿的猫拚命地跑来，一跃身，竟跳上了房檐，它也吃惊了；几片瓦落下来，像树叶一样斜着飘，却突然就垂直落下，碎成一堆。

池塘里绒被一样厚厚的浮萍，凸起来了，再凸起来，猛地撩起一角，刷地揭开了一片；水一下子聚起来，长时间的凝固成一个锥形；啪地摔下来，砸出一个坑，浮萍冲上了四边塘岸，几条鱼儿在岸上的草窝里蹦跳。

最北边的那间小屋里，木架在吱吱地响着。门被关住了，窗被关住了，油灯还是点不着。土炕的席上，老头在使劲捶着腰腿，孩子们却全趴在门缝，惊喜地叠着纸船，一只一只放出去……

1982年秋写于宝鸡

夜　籁

　　当学生的时候，血气方刚，常要作以济天下的人物；莽撞撞地闯进社会几年，弄起笔墨文学，一事无成，才知道往日幼稚得可怜，不觉心灰意懒，且"行于当所行"，"止于所不可止"了。借仲秋的日子，去陕南度假散心，坐了十多日船，行了上千里路，随便往两岸的山上一望，便见秋收后的庄稼地正在深翻，老牛，木犁，疙瘩绳。或者，是歇晌的时候了，老牛站在那里，四蹄直立、尾巴直垂，犁沟里坐着默默的农夫：劳作后的疲倦，瞬间凝固的雕塑。我心中感慨：天下最劳心者，文人；最劳力者，农夫。劳力者给了劳心者以粮食；劳心者却不能于劳力者有所作为，不觉喟然长叹！

　　夜里，船到了山湾间，月显得很小，两岸黝黝的山影憧憧沉在水里，使人觉得山在水上有顶，水下有根，但河里却铺了银，平静静的似乎不流，愈发使人慌恐。到了渡口，船不走了，只好向岸上的山村投宿，一道石板小路引着向山坡根去了。石板是锃蓝的、赭红的，一块不连着一块，人脚踹得它光滑细腻，发着幽幽的光，像池塘平浮水面的荷叶。在石板路上走，一步一个响声，常常使人觉得后边有人跟着；看半山坡上的灯光，星星点点，似乎对称，又见分散。一直到了坡根，那灯光却再不见，路成了窄巷，陡然向坡上爬去，常常是前边突然无路，一个直角，巷子向旁边拐去了。两边高高的人家，前院墙石块垒起十来丈高，后屋墙却依山而筑，仅二尺有余。灯光正从那家小小的石窗照下来，犹如一道白柱。一个极俊俏的女子，探头往下看着，打一个口哨，麻酥酥的，立即就捂了脸，作认错了人的害羞。

我走近一家院落，院门是桐木板的，窄而短，门环却小碗口般大，挨墙弯着一株古柏，绳索似的皮纹，疙疙瘩瘩的根爬满了门前的石阶。敲一下门，响声很空，院子有了脚步声，一个老头把门开了。正要询问，坡那边的石窗光又一亮，那个极俊俏的女子又出现了，一个口哨，麻酥酥的，巷子里有了脚步声。

"这猴女子！"老头说。

"她在做什么？"我也有些奇怪了。

"恋爱吧，"老头说，"这么冷的，又要去河边，你恋过，你说说，恋爱有火吗？"

我笑了，不觉向河边望去，那河竟离得很近，看得见了那并排的几只木船，月光下亮得分明。一位诗人描写过这种境界，说那船是河神的套鞋。如今，两个人影走上了空船，有一个是那极俊俏的女子吧。船客走了，河神走了，只有明月，明月初照人哟。

老头是个厚道人，热情地接待了我。他老伴到闺女家去了，夜里剩下他一人，正在灶火口熬茶。茶锅小极小极，只有拳头那么大，系在一条铁丝上，架在火上，像烧着一个黑瓷蛋儿。火不甚旺，老头几次俯下身去吹，嘴皱得像个火筒，烟就罩了一层，我喀喀地咳嗽起来。

"就好，就好，"老头抱歉地说，"快蹲下，烟高不烟低。"

茶熬好了，老头倒给我了一小碗黑汤儿。喝一口，苦得直吐舌头。

"这是什么茶？"我说。

"龙叶茶，自己上山采的。"他说，"香吗？"

我该怎么说呢，我看着这烟火熏得黑漆漆的石屋，看着这火光一闪一闪泛着黑瓷一样幽光的老人脸，我摇摇头了，知道这些农夫，大都没钱去买那高质茶叶，便自己采了什么叶子去熬喝这又苦又涩的汁汤了。

"你们城里人是喝不惯的，"老头苦笑了，"可我们却珍贵呢，你喝喝，后味叫香呢。"

但我无论如何不敢去喝了，老头便接过喝起来，喝一口，舌头就伸出来在毛茸茸的嘴唇上舔一下，发出一种很响的声音。他又熬了第二锅，喝了，又熬了第三锅，喝了。然后，闭了眼睛，坐在地上，将那弯曲的背、脚、手、脖子，使劲伸展，然后鼻孔里长时间地出气，一双小眼睛显得明亮多了。

看着老人的舒服劲，我心里滋润起来，恨不能自己变成个小虫儿，钻进他的鼻孔，好让他再舒舒服服地打个喷嚏。

"今天地里干啥了？"我说。

"翻地呗。"他说，"天又旱得厉害，地瓷得扳不开啊！"

"真苦了你，这么大年纪了。"

"哪里！一辈子还不是这么过来的，多亏这茶呢！一天不喝几锅，头疼，骨头也散架了，这茶是农家乐，一喝乏劲没有了，百事都忘了呢。"

老人说着，哈哈地笑起来，精神十分活跃，问起城里的人吃的什么呀，穿的什么呀，这秋天里，都在干些甚事呀，比如今天晚上，又在干着什么呢？我一一回答着老人，感到深深的内疚，老人却又哈哈笑了，说：

"土命人也不像你说的可怜，苦是苦，苦中仍有甜呢，好比是咱这茶，可惜你不愿喝一口。"

这当儿,院门又在很空地敲响,老头出去开门了,院子里立即有了一老一少的女人声。进了堂屋来,果然是一个老太婆,和一个穿红格子新袄的女子。那女子嬉皮笑脸的,一看见我,却戛地止了声,躲进灯影黑处去了。老太婆便说:

"他大伯,你瞧瞧,明日要出嫁了,穿这件红袄儿可合适?丽儿,你站过来!"

那女子在黑影说:

"娘!"

老太婆似乎才看见了我,忙笑笑,说:

"城里人看就看吧,明日要办事了,千人万人要看呢,城里人会笑话你?"

我明白这是位要做新娘的女子,忙连声道喜,那女子扭扭捏捏站在灯下,却转过了头,不让我看她的脸。

"合身,合身!"老头说,"柱子那头准备停当了?"

"他有什么好准备的?明日唢呐一吹,他过来入洞房就是了。"

老太婆牵了女子,笑笑地出门去了,在院门口很响地说:

"他大伯,明日你一定来啊!"

老头回来,重新坐在灶火口,又咕咕地熬他的茶了,说这家是个独女,哪儿都不去,就招了女婿过来。这女婿也逗,哪儿也不去,就要来这村子。他开始从怀里掏出一卷钱点起来。钱票很烂,油腻腻的,像湿了水。

"明日我要上十元钱礼呢。"

"你们这儿还兴这规矩?"我想这农民,手里能有多少钱呢,偏遇着这红白喜事,这么破费的。

"取个吉利嘛。"他说,"城里人要笑这是老封建了,可山里人把这事看得重,一生能有几次乐事呢?你若不走,明日你也来热闹热闹吧。"

我无空满足老头的邀请,看着老头又喝了一碗茶水,便听见院门外的古柏上,有斑鸠在咕咕地叫,老头说夜不早了,便要我去睡。睡在东边的炕上,月光从石窗上银银地照进来,我不知道河边木船上的人——那个极俊俏的女子,走了没有?

老头喝毕了茶,丁丁当当刮了一遍木犁上的泥,也睡下了,打着很响的呼噜,慢慢,一切都静下来了。我却无论如何睡不着,想当年做学生的情景,想这几年的风风雨雨,拳拳之情,一时又涌上心际了,便觉得今天夜里,有好多事要想,却又无从想起,有好多事情已经意会,却又不可道出。石头屋子是这般的静寂,像个寺院。

远处,偶尔有一声狗咬,声音在窄窄的石头巷里,或在高高的对面崖上,撞出了回音,嗡嗡传韵。立即,有了一种什么声音,从石窗下的巷底传来,先是模模糊糊,再就清晰了,原来是在"招魂":

"回来呵——!"一声苍老的叫声。

"回——来了!"一个稚语。

"回来呵——!"

"回——来了!"

这"招魂"我是知道的。小时候在乡下的老家,常有这种迷信的活动:小孩受惊了,或是跌了一跤,或是得了一病,整天哭闹,痴呆,做母亲的便在夜深人静之时,一手抱了孩子,一手提了灯笼,从巷子走过,母亲叫一声"回来呵!"孩子应一声"回来了!"再在地上撮一点土,放在孩子的额头上;怎么现在还相信这个呢?

"回来呵——!"苍老的叫声。

"回——来了!"幼稚的应声。

"招魂"声慢慢地从巷子里远去了。我默默地数着他们的招呼声,想象着那一团灯笼的移动,计算着他们的脚步,一下,二下,三下……夜,安宁了,石屋里静得像个寺院,我均匀地呼吸着,便睡去了。

1982 年

陋　室

——陕西平民志之四

　　推开一扇黑门，就进入一个世界了。一墙之外的阳光挺好，却也有风，是从旁边的高楼下过来的，压缩了的，无形而尖硬；这门就随身紧关，一切复沉沦于黑暗了。

　　主人是玩墨的，这黑屋大致也和谐。"爱屋及乌"嘛，眼睛看墨的颜色多了，便从门缝里斜射进来的三根五根的光线，光线的一切的生动里，也能欣赏出这一处墨用的匀，用的活，有其亮色和韵味。

　　屋的开间是三米，入深也是三米，三三得九，如果再有一点纵横，一切就好了，是一个囫囵数字的平方。再如果主人是一个无所为的人，一张桌子上置一个花瓶，插几枝假花，玻璃下压几张影星美人图，一个书架上放几排油瓶，醋瓶，酒瓶，那也就满足了，偏主人玩墨是玩在纸上的，这桌上桌下，书架里书架外，全堆放了纸卷，一屋子易燃之品。那么，锅盆碗盏，衣物用什就寸土必争，竟然能巧妙地放下三个沙发：一个大沙发，白日迎宾待客，夜里供儿子安眠，鬼知道儿子却能在沙发上长就那么高个子！两个小沙发，永远是夫妇享受的地方了，而且恰到好处，沙发前可以放一个永不熄灭的火炉。人以食为本，火炉上的水壶日夜是醒着的。醒着的是难受的，所以总唠唠叨叨。

　　主人常常在沙发上坐了，取笑水壶不旷达。

　　当然，始终不醒的是另一个房子，长沙发紧边的地方，有一个门洞。门洞没有帘子，好了，这正是黑帘子，永远于所有来客是一种神秘。如果有一只猫进去，放大了瞳孔，就知道这是主人的卧屋，七平方米的，妙在安一张双人床，不松不紧。而又是从床上到床下，是书是报是纸卷。一个黑封了的窟，最宜于入静，因此主人一直未失眠过。

蜈蚣有一百条腿，但并未嫌弃过腿多，云鹤有两条腿，但也并未抱怨过腿少，甚至它落下来，还喜欢一腿独立！实在没有地方让家具立脚，因为人腿太多了。惟高高的乱纸堆上，明亮亮是一台小小的座钟，座钟里有一猫头鹰，怪眉怪眼。猫头鹰是夜之魂，能在这里最好，满屋有了一种庄严感。

脸一日洗几遍，脸还是不干净，眼一生不洗，眼永远是亮的。空余的地方发挥不了拖把和扫帚的功能，也就不去花那份钱，反正人是活动的，是天生的避尘珠。奇怪的是空气没有因空间狭小而稀薄，为了看清人之呼吸，就以香烟为有形的空气，吸进一口，吐出三口，袅袅扶摇到屋顶，祥云笼罩，大可在俯察品类之盛后，再可仰观宇宙之大了。

主人的不修边幅，是典型环境中的典型人物也。

但卧屋里挂有一把胡琴，外室里悬有一长剑；胡琴被尘土封住，又没弹，但它响动的是一首无声的音乐，长剑被尘土封住，但它舞动的是一幅无形的英姿。当屋垂吊的一颗电灯，视认为一轮太阳，门后挂着的一片圆镜，视认为一轮月亮，太阳永不落，月亮永不缺。儿子说：还有八颗星星，两颗在他脸上，两颗在妈妈脸上，四颗在爸爸脸上，因为老子有一副眼镜。夜里或许断电了，炉火光亮，人之初是善的，人之影却诡变，在四面墙上忽大忽小，忽长忽短，自己常常为自己吃惊和感动。

工作了一天，身心都十分疲倦了，进入这个世界，窄小却温暖，昏暗而安妥，无害人之熬煎，亦无被害之惶恐。男的有妻，女的有夫，夫妻有子，有酒且饮，无酒清谈，随形适意，其乐无穷。夫妇又坐在两个小沙发上了，看芦苇顶棚上老鼠打架，打得那么激烈，结果就一只掉下来，不免说一声"有什么过不去的！"然后观起西墙上的裂缝，裂缝好宽，斜斜下来，有分有合的图案，看做是一棵秃树，也看做是一个枯笔字，更多的看做是抽象的画，常看常新。最得意的，也最欣赏不够的是东南墙角上的蜘蛛网，大若雨帽，经纬高超，尘烟熏迷，丝粗如绳，那是人工所不能及的艺术品啊！

　　主人是搞艺术的人，人亦成了艺术。这艺术真美。

　　主人是谁，说出来我知道，你知道，而且在这个唐都古城里的差不多的有职有位的更知道。因为在他们宽敞明亮豪华的住宅里，挂满了通过各种渠道得来的行、草、隶、篆字幅，且常常对来访者介绍说："瞧，这字绝吧，我们这儿杰才济济，这便是著名的书法艺术家薛铸写的呀！"

草于 1986 年 1 月 9 日夜

问道

山之舞

荒 野 地

这原本是庄稼地，却生长了一片荒草。荒草一人余高，繁荣得蓬勃健美。月夜下没有风，亦不到潮露水的时分，草的枝叶及成熟的穗实萧萧而立，但一种声息在响，似乎是草籽在裂壳坠落，似乎是昆虫在咬噬，静仁良久，跳动的是体内的心一颗。扮演着的是《聊斋》里的人物，时间更进入亘古的洪荒，遥遥地听见了神对命运的招引。

月亮在天上明亮着一轮，看得清其中的一抹黑影，真疑心是荒野地的投影，而地上三尺之外便一片迷濛。夜是保密的，于是产生迟到的爱情。躲过那远远的如炮楼一般的守护庄稼的庵架，一只饥渴的手握住了一只饥渴的手，一瞬间十指被胶合，同时感受到了热，却冷得索索而抖。

一溜黑地蹚过，松软如过草滩，又分明是脚上穿了宽松的鞋。可怜的农人种下了这一溜洋芋，四周的荒草却使它们未能健长，挖掘过的地上没有收获到拳大的洋芋。肥沃的土地上明日的清晨却能看到两行交织的脚印。

已经是草地的中央了，失却的则是东南西北的方向。境界幽幽。心身在启示着坐下来，恰好有两块石头，等待这石头是多少个年月，石头也差不多等待得发凉了。天地之间，塞涌的是这荒草，人也是荒草的一棵，再有一棵。说话的是眼睛，说尽着唐诗宋词的篇章。头顶上的月亮丰丰满满。需要有点风，风果然而至。草把月划成了有条纹的物件，且在晃动不已。不知名的昆虫在呻吟着，散发着那特有的气味。待到死过去几次，又活过来几次，一切安静了，望月亮又如深下去的一眼井水，来分辨那里面的身影了。

佛殿一样的地方，得到的是心身的和谐，方明白那一溜松软的黑地是通往而来的甬道，铺着毡毯。

生长庄稼的土地却长满了这么多荒草，这是失职的农人的过错吗？但荒草同样在结饱满的果籽，这便是土地的功能。失职的农人或许要诅咒的，而娇弱无能的庄稼没有荒草这么并不需要节令、耕作、肥料而顽强健壮啊！

因为草、人归复了原本的形态，这个月下夜晚是这么苍茫壮阔。

生之苦难与悲愤，造就着无尽的残缺与遗憾，超越了便是幽默的角色，再不寄希望于梦境和来世，就这么在荒野地中坐下，坐下如两块石头。或许坐上百年上千年，或许很短的一刻，但已够了。

走出了荒野地，另一处草浅的地方，仍发现了曾是长过瓜果的，是南瓜或是西瓜，肯定的也是未收获到要收获的东西，瓜田早废了，瓜叶腐败为泥，而绳一样纵横的瓜蔓却还发白的将也已为泥的印缀在地上。踏着这白绳的空格走，像是游戏。突然就会想起月亮上的那一株桂树，还有那一位勇敢的却砍不断树身的吴刚。

而毕竟有这么一块荒野地。

1988 年冬

一位作家

　　东边的高楼是十三层，西边的高楼也是十三层，南边是条死胡同，北边又是高楼，还是十三层。他家房在那里，前墙单薄，后墙单薄，方正得像从高楼上抛下的一个纸盒，黝黑得又像是地底下冒出的一块仄石。楼上人说住在这里乐哉，他也说乐哉；楼上人见他乐哉了而又乐哉，他见楼上人瞧他乐哉而乐哉，也便越发更乐哉。他把楼不叫楼，叫山；三山相峙，巍巍峨峨，天晴之夜往上望去，可谓"山高月小"。楼上人称他房亦不为房，叫潭；遇着雨季，三层楼以下水雾迷茫，直待雨住，水仍流泻不止，可谓"水落石出"。

　　他曾买过电视机，可方位太不好，图像总是模糊，只好忍痛割爱转卖了。但表是走得极准的：十一点零五分，太阳准时照来；三点二十四，太阳准时便归去。他会充分利用这天光地热：花盆端出来，鱼缸端出来，还有小孩的尿布，用竹竿高高挑起，那虽然并不金贵，但在他的眼里，却是幸福的旗子。

　　他从来不奢华，口很粗，什么都能吃，胃是好极好极的。只是嗜好香烟如命，一天一包，即使伤风感冒也吸吐不止。因为烟吸得多了，口里无味，便喜食辣子，面条里要有，稀饭里也要有，当然面条最好，但愿年年月月如此。再就是爱书，坐下看，睡下看，走路也看，眼睛原本好好的，现在戴了眼镜，一圈一圈的，像个酒瓶底。于是，别人送他一副对联："片片面，面片片，专吃面片；书本本，本本书，专啃书本。"他看了，也不恼，说是两句都是一个

"专"字，不符合对仗，下联该改成"尽"字为妙。

　　他极善的心性，妻子亦善极。结婚五年，谁也不嫌弃这所房子。白日一个勺把，夜里一个枕头；爱情固然亲密，生活提供他们的这点地方，窄小的也只能亲密。房内是分为三处的：北墙下一张桌子，那是他的世界，独来独往。墙上贴名画，桌边堆书籍报刊：普希金的也有，舒婷的也有，曹雪芹的也有，王蒙的也有。有的红蓝墨笔画满圈圈道道；有的打开，久而不合。纸被灰尘浸得昏黄。桌上一铜钱厚灰土，但一个小三角洁净异常：一角是经常放纸，两角是经常搁肘。东墙角是一台缝纫机，那是妻的天下。要是缝补，脚在下踩，手在上拉，她是机器的主人。缝完了，补完了，机头放下，台布铺好，压一块光光亮亮的玻璃，下放她的照片，他的照片，她和他的接班人的照片：全都着色，红是润红，白是嫩白。西墙下一个小柜，那是儿子的王国，文有画册，武有手枪、积木、魔方塞得狼藉。诸侯割据，三国鼎立，谁也不能侵犯谁，只有南墙下一张大床上，和平共处，至亲至善。可惜光线太暗了，他刮胡子要到门外，妻梳头发要开灯对镜。他便叫来纸糊匠，将顶棚如烟囱一般直扎而上，上边揭瓦嵌块玻璃，算是天窗。从此房子明亮，却如站在井口往下看，幽幽一片神秘，但确实更像是坐井观天，天是一块方镜。白日，太阳照下，光束一柱，儿嚷道要爬柱而上；夜晚，一家吃饭，星月在镜中，他就来个"举杯邀明月"，三杯便醉。

　　什么都可满足，只是时间总觉不够。白日十二个小时，他要掰成几瓣：要给吃喝，要给儿子，要给工作，要给写作。早晨妻为儿子穿戴，他去巷口挑水，小米稀饭常常便溢了锅。吃罢饭，妻工厂远先走了，他洗锅涮碗，送儿子到幼儿园。儿子不肯去，横说竖劝，软硬兼施，末了还得打屁股，一路铃声不停，一路哭声不绝。

晚上回来，车后捎了菜，饭他却是不做的，衣服他也是不洗的，进门就坐在桌前写。纸是一张一张地揭，烟是一根一根地抽，"文章无根，全凭烟熏"。这真理他是信的。妻接了儿子回来，大声不出，脚步轻移，开炉子，擀面条，热腾腾地捞上一碗了，却不叫他名，偏让儿喊爸。吃罢饭，一个又是写，一个去洗衣；写好了，他爱哼秦腔，却走腔变调，儿说是拉锯呢。妻让念念他的著作，他绘声绘色，念毕了，妻说"不好"他便沉默，若说"好"字，他又满脸得意，说是知音，过去"嘣"的一声，飞吻一口。儿子嫉妒，也要叫吻他，立时爸吻了娘再吻儿：一个快乐分成三个快乐也！

天天在写，月月在写，人变得"形如饿鬼"了。但稿子一篇一篇源源不断地寄出去了，又一篇一篇源源不断地退回来了。编辑不复信，总是一张铅印退稿条，有时还填个名姓，有时则名姓也不填。妻说："你没后门吧？"他说："这不同干别的事！"一脸清高。妻再说："人家都千儿八百有稿费，你连个铅字都印不出。"他倒动气了："写作是为了钱？"妻要又说一句："你怕不是搞这行的料？"他答一声"哪里！"却再不言语了。到了床上，还在构思，如临产的妇女，辗侧不已。妻就猫儿似地悄然，他不忍了，黑暗里还在说："你要支持我哩……"

他眼泡常是红肿的，那是熬夜熬的；他嘴唇常是黑黄的，那是抽烟抽的。衣虽然肮脏，但稿件上却不允有半个黑墨疙瘩，脸虽然枯瘦，但文中人物却都尽极俊美；甚至他一切不修边幅，但要求儿子、妻子却要时兴。妻说这是怪毛病，他说：我是缺少的太多了，我也是需要的太多了。他羡慕别人发表了作品，更眼红别人作品得奖。他有时很伤感，偷偷抹了泪。但他又相信自己，因为风声、雨声、国事、家事，他装了一肚子故事。要歌唱，但没有一把琴；要演说，又没有讲台，只有这支笔写出来给自己看，给世人看。但是稿件发表不了，他苦恼，妻更焦心，妻便是他第一个读者，也是他最后一个读者；读者虽少，但总算有了读者，他心里安妥了许多。

可怜的是人到了中年，上有父母，年纪都大了；下有儿子，正是淘气时候。月初发工资，他要算着开支：第一件事是给老家邮十元，第二件是给儿子买玩具，承上启下，这是雷打而不动。再是为他买稿纸，再是为她购化妆品。他呢，一辆自行车，除了铃不响浑身都响；一件夹克，翻过来也是穿，翻过去也是穿。老母常接来，吃不起鱼虾，就买猪头；一个蒸馍，夹半个猪耳朵，双手递在娘手里。夫妻两个说不上是举案齐眉，倒也是头上是天，各顶一半，有了也去吃螃蟹，没了就烧面疙瘩汤，心里快活，喝口凉水也是甜的。他们老听见楼上的一对夫妻打架，鞋子、枕头从窗口飞下来。他们不明白，那家电视机有，洗衣机有，打的什么架？更有听说某某"长"的老婆空虚无聊而自杀了，便要谈说几天，百思不得一解。

世人都盼星期天，他也盼星期天。世人星期天上大街，逛公园，他星期天关门就写作。写得累了，对着方镜看看天，再对着窗子看看楼的山。山上层层有凉台，台台种花草，养鱼鸟，城市的大自然都压缩在一个凉台上了。有的洗了被单挂着，他想象那是白云；云卧而不散，深处必有人家？有的办家庭舞会，他醉心是仙乐从天而降，吟出一句"我欲乘风归去，又恐琼楼玉宇，高处不胜寒"。当层层凉台都坐了人，老的，少的，男的，女的，他就乐得嗤嗤笑，说像是麦积山的佛龛。他走出门来，楼上有认识的，一上一下寒暄几句；不认识的，给他一个笑脸儿，他还一个笑脸儿。有的问："还在写吗？"答："还在写。"就有人劝他别受苦，他哼一声,进屋把门关了。他干不了投机倒把,又不会去炸油条做生意,让他在家闲着?楼上楼下的女人他都看了,没一个有他妻子漂亮;巷口巷尾的扑克摊上,妻子也看了,从没他的身影:是是非非不沾身,公安局人来了心不惊。一个美丽,一个高尚,合二为一,光荣门第。

坐小车的不到他房子来,这是肯定的。但三朋四友却踩破了门:有做工的,有跑堂的,有卖菜的,有开车的。来了,有酒且酌,无酒且止,宾主坐列无序,谈笑天空地阔。这个讲他工厂里一个好的书记,那个骂街道一个流氓泼皮;说起天下大事,哪儿丰收了,眉飞色舞;哪儿受灾了,一脸愁云。直谈到零时交节,客人走了,弥一屋烟雾,留一地烟蒂,妻也不恼,他也不恼,拉开稿纸又写起来。大的故事写长篇,小的素材写小品。北京的大出版社也敢投,市报的"刺猬"栏也看上投;发不发是编辑的事,写不写他有责任。要不对不起三朋四友,也对不起自己的良心。常常一写一夜,妻子也得了毛病:不开灯倒睡不着,不闻烟倒鼻不通。

最乐趣的是稿件往外投,信封严严实实地糊,邮票端端正正地贴,夫妻到邮局去,让儿子拿着往邮筒里塞。塞进去了,塞进了三颗扑腾腾跳跃的心。于是,大马路显得宽广,行人脸上都笑笑的,他抱了儿子就前边跑,妻便咯咯地后边追。穿大街,过小道,钻胡同,绕窄巷,到了家门口。进门包饺子吃吧,他剁馅,她擀皮;一个说这篇稿件能发表,一个说先不敢声张露了气;一个说发表了稿费买个沙发,一个说沙发太贵买藤椅。儿子问:爸爸挣钱了吗?作娘的说:爸爸是生活上的小人,道德上的伟人,经济上的穷光蛋,精神上的大富翁。儿子听不懂,问爸爸是干什么工作?回答是"作家"。"作家!作家!"儿子喊起来,外边人都知道了。慢慢传开,都传说这里有一个下班回来"坐家"的人。有懂行的,说此人不可小瞧,现在是搞业余写作,说不定将来真成气候,要去作协工作呢。楼上几个老太太便如梦初醒,但却瘪了嘴:哦,原来是个"做鞋"的?

1982 年 12 月 18 日作于静虚村

弈　人

在中国,十有六七的人识得棋理,随便于何时何地,偷得一闲,就人列对方,汉楚分界,相士守城保帅,车马冲锋陷阵,小小棋盘之上,人皆成为符号,一场厮杀就开始了。

一般人下棋,下下也就罢了,而十有三四者为棋迷。一日不下瘾发,二日不下手痒,三日不下肉酒无味,四五日不下则坐卧不宁。所以以单位组织的比赛项目最多,以个人名义邀请的更多。还有最多更多的是以棋会友,夜半三更辗转不眠,提了棋袋去敲某某门的。于是被访者披衣而起,挑灯夜战。若那家妇人贤惠,便可怜得彻夜被当当棋子惊动,被腾腾香烟毒雾熏蒸;若是泼悍角色,弈者就到厨房去,或蹴或趴,一边落子一边点烟,有将胡子烧焦了的,有将烟拿反,火红的烟头塞入口里的。相传五十年代初,有一对弈者,因言论反动双双划为右派遣返原籍,自此沦落天涯。二十四年后甲平反回城,得悉乙也平反回城,甲便提了棋袋去乙家拜见,相见就对弈一个通宵。

对弈者也还罢了,最不可理解的是观弈的,在城市,如北京、上海,何等的大世界,或如偏远窄小的西宁、拉萨,夜一降临,街上行人稀少,那路灯杆下必有一摊一摊围观下棋的。他们是些有家不归之人,亲善妻子儿女不如亲善棋盘棋子,借公家的不掏电费的路灯,借夜晚不扣工资的时间,大摆擂台。围观的一律伸长脖子(所以中国长脖子的人多!),双目圆睁,嘶声叫嚷着自己的见解。弈者每走一步妙招,锐声叫好,若一步走坏,懊丧连天,都企图垂帘听政，但往往弈者仰头看看，看见的都是长脖颈上的大喉结，没有不上下活动的，大小红嘴白牙，皆在开合，唾沫就乱雨飞溅，于是笑笑，坚不听从。不听则骂：臭棋！骂臭棋，弈者不应，大将风范，应者则是别的观弈人，双方就各持己见，否定，否定之否定，最后变脸失色，口出秽言，大打出手。西安有一中年人，夜里孩子有病，妇人让去医院开药，路过棋摊，心里说：不看不看，脚却将至，不禁看了一眼，恰棋正走到难处，他就开始指点，但指点不被采纳反被观弈者所讥，双双打了起来，口鼻出血。结果，医院是去了，看病的不是儿子而是他。

在乡下，农人每每在田里劳作累了，赤脚出来，就于埂头对弈。那赫赫红日当顶，头上各覆荷叶，杀一盘，甲赢乙输，乙输了乙不服，甲赢了欲再赢，这棋就杀得一盘末了又复一盘。家中妇人儿女见爹不归，以为还在辛劳，提饭罐前去三声四声喊不动，妇人说："吃！"男人说："能吃个屁！有马在守着怎么吃？"孩子最怕爹下棋，赢了会搂在怀里用胡碴扎脸，输了则脸面黑封，动辄擂拳头。以致流传一个笑话，说是一孩子在家做作业，解释"孔子曰……而已"，遂去问爹："而已是什么？"爹下棋正输了，一挥手说："你娘的脚！"孩子就在作业本上写了："孔子曰……你娘的脚！"

不论城市乡村，常见有一职业性之人，腰带上吊一棋袋，白发长须，一脸刁钻古怪，在某处显眼地方，摆一残局。摆残局者，必是高手。来应战者，走一步两步若路数不对，设主便道："小子，你走吧，别下不了台！"败走的，自然要在人家的一面白布上留下红指印，设主就抖着满是红指印的白布四处张扬，以显其威。若来者一步两步对着路数，设主则一手牵了对方到一旁，说"师傅教我几手吧！"两人进酒铺坐喝，从此结为挚友。

能与这些设主成挚友的，大致有二种人，一类是小车司机。中国的小车坐的都是官员，官员又不开车，常常开会或会友，一出车门，将车留下，将司机也留下，或许这会开得没完没了，或许会友就在友人家用膳，酒醉半天不醒，这司机就一直在车上等着，也便就有了时间潜心读棋书，看棋局了。一类是退休的干部。在台上时日子万般红火，退休后冷落无比，就从此不饲奸贼猫咪，宠养走狗，喜欢棋道，这棋艺就出奇地长进。

中国号称礼仪之邦，人们做什么事都谦谦相让，你说他好，他偏说"不行"，但偏有两处撕去虚伪，露了真相。一是喝酒，皆口言善饮，李太白的"惟有饮者留其名"没有不记得的，分明醉如烂泥，口里还说："我没有醉……没醉……"倒在酒桌下了还是："没……醉……醉！"另外就是下棋，从来没有听过谁说自己棋艺不高，言论某某高手，必是："他那臭棋篓子呗！"所以老者对少者输了，会说："我怎么去赢小子？"男的输了女的，是"男不跟女斗嘛！"找上门的赢了，主人要说："你是客人嗨！"年龄相仿，地位等同的，那又是："好汉不赢头三盘呀！"

象棋属于国粹，但象棋远没围棋早，围棋渐渐成为高层次的人的雅事，象棋却贵贱咸宜，老幼咸宜，这似乎是个谜。围棋是不分名称的，棋子就是棋子，一子就是一人，人可左右占位，围住就行，象棋有帅有车，有相有卒，等级分明，各有限制。而中国的象棋代代不衰，恐怕是中国人太爱政治的缘故儿吧？他们喜欢自己做将做帅，调车调马，贵人者，以再一次施展自己的治国平天下的策略，平民者则作一种精神上的享受，以致词典上有了"眼观全局，胸有韬略"之句。于是也就常有"××他能当官，让我去当，比他有强不差!"中国现在人皆浮躁,劣根全在于此。古时有清谈之士,现在也到处有不干实事、夸夸其谈之人,是否是那些古今存在的观弈人呢?所以善弈者有了经验:越是观者多,越不能听观者指点;一人是一套路数,或许一人是雕龙大略,三人则主见不一,互相抵消为雕虫小技了。

虽然人们在棋盘上变相过政治之瘾,但中国人毕竟是中国人,他们对实力不如自己的,其势凶猛,不可一世,故常有"我让出你两个马吧!""我用半边兵力杀你吧!"若对方不要施舍,则在胜时偏不一下子致死,故意玩弄,行猫对鼠的伎俩,又或以吃掉对方所有棋子为快,结果棋盘上仅剩下一个帅子,成孤家寡人。而一旦遇着强手,那便"心理压力太大",缩手缩脚,举棋不定,方寸大乱,失了水准。真怀疑中国足球队的教练和队员都是会走象棋的。

这样,弈坛上就经常出现怪异现象:大凡大小领导,在本单位棋艺均高。他们也往往产生错觉,以为真个"拳打少林,脚踢武当"了。当然便有一些初生牛犊以棋对话,警告顶头上司,他们的战法既不用车,也不架炮,专事小卒。小卒虽在本地受重重限制,但硬是冲过河界,勇敢前进,竟直捣对方城池擒了主帅老儿。

×州便有一单位,春天里开展棋赛,是一英武青年与几位领导下盲棋。一间厅子,青年坐其中,领导分四方,青年皓齿明眸,同时以进卒向四位对手攻击,四位领导皆十分艰难,面色由黑变红变白,搔首抓耳。青年却一会儿去上厕所,一会儿去倒水沏茶,自己端一杯,又给四位领导各端一杯。冷丁对方叫出一字,他就脱口接应走出一步。结果全胜。这青年这一年当选了单位的人大代表。

草于 1987 年 4 月 9 日

人　病

　　我突然患了肝病，立即像当年的四类分子一样遭到歧视。我的朋友已经很少来串门了，偶尔有不知我患病消息的来，一来又嚷着要吃要喝，行立坐卧狼藉无序，我说，我是患肝炎了，他们那么一呆，接着说："没事的，能传染给我吗？"但饭却不吃了，茶也不喝，抽自己口袋的劣烟，立即拍着脑门叫道："哎哟，瞧我这记性，我还要去××处办一件事的！"我隔窗看见他们下了楼，去公共水龙头下冲洗，一遍又一遍，似乎那双手已成了狼爪，恨不能剁断了去。末了还凑近鼻子闻闻。肝炎病毒是能闻出来的吗？蠢东西！有一位爱请客的熟人，十天半月就要请一次有地位的人，每一次还要拉我去作陪，说是"寒舍生辉"。这丈夫就又邀了我去，妇人当然热情，但我看出了她眉宇间的忧愁，我也知道她的为难了，说，多给我一个碟子一双筷子吧。我用一双筷子把大盘的菜夹到我的小碟里，再用另一双筷子从小碟夹菜送到我口中。我笑着对被请的那位领导说："我现在和你一样了，你平日是一副眼镜，看戏是一副眼镜，批文件又是另一副眼镜。"吃罢了，我叮咛妇人要将我的碗筷蒸煮消毒，妇人说：哪里，哪里。我才出门，却听见一阵瓷的破碎声，接着是撵猫的声，我明白我用过的碗筷全摔破在垃圾筐，那猫在贪吃我的剩菜，为了那猫的安全，猫挨了一脚。这样的刺激使我实在受不了，我开始不大出门，不参加任何集会，不去影院，不乘坐公共车。从此，我倒活得极为清静，左邻右舍再不因我的敲门声而难以午休，遇着那些可见可不见的人数米外抱拳一下就敷衍了事了,领导再不让我为未请假的事一次又一次交检讨了,那些长舌妇和长舌男也不用嘴凑在我的耳朵上是是非非了。我遇到任何难缠的人和难缠的事,一句"我患了肝炎",便是最好的遁词。妻子说:"你总是宣讲你的病,让满世界都知道了歧视你吗?"我的理由是,世界上的事,若不让别人尴尬,也不让自己尴尬,最好的办法就是自我作践。比如我长得丑,就从不在女性面前装腔作势,且将五分的丑说到十分的丑,那么丑中倒有它的另一可爱处了。相声艺术里不就是大量运用这种办法吗?见人我说我有肝病,他们防备着我的接触而不伤和气,我被他们防备着接触亦不感到难下台,皆大欢喜,自贱难道不是一种维护自己尊严的妙招良方吗?再者,别人问起:你这些年是怎么混的,怎么没有更多的作品出版,怎么没有当个××长,怎么没能出国一趟,怎么阳台上没植花鸟笼里没养鸟,怎么只生个女孩,怎么不会跳舞,没个情人,没一封读者来信是姑娘写的?"我是患了肝炎呀!"一句话就回答了。

　　但是,人毕竟是群居动物,当我一个人独处的时候,不禁无限的孤独和寂寞。

　　惟有父亲和母亲、妻子和女儿亲近我,他们没有开除我的家籍。他们越是待我亲近,我越是害怕病毒传染给他们。我与他们分餐,我有我的脸盆、毛巾、碗筷、茶缸,且各有固定的存放处。我只坐我的坐椅,我用脚开门关门,我瞄准着马桶的下泄口小便。他们不忍心我这样,我说:这不是个感情问题!我恼怒着要求妻子女儿只能向我作飞吻的动作,每夜烧两盘蚊香,使叮了我血的蚊子不能再去叮我的父母,我却被蚊香熏得头疼。我这样做的时候,我的心在悄悄滴泪,当他们用滚开的热水烫泡我的衣物,用高压锅蒸熏我的餐具,我似乎觉得那烫泡的、蒸熏的是我的一颗灵魂。我成了一个废人了,一个可怕的魔鬼了。

我盼望我的病能很快好起来,可惜几年间吃过了几篓中药、西药,全然无济于事。我笑我自己一生的命运就是写作挣钱,挣了钱就生病吃药,现在真正成了什么都没有就是有病,什么都有就是没钱。我平日是不吃荤的,总是喜食素菜,如今数年里吃药草,倒怀疑有一日要变成牛和羊。说不定前世就是牛羊所变的吧。

我终于要求住进了传染病院。

病院里,我们像囚犯一样要穿病服,要限制行动于一个极小的院子里,虽然那院墙是铁制的栅栏,可以看见外边的人。但看见了外边行人穿着花花绿绿行走,就顿生列入另册的凄凉。我们渴望自由,每天打过吊针之后,就在院子里看红红的太阳,看涌动的云,弄着嘴唇逗引栅栏外树上的小鸟。小鸟却飞走了,落下那一根或两根的羽毛,我们皆如年节的小孩抢拾炮仗一样去争捡个不亦乐乎。这行动被栅栏外的一个孩子瞧着,那小小的眼睛里充满了在动物园看笼中动物的神气,他竟大胆地走近了几步。他的母亲,一个肥胖的女人就喊:"走远点,那是传染病!"这话使我潸然泪下,我只有背过身去,默默地注视着院中的一片玫瑰花,和花坛台上的一群黑色的蚂蚁。啊,美丽而善良的玫瑰不怕传染,依旧花红如血,勇敢的蚂蚁不怕传染,依旧在为我们表演负重的远距离的运动。这一个夜晚我们皆要等到很晚方回去睡觉,迎接那依旧洁亮的月亮,它随我们到了栅栏里,它不嫌弃。

我们最不喜欢看到的是栅栏角上的那一个蜘蛛网,它好大,状若一个笸篮,为我平生之少见。我们傍晚用竿子挑破它,第二天,它又完好无缺,像一个通了电的铁网,又像是监视我们行动的雷达。我们无可奈何。开始产生了一个恶毒的念头,后悔我们为什么要声张自己是肝炎患者？为什么要来住传染病院？人们在歧视我们，我们何不到人群广众中去，要吃大桌饭，要挤公共车，要进影剧院，甚至对着那些歧视者偏去摸他们的手脸，对着他们打哈欠，吐唾沫。那么，我们就是他们中的一员，他们就和我们是一样的人了！

　　病院中的人都是面色青黄，目光空洞，步履虚弱。看着他们的形象我也知道自己的模样。我们是忌讳用镜子的，但我们对黄色并不反感，黄在中国是皇权的象征，于世界也是流行色。于是我们都显得亲热，在过道上、院子里，谁和谁见了都要点头，微笑也随之绽开，似乎我们有缘分，数十年前就认识似的，互相询问名姓和单位。医生和护士是从不唤我们名姓的，直呼床号。世界上叫号的只有监狱和病院。我先是"+235"，后一个病号出院了，我正式成了"235"。"235！235！"这是在卖饭了，饭勺不挨着我的碗，热汤几次就淋到我的手上。"235！235！"这是护士在送体温表了，她们查看了温度便去我们看得见的地方洗手。我先是极不习惯这种代号，但后来想通了，"贾平凹"不也是一个代号吗？虽然235不是爹妈为我起的名字，可现在满社会不是都在叫"张书记""李主任""刘主席"吗？我在打吊针的时候，目光一直是看着天花板的，天花板很洁净，而我还是看出了上边的细小的纹路，并且从这纹路上看出了众多的鱼虫山水人物。有人说，天花板是病人的一部看不完的书，这话真对。然后我在琢磨"+235"，想，有个"+"号，这是不吉利的，因为乙肝之所以是乙肝，就是各项指标是阳性，阳性表示出来就是"+"号。待到正式为"235"了，我思索235三位数相加是10，这还好不是个13，但10也是不好，应该是9恰好，围棋的最高段位不就是9吗？中国人是爱好3、6、9的，幸喜有个3字。

西域有马　日行千里　出汗为血

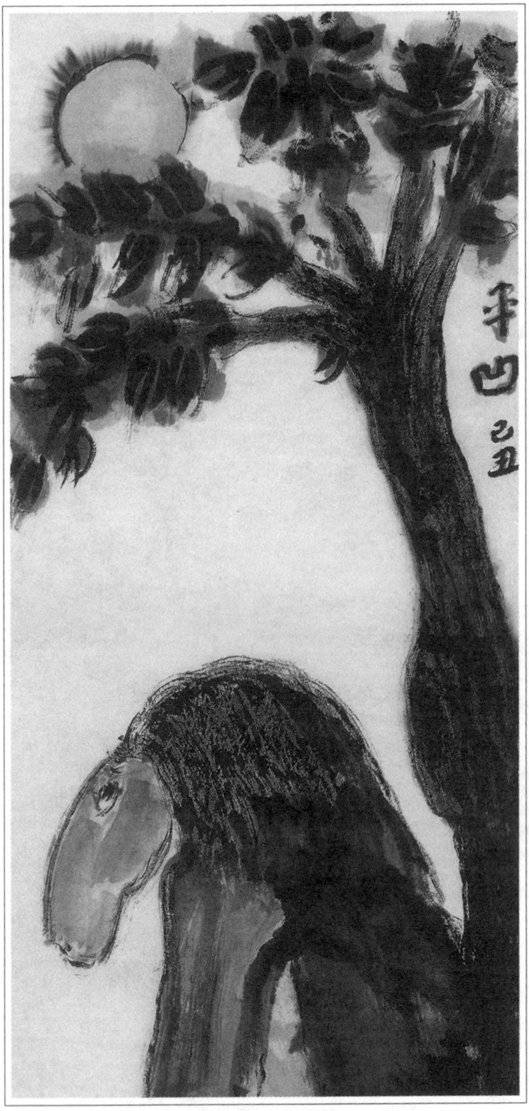
平凹己丑

在医院的西楼角，也即在厕所的旁边，是有一株古槐的，古槐的树杈上白天常见到卧一个猫头鹰。每到夜里，它就叫了，它一叫，我们都惊慌起来，肯定在第二日，最迟不超过第三日，定要抬出去一个的。这不是迷信，一定是猫头鹰闻着了欲亡人的气味在鸣叫。大家都走出来，默默地目注着一个裹着床单的躯体去太平间。他永远太平无烦恼苦痛了。他的毛巾、牙具被拿出来放在窗台，他的母亲或者他的妻子在地上滚着哭。那条床单也折价永远归了他。他或许不忍心家属的啼哭，或许满意这床单的便宜，或许在向我们作别，这时候，有许多苍蝇在嗡嗡飞，哪一只是他的灵魂所变呢？我们无声地祈祷他灵魂安妥，却不愿有苍蝇落在我们身上。从此，我们皆害怕猫头鹰，但我们没有一个人敢诅咒它，更没有人动手去打杀它，甚至连这么个念头都不曾有。当一日数次去厕所经过古槐下，都不自觉地往树杈上看看，那是惊慌的一看，也是盼望的一看，我们在心中默默地向它祈祷，企望它能饶恕了自己。我至此方明白了人人恨阎王却还要给他修庙塑像称他是阎王爷的原因，而猫头鹰也该是称作爷的，也该是有庙和塑像的。人怕什么，又奈何不了，人就想着法儿去讨好、去供奉，这就是世上神的产生。猫头鹰就是一个神的。

在这个监狱似的天地里，我们这些病人是互不歧视的，它同监狱的区别正在这里。犯人是要互相监督互相打小报告而争取减刑，这是因为他以前曾经"犯"过人，以犯人入狱，又以犯人减刑出狱。我们患了病，并不是企图犯人，入院的一半是为了自己，一半也是为了不犯了别人，所以我们互相关心、体贴。每有一个出院，我们欢欣庆贺他的康复，也为了自己能治好而增加自信。一个病人进来，我们少半为又要认识一个朋友而高兴，多半却为他也染了病又悲伤。我们欢迎他的仪式虽不是握手和拥抱，却提醒他怎样买饭票，怎样服药，怎样不必悲观。病友和学友的感情一样珍贵，有待我们统统治愈出院后，我们在社会上仍可以形成一个关系网，这个关系网是受歧视之下、在生与死的分界线上建立的天长地久的友谊，它比那些互为利用的官网、商网、情网、乌七八糟的网纯净高尚得多。

我们失却了社会上所谓的人的意义，我们却获得了崭新的人的真情，我们有了宝贵的同情心和怜悯心，理解了宽容和体谅，热爱了所有的动物和植物，体会到了太阳的温暖和空气的清新。说老实话，这里的档案袋只有我们的病史而没有政史，所以这里没有猜忌，没有幸灾乐祸，没有勾心斗角，没有落井下石，没有势利和背弃。我们共同的敌人只是乙肝病毒。男女没有私欲，老少没有代沟。不酗酒，不赌博，按时作息，遵守纪律，单人单床，不纳妓宿娼，贵贱都同样吃药，从没人像官倒爷那样贪婪而嗜药成性。医护是我们的菩萨，我们给他们发出的笑是真正从心底来的，没有虚伪。猫头鹰是我们的上帝，我们畏惧而崇拜，没有丝毫的敷衍。我们为花坛中的那一片玫瑰浇水除草，数得清那共有多少花瓣，也记载了多少片落花被我们安葬。那洞穴的蚂蚁和檐下的壁虎，我们差不多认得了谁是谁的父母和儿女。我们虽然是坏了肝的人，但我们的心脏异常的好。

据说，在我们中国，患乙肝的是十个人中就有一个或两个的，我们这些人差不多都是在偶然的体检时发现病的。所以，当我站在铁栅栏内向外张望那些歧视我们的人群时，总在想：别神气十足以为你们干净吧，或许，你们是没有查出乙肝的病人，我们是查出了乙肝的健康人！中国人这么多，如果逐个查检一下，这里就是一个多大的世界了，那么，都能来这里呆呆，人际的感情恐怕要比铁栅栏之外要好得多呢。

我们是病人，人却都病了，我的猫头鹰上帝！

写于 1988 年 9 月 11 日

闲 人

不知从什么时候起,社会上有了闲人。

闲人总是笑笑的。"喂,哥儿们!"他一跳一跃地迈雀步过来了,还趿着鞋,光身子穿一件褂子,也不扣,或者是正儿八经的西服领带——总之,他们在着装上走极端,却要表现一种风度。他们看不起黑呢中山服里的衬衣很脏的人,耻笑西服的纽扣紧扣却穿一双布鞋的人。但他们戴起了鸭舌帽,许多学者从此便不戴了,他们将墨镜挂在衣扣上,许多演员从此便不挂了——"几时不见哥儿们了,能请吃一顿吗?"喊着要吃,却没乞相,扔过来的是一颗高档的烟。弹一颗自个吸了,开始说某某熟人活得太累,脸始终是思考状,好像杞人忧天,又取笑某某熟人见面总是老人还好,孩子还乖?末了就谈论天气,那一颗烟在说话的嘴上左右移动,间或喷出一个极大的烟圈,而拖鞋里的小拇趾头一开一合地动。

闲人的相貌不一定俊,其实他们嫉恨是小白脸,但体格却非常好,有一手握破鸡蛋之力。和你握手的时候,暗中使劲令你生痛,据说其父亲要教训,动手来打,做闲人的儿子会一下子将老子端起来,然后放到床上去,不说一句话,老子便知道儿子的存在了。他要请客,裹胁你去羊肉串摊,说一声吃吧,自己就先吃开,看见他一气吃下一百二十串羊肉,喝下十瓶啤酒,你目瞪口呆,"我有一个好胃!"他向你夸耀,还介绍他还能饿,常常一天到黑只吃一顿饭,却不减膘,仍有力气。他说:"你行吗?"你不行。

闲人的钱并不多,这如同时髦女子的精致的小提兜里总塞着卫生纸一样，可闲人不珍贵钱，所以显得总有钱。他们口袋里绝不会装两种不同质量的烟，从没有摸索半天才从口袋里捏出一颗自个吸，嘶啦一声，一包高档烟盒横着就撕开了，分给所有在场的人，没有烟了，却蹴在屋角刨寻垃圾中的烟头。钱是人身上垢痂，这理论多达观，所以出门就招出租车，也往豪华宾馆里去住一夜两夜。逢着骑自行车，那几乎是表演杂技，于人窝里穿来拐去，快则飞快，慢则立定，姿势是头缩下去，腰弓着，腿圈成圆形，用脚跟不停地倒转脚踏板。

闲人的朋友最多，没有贵贱老幼之分，三句话能说得来，咱们就是朋友了，"为朋友两肋插刀"，让我办事就是看得起我呀！闲人的有些朋友是在厕所撒尿时就交上了。当然，这些朋友有的交往时间长，有的交往时间短，但走了旧的来了新的，闲人没有"世上难逢一知己"之苦。若有什么紧俏东西买不到，寻闲人去，闲人很快就买来了，而且比一般价格还便宜。要搬家，寻闲人去，闲人一个人会扛件大衣柜上楼的。不幸的是家中失盗，你长吁短叹，闲人骂一顿娘就出去了，等回来，说："我问过一个贼头了，他说你们家这一片不属于他管，我告诉了他，不属于他的地盘就查查是谁的地盘？"闲人不偷人，但偷人的贼是不敢得罪闲人的。

闲人真瞧不起小偷、流氓，甚至那些嫖客、暗娼和拦路强奸者，觉得没意思、恶心，也害怕艾滋病。但闲人谈女人的头发、鼻子，他们相信男人的成熟和人生的圆满是需要有一个醉心的女人，甚至公开讥笑自己的从事文艺工作的父亲之所以事业不辉煌是只守了一个自己的母亲，他们有意地留神看街上来往的女人，张口闭口阐述花朵是花草的生殖器什么的，到后来，闲人们分别是有了姑娘，姑娘自然很漂亮，他们就会同骑一辆车子招摇过市，姑娘分腿骑在后座上，腿长而圆像两个大白萝卜。闲人待姑娘好时好得你吃饱了还要往你嘴里塞油饼，不好了，就吼一声："滚！"但姑娘不滚，十分忠诚。

闲人爱姑娘，但最感痛快的并不是姑娘，因为闲人们都年轻，又都练过拳脚，至少家里有一把四十斤重的石锁。路过树下，忍不住要跳起来抓那树枝，抓住了要一把拉断下来，杀鸡就剁鸡头，偏再放开让没头的鸡瞎走一阵，将那桃花一般的血印在雪地上。街上有人打架了，闲人会立即前去围观，是几个男的为了一个女子在恶斗，女子娇嫩艳丽，他看着谁个有理，谁个弱者，便上去抱打不平了，混战中男的一尽逃散，人们都在说闲人是为了那个女人，闲人上前却要扇女子一个巴掌，骂一声"没志气！"而去。艳丽的女子当然使闲人也感悦目，但女子在挨过巴掌之后嘴角淌下血来更使闲人觉得奇艳无比！在回家的路上乃至回家之后，闲人还在激动不已，眼前尽是女子嘴角的血道红蚯蚓般地顺下巴和脖子涎流而下的图像，甚至想象到乱交情人的女子如果被人剖开了腔腹，倒地痉挛，样子又是何等壮观！但闲人这时候忽觉手疼，看时，右手的无名指却没有了，知道一定是混战中被男的刀砍了，他赶忙跑回现场，沙土地果然有一截手指，遗憾是没有见到手指初断时的蹦跳。

闲人是个直肠人，但闲人偏不自认，因为在一些年里，闲人最讨厌那些拍胸膛说"咱是粗人"的人，"粗人"本是自贱，却成了一种美饰。所以，谁家夫妇闹矛盾，闹得厉害，他不会"见婚姻说合"，"过不成就换班子"！他总是这么说："我给你物色一个！"闲人不失言，果然物色一个又一个。有的家庭后来是散了，有的家庭闹过又好了，又好的家庭少不得男方将闲人的话说知女方，闲人就恶下了这家的主妇，闲人见面仍叫"嫂子"！嫂子不理，不理了拉倒。

　　闲人的眼里才没有什么权威的，孔圣人不就是那个老孔吗？剧院里看戏，戏不好，"换节目！换节目！"领导作报告又是官话套话空话，闲人就头一歪睡着了。闲人顶熟悉的是体育明星，次之是通俗歌星，当然也有想一睹风采而去听一位外地来的大名人的专场报告，回来了就打开录音机模仿名人的声调也演说，但演说的内容就是：中华人民共和国××省××市伟大的政治家、杰出的哲学家、天才的艺术家×××先生……这位先生的名字一定是他的名字。录毕就放，一边听一边哈哈大笑，随之也就将让名人签名的纸展示众人，然后让某一位去上厕所用。

　　闲人却并不是四肢发达头脑简单的角色，可以说，都极聪慧，他们都有文化，且喜欢买书，只是从不读完每一本书。但学问已经足够了，知道弗洛伊德，知道后羿，知道孟子、荷马、毕加索和阿Q。当穿着牛仔裤并让它拖在地上在夜街上转悠，闲人差不多会碰着闲人，他们就会一起走到某一个闲人家去，在狼藉不堪的小屋中拒绝筷子而用手抓食着卤肉和鸡腿，就谈论天文、地理、玄学、哲学、经济，由女人说到了造人的女娲，由官倒说到了戈多，最多的说人生，说人生说到地球旋转，那么每一个人都是倒挂在地球上的，就不免说一句每次都说的"上帝死了"！然后有人出门就尿，有人将一口痰就吐在桌子下，咒骂"地球太小了"！有人推开了窗户看着城市的夜的风景，伤心了，有人庄严地去厕所，蹲下拉屎，有人抓过一本书要读，却又压在了屁股下。这一夜他们门窗洞开着让酒醉到天明，天明，洗脸，刷牙，弹掉衣服上的灰尘，道貌岸然地出去各干各的事了。

　　闲人不怕苦，不怕死，满世界里惟有两怕。一怕结婚，虽然不断地有姑娘相伴，但闲人已经是老大年龄了仍未结婚。他们总希望有一个美丽的，既温柔又风野，能吸烟能喝酒能跳舞能谈人生能打麻将的老婆，遗憾的是众条件总不能集中于一身的姑娘。二怕寂寞。寂寞如狼怕火，寂寞如鬼怕唾。他们预防着某一日任何人任何力量治不倒他们而要将他们寂寞独处的残酷，于是就幻想着真有那么一日，他们要爬上城中的报话大楼的顶尖上，然后用一条绳索一头系在楼顶尖一头套在脖子上纵身一跳，吊在半空了。因为吊在城中的最高点，全城的人都看得见，而且报话的大钟是每一小时要长鸣一次。

说闲人是一个阶级，这肯定有人要批评用词不准，那么，是一些人，是阶层，是……反正闲人在社会上多了。据闻在一次高级的会上，天文学家说，因为天上的太阳的黑子增多才有了这些闲人，地理学家说，因为地上的草木减少才有了这些闲人，人类学家却一口咬定是人太多的缘故，南瓜葫芦一条蔓上花开得太多必然是有谎花的。会议上的这些争论当然闲人不可能听到，听到的是平日周围的人喊其"闲人"，闲人就甚是不悦，回一句：哼，我们才是忙人哩！

1988 年

名　人

　　世事真闹不明白，你忽然浪成了一个名人。起初间是你无意做了一件事，或偶然说了一席话，你的三朋和四友对某一位人说了，正投合某人的情怀，他又说给另一位人，也恰投合，再说给别人去；中国的长舌妇和长舌男并不仅仅热心身边的私事，他们在厕所里也常常争论联合国是一个国家还是一座大楼，于是一传十，十传百，都以自己的情怀加工修改，众口由此成碑。再循环过来，传到你的三朋和四友耳中，他们似乎觉得这出源于他们之口，但又不全是出源于他们，不信，便觉得这么多人都信那就有信的道理，遂也信。末了又反馈到你，"我真是这样吗？"你怀疑了，向崇尚你的人开始解释，可越解释你越有"谦虚"，谦虚恰好是名人的风度，你最后不得不考虑你是没有认识到你的价值吗？"哦，我还真行！"这样，你就完全是名人了。

　　你现在明白"造就"的厉害吧？你娘生你时她并没有给你起个响亮的名字，血辣辣的孩子堕在草炕，门后的鸡正下了蛋，红着冠嘎嘎直叫，你娘在这叫声中想起一个字作了你的名，这名儿连你在上学时老师一念点名册你就脸红。三年前去游大雁塔，人都在塔身上刻字留名，你呢，一是塔身被刻写得没有地方，二是你也羞于将自己名字刻写上去遭人奚落，但你总得留个名吧，名字就刻写在那个狗熊形的垃圾桶上。可现在，你用不着请客送礼，用不着卧薪尝胆，也用不着脱光衣服跑上大街或拿一颗炸弹当众爆炸，你就出名了。

你成了名人，你的一切都令人们刮目相看，你本来是很丑的，但总有人在你的丑貌里寻出美的部分。比如你的眼睛没有双眼皮，缺乏光彩，总是灰浊，而"单眼皮是人类进化的特征呀"，灰浊是你熬夜的结果呀！那些风流女子的眼睛漂亮吗？那么把它剜下来放在桌上谁还能分得清是人目还是猪眼？于是你又有了通宵工作的佳话，甚至还会有那长河中的轮船以你那长夜不熄的窗灯作航示灯的故事。你实在是邋遢，头发乱如茅草，胡子不刮，衣服发皱，但现在你是名人，名人的不修边幅是别一种的潇洒呀！最遗憾的是你个子太矮，若是别人，任何征婚启事都永远没有你"二等残废"的应征可能，但因为你是名人，相书上不是有破相者大相之说法吗？总之，名人怎么能用一般人的标准去套用呢？你丑而大相无形，你口拙而大相希声，你吝啬而大盈若虚。你不喜食肉，自称"草食动物"，因而素食营养最高的理论产生致使许多人形如饿鬼，你在闷热的夏夜卷席到街道去睡，四周高楼的居民纷纷离楼，传出"要地震了"的噩讯。

你的成名为你增加了灵光，且越来越发挥了社会的作用。住家附近常常闻到狗吠，居委会主任给公安局写信，要求居民签名，你是最后一个签的，但你的名字却排在了第一名。单位所在的那条巷公共厕所坏了，单位起草给公用事业局的报告里，也是以你为第一事例，说你如此的名人，一日十次的大小解，每每手里要提一块砖垫那臭水肆流的地板。你已经有了许多头衔，尤其是名目繁多的学会的顾问，什么会也请你，在主持人提了声调介绍后的一片掌声里你得慌乱地讲几句话。所以你的好友和你开玩笑，一页的来信里总要半页写满你的头衔，称你"名人先生"。更多的是有人生了儿了要你起名，有人丧父，要你题碑文，你的案头上得永远放一本

《新华字典》。你的字恶劣不堪,但你的字被裱糊了高悬相当多的人家的正堂上。你根本不会写文章,却有写书的人求你作序(其实你常常只在写书人自写的序文后写上你的手写大名就罢了)。远在千里的你的家乡人,闻讯而来缠你办事,大到来告状来买汽车来调动工作来要超生指标,小到来治鸡眼来要去结识某人来看戏来住旅社来配眼镜,以为你什么人都认识,你一句话值千金,顶一张公文,顶一枚政府图章,你说你不认识这些部门,"可你说出你的名来,天下谁人不识君呢?"

在多少多少人的眼里,你活得多荣光自在,有多少女子恨不能在你未结婚前结识你而长生相伴,也有多少女子希望能得到你婚后的一份青睐而终身不嫁相思到老,但是,你给我说,你活得太累,你已经是名第一,人第二。我慢慢是对你的话理解了。你曾经在公共车上听见旁边有人正谈论你,立即有一个人拍着腔子说你是他的好得没了反正的朋友,说你酒量如海,小腿腹有一片肉能大颗出汗,所以你大喝而不醉,说你下巴上有一个痣,痣上有三根毛。但你不认识他,他也不认识你,甚至还拍着你的肩头说:"你不相信?也难怪,名人的事情你怎么会理解呢?"你去医院看病,划价的是一个美艳的少妇,她看了你的处方单惊叫着你就是名人×××?你说是的。她把头从极小的窗口里探出来看你,看你的脚,看你的头,看得你不知所措。少妇说:"你真是名人×××?"你不好意思了,她却以为你心虚,"不可能,名人×××怎么会是你这样呢?他是多高大的块头,风度不凡,出口成章,怎么会是你呢?"你被怀疑是同名同姓或者是冒名顶替,你成了骗子,有了糟践名人形象的罪恶而被愤怒的人群殴打。你只好说:"我不是×××,再不敢了!"众人饶了你,吼一声"滚!"你滚了。当你在正式的场合被认定就是名人×××了,你总被许多人围住照相,照了一张又一张,换了一人又一人,你得始终站在那里,你成了风景,道具,装饰物。你记不清你到底照过多少照片,但寄给你的寥寥无几。当你去旅游点看见那些披了彩带的马被男男女女骑上去留影时,你说你先世就是这马变的,这马将来转世,也将会是名人。我亲身经历了一次与你同去一个集合场面,几百人围上去让你签名,你的面前树满了持日记本的手的森林,你的身子随着人的海潮而波动不已,你无法写字,而外边的人还在挤,结果人群大乱,胡抓一起,最后谁也分不清哪个是签名的人了,我急得大叫,害怕你被纸片一样地撕碎,幸亏你终于爬出来了,你是从人群的腿缝下爬出来的,一爬出没有再看一眼那一堆还在拥挤拼抢的人就逃去了厕所。也就在那一次,你的西服领口破了,眼镜丢了一条腿儿,扣子少了三颗。

　　你不止一次地向我抱怨,说你家的茶叶最费,因为来客不断,沏一壶茶喝不了几口,再来人再沏新茶,茶叶十分之八是糟蹋了。烟更是飘雪花似地发散,别人家的排气扇若在厨房,你家却装在会客室,但墙还是被熏黄,花还是被呛死。再敲门你想躺着不开,来客却要守在门口,估摸你总得回家吧,你只好在屋里不能走动,不能咳嗽,索性还是把门打开了。你的自行车很旧,你喜欢骑这样的车子,随地可放,不怕贼偷,可你经过十字路口时被交通警挡住了,他朝你走来,你紧张了,分辩说你没有违犯交通规则,交通警却哼地向你行礼,说:"×××先生,很荣幸你走我管理的路口!"你一场虚惊,甚至觉得他在恶作剧,但这张脸是那样真诚,他突然看见你的车子而惊叫:"你怎么骑这样的车子呢?"立即招手挡住一辆面包车,连人带车把你捎走了。甚至你突然收到法院的传票,不去吧,法律是严酷的,你害怕那警车到来,去吧,犯了什么罪呢,你忐忑不安了。一进法院,接待你的人激动不已,视你为座上客,说:"我们想见见你,你是名人,平时我们是不容易见到的,只好用这种办法了,望你原谅!"你原谅了,你能不原谅吗?外边开始在议论你的私事了,包括你的爱人,你的孩子,你的身体状况饮食嗜好作息时间,如此发展,就说到你有了情人,有了除现妻之外的前妻和预备的将来的后妻,这竟使十几年未见面的一位朋友来见到你的妻子说起你有多少风流韵事时,诚恳地安慰道:"其实这有什么呢?你不必伤心,名人都是这样嘛!"使你的妻子哭不得笑不得,无法对他说话。闲话让他说去吧,可闲话一多就成了事实,你托人去街道办事处为孩了办独生子女证,办事员看见了你的大名,为难了,说:"哦,是咱们名人的孩子,这孩子长得一定漂亮了!我个人是完全愿意为名人办事的,但计划生育是国策,他和前妻有过孩子,这个虽是续妻生的,却不能算独生子女啊!"你天大的冤枉,只好让单位出证明,说你是名人,可还没有那么快就换了班子呀!

唉,你就这么受名人的荣誉,也就这么受名人的苦处。

可是,又该怎么说呢,你不愿别人以名人对待你,你又毕竟意识到自己是名人而又处处以名人来限制自己。在公众场合,你不敢信口开河,在拥挤的小饭馆里,你不敢端了一碗面条蹲在墙角吃。你不能在买菜时与小贩高一声低一声地讨价还价,你不能在街上看见秀色可餐的女子而骑车经过时斜看一眼。社会要的是你的名,你也在为名活着!当你来到有人举办的关于搜集了你的签名和书法的展览馆门口而掏出和别人一样的价钱买门票时,我突然想象到如果有哪一天,有人写了你的传记电影在挑选演员,你如果也去应选,结果会怎样呢?或许导演会看中你的相貌与名人×××相似而选中，可一定会因你演不好名人×××而被导演臭骂一顿轰出摄影棚。

你说，你简直受不了了，"我不要这个名，我要活人！"你甚至想象到有一天你在人头攒涌的场合走着走着，突然身子发生质变，变成泥塑木雕，永远停在那里供人去观赏和礼拜，而你的真人逃走多好！或者更简单，你获得了一件古代传说中的隐身衣……但这毕竟是想象呀，你只有不断地向前来使你不能安静的人说："别把我当名人，我其实一文不值！"

是的，你一文不值，在你和你的妻子的吵闹中她不止十次地这么对你吼过。她知道你是一个多么平凡的人，知道你哪枚牙上有着虫洞，哪只鞋子夹了指头，还有痔疮，且三个外痔经常磨破，弄得满裤头的腥血，知道你有三天不刷牙的劣习，有吃饭时放屁的毛病。就是这样的一位妻子，你却是那样地感激她，热爱她，你在她的欢笑中耍娇，在她的叹息中计划米面油盐酱醋的开销，在她的唠唠不休的嘟囔中发怒。当每一个夜晚来临，你关了窗子，收了晾着的孩子的尿布，封了火炉，取了便盆，关门熄灯，将帽子大衣鞋子袜子和裤头一齐丢在沙发上然后溜进那个热烘烘的被窝去时，你说，我现在不是名人了，亲爱的……

草就于1990年3月17日三十八岁生日

关于女人

如果作理性的分析，一个女人，既然是仅属于女性的人，其形象的美与丑是没有什么意义的，但实际的情况是，每一个男人，包括最理性者，见到一个具体的，活生生的，漂亮的女人，没有不产生异样感觉的。成语词典里，美女人被比作花，比作月，贾宝玉感慨女人是清水做的，我们或许嘲笑这是情种们的言论，但沈从文说过，女人是天使和魔鬼合作的产物，甚至胡适先生谈佛的戒色，主张见到美女就立即想她老了的形象，想她死后的一副骷髅，这岂不暴露了美女人仍对他们的强大的诱惑，只是无可奈何地逃避罢了。真正有点不注重了女人美丑的是那些偏僻乡间的贫困的老大不小的光棍汉，"尾巴一揭是个女的"。他们认为，只要能娶来在他的土炕上就行了。他们对于美的女人有不属于自己的潜层意识，如同我们身为机关科员，平日眼盯着科长、处长的位子，而从来没有要当国家主席的念头，即使去了一趟中南海，也不至于流连忘返，夜不成寐。可这些身子很饥渴的光棍汉毕竟还要说：什么美的丑的，灯一拉还不都一样吗？他们在婚后也就至死不点了灯行房事，可见女人之美的愉悦是男人共有的，对美女追求只阻于穷，穷不择妻的。

可以说，社会发展到今天，妇女解放的口号呐喊了几个世纪，但世界还根子里是男人的。任何男人，不管说与不说，还是以外表的好感首先对一个初识女人采取对待的态度，恋爱中的"一见钟情"被歌颂得十分美妙，一见钟情的当然是外貌。每个男人都希望自己的老婆长得漂亮，诚然漂亮的标准异人异样，且人人都是那么择着，最后没有剩下的，如挑到底卖到完的桃子。而女人呢，也习惯了拿自己的漂亮去取悦男人，"为知己者容"，瞧，说得似乎高尚，其实一把辛酸。一个不引起男人注意的，不被男人围绕着殷勤的女人，这女人要么自杀，要么永不出户，要么发誓与命运抗争，刻苦磨炼一种技艺而活着。哪个女人不企图提高街头上的回头率呢，即便遇上了太馋的目光，场面难堪，骂一句"流氓！"那骂声里也含几分得意。现在社会上的商店，几乎全是为女人开设，出售着大量的衣服和化妆品，百分之八十的杂志封面刊登的是女人的头像，好像这个世界是女人的，其实这正是男人世界的反映。男人们的观念里，女人到世上来就是贡献美的，这观念女人常常不说，女人却是这么做的。这个观念发展到极致，就是男人对于女人的美的享受出现异化，具体到一对夫妇，是男人尽力为女人服务，于是，一些蠢笨的男人就误认为现在是阴盛阳衰了。三十年代有个很有名的军人叫冯玉祥的，他在婚娶时问他的女人为什么嫁他，女人说：是上帝派我来管理你的。这话让许多人赞叹。但想一想，这话的背后又隐含了什么呢？说穿了，说得明白些，就是男人是征服世界而存在的，女人是征服男人而存在的，而征服男人的是女人的美，美是男人对女人的作用的限定而甘愿受征服的。懂得这层意思的，就是伟大的男人，若是武人就要演出"英雄难过美人关"的故事，若是文人就有"身死花架下，做鬼也风流"的诗句。而不懂这层意思，便有了流氓，有了挨枪子的强奸罪犯。

　　明白了这个世界仍是男人的，女人也明白了自己的美的作用，又不被美而被动了自己的人格，又是美能长长久久为自己产生效力，女人该怎样地去活呢？上帝创造万物原本公正平衡，古有杞人忧天，天是永远不会塌下来的，即使地球爆炸了，仍有供人生存的

精神之花是我们生命灿烂

独弹自家变调琴

星球。过去我们以木取火,眼看着山上的树木被砍了回家烧饭,树砍光了,连树根也刨了,就害怕某一日用什么来烧饭呢?但后来就有了能燃烧的叫煤的石头,煤的石头挖尽了,又有了电,或许将来没有了电,烧饭的燃料就会出现别的。男女既为人类的两半,从来没有男为多半,女为少半,两半同中有异,异而相吸,谁也离不得谁的。相吸的是以性为磁的,性是人类同吃同喝一样重要的一种欲,性欲的刺激是以人之外貌美好为点,而欲是创造世界的原动力,这也正是上帝造人之所以分为男女的秘诀所在。对于性这种欲的冲动,人类在有了文明后带有两种说法,一是称作爱情,给以无以复加的歌颂,作为所有艺术的永恒专题;一是斥为色情,给以严厉的诋毁和鞭挞。可是,谁能说清爱情是什么呢?色情又是什么呢?它们都是精神的活动,由精神又转化为身体的行动,都一样有个"情"字,能说是爱情是色情的过滤,或者说,不及的性就是爱情,性的过之就是色情吗?不管怎么说,它们原是没区别的。女人大约有分为几个型的,如贤妻良母型和轻佻放荡型等等,又有以别的角度分为两大类的,即大家闺秀和小家碧玉。这种种类型,实质是男人的目光所见。好多男人喜欢的是轻佻放荡的女人,希望招之,女人就会来之,在一起说,笑,打情骂俏,但他们常常不愿这样的女人成为他们的妻子,对于妻子,却要求永远忠于他们,视丈夫以外的男人为石头木头,女人们到底将要全部作为妇人的,如果都对自己的妻子严格限制,天下哪儿又有供自己风流的女人呢?这就是男人最矛盾的地方,所以男人在某种意义上讲是最自私和丑恶的动物。女人之所以要做真正的女人,首先要懂得男人的禀性:男人是朝三暮四的,是喜新厌旧的,是吃了碗里看在锅里的,不胡思乱想的男人不是男人,所谓的在性上的高尚与卑下的男人之分是克制的力量强弱，是环境的允许与限制，是文化重负下的犹豫和果断。孔子说女子和小人难养，远之不行，近之不行，男人更是这样，常常有男人以占有过众多女人为荣耀，以至到最后，乐道的只是数字而无法记忆起某个女人的名姓和形象；也有男人家有美妻仍立于街头感慨美女如云，觉得每一个都胜过家中的那位，若他真的又娶了街头最美的一个，不久又会觉得此不如彼。爱是得不到的为爱，可望而不可即，女人如果是一条总在手指间滑脱而去的泥鳅，男人就有了苍蝇一样的勇敢。于是，聪明的女人要使自己永远被男人看重，做了妻子永远要获得丈夫的宠爱，她应追求的不是让男人占有，也不占有男人，和让男人占有，也占有男人，转换这种关系的是一种平等，一种自我的独立。以自我而活，活有个性，活有热情，这就常活常新，正是这种常活常新，恰好符合了男人的那份易于疲倦的贱的禀性，使他们有了新鲜感，有了被吸引力。这结局虽然同讨好男人要企图达到的目的一样，但质发生了变异。可惜在这个男人的世界里，许多的女人不知道了怎样做女人，长得美固然是一份资本，但形象之美能从小保持到老吗？以美色之貌满足男人，美色之祸男人必然厌恶，且世上美貌有各式各样的美貌型，以其之一怎能囊括全部而统治男人的吃了五味想六味呢？以轻佻放荡取悦，轻看了自己，什么样的男人都要轻看你。太爱听赞美话，就易使男人阴谋得逞，顺竿而爬。太善良，对男人太好，又会使男人产生错觉，膨胀一份贼胆。漂亮是美的表，端庄是美的质，我们敬奉菩萨，首先是我们喜欢菩萨的漂亮，而菩萨庄重，再淫荡的男人也没有产生过要强奸她的邪念，但任何男人谁没有跪倒在菩萨的脚下呢？

可以说现在有相当多的女人不满男人的世界，却错误的一心要做女强人。常常听到有做母亲的在培养女儿做撒切尔夫人，撒切尔夫人之所以被称为铁女人，那是指政治而言，她们的理解，女人就要风风火火，就要慷慨激昂，好争好斗，如猛虎狮子。男人在主导着这个世界，这已经是人类的不幸，如若某一日女人再主导了这个世界，那同样是人类的不幸。男人就是男人，女人就是女人，男人与女人两极发展，这才是真正的男人和女人，才是上帝造人的原意，男者不男，女者不女，反倒使阳阴世界看似合一实则不平衡了。

独立做女人的人格，热情地对待生活，对待自己，为自己而活着，活得美好，女人越会对男人产生永久的吸引，这就是平等的，与男人平等是真正地活出了女人味。有了这种与男人平等地生存于世上，平等地做夫妻的女人味，或许长得漂亮，或许长得不漂亮，但自然而然地就产生了你的态。态是古时用语，态无法言说，类似当今人所谈的气质和风度。女人的漂亮不会永驻，女人的态却长伴终生。李渔讲女人有态，三分漂亮可增加到七分，女人无态，七分漂亮可降落到三分，它如火之有焰，如灯之有光，如金银之宝气。态当然有天生具有的，但更多是后天可培养。古时候，有态的女人是声名显赫的妓女，妓女在那时是以男人而活着的附属物，但往往成为棋琴书画俱佳的高等艺妓，却成了活得与男人平等活着的最自为的人。所以最有了态。现在当然没必要只有牺牲自己，渡过血与泪的深渊而再出生污泥成莲荷，已经是有气质和风度的女人越来越多，这是社会的进步，女人们这么活下去，活着的才真正是女人。

看 人

最好的风景是在街头上看人。嚼了口香糖，悠然悠然从一个商店门口踱到另一个商店门口，要买东西又似乎没多带钱，或衔一颗烟的，立于电车站牌下要等一个朋友的，等得抓耳挠腮，火烧火烤。——遇得人交谈便掏出采访本来记的不是好记者，在口袋里插一支钢笔的是小学生，插两支的是中学生，插的更多了，就不再是更大的知识分子，是小贩，修理钢笔的。若故作了一种观察的姿势，且不说显出村相，街头立即会有诸多人驻下脚同你看一个方向，交通堵塞，警察就要举着警棒过来了。——知非诗诗，未为奇奇（这是书上写着的），把一切的有意都无意着，你真可潇洒一回，自由地看那好的风景了。

街头上的人接踵往过走，少小时候，大人们所讲的过队伍莫非如此？可这谁家的队伍没完没了，从哪里来？往哪里去？地理学家十次八次在报纸上惊呼：河流越来越干涸了。城市是什么？城市是一堆水泥，水泥堆中的人流却这般汹涌！于是你做一次孔子，吟"逝者如斯夫"，自觉立于岸上的胸襟，但瞬间的灿烂带来的是一种悲哀：这么多的人你一个也认不识呀，他们也没一个认识你，你原本多么自傲，主体意识如何高扬，而还是作为同类，知道你的只是你的父母和你的妻子儿女，熟人也不过三五数。乡间的葬礼上常唱一段孝歌，说"人活在世上有什么好，说一句死了就死了，亲戚朋友都不知道"，现在你真正体会到要出眼泪了。

姑且把悲苦抛开吧，你毕竟是来看人的风景的。你首先看到的是人脸,世上的树叶没有两片相同,人脸更如此。有的俊,有的丑,俊有不同的俊,丑有不同的丑,但怎么个就俊了丑了?你看着看着,竟不知道人到底是什么,怀疑你看到的是不是人?这如同面对了一个熟悉的汉字,看得久了就不像了那个汉字。勾下头,理性地想想,人怎么细细的一个脖子,顶一个圆的骨质的脑袋,脑袋上七个洞孔,且那么长的四肢,四肢长到梢末竟又分开叉来,形象多么可怕!更不敢想,人的不停地一吸一呼,其劳累是怎样的妨碍着吃饭、说话和工作啊!是的,人是有诸多的奇妙,却使作为具体的人时不易察觉而疏忽了。在平常的经验里,以为声音在幽静时听见,殊不知嚣杂之中更是清晰,不说街头的脚步声、说话声和车子声(这些声音往往是嗡嗡一团),你只须闭上眼睛,立即就坠入一种奇异的境界,听得到脖子扭动的声,头发飘逸的声,衣服的磨蹭声,这声音不仅来自你耳朵的听觉,似乎是来自你全身的皮肤。由此,你有了种种思想,乜斜了每个人的形形色色的服饰,深感到人在服饰上花费的精力是不是太多了呢,为什么不赤裸最美好的人的身体呢,若人群真赤裸了身体,街头又会是什么样的秩序呢?据说人是曾有过三只眼的,甚至双乳也作目用,什么原因又让日渐退化消亡?小时候四条腿,长大了两条腿,到老了三条腿,人的生存就是这么越来越尴尬。谁也知道那漂亮的衣服里有皱的肚皮,肚皮里有嚼烂的食物和食物沦变的粪尿,不说破就是文明,说穿就是粗野;小孩无顾忌,街头上可以当众掀了裤裆,无知者无畏,有畏就是有知吗?树上有十只鸟,用枪打下一只鸟,树上是剩有九只鸟还是一个鸟也没有,这问题永远是大人测验小孩的试题,大人们又能怎样地给自己出类似的关于自身的考问呢?突然间,你有了一种醒悟,熊掌的雄壮之美是熊的生存需要而产生的,鹤足的健拔之美是鹤的生存需要而自然形成，人的异化是人创造的文明所致。人是病了，人真的是病了，你静静地听着，街头的人差不多都在不断地咳嗽。

人行道的，那一边的，人都是脸和肚子朝前地走过来，这一边的，人又是屁股和脑勺在后地走过去。正面来的，可以见到美的傲的扬头的女子，看到低着脑门的深沉的男人。从每一个人的表情上，或严肃的，或微笑的，或笑不动容的，或有笑容无声的，你立即知道他们的职业是公安人员还是在宾馆做招待。看多了那些西装革履，夹着小皮包，露着凸凸的小肚的公司的大采购和个体的小老板，看多了额上密密皱纹，对上司是谦谦后生，待下级是大呼小叫的机关干部，看多了抬脚超步正经规矩又彬彬有礼的教师，长发如狮的画家，碎步吊臀的戏曲艺人，即便是服饰上没有明显标志，姿态上又缺乏特点，你只要侧耳听一听他们正说着的笑话，也便分辨出这是社会上的哪一类人了。中国人的笑话总是包含着性的成分，社会地位低的，从事简单劳动的总是围绕了性的实在的操作而衍义，知识分子的却津津乐道于一种感觉，而见面不能交心又不能不说话不亲近，就只讲同伙中的某某怎么对儿媳倒洗脚水呀，熬鸡汤买乳罩呀的，那百分之百是我们的有着相当权力的领导。好了，在山川看风景，有人喜欢丑石，有人喜欢枯木，但更多的人愿意欣赏芳草艳花，在街头看人的风景，你当然赏心悦目的是女人，当然是年轻漂亮的女人。那些并排走的，大声地说话，笑，表现了无限纯情的女孩子，她们步伐跳跃，如有弹簧，秀发飘动，如云如焰，你惊羡青春的气息，但气息表现在哪儿，你又说不清，却完全体会到了贾宝玉的"女孩儿是清水做的"感觉。最妖娆的是那些少妇们了，她们有极大方的，也有好腼腆的，年龄正当，阴阳互补，恰是长熟时期，其态媚人，如火之有焰，灯之有光，珠贝金银之有宝色。你为她们担心，街头的男人总是看她们，如果看一眼，眼珠就在被视物上留有痕迹，那么，她们的衣服上是一层又一层的眼痕，晚上回家脱衣一抖，满地都是能踩泡儿的眼珠子了。中午的太阳照着，她们的身影拖得很长，步行的或骑车的男人不远不近地跟着，总是要踩住她们的影子，企求合二为一，影子如果有感觉，影子无时无刻不在疼痛着。对于男人们的高度注意，当然你可以看出她们是乐意接受呢还是厌恶。乐意的恐怕百分之百，即使面对了很狠很馋的目光，说一声"讨厌！"那也说得十分得意。由此可想，法律若能按人的心理而定，那么要惩治一个少妇人，什么刑具也不要，只让世上的男人都不看她，不理她，这个女人就完了。作为一个女人，完全知道自己的美的价值，只是怎样利用这种价值而区别了她们的品格。吊膀的女人是吊膀女人的神气，温顺女人是温顺女人的神气，因美而贵，因贵而傲的女人，她们常常表现出目空一切，其实她们的内心最龙腾虎跃，她们只是有好的眼角余光，搭眼一扫便知道了每个男人的优劣和对她们的态度。她们最看不起那些小殷勤的男人，却会调动这些小殷勤而安全自处，她们更清楚对她们不献小殷勤的男人反倒深爱着她们，这不是老谋深算，也便是有心没胆，瞧，瞧，她们在以毒攻毒了，以同样的冷漠来增加自己的神秘和魅力，或是培养鼓动起胆怯者的大勇，偏要看到沉默的火山口喷发熔浆。想一想，到那时，她们刚的一面还有吗，其如水之柔情反倒是使任何温顺的女人都黯然失色了。

　　街头这边的人行道上，不可能看到走过去的脸面，但是，识人最好的是识脸面，脸面却不是惟一的。戏曲舞台上，演员登场常有背身而出，那肩臂的一高一低，那屁股的一抖一动，都有戏，便明白这是一个什么角色。赌博桌上，仅看着一双双参赌人的手，也就知道了这一个赌徒是多么迫不及待，那一个赌徒却早胸有成竹了。现在，看着前面卷着一个髻儿的，一脚端正，一脚外撇的水蛇腰的女人，你不妨张开你想象的翅膀吧（有趣的是，这种想象十有八次与事实相符）：她是在商场工作吗？她坐在柜台的里边，鞋总是有意无意就脱了，口里在暗唱着一支歌，脚的趾头就十趾高下动着节奏，那指甲一定染过红的。发型盘那么个髻儿，脖子却黑瘦，她是在脸上涂了厚的脂粉却忘记了脖子和耳根，精美的小提包鼓囊囊的，是装着钱，还是一堆化妆品，甚或什么都没有，是一包卫生纸。这女人长在前边的眼睛一定在滴溜溜四处张望了，随时要对着一个熟人大声尖叫，她会跑过每一个橱窗前从玻璃里看自己形象，遇着一个整齐的男人心会怦然跳动，手不自觉地在理一下头发，会在她家的巷口与人挤眉弄眼地说谁家媳妇是骚狐子，进了门却踢蹬了高跟鞋就歪在沙发上喊累死我了，开始骂丈夫什么时候了，饭没做好？！你看过了独个的人，也不妨看看一伙两个三个的人，那走势和说话的神态，能判断出这是夫妻，夫妻是结发夫妻，还是两副旧家具的一对新人，关系是亲是疏，家境是贫是富。或压根不是夫妻，是同志，是邻居，甚或是情人，这情人是才有了关系还是偷情了数年？你注意到了吗？立于人行道的这边，看男人对女人的回头率是最好的角度了。男人的禀性永远是看着别的女人好，他们即使在家里有美貌的妻子，即使与妻子和睦亲爱，他们不分老少丑美，但凡在街头见着漂亮的女人，没有不投一眼过去的。有原本慢悠悠悠骑车而行的，猛地发现了前后有可观的，或故意减速，让那女的前行，看了后影又忍不住要看脸面，疾驶前行，在那平行的瞬间，头就扭动了。这一瞥的惊美，或是永留记忆，常忆常新，引无限冲动,或是一小时、几分钟后淡然忘却,或是看了后影,期望值太高,再看脸面甚是失望,这就要无声地自己嘲弄自己了。你常会发现那些与漂亮女人保持距离的男人,身子弓下去,头却仰扬着,这男人一定是在做一种祈祷:这女人如果能进前边的一个巷子去,这女人或这类女人是与我有缘的,以后便能接触。所以,这样的男人就要在一个巷口把头耷拉下来,因为那女子并没有进他所企望的巷口,而提前拐进了另一个巷口,或者如愿以偿,这便是街头常有男人突然哼了歌子的原因。男人的这种禀性若认作是卑鄙,世上就全是流氓,不,他们是在表现着爱美。这个时候,你就觉得人生是多么好,男人是多么好,如果一个男人见到漂亮的女人不愉悦,那这男人干什么事情还有激情,有创造力呢?男人是创造世界的,女人是征服男人的,事情就是这样。当然了,街头上仍是有淫邪的男人的目光,年轻而从未有接待过女人经验的,夫妻感情破裂,长期分居的,干脆就是色鬼流氓,知其肉不知灵的,他们百无聊赖,就蹲于街房墙根,斜眼上瞧,专看那女人走过的刹那胸部位的耸动,然后低下头去,用手使劲地捻一下无可奈何的一张僵脸,响响地咽一口唾沫了。或者一只脚踏在栏杆的铁链上,胳膊又撑在膝盖上顶着一颗脑袋,一边看一边摇晃铁链,他们哀叹美女如云,怎么自己的老婆那么丑呢?能解脱的想,河里的鱼再好,没碗里的鱼好,哪一个女人娶到家来都会变丑的吧。解脱不了的,就骂:世上的好女人都是让狗×着!

在街头看人的风景,你实在是百看不厌,初入城市的乡民怎样于路心张望,而茫然不知往哪里走,警察的指手画脚,小偷制造拥挤,什么是悠闲,什么是匆忙,盲人行走,不舍昼夜,醉汉说话,惟其独醒。你一时犯愁了,这些人都在街头干什么,天黑了都会到哪儿去，怎么就没有走错地方而回到自己家里？如果这时候一声令下，一切停止，凝固的将是怎样的姿势和怎样的表情？突然发生地震，又都会怎样地各自逃命？每个人都是有他的父亲和母亲的，街头的人流，几十年前，同样流过的是这些人的父母吗？几十年后，流过的又是这些人的儿女吗？如若不是这样，人死了会变成鬼，鬼仍活在这个世上，那么一代代人死去仍在，活着的继续生出，街头该是多么的水泄不通啊！世界上有什么比街头丰富呢？有什么比街头更让你玄思妙想呢？在地铁入口，在立交桥头，人的脑袋如开水锅冒出的水泡，咕噜咕噜地全涌上来；蹴下来，平视着街面，各式各样的鞋脚在起落。人的脑袋的冒出，你疑惑了他们来自另一个世界的神秘，鞋脚起落，你恐怖了他们来在这个世界要走出什么样的方阵。芸芸众生，众生芸芸，这其中有多少伟人、科学家、哲学家、艺术家、文学家，到底哪一个是，哪一个将来是？你就对所有人敬畏了，于是自然而然想起了佛教上的法门之说，认识到将军也好，小偷也好，哲学家也好，暗娼也好，他们都是以各自的生存方式在体验人生，你就一时消灭了等级差别，丑美界限，而静虚平和地对待一切了。

　　进入到这样的境界，你突然笑起来了：我怎么就在这里看人呢？那街头的别人不是也在看我吗？于是，你看着正看你的人，你们会心点头，甚或有了羞涩，都仰头看天，竟会看到天上正有一个看着你我的上帝。上帝无言，冷眼看世上忙人。到了这时，你境界再次升华，恍惚间你就是上帝在看这一切，你醒悟到人活着是多么无聊又多么有意义，人世间是多么简单又多么复杂。这样，在街头上看一回人的风景，犹如读一本历史，一本哲学，你从此看问题，办事情，心胸就不那么窄了，目光就不那么短了，不会为蝇头小利去勾心斗角，不会因一时荣辱而狂妄和消沉，人既然如蚂蚁一样来到世上，忽生忽死，忽聚忽散，短的数十年里，该自在就自在吧，该潇洒就潇洒吧，各自完满自己的一段生命，这就是生存的全部意义了。

草于 1992 年 5 月 2 日

朋 友

　　朋友是磁石吸来的铁片儿，钉子，螺丝帽和小别针，只要愿意，从俗世上的任何尘土里都能吸来。现在，街上的小青年有江湖义气，喜欢把朋友的关系叫"铁哥们"，第一次听到这么说，以为是铁焊了那种牢不可破，但一想，磁石吸的就是关于铁的东西呀。这些东西，有的用力甩甩就掉了，有的怎么也甩不掉，可你没了磁性它们就全没有喽！昨天夜里，端了盆热水在凉台上洗脚，天上一个月亮，盆水里也有一个月亮，突然想到这就是朋友么。

　　我在乡下的时候，有过许多朋友，至今二十年过去，来往的还有一二，八九皆已记不起姓名，却时常怀念一位已经死去的朋友。我个子低，打篮球时他肯传球给我，我们就成了朋友，数年间形影不离。后来分手，是为着从树上摘下一堆桑葚，说好一人吃一半的，我去洗手时他吃了他的一半，又吃了我的一半的一半。那时人穷，吃是第一重要的。现在是过城里人的日子，人与人见面再不问"吃过了吗"的话。在名与利的奋斗中，我又有了相当多的朋友，但也在奋斗名与利的过程中，我的朋友变换如四季。……走的走，来的来，你面前总有几张板凳，板凳总没空过。我做过大概的统计，有危难时护佑过我的朋友，有贫困时周济过我的朋友，有帮我处理过鸡零狗碎事的朋友，有利用过我又反过来踹我一脚的朋友，有诬陷过我的朋友，有加盐加醋传播过我不该传播的隐私而给我制造了巨大的麻烦的朋友。成我事的是我的朋友，坏我事的也是我的朋友。有的人认为我没有用了不再前来，有些人我看着恶心了主动与他断交，但难处理的是那些帮我忙越帮越乱的人，是那些对我有过恩却又没完没了地向我讨人情的人。地球上人类最多，但你一生的交往最多的却不外乎方圆几里或十几里，朋友的圈子其实就是你人生的世界，你的为名为利的奋斗历程就是朋友的好与恶的历史。有人说，我是最能交朋友的，殊不知我的相当多的时间却是被铁朋友占有，常常感觉里我是一条端上饭桌的鱼，你来捣一筷子，他来挖一勺子，我被他们吃剩下一副骨架。当我一个人坐在厕所的马桶上独自享受清静的时候，我想象坐监狱是美好的，当然是坐单人号子。但有一次我独自化名去住了医院，只和戴了口罩的大夫护士见面，病床的号码就是我的一切，我却再也熬不了一个月，第二十七天里翻院墙回家给所有的朋友打电话。也就有人说啦：你最大的不幸就是不会交友。这我便不同意了，我的朋友中是有相当一些人令我吃尽了苦头，但更多的朋友是让我欣慰和自豪的。过去的一个故事讲，有人得了病看医生，正好两个医生一条街住着，他看见一家医生门前鬼特别多，认为这医生必是医术不高，把那么多人医死了，就去门前只有两个鬼的另一位医生家看病，结果病没有治好。旁边人推荐他去鬼多的那家医生看病，他说那家门口鬼多这家门口鬼少，旁边人说：那家医生看过万人病，死鬼五十个，这家医生在你之前就只看过两个病人呀！我想，我恐怕是门前鬼多的那个医生。根据我的性情、职业、地位和环境，我的朋友可以归两大类：一类是生活关照型。人家给我办过事，比如买了煤，把煤一块一块搬上楼，家人病了找车去医院，介绍孩子入托。我当然也给人家办过事，写一幅字让他去巴结他的领导，画一张画让他去银行打通贷款的关节，出席他岳父的寿宴。或许人家帮我的多，或许我帮人家的多，但只要相互诚实，谁吃亏谁占便宜就无所谓，我们就是长朋友，久朋友。一类是精神交流型。具体事都干不来，只有一张八哥嘴，或是我慕他才，或是他慕我才，在一块谈文道艺，吃茶聊天。在相当长的时间里，我把我的朋友看得非常重要，为此冷落了我的亲戚，甚至我的父母和妻子儿女。可我渐渐发现，一个人活着其实仅仅是一个人的事，生活关照型的朋友可能了解我身上的每一个痣，不一定了解我的心，精神交流型的朋友可能了解我的心，却又常常拂我的意。快乐来了，最快乐的是自己。苦难来了，最苦难的也是自己。

然而我还是交朋友，朋友多多益善，孤独的灵魂在空荡的天空中游弋，但人之所以是人，有灵魂同时有身躯的皮囊，要生活就不能没有朋友，因为出了门，门外的路泥泞，树丛和墙根又有狗吠。

西班牙有个毕加索，一生才大名大，朋友是很多的，有许多朋友似乎天生就是来扶助他的，但他经常换女人也换朋友。这样的人我们效法不来，而他说过一句话：朋友是走了的好。我对于曾经是我朋友后断交或疏远的那些人，时常想起来寒心，也时常想到他们的好处。如今倒坦然多了，因为当时寒心，是把朋友看成了自己和自己的家人，殊不知朋友毕竟是朋友，朋友是春天的花，冬天就都没有了，朋友不一定是知己，知己不一定是朋友，知己也不一定总是人，他既然吃我，耗我，毁我，那又算得了什么呢？皇帝能养一国之众，我能给几个人好处呢？这么想想，就想到他们的好处了。

今天上午，我又结识了一个新朋友，他向我诉苦说他的老婆工作在城郊外县，家人十多年不能团聚，让我写几幅字，他去贡献给人事部门的掌权人。我立即写了，他留下一罐清茶一条特级烟。待他一走，我就拨电话邀三四位旧的朋友来有福同享。这时候，我的朋友正骑了车子向我这儿赶来，我等待着他们，却小小私心勃动，先自己沏一杯喝起，燃一支吸起，便忽然体会了真朋友是无言的牺牲，如这茶这烟，于是站在门口迎接喧哗到来的朋友而仰天嘀嘀大笑了。

草于1997年2月5日晚

友　谊

画面上站着的是我，坐着的是邢庆仁。

邢庆仁是一位画家。

我们曾一起在深圳何香凝美术馆办过书画展，展名叫《长安男人》，实在是长安城里两个最丑陋的男人。托尔斯泰说过幸福的家庭是一样的，不幸的家庭有各自的不幸，其实人的长相也是这样，美人差不多一个模式，丑人之间的丑的距离却大了，我俩就是证据。

和邢庆仁来往频繁始于二十世纪之末，到现在差不多已四年。四年里几乎每礼拜见一次，我还没有发现他有什么大的毛病，友谊日渐坚刚。我想了想，这是什么原因呢？可能我们都是乏于交际，忠厚老实，在这个太热闹的社会里都一直孤独吧。再是，我也总结了，做朋友一定得依着性情，而不是别的目的，待朋友就多理解朋友，体谅朋友，帮助朋友，不要成为朋友的拖累。中国十多亿人，我也活了近五十年，平日交往的也就是七八个人的小圈子，这个小圈子且随着时间不断地在变换，始终下来的才是朋友。那些在阶级斗争年月里学会了给他人掘坑的人，那些太精明聪明的人，那些最能借势的人，我是应付不了，吃些亏后，就萧然自远了。人的生活就是扒吃扒喝和在人群里扒着友谊的过程，所以，我画下了这幅画。

这样的画我同时画了两幅，一幅庆仁索要了去，一幅就挂在我的书屋。庆仁那天取画的时候，说他读了一本书，书上有这样一句

道德经问世图

邻家少妇

话：穷人容易残忍，富人常常温柔。

"这话当然不仅指经济上的穷与富，"他说，"你想想，事业上，精神上，何尝不是这样呢?"

我想了想，就笑了。

2002 年 3 月 25 日早

说 花 钱

中国传统的文化里,有一路子是善于吹的,如中医大夫,如气功师,街头摆摊卜卦的,酒桌上的饮者,路灯下拥簇着的一堆博弈人和观弈人,一分的本事吹成了十二分的能耐,连破棉袄里扪出一只虱来,也是珍养的,有双眼皮的俊。依我们的经验,凡是太显山露水的,都不足怕,一个小孩子在街上说他是毛泽东,由他说去,谁信呢,人不信,鬼也不信。先前的年里,戴口罩很卫生,很文明,许多人脖子上吊着白系儿,口罩却掖在衣服里,就为着露出那白系儿。后来又兴墨镜,也并不戴的,或者高高架在脑门上,或者将一只镜腿儿挂在胸前衣扣上。而现在却是行立坐卧什么也不带的,带大哥大,越是人多广众,越是大呼小叫地对讲。——这些都是要显示身份的,显示有钱的,却也暴露了轻薄和贫相。金口玉言的只能是皇帝而不是补了金牙的人,浑身上下皆是名牌的服饰的没有一个是名家贵族,领兵打仗了大半生的毛泽东主席从不带一刀一枪,亿万富翁大概也不会有个精美的钱夹装在身上。

越不是艺术家的人,其做派越更像艺术家;越是没钱的人,越是要做出是有钱的主儿。说句好话,钱是不能说就证明一切,但也不能说钱就不是一种价值的证明,说难听点,还是怕旁人看不起。过日子的禀性是,过不好,受耻笑,过好了,遭嫉妒。豪华宾馆的门口总竖着牌子写着:"衣着不整,不得入内",所谓不整者,其实是不华丽的衣着,虽然世上有凡人的邋遢是肮脏、名流的邋遢是不修边幅之说,但常常有不修边幅的名流在旁人说出名姓后接待者的脸面方由冷清到生动。于是，那些不失漂亮的女子，精致的手袋里塞满了卫生纸，她们不敢进澡堂，剥了华丽的外套，得缩身捂住破旧不堪的内衣，锃亮的高跟皮鞋不能脱，袜子被脚趾捅出个洞。她们得赶快谈恋爱，谈恋爱了，去花男朋友的钱，或者不结婚，或者结了婚搞婚外恋，傍大款，今天猎住这个，明日瞄准了那位，藤缠树，树有多高，藤有多高，男人们"下海"在水里扑腾，她们"下海"了，在男人的船上。社会越来越发展到以法律和金钱维系，有定数的钱就在世上流通，聚聚散散，来来往往，人就在钱上穷富沉浮。若将每一张钞票当一部小说来读，都有一段传奇的吧。

如果平静地来讲，现在可爱的倒不是那些年轻的女子了，老太太更显得真实、本质，做小市民有小市民的味：头梳得油光光地去菜市，问过了这一摊位的价格，又去问那一摊位的价格，仰头看天，低首数钱，为一分两分与摊主争吵，要揭发呀要告状呀地瞧摊主的秤星秤锤，剥菜叶子，掐葱根，末了要走了还随手捏去几棵豆芽。年轻的女子在市民里仍有个"小"字，行为做事却要充大。越是小，越怕人说小，如小日本偏自称大日本帝国，一个长江口上的滩城偏要叫做大上海。

依一般的家庭，能花钱的都是女人，女人在家庭有没有地位就看是否掌握花钱的权力，如今的"气管炎"日益增多，是丈夫们越来越多地失去了经济的独立。事实是，真正的男人是不花钱的。日本的一位首相说过，好男人出门在外身上只装十元钱。他有能力去挣钱，挣了钱就让女人去花吧，看着女人去花钱，是把烦琐的家庭日常安排之任交她去完成了。即使女人们将钱花在衣着上、脸面上，那更是男人的快乐，试想，一个人被他救过命又救过另外人的命，他是从内心深处不愿常见到恩人而企望被救过的那人常出现在他面前的。不管如何地否认和掩饰,今日的社会还是以男人为中心的社会,女人——如张爱玲所说——即使往前奔跑,前面遇到的还是男人。所以,有了自己钱的,做了强人的女人,实指望一切要主动,却一切皆不主动,尤其是爱情。

钱的属性既然是流通的,钱就如人身上的垢痂,人又是泥捏的,洗了生,生了洗。李白说,千金散去还复来。守财奴全是没钱的。人没钱不行,而有人挣得钱多,有人挣得钱少,表面上似乎是能力的大小,实则是人的品种所致。蚂蚁中有配种的蚁王,有工蚁,也有兵蚁;狗不下蛋,鸡却下蛋,不让鸡下蛋鸡就憋死。百行百业,人生来各归其位,生命是不分贵贱和轻微的。钱对于我们来说,来者不拒,去者不惜,花多花少皆不受累,何况每个人不会穷到没有一分钱(没有一分钱的是死了的人),每个人更不会聚积所有的钱。钱过多了,钱就不属于自己,钱如空气如水,人只长着两个鼻孔一张嘴的。如果这样了,我们就可以笑那些穷得只剩下钱的人,笑那些没钱而猴急的人,就可以心平气和地去完成各自生存的意义了。古人讲"安贫乐道"并不是一种无奈后的放达和贫穷的幽默,"安贫"实在是对钱产生出的浮躁之所戒,"乐道"则更是对满园生命的伟大呼唤。

说 生 病

有一种病,在身上七年八年不愈,要想想,这一定是有原因了。泄露了不该泄露的天的机密?说破了不该说破的人的隐私?上帝的阴谋最多可以意会而不能言传的。那么,这病就特别的有意义,自感是一位先知先觉,勇敢的普罗米修斯,甘受惩罚吧。或许,人是由灵魂和肉体两方结合的,病便是灵魂与天与地与大自然的契合出了问题,灵魂已不能领导了肉体所致,一切都明白了吧,生出难受的病来,原来是灵魂与天地自然在做微调哩。

真如果这么对待了生病,有病在身就是一种审美。静静地躺在床上,四面的墙涂得素白,定着眼看白墙墙便不成墙——如盯着一个熟悉的汉字就要怀疑这不是那个汉字——墙幻作驻云,恰有穿白衣白帽白口罩的"天使"女子送了药来。吊针的输液管里晶莹的东西滴滴下注,作想这管子一头在天上,是甘露进入身子。有人来探视,都突然温柔多情,说许多受感动的话,送食品,送鲜花。生了病如立了功,多么富有,该干的事都不干了,不该享受的都享受了,且四肢清闲,指甲疯长,放下一切,心境恬淡,陶渊明追求的也不过这般悠然。

最妙的是太阳暖和,一片光从窗子里进来跌在地上,正好窗外有一株含苞的梅,梅枝落雪,苞蕾血红,看做是敛羽静立的丹顶鹤,就下床来,一边掖了下坠的衣襟一边在光里捉那鹤影。刚一闷住,鹤影已移,就体会了身上的病是什么形状儿的,如针隙透风,如香炉细烟,如蚕抽丝,慢慢地离你而去的呢。

暂不要来人的好,人越多越寂寞,摆一架古琴也不必装弦,用心随情随意地弹。直捱到太阳转黑月亮升起,插一盘小电炉来煎中药,把带耳带嘴的砂锅用清水涤了又涤,药浸泡了,香点燃了,选一个八卦中的方位和时分,放上砂锅就听叽叽咕咕的响声吧。药是山上的灵根异草,采来就召来了山川丛林中的钟毓光气,它们叽咕是酝酿着怎么扶助你,是你的神仙和兵卒。煎过头遍,再煎二遍,满屋里浓浓的味,虽然搅药不能用筷子,更不得用双筷——双筷是吃饭的——用一根干桃棍儿慢慢地搅,那透过蘸湿了的蒙在砂锅上的麻纸蒸气弥漫,你似乎就看到了山之精灵在舞蹈,在歌唱,唱你的生命之曲。

躺在床上吧,心可以到处流浪,你无处不在,无所不能,从未有过这般的勇敢和伟大,简直可以要作一部类屈原的《离骚》。当你游历了天上地下,前世和来世,熄了灯要睡去了,你不妨再说一些话,给病着的某一部位说话。你告诉它:×呀,你对我太好了,好得使我一直不觉得你的存在。当我知道了你的部位,你却是病了。这都是我的错,请你原谅。我终于明白了在整个身子里你是多么的重要,现在我要依靠你了,要好好保护你了,一切都拜托你了,×!人的身体每一处都会说话,除嘴有声外,各部无音,但所有的部位都能听懂话的,于是感受会告诉心和大脑,那有病的部位精神焕发,有了千军万马的英雄在同病毒战斗。什么"用人不疑"的仁,什么"士为知己者死"的义,瞬间里全体会得真切和深刻。

生病到这个份上,真是人生难得生病,西施那么美,林妹妹那么好,全是生病生出了境界,若活着没生个病,多贫穷而缺憾。佛不在西天和经卷,佛不在深山寺庙里,佛在熙熙攘攘的人群里,生病只要不死,就要生出个现世的活佛是你的。

1993 年 12 月 1 日午

说　话

我出门不大说话，是因为我不会说普通话。人一稠，只有安静着听，能笑的也笑，能恼的也恼，或者不动声色。口舌的功能失去了重要的一面，吸烟就特别多，更好吃辣子，吃醋。

我曾经努力学过普通话，最早是我补过一次金牙的时候，再是我恋爱的时候，再是我有些名声，常常被人邀请。但我一学说，舌头就发硬，像大街上走模特儿的一字步，有醋熘过的味儿。自己都恶心自己的声调，也便羞于出口让别人听，所以终没有学成。后来想，毛主席都不说普通话，我也不说了。而我的家乡话外人听不懂，常要一边说一边用笔写些字眼，说话的思维便要隔断，越发说话没了激情，也没了情趣，于是就干脆不说了。

数年前同一个朋友上京，他会普通话，一切应酬由他说，遗憾的是他口吃，话虽说得很慢，仍结结巴巴，常让人有没气儿了，要过去了的危险感觉。偏有一日在长安街上有人问路，这人竟也是口吃，我的朋友就一语不发，过后我问怎么不说，他说，人家也是口吃，我要回答了，那人以为我是在模仿戏弄，所以他是封了口的。受朋友的启示，以后我更不愿说话。有一年夏天，北京的作家叫莫言的去新疆，突然给我发了电报，让我去西安火车站接他，那时我还未见过莫言，就在一个纸牌上写了"莫言"二字在车站转来转去等他，一个上午我没有说一句话，好多人直瞅着我也不说话。那日莫言因故未能到西安，直到快下午了，我迫不得已问一个人×次列车到站了没有，那人先把我手中的纸牌翻了过儿，说："现在我可以对你说话了，我不知道。"我才猛然醒悟到纸牌上写着莫言二字。这两个字真好，可惜让别人用了笔名。我现在常提一个提包，是一家聋哑学校送我的，我每每把有"聋哑学校"的字样亮出来，出门在外觉得很自在。

不会说普通话，有口难言，我就不去见领导，见女人，见生人，慢慢乏于社交，越发瓜呆。但我会骂人，用家乡的土话骂，很觉畅美。我这么说的时候，其实心里很悲哀，恨自己太不行，自己就又给自己鼓劲，所以在许多文章中，我写我的出生地绝不写是贫困的山地，而写"出生的地方如同韶山"，写不会说普通话时偏写道：普通话是普通人说的话嘛！

一个和尚曾给我传授过成就大事的秘诀：心系一处，守口如瓶。我的女儿在她的卧房里也写了这八个字的座右铭，但她写成："心系一处，守口如平"，平是我的乳名，她说她也要守口如爸爸。

不会说普通话，我失去了许多好事，也避了诸多是非。世上有流言和留言——流言凭嘴，留言靠笔——我不会去流言，而滚滚流言对我而来时，我只能沉默。

说 奉 承

奉承领袖是喊万岁，奉承女人是说漂亮，一般的人，称作同志的，老师的，师傅的，夸他是雷锋，这雷锋就帮你干许多你懒得干的琐碎杂事。人需要奉承，鬼也奠祀着安宁，打麻将不能怨牌臭，论形势今年要比去年好，给牛弹琴，牛都多下奶，渴了望梅，望梅果然止渴。

每个人少不了有奉承，再是英雄，多么正直，最少他在恋爱时有奉承行为。一首歌词，是写少年追求一个牧羊女的，说："我愿做一只小羊，让你用鞭子轻轻地抽在身上。"现实生活中，我们常常在拥挤的电车上看到有的乘客不慎踩了别的乘客的脚，如果是男人踩了男人的脚那就不得了，是丑女人踩了男人的脚那也不得了，但是个漂亮的女子踩的，被踩的男人反倒客气了：对不起，我把你的脚垫疼了！世上的女人如小贩筐里的桃子，被挑到底，也被卖到完，所以，女人是最多彩的风景，大到开天辟地，产生了人类，发生了战争，小到男人们有了羞耻去盖厕所。女人已敏感于奉承，也习惯了奉承，对女人最大的残酷不是服苦役，坐大牢，而是所有的男人都不去奉承。

对于女人的奉承——我们可以继续说奉承话吧——并不是错误，它发乎于天性，出自于真诚的热爱美好。最多是我们听到那些奉承的话，看到那些奉承的事，背过身去轻轻窃笑。而不能忍受的，浑身要起鸡皮疙瘩，发麻的，是对一些并不发乎于真诚的奉承。有一位熟人，他不止一次地向我发过牢骚，批评他的领导未在位之前,是不学无术的,"他老婆都瞧不起他,"他说,"连老婆都瞧不起的男人,谁还瞧得起他呢?"可这样的人阴差阳错到了位上,却什么都懂了,任何门科的业务会议上,他都讲话,讲了话你就得记录,贯彻执行!以至于他们同伴之间讥讽,也是"你别精能得像咱领导!"可是,偏是这样的领导,我的那位熟人,在批评与自我批评的会上来奉承了:"我给咱头儿提个意见吧:你太不爱惜自己的身体了!你的身体难道是你个人的吗?不,是大家的,是集体的!"

我曾参加过许多全国性的会议,出席者胸前都要戴贴着照片的证牌的,我偶然一次往一位已经是七十多岁的老太太的证牌上看了一眼,看到的照片是四五十年前的她,于是留心,竟发现所有的老太太们的照片没一张是现时的。照片当然是自己提供的,老太太们都是名人,年轻时又都是美人,不愿意退出美的舞台是可以理解的,但已经鸡皮鹤首了还戴二三十岁的照片,这实在也太奉承自己了。也就在这次会上,我与一位写书的领导住隔壁,墙不隔音,我每天都能听到来访者对领导的头发、西服以及领导所著的叫《××××》的一本书的奉承。我静静地听,不敢笑,也不敢咳嗽,评价着奉承的高明与低下。大多是智商不高,惟有一日出现个口吃的声音,先是寒暄了一会,接着就沉默,接着就是要打破沉默的"哨儿""哨儿"的笑,接着说:"我给你说件真真,真实的事。昨天我上,上街,两个人打打打架了,一个把一个打倒在在地,在地上的要往起扑,头头一扬,一扬的。那人打了三三三拳,头往上扬,扬的,再用脚踢,头还是扬的,那人在地上摸摸砖,还是扬,正好旁边有个书书摊,捡了本书去头上一、一、一拍,头不扬了!你知道那是什什么书?是《××××》!"

奉承是要得法的，会奉承的人都是语言大师。见秃头说聪明绝顶，坏一只眼是一目了然。某人长相像一个名人，要奉承，说你真像××，不如说××真像你。工会的主席姓王，王姓好呀，正写倒写都是王，如果说：你这王主席，长个小尾巴就好了！王字长了小尾巴成毛字。瞧这话说得多水平！有人奉承就不得法，人总是要死的，你却不能祝寿时说哎呀，离死又近了一年。领导去基层，可以说你亲自去考察呀！领导上厕所，怎么也不该说你亲自去尿呀！我害病住过院，有人来探视，说：听说你病了，我好难过，路上心里想，自古才子命短……他虽然称我是才子，可我正怕死，他说命短，我怎么高兴？有一度关于我的谣言颇多，甚至有了我的桃色新闻，一个人来安慰我，说：你那些事我听说了，真让我生气！名人嘛，有几个女人是应该的嘛，你千万不要往心上去！他这不是肯定了我的桃色新闻?!

每一个生命之所以为生命，是有其自信和自尊的，一旦宁肯牺牲自己的自信与自尊去奉承，那就有了企图。企图可以硬取，刺刀见红，企图也可以软赚，奉承为事。寓言里的狐狸奉承乌鸦的嗓音好，是想得到乌鸦叼着的一块肉，说"站惯了"的奴才贾桂，是想早日做坐下的主子。善奉承的眼光雪亮，他绝不肯奉承比他位低的，势小的。科长只能奉承处长，处长只能奉承局长，一级撑一级，只要有官之阶，人就往高处走。委屈者求的是全，忍小事者为的是大谋。人的生活中是需要一些虚幻的精神的，有人疼痛，相信止痛针，给注射些蒸馏水，就说是止痛药，那疼痛也就不疼痛了，被奉承的为了荣誉、利益乐于让他人奉承，待发觉给鸡送来了饲养却拿走了鸡蛋时，被奉承者才明白了奉承。

当然，话有三说，巧说为妙，巧说不一定就是奉承。灶王爷之所以是人间普遍喜爱的神，是灶王爷"上天言好事，下界降吉祥"，也正因为灶王爷是没私利的言好事，降吉祥，灶王爷永远未升官晋级。看多了世间的奉承者和接受奉承者，有许多激愤，想想，人本身有私欲，社会又注重权与势，哪里又能消灭奉承者和接受奉承者？奉承换句话说是献媚，献媚就是送上女之色，是妓的行为，那么，既然有了妓，妓使许多人变成了嫖客，嫖客得性病就让他自受去吧。

1994 年 3 月 28 日夜

说 请 客

请客半日忙。大包小袋地从街上买着东西回来了，就操心自己的手艺，能否把一桌饭菜烹饪得有形有色有味？再是操心要请的客人会不会到来？今日真是个好日子！一切该按心愿的都按心愿进行了，送走客人，满屋狼藉，心身仍是不累的，立在房门口要给邻居家诉说："他是×××呀！"×××总是有权有势或者有名的人。如果是男娶女嫁，孩子满月，老人过寿，以及分到了房子、评上了职称，请客是熟人来，把一个欢乐扩大成十个欢乐。可×××是何等人物，席好摆，客难请的。于是，请过了客的夫妇在这个晚上吃残汤剩水时，一个在说："我真怕他不来的。"一个在说："他总算是吃过咱们的了！"拿上等的饭菜给人家吃了，似乎那饭菜是多余的，像门口的垃圾，垃圾车来拉走了，就得感谢呀的。

在这个世界上，有坐轿的就有抬轿的，有想瞌睡的就有递枕头的，有人请吃，有人吃请，这如同狗吃得那么多狗不下蛋，鸡虽然刨着吃，蛋却一天一个，鸡就是下蛋的品种嘛！请吃和吃请，都是一个吃字，人活着当然不是为了吃，但吃是活着的一个过程，人乐趣于所有事情的过程。在西方，社会靠金钱和法律维系，中国讲究权势和人情，一切又都表现在吃。最早的握手起源于人与人的不信任，在普遍没有吃的时候，你冒着生命危险捕获到食物让我吃，这岂能不让我感动？当我们看见母鸡辛辛苦苦啄死了一条蜈蚣，锐声叫唤着小鸡来吃，就想到最初请客也就是这样吧。

最初的请客是一种抚养或贡献，而现在的请客则沦落到一种公关，除了给神像，再也没有贡献，抚养自己孩子也为着防老，雷锋绝对没有了，虽然那个雷锋还有厚厚的日记要记下一切。请客就请吧，帖子越来越精美，言语越说越诚恳，几乎如信男信女朝山拜佛，如面对了现场发功的气功大师，闭目屏息，迎掌端坐。但是，十分讲究虔诚的信徒们其实是何等自私的人们，他们虔诚的目的只是索取！请客者大多是有求于别人，或者在求人前，或者在求人后，深谋的还有个早些渗渠，短见的只要个立竿见影，吃一次饭当然是送蝇头以图牛头。我们常常会看到有不得不请客的人家请过客了，仍一脸无声的笑，拉拉扯扯地，一边送客走，一边要说：哎呀，天还早的，多坐会嘛！心里想的是"客走主人安，跳蚤蹦了狗喜欢"。若请吃了事未办成，吃过这一次再不会有第二次，这一次也是"全当喂了狗啦！"吃请的呢，有帮了你的，就等着你有什么表示，连一顿饭也不请吗？或许也知道君子不吃嗟来之食，他家里并不缺一顿吃的，吃请是一种身份和荣誉呀。有的人却是吃请吃烦了，饭菜是人家的，肠胃是自己的，花时间，穷应酬，说免了免了，会给帮忙的。但不吃人家不相信，这饭是一种凭证。吃吧，实在是把自己做了人质，把肚子做了坟墓，一股脑地埋葬那些鸡鱼猪羊的尸体了。

  一个多么会吃的民族，并且自诩吃出了一种灿烂的文化，可请吃的和吃请的哪里又会明白，人是离不得吃的，吃食的不同却要改变人的品种的。秃鹫之所以形容恶丑、性情暴戾，秃鹫的食物是腐肉，凤凰吃的是洁莲之果，清竹之实，凤凰才气质高贵，美丽绝伦。人对食品有好有恶，和尚没有不高古的，酒鬼没有不丧德的，湖南人吃辣多革命，山西人吃醋少铺张，请吃者什么都让你吃，吃请者有什么吃什么，凡是胃囊什么食物都能盛的，少悟性，乏技艺，只能平庸，只能什么也干不了，去干一般的官儿，只能肥头大耳。肥头大耳又容易是什么呢？鱼就是为了吃，吃下了钓钩，狐狸就是为了皮毛美丽的那点荣誉，死亡于猎人的枪口。

说请客，社会上相当多的聪明能干之人其实是善请客而已，而被请者又有哪一个是讨妇乞儿？为请客如何费尽心机，赴吃请又怎样丑态百出，这其中生动的例子，随便在任何地方稍加留意，就能看到和听到，令人捧腹一笑。笑过了却一想，在目下的中国，如同城市人每人都有一辆自行车一样，我们每一个人，或许没有被吃请过，却谁是没有请吃过呢？笑别人就笑自己吧，骂别人就骂自己吧。那么，我们会说，我们这算什么呀，吃请还不是大吃请，请吃还不是大请吃，全中国最有名的吃请者只有一个，他就是那个钟馗。

是的，是钟馗。请吃就请钟馗，吃请就吃小鬼。

1994 年 1 月 11 日于病室

说 美 容

　　女人是赤裸的，女人却最善藏。藏着的部分以藏显露，如特别讲究服装要体现出线条；露着的那片脸上因为有五官，五官像阿拉伯数字，组合了就是号码，脸还要化妆，亦藏欲更露。

　　我们把画画叫美术。爱美，也就是爱画，于是女人将脸当了画布。动物皆有以美羽美纹美声来吸引异性的，说到底，美的实质的东西是性。如果世上没有女人，男人是不会去修建厕所，世上没有了男人，女人也不会去化妆。

　　不把真面目示人，这就是女人——见人不化妆，是不尊重对方呀！——性的虚幻下的活动里，男人需要假，女人就制造假。女人假到最后，真作假时假亦真：自己也怀疑了自己。一个女人说她画眉，哪日没有画了，就感觉没长了眉毛。

　　化妆的盛行，使女人越来越失去自信。谁还敢素面朝天？"女容为悦"从古代一路喊下来，现在似乎已是生活得越好，物质越丰富，女人的所悦者越少，情爱越难得。因为现代城市的女人就比乡下女人化妆得严重。女人们喜欢比喻月亮，说是明镜，是玉盘，是天灯，是夜之眼，比喻得已不知月亮到底是什么了；女人们都在形容，形容到不知什么身份什么年龄，戏永不散场，演员满街走。

　　其实，女人用不着化妆，化妆应为男人的事，如鸟兽中的凤，雄狮，公鸡和鸳。女人的化妆已经是违背了自然规律，轻贱了自己，更不必割这样填那样再做美容手术。人的身体，每一个

愿望

山谷

部位，甚至一颗痣，一条皱纹，都是极其协调地配合在一起的，这如同大自然所形成的山丘、河流、洞涧、树林一样，它有它的风水。人体也有风水，随便去改造，就失去了和谐，也失去了特点和标志。

上帝既然造了我们，我们应该自信。

说 舍 得

　　世界是阴与阳的构成，人在世上活着也就是一舍一得的过程。我们不否认我们有着强烈的欲望，比如面对了金钱，权势，声名和感情，欲望是人的本性，也是社会前进的动力。但是，欲望这头猛兽常常使我们难以把握，不是不及，便是过之，于是产生了太多的悲剧：有人愈是要获得愈是获得不了；有人终于获得了却大受其害。会活的人，或者说取得成功的人，其实懂得了两个字：舍得。不舍不得，小舍小得，大舍大得。翻读古书，历史上有过了许多著名人物，韩信能胯下受辱方成大器；勾践卧薪尝胆终得灭吴；田忌与齐王赛马，以下肆对齐上肆，上肆对齐中肆，中肆对齐下肆，舍了小负之悲，得了全胜之喜。人是如此，万事万物何尝不也是这样呢？蛇是在蜕皮中长大，金是在沙砾中淘出，按摩是疼痛后的舒服，春天是走过冬天的繁荣。回顾我们经历过的事吧，许多时候我们因没有小忍而坏了大谋，许多时候我们吃了一点亏懊丧不已不久却赢取了利好，为了保持我们的本身没有被一时的浮华迷惑，声名太盛则又使我们失去了行动的自在。舍舍得得，得得舍舍就充满在我们琐碎的日常生活中，演绎着成功和失败的故事啊，舍得实在是一种哲学，也是一种艺术。

2002 年 4 月 8 日下午

好 读 书

　　好读书就得受穷。心用在书上，便不投机将广东的服装贩到本市来赚个大价，也不取巧在市东买下肉鸡针注了盐水卖到市西；车架后不会带单位几根铁条几块木板回来做沙发，饭盒里也不捎工地上的水泥来家修个浴池。钱就是那几张没奖金的工资，还得抠着买涨了价的新书，那就只好穿不悦人目的衣衫，吸让别人发呛的劣烟，吃大路菜，骑没铃的车。但小屋里有四架五架书，色彩之斑斓远胜过所有电器，读书读得了一点新知，几日不吃肉满口中仍有余香。手上何必戴那么重的金银，金银是矿，手铐也是矿嘛！老婆的脸上何必让涂那么厚的脂粉，狐狸正是太爱惜它的皮毛，世间才有了打猎的职业！都说当今贼多，贼却不偷书，贼便是好贼。他若要来，钥匙在门框上放着，要喝水喝水，要看书看书，抽屉的作家证中是夹有两张国库券。但贼不拿，说不定能送一条字条："你比我还穷！"三百年后这字条还真成了高价文物。其实，说穷也不是穷到要饭，出门还是要带十元钱的，大丈夫嘛，视钱如粪土，它就只能装在鞋壳里头。

　　好读书就别当官。心谋着书，上厕所都尿不净，裤裆老是湿的，哪里还有时间串上级领导的家去联络感情，也没有钱，拿什么去走通关关卡卡？即使当官，有没有整日开会的坐功？签发的文件上能像在新书上写读后感一样随便？或许知道在顶头上司面前要如谦谦后生，但懒散惯了，能在拜会时屁股只搭个沙发沿儿？也懂得猪没架子都不长，却怎么戏耍成性突然就严肃了脸面？谁个要整，要防谁整,能做到喜怒不露于色?何事得方,何事得圆,能控制感情用事?读书人不反对官,但读书人当不了好官,让猫拉车,车就会拉到床下。那么,住楼就住顶层吧,居高却能望远,看戏就坐后排吧,坐后排看不清戏却看得清看戏的人。不要指望有人来送东西,也不烦有人寻麻烦,出门没人见面笑,也免了有朝一日墙倒众人推。

好读书必然没个好身体。一是没钱买蜂王浆,用脑过度头发稀落,吃咸菜牙齿好肠胃虚寒;二是没权住大房间,和孩子争一张书桌,心绪浮躁易患肝炎;三是没时间,白日上班,晚上熬夜,免不了神经衰弱。但读书人上厕所时间长,那不是干肠,是在蹲坑读书;读书人最能忍受老婆的嘟囔,也不是脾性好,是读书入了迷两耳如塞。吃饭读书,筷子常会把烟灰缸的烟头送到口里,但不易得脚气病,因为读书时最习惯抠脚丫子。可怜都是蜘蛛般的体形,都是金鱼似的肿眼,没个倾国倾城貌,只有多愁多病身。读书人的病有读书病的药,药不在《本草》而直接是书,一是得本性酷好之书,二是得急需之书,三是得未见之书。但这药医生常不用,有了病就让住院,住院也好,总算有了囫囵时间读书了。所以,约伙打架,不必寻读书人,那鸡爪似的手没四两力,要欺负也不必对读书人,老虎吃鸡不是山中王。读书人性缓,要急急不了他,心又大,要气气不着,要让读书人死,其实很简单,给他些樟脑丸,因为他们是书虫。

说了许多好读书的坏处,当然坏处还多,譬如好读书不是好丈夫,好读书没有好人缘,好读书性古钻。但是,能好读书必有读书的好,譬如能识天地之大,能晓人生之难,有自知之明,有预料之先,不为苦而悲,不受宠而欢,寂寞时不寂寞,孤单时不孤单,所以绝权欲，弃浮华，潇洒达观，于嚣烦尘世而自尊自重自强自立不卑不畏不俗不谄。说到这儿，有人在骂：瞧，这就是读书人的酸劲了，为什么不说"万般皆下品，惟有读书高"呢？真是阿Q精神喽！这骂得好，能骂出个阿Q来，便证明你在读书了，不读书怎么会知道鲁迅先生曾写过个阿Q呢？因此还是好读书着好。

1990年

喝　酒

我在城里工作后,父亲便没有来过,他从学校退休在家,一直照管着我的小女儿。从来我的作品没有给他寄过,姨前年来,问我是不是写过一个中篇,说父亲听别人说过,曾去县上几个书店、邮局跑了半天去买,但没有买到。我听了很伤感,以后写了东西,就寄他一份,他每每又寄还给我,上边用笔批了密密麻麻的字。给我的信上说,他很想来一趟,因为小女儿已经满地跑了,害怕离我们太久,将来会生疏的。但是,一年过去了,他却未来,只是每一月寄一张小女儿的照片,叮咛好好写作,说:"你正是干事的时候,就努力干吧,农民扬场趁风也要多扬几锨呢!但听说你喝酒厉害,这毛病要不得,我知道这全是我没给你树个好样子,我现在也不喝酒了。"接到信,我十分羞愧,便发誓再也不去喝酒,回信让他和小女儿一定来城里住,好好孝顺他老人家一些日子。

但是,没过多久,我惹出一些事来,我的作品在报刊上引起了争论。争论本是正常的事,复杂的社会上却有了不正常的看法,随即发展到作品之外的一些闹哄哄的什么风声雨声都有。我很苦恼,也更胆怯,像乡下人担了鸡蛋进城,人窝里前防后挡,惟恐被撞翻了担子。茫然中,便觉得不该让父亲来,但是,还未等我再回信,在一个雨天他却抱孩子搭车来了。

老人显得很瘦,那双曾患过白内障的眼睛,越发比先前滞呆。一见面,我有点惶恐,他看了看我,就放下小女儿,指着我让叫爸爸。小女儿斜头看我,怯怯地刚走到我面前,突然转身又扑到父亲的怀里,父亲就笑了,说:"你瞧瞧,她真生疏了,我能不来吗?"

父亲住下了,我们睡在西边房子,他睡在东边房子。小女儿慢慢和我们亲热起来,但夜里却还是要父亲搂着去睡。我叮咛爱人,把什么也不要告诉父亲,一下班回来,就笑着和他说话,他也很高兴,总是说着小女儿的可爱,逗着小女儿做好多本事给我们看。一到晚上,家里来人很多,都来谈社会上的风言风语,谈报刊上连续发表批评我的文章,我就关了西边门,让他们小声点,父亲一进来,我们就住了口。可我心里毕竟是乱的,虽然总笑着脸和父亲说话,小女儿有些吵闹了,就忍不住斥责,又常常动手去打屁股。这时候,父亲就过来抱了孩子,说孩子太嫩,怎么能打,越打越会生分,哄着到东边房子去了。我独自坐一会儿,觉得自己不对,又不想给父亲解释,便过去看他们。一推门,父亲在那里悄悄流泪,赶忙装着眼花了,揉了揉,和我说话,我心里愈发难受了。

从此,我下班回来,父亲就让我和小女儿多玩一玩,说再过一些日子,他和孩子就该回去了。但是,夜里来的人很多,人一来,他就又抱了孩子到东边房子去了。这个星期天,一早起来,父亲就写了一个条子贴在门上:"今日人不在家",要一家人到郊外的田野里去逛逛。到了田野,他拉着小女儿跑,让叫我们爸爸,妈妈。后来,他说去给孩子买些糖果,就到远远的商店去了。好长的时候,他回来了,腰里鼓囊囊的,先掏出一包糖来,给了小女儿一把,剩下的交给我爱人,让她们到一边去玩。又让我坐下,在怀里掏着,是一瓶酒,还有一包酱羊肉。我很纳闷:父亲早已不喝酒了,又反对我喝酒,现在却怎么买了酒来?他使劲用牙启开了瓶盖,说:

"平儿,我们喝些酒吧,我有话要给你说呢。你一直在瞒着我，但我什么都知道了。我原本是不这么快来的，可我听人说你犯了错误了，不知道到底是什么情况，怕你没有经过事，才来看看你。报纸上的文章，我前天在街上的报栏里看到了，我觉得那没有多大的事。你太顺利了，不来几次挫折，你不会有大出息呢！当然，没事咱不寻事，出了事但不要怕事，别人怎么说，你心里要有个主见。人生是三节四节过的，哪能一直走平路？搞你们这行事，你才踏上步，你要安心当一生的事儿干了，就不要被一时的得所迷惑，也不要被一时的失所迷惘。这就是我给你说的，今日喝喝酒，把那些烦闷都解了去吧。来，你喝喝，我也要喝的。"

他先喝了一口，立即脸色彤红，皮肉抽搐着，终于咽下了，嘴便张开往外哈着气。那不能喝酒却硬要喝的表情，使我手颤着接不住他递过来的酒瓶，眼泪刷刷地流下来了。

喝了半瓶酒，然后一家人在田野里尽情地玩着，一直到天黑才回去。父亲又住了几天，他带着小女儿便回乡下去了。但那半瓶酒，我再没有喝，放在书桌上，常常看着它，从此再没有了什么烦闷，也没有从此沉沦下去。

1983年作于五味什字巷

三月八日在没有电的宾馆里吃茶

我们永远生活在一个黑洞里,前人的发明如导引深入的火把——我们似乎并不关怀火把的存在——一任地往里走吧,心里储满了平庸和轻狂。今夜里,邀姓马的朋友在二十二层高楼的宾馆正吃着茶,电突然是断了,一片漆黑,感觉里我们是在半空的一朵云上,上不着天,下不挨地,我真的有点恐惧了。这种恐惧当然是瞬间的,因为我知道城市的断电都是暂时的,而且宾馆的经理他更着急,或许电工已满头大汗地在检查线路了。"咱吃咱的茶吧",我说,黑暗中,反正嘴是能寻得着的,话头也就转到了电上。

电给我们带来了什么?当然是生活的方便。但是电也带来了我们生活的浅薄。当没有电话的年月,我们与家人的联系是写信,一封"家书抵万金",每一个字都常常使写信人和收信人热泪长流。现在只是拨一个号码问候一下便行了,有谁还抱着个电话筒泣不成声呢?我初到西安,正逢春节,有人在电话里向我拜年,我立即去街上买了丰盛的食品在家设宴,等候他的到来。但他终未到来,年后在街上见着了,我还说:你说拜年怎地不见来啊?他说:不是已经拜过年了吗?!乡下人要提着四色礼笼去亲朋家拜年的,城里人嘴一说拜年了就拜年了!更要简单的是出现了汉显传呼机,电话里也不多说了,干脆留个言,"给你拜年了",就没事了。以前村里演戏,戏报一贴出,立马去通知了方圆十几里的地方老亲世故,开戏的那天半下午便端了凳子去台子下占地位,若没有占下地位,就叠罗汉一般爬到戏台的两边台口,被人三番五次用脏水和土块撵下去，末了跌下台子，蹲在台子后的木柱下听戏，一边听一边哼着唱，一边瞄着是否有穿着戏装的演员从后台口出来小便。如今有电视了，电影也懒得去电影院看，窝在沙发上，又从未专注一个频道，整夜用遥控器翻检不已。古人说读万卷书行万里路，那是骑一头毛驴饮风餐雪，一路上饱受着艰难也饱受了山光水色，更是走到哪住到哪，采集风物，体察民情。有电了，坐火车或乘飞机，万里路几个小时就到了，容易是太容易了，万里之行如了从卧室到厨房一样随便也就没感觉了。现在又发展着计算器，电脑，我那读小学的孩子懒得去做加减乘除的笔算，而手术式导弹战争再也不能产生浴血搏杀的英雄，天下这个词越来越没了意思，太阳真的是一滴水里的太阳，一叶就是秋。

我和姓马的朋友说着说着，宾馆里的电是来了，我们就停止了说电，但我的心底却蓦地泛上了一阵战栗，今夜的断电是我明白宾馆的电线出了故障，而如果这个世界突然地没有了电，彻底地没有了，怎么办？我看着姓马的朋友，又生了怀疑，坐在桌子对面的他，是我的朋友老马吗？机器人呢还是克隆人？

"老马，"我说，我一时竟没了词，"我该说什么呢？"

老马同时看着我，他不知道我要说什么，我也不知道我要说什么。

"吃茶吧。"茶博士又沏上了一壶茶。

茶　事

以茶闹出过许多事来：

我的家乡不产茶，人渴了就都喝生水。生水是用泉盛着的，冬天里泉口白腾腾冒热气，夏季里水却凉得渗牙。大人们在麦场上忙活，派我反反复复地用瓦罐去泉里提水，喝毕了，用袄袖子擦着嘴，一起说：咱这儿水咋这么甜呢！村口核桃树旁的四合院里住着阿花，她那时小，脖子上总生痱子，在泉的洗衣池中洗脖子，密而长的头发就免不了浸了水面，我想去帮她，却有些不敢，拿树叶叠成小斗舀水喝，一眼一眼看她，王伯家的狗也来泉里喝水，就将我的瓦罐撞碎了。我气得打狗，也对阿花说：你赔我，你赔我！阿花说：我赔你什么，是我撞碎你的罐子吗？后来阿花大了，我每日都想能见到她，见到了却窘得想赶紧逃走，逃到避人处就又发恨，自己扇自己耳光。阿花的一个亲戚在关中平原，我们称山外人的，他突然来到阿花家，村人都在议论小伙子是来阿花家提媒了。这事使我打击很大，但我不敢去问阿花，伺机要报复那山外的人。山外没有核桃，我们摘了青皮核桃让他吃，他以为任何果子都是肉包核，当下就啃了一口，涩得舌头吐出来。又在他钻进水茅房大便的时候，拿了石头往尿窖子里一丢，尿水从尿槽子里溅上去，弄了他一身的肮脏。他一嘴黄牙，这是我最瞧不上的，他说他们那儿的水盐碱重，味苦，没有山里的水甜，他说这话时样子很老实，让我好生得意。可是第二天，我从泉里提了一大桶凉水往麦场送的时候，他看见了，却说：你们不喝茶啊？我说这儿不产茶。他说：我们山外吃饭就吃蒸馍,渴了要喝茶的。他的话把我噎住了,晚上思来思去觉得窝火,天明的时候突然想出了一句对付的话:山外的水苦才用茶遮味哩,我们这儿水甜用得着泡茶吗?中午要把这话对他说,但没有寻着他,碰着小三,小三说:你知道不,山外黄牙走了,早上坐车回去啦!我兴奋他终于走了,却遗憾没把想了一夜的话当面回顶他。

到了七十年代末,我从家乡到了西安上大学,西安的水不苦,但也不甜,我开始喝开水,仍没有喝茶的历史。暑假里回老家,父亲也从外地的学校回来,傍晚本家的几位伯叔堂兄来聊天,父亲对娘说:烧些煎水吧。水烧开了,他却在一只特别大的搪瓷缸里泡起了茶。父亲喝茶,这是我以前并不晓得的,或许他是在学校里喝,但把茶拿回家来喝,这是第一次。伯叔堂兄们都说:喝茶呀?这可是公家人的事!茶叶干燥燥的,闻着有一股花香味,开水一冲就泛了暗红颜色。这便是我喝到的头口茶,感觉并不好,而且伯叔堂兄们也龇牙咧嘴。但是,那天的茶缸续了四次水,毕竟喝茶是一种身份地位的待遇。父亲呆过几天就往学校去了,剩下的茶娘包起来放在柜里,那一年大旱,自留地里的辣子茄子旱得发蔫,我和弟弟从河里挑水去浇,一下午挑了数十担,累得几乎要趴在地上,一回家弟弟就说:咱慰劳慰劳自己吧。于是取了茶来泡了喝。剩下的茶就这么每天寻理由慰劳着喝了,待上了瘾,茶却没有了。因为所见到的茶叶模样极像干蓖麻叶末或干芝麻叶末,我们就弄了些干蓖麻叶揉碎了用开水泡,麻得舌头都硬了,又试着泡芝麻叶,倒没有怪味道,但毕竟喝过半杯就不想再喝了。

在大学读书了三年,书上关于茶的描述很多,我却再没有喝过茶,真正地接触茶则是参加工作后,那时的办公室里大家各自有个办公桌,办公桌的抽屉是加了锁的,每人的面前有一只烟灰缸和一只茶杯。开水是共同的,热水瓶里没水了,他们就喊:小贾小贾,瓶里怎么没水了?!我提了瓶就去开水房打水,水打了回来,各自从抽屉里取了茶叶捏那么一点放在杯里,抽屉又锁上了,再是各自泡水喝。大家是互不让茶的。有一天办公室只有我和老赵,老赵喝茶是半缸子茶叶半缸子水,缸子里的茶垢已经厚得像刷了生漆,他冲了一杯,说:你喝茶不?我说我没茶。他给我捏了一点,我冲泡了喝起来,他告诉我谁喝的是铁观音茶,谁喝的是茉莉花茶,谁又是八宝茶,开始又嘟囔谁个最没意思,自己舍不得买茶却爱喝茶,总是沾他的便宜。我听了心里就发寒:他一定要记着今日给过我茶叶的事的。正是因为有了要还他茶叶的念头,也考虑了别人都喝茶我喝白开水显得寒酸的缘故,在月初发薪时,我咬咬牙从三十九元的工资里取出两元钱买了一筒茶,首先让老赵喝了一次。就是这一筒茶使我从此离不开了茶。好多年间,我已经是很标准的办公室人员的形象了:准时上班,拖地擦桌子,然后泡一缸茶,吸一支烟,翻来覆去地看报纸。先后喝过的是花茶,砖茶,八宝茶,脑子里没有新茶陈茶的概念,只讲究浓茶和淡茶,也知道空腹不要喝茶,喝了心发慌,晚上不要喝浓茶,喝了失眠,隔夜茶不要喝,茶垢不要洗。惟一与办公室别的同志不一样的是喝八宝茶时得取出里面的枸杞,枸杞容易上火,老赵就说:给我给我。他把三四粒枸杞丢进口里嚼,说这可是好东西哩!

那年月干部常常要下乡,我从事的是出版社的编辑工作,要了解各县的文艺创作状况,就在苹果仅仅只有核桃般大的时节去一个县上,县委宣传部的一个干事接待了我,正是星期六,他要回家,安排我夜里睡在他办公兼卧室的房间里,临走时给了我去灶上吃饭的饭票，又叮咛：要喝水，去水房开水炉那儿灌，茶叶就在第二个抽屉里。夜里，宣传部的小院里寂静无人，我看了一会书，觉得无聊，出来摘院子里的青苹果吃，酸得牙根疼，就泡了他的茶喝。茶只有半盒，形状小小的，似乎有着白茸毛，我初以为这茶霉了，冲了一杯，杯面上就起一层白气，悠悠散开，一种清香味就钻进了口鼻，待端起杯再看时，杯底的茶叶已经舒展，鲜鲜活活如在枝头。这是我从未见过的茶叶，喝起来是那么地顺口，我一下子就喝完了，再续了水，又再续了水，直喝下三杯，额上泛了细汗，只觉目明神清，口齿间长长久久地留着一种爽味。第二天，一早起来我又泡了一杯，到了中午，又泡了一杯，眼见得茶盒里的茶剩下不多，但我控制不了欲望，天黑时主人还没有返回，我又泡了一杯。茶盒里的茶所剩无几了，我才担心起主人回来后怎么看待我，就决定再不能在这里呆下去，将门钥匙交给了门房去街上旅舍去睡，第二天一早则搭车去了临县。那么干事到底是星期天的傍晚返回的还是第二天的黎明返回，我至今不知，他返回后发现茶叶几近全无是暗自笑了还是一腔怨恨，我也不知，我只是十几天后回到西安给他去了一信，表示了对他接待的感激，其中有句"你的茶真好"，避免了当面见他的尴尬，兀自坐在案前满脸都是烫烧。

　　贼一样喝过了自觉是平生最好的茶，我不敢面对主人却四处给人排说，听讲的人便说我喝过的那一定是陕青，因为那个县距产茶区很近，又因为是县委的人，能得到陕青中的上品，又可能是新茶。于是，我知道了所谓的陕青，就是产于陕西南部的青茶，陕西南部包括汉中、安康、商洛，而产茶最多的是安康。我大学的同学在安康有好几位，并且那里还有我熟悉的几个文学作者，我开始给他们写信，明目张胆地索贿，骂他们为什么每次来西安不给我送些陕青呢，说我现在要做君子呀，宁可三日无肉，不能一晌无茶啊！结果，一包两包的茶叶从安康捎来，虽每次不多，却也不断，但都不是陕青中的上品，没有我在宣传干事那儿喝到的好。再差的陕青毕竟是陕青，喝得多了，档次再降不下来，才醒悟真正的茶是原本色味的，以前喝过的花茶、胡茶皆为茶质不好用别的味道来调剂，而似乎很豪华的流行于甘、宁、青一带的八宝茶，实在是那里不产茶，才陈茶变着法儿来喝罢了。从此以后，花茶是不能入口了，宁喝白开水也不再喝八宝茶，每季的衣着是十分简陋，每日的饭菜也极粗糙，但茶必须是陕南青茶，在生活水平还普遍低下的年月里，我感觉我已经有点贵族的味道了。

当我成了作家，可以天南海北走遍，喝的茶品种就多了，比如在杭州喝龙井茶，在厦门喝铁观音茶，在成都喝峨眉茶，在云南喝普洱茶，在合肥喝黄山茶，有的茶价五百元一斤，有的甚至两千元。这些茶叶也真好，多少买了回来，味道却就不一样了，末了还是觉得陕南青茶好。说实在的，陕青的制作很粗，茶的形状不好，包装也简陋，但它的味重，醇厚，合于我的口舌和肠胃，这或许是我推崇的原因吧。

为了能及时喝到陕青，喝到新鲜的陕青，我是常去安康的，而且结交了一批新的安康的朋友，以至有了一位叫谭宗林的专门在那里为我弄茶。谭先生因工作的缘故，有时间往安康各县跑，又常来西安，他总是在谷雨前后就去了茶农家购买茶叶及时捎来，可以说我每年是西安最早喝到新陕青的人。待谭先生捎了半斤一斤还潮潮的新茶在西安火车站一给我打电话，我便立即通知一帮朋友快来我家，我是素不请人去吃饭的，邀人品茶却是常事，那一日，众朋友必喝得神清气爽，思维敏捷，妙语迭出，似乎都成了君子雅士。谭先生捎过了谷雨茶，一到清明，他就会在茶农家几十斤地采购上等青茶，我将小部分分给周围的人，大部分包装好存放于专门购置的大冰柜里，可以供一年享用了。朋友们都知道我家有好茶叶，隔三岔五就吃喝着来，可以说，我的茶客是非常多的。

　　我也和谭先生数次参加一些城里的茶社庆典活动，西安城中的大小茶社没有我未去过的，为茶社题写店名，编撰对联，书写条幅，为了茶我愿意这般做，全不顾了斯文和尊严。我和谭先生也跑过安康许多茶厂，人家叫干什么就干什么，平日惜墨如金，任何人来索字都必要出重金购买，却主动要为茶厂留言，结果人家把题写的条幅印在茶袋上、茶盒上满世界销售，明明是侵犯了我的权益，又无故遭到外人说我拿了多少广告费，人是不敢有缺点的，我太嗜茶贪茶，也只有无话可说。

　　人的一生要交结众多朋友，朋友是走一批来一批的，而最能长久的是以茶为友的人。我不大食肉，十几年前因病戒了酒后，只喜欢吸烟喝茶，过的是有茶请待客，无事乱翻书的日子。每当泡一杯陕青在家，看着茶叶鲜鲜活活的可爱，什么时候都觉得面对了春天，品享着春天。茶叶常常就喝完了，我在门上贴了字条："送礼不要送别的，可以送茶"，但极少有送茶来的，来的都是些要喝我茶的人，这时候我就想起唐代快马加鞭昼夜不停从南宁往长安送荔枝的故事，可惜我不是那个杨贵妃，也不知谭先生现在哪？

佛

慧眼無限量
甘露永名稱
甲申秋日
手四畫於
大圭

書道惟寤寐
文字驚恐戍

春水图

三 目 石

一日在家独坐，诗人××来说我孤寂。我不孤寂，静定乃能思游。诗人含笑，陪我对坐；遂说身体，说儿女，说今日天气，不免无聊起来。诗人叫苦：善动者他，喜静者我，两人血型不同。他说送你一块石头我走啦，就走了。

这石头不大，白色，可以托在掌上。但石上有三只目形，是圆睁的目，或者是睁而不能闭的目，如鸡与鱼。之所以称目，是有七层金线圈，中间更为金黄圆心，很有些像午夜的猫眼，组合一个品状。我平日收集石头，皆以丑为美，全没这般精妙的物件，好喜欢了，就这么坐下来两目对着三目，也可说三目对着两目，竟嗒然遗忘身与石。

我想，这石头一定生成极早，是什么生命的化石。古时候天地混沌，生命的诞生都是三只眼的，所以古人的认知都是真感的，质朴而准确，所以那时没理性，有神话，不存在潜层意识的词。现在的生命都是两只眼，一只眼隐退为意识潜下来，一切都不质朴了。

三目石此时得了我，肯定有什么缘分所在，是如何意思呢？昭示我什么呢？理性的东西太多，科学的分类过细，现代人已经活得十分的琐碎。满世界的专家如毛、专家又自视高深，其实专家不就是懂得一门的认知，而这门在大自然中是怎样渺小如针尖的门呢？！

三只眼比两只眼多一只眼，看到的是更多的具象，是整体，是气韵，苍茫而神秘的世界里，生命就与神同一了。两只眼比三只眼少一只眼,一定是在抽象,穷尽物理,可能得出结论生命就能制神了。谁是谁非,我不能把握。却思量戏曲上的程式,没有程式的时候不成戏曲,但现在演员作程式有几个还知道程式的来源吗?没有成语的时候,语言芜杂,而中学生喜欢用成语作文,谁又不生厌"学生腔"呢?我要捧角儿,我一定要告诫他(她)某程式产生的背景和内涵,我指导我的女儿作文,我要求她把成语还原着写。现在我们太多的形而上,欲望着要认识世界,世界却与我们陌生了。

又想,人的悲哀是太不知道了吗?

这个夜里不成寐,黎明里恍惚有梦,梦里全不是我看三目石的思想,竟是石的三目在看我,有许多文字出现。惊醒来记,失之大半,勉强记得:人肯定不再衍化独目,意识却可能被认为无数目如千眼佛,但或千眼顿开,但或一目了然,既是眼,请看眼为圆圈中有精点,圈中一点,形上也形下,看山是山,看水是水,又看山不是山,又看水不是水,再看山还是山,再看水还是水。你看么。

是吗是吗,我是还得再看,三目石永远不会丢弃了的,××!

1991 年 9 月 12 日早草

笑口常开

著作得以出版，殷切切送某人一册，扉页上恭正题写："赠×××先生存正。"一月过罢，偶尔去废旧书报收购店见到此册，遂折价买回，于扉页上那条题款下又恭正题写："再赠×××先生存正。"写毕邮走，踅进一家酒馆坐喝，不禁乐而开笑。

大学毕业，年届三十，婚姻难就，累得三朋四友八方搭线，但一次一次介绍终未能成就。忽一日，又有人送来游园票，郑重讲明已物色着一位姑娘，同意明日去公园××桥第三根栏杆下见面。黎明早起，赶去约会，等候的姑娘竟是两年前曾经别人介绍见过面的。姑娘说："怎么又是你？"掉身而去。木木在桥上立了半晌，不禁乐而开笑。

好友×君，编辑十五年杂志，清苦贫困，英年早逝。保存下那一枝笔和一副深度近视镜。租三轮车送亡友去火葬场火化，待化的队列冗长，忽见墙上张贴有"本场优待知识分子"，立即返回取来编辑证书，果然火化提前，免受尸体臭烂，不禁乐而开笑。

入厕所大便完毕，发现未带手纸，见旁边有被揩过的一片脏纸，应急欲用，却进来一个人蹲坑，只好等着那人便后先走。但那人也是没手纸，为难半天，也发现那片脏纸，企图我走后应急。如此相持许久，均心照不宣，后同时欲先下手为强，偏又进来一人，背一篓，拄一铁条，为拣废纸者；铁条一点，扎去脏纸入篓走了。两人对视，不禁乐而开笑。

居住于 A 城的伯父，沉沦于二十年右派生涯，早妻离子散，平反后已垂垂暮老，多回忆早年英武及故友。我以他大学的一位女生名义去信慰藉，不想他立即复信，只好信来信往，谈当年的友情，谈数十年的思念，谈现在鳏寡人的处境，及至发展到黄昏恋。我半月一封，连续四年不断，且信中一再说要去见他，每次日期将至又以患病推延。伯父终老弱病倒，我去看他，临咽气说："我等不及她来了。她来了，你把这个箱子交她。"又说一句，"我总没白活。"安详瞑目。掩埋了伯父，打开箱子，竟是我写给他的近百封信，得意为他在爱的幸福中度过晚年，不禁乐而开笑。

陪领导去某地开会，讨论席上，领导突然脖子发痒，用手去摸，摸出一个肉肉的小东西，脸色微红旋又若无其事说："我还以为是个虱子哩！"随手丢到地上。我低头往地上瞅，说："噢，我还以为不是个虱子哩！"会后领导去风景区旅游，而我被命令返回，列车上买一个鸡爪边嚼边想，不禁乐而开笑。

有了妻子便有了孩子，仍住在那不足十平方米的单间里。出差马上就要走了，一走又是一月，夫妻想亲热一下，孩子偏死不离家。妻说："小宝，爸爸要走了，你去商店打些酱油，给你爸爸做一顿好吃的吧！"孩子提了酱油瓶出门，我说："拿这个去，"给了一个大口浅底盘子，"别洒了啊！"孩子走了，关门立即行动。毕，赶忙去车站，于巷口远远看见孩子双手捧盘，一步一小心地回来，不禁乐而开笑。

夜里正在床上半醒半睡，有人影推门闪进来，在立柜里翻，翻出一堆破衣服和书报，扔了；再往架板上翻，翻出各类米袋子、面袋子和书报，扔了；在桌斗里又翻，是一堆读书卡片，凑眼前看了看，扔了。咕囔了一句顺门便走，我在床上说："朋友，把门拉上，夜里有风的。"小偷把门拉上了。天明起来整理房间，一地乱书乱报，竟发现找了好久未找着的一份资料，不禁乐而开笑。

上大街回来，挤了一身臭汗，牢骚道："用枪得在街十字路口扫一通！"回家一杯茶未喝尽，楼梯上步声杂乱，巷中有人呼："大街上有人用枪打死几十人了！"遂也往街上跑，街上人山人海，弯腰往里挤，问："尸体在哪儿？"一熟人说："不是说是你讲的吗？"忽记得那一句顺口的牢骚，不禁乐而开笑。

剧场里巧和一位官太太邻座，太太把持不住放一屁，四周骚哗，骂问："谁放的？不文明！"太太窘极不语，骂问声更甚。我站起说："我放的！"众人骚哗即息，却以手作扇风状，太太也扇，畏我如臭物，回望她不禁乐而开笑。

出外突然有人迎面过来打招呼，立即停下，作疑惑状。"你不认识我了？""怎不认识！"于是握手，互问哪儿来，到哪儿去，互问老人康健孩子可乖，互说又胖了，又瘦了，半天的淡而无味的话。分手了，终想不起这是谁，不禁乐而开笑。

弄文学的穷朋友来家侃山，酒瘾发而酒瓶仅能空出一杯酒，取马鬃四根，各人蘸吮，却大声划拳："八匹马，五魁首……你一盅(鬃)！我一盅(鬃)！"窗外卖茶蛋的老妪对老翁说："怪不得咱出钱让人家写文章宣传咱不干，人家钱多酒量也大，喝了整晌也未醉！"听着不禁乐而开笑。

路过一条小巷，忽见有长队排出，以为又在出售紧俏物件了，急忙列入其中，排到跟前，方见是巷口惟一的厕所，居民等候出恭，不禁乐而开笑。

去给孩子买一双袜子，昨日看时价是一元，今日是一元二角，快快出店门，打响一个喷嚏，喷带出一口痰。正想是售货员在嘲笑我，我方有喷嚏打出，一位戴"卫管员"袖章的人却责斥我吐了痰要罚五角钱。掏出那一元钱，卫管员没零钱找，遂再当地吐一口，愤愤而走，走过十步，不禁乐而开笑。

出差去旅社住宿，服务员开发票，将"作协"写成"做鞋"，不禁乐而开笑。

夏月偏停电，爬十二层楼梯去办公室，气喘吁吁到门口了，门钥匙却和自行车钥匙系在一起，遗忘在车子锁孔了，不禁乐而开笑。

路遇一女子，回望我嫣然一笑，极感幸福，即趋而前去搭话，女子闪进一家商店，尾随入店，玻璃上映出自己衣服纽扣错位，不禁乐而开笑。

名字是自己的，别人却用得最多，不禁乐而开笑。

写完《笑口常开》草稿，去吸一根烟，返身要誊写时，草稿不见了，妻说："是不是一大页写过的纸，我上厕所用了。"惊呼："那是一篇散文！"妻说："白纸舍不得用，我只说写过的纸就没用了。"急奔厕所，幸而已臭但未全湿，捂鼻子抄出此份，不禁乐而开笑。

1989年2月27日于病室

红　狐

　　Z，你是不曾知道的，当我借居在这间屋子的时候，我是多么地荒芜。书在地上摆着，锅碗也在地上摆着。窗子临南，我不喜欢阳光进来，阳光总是要分割空间，那显示出的活的东西如小毛虫一样让人不自在。我愿意在一个窑洞里，或者最好是地下室里喘气。墙上没挂任何字画，白得生硬，一只蜘蛛在那里结网，结到一半蜘蛛就不见了。我原本希望网成一个好看的顶棚，而灰尘却又把网罩住，网线就很粗了，沉沉地要坠下来。现在，我仰躺在床上，只觉得这荒芜得好，我的四肢越长越长，到了末梢就分叉，是生出的根须，全身的毛和头发拔节似的疯长，长成荒草。

　　宽哥说，这屋子真是一座荒园。

　　我说，那就要生出狐狸精的。

　　十多年来，我读《聊斋》，夜半三更的时候，总企盼举头一看，其实是已经感觉到了，窗的玻璃上有一张很俏的脸，仅仅是一张脸，在向我妩媚。我看她，她也看我；我招之，她便含笑。倏忽就树叶般地飘进来——这样企盼着，并没有狐狸进来，我猜想那时我的火气太重，屋子里太整洁，太有规矩。于是清早起来，恹恹地发困，便疑心窗外的那一株垂柳是一个灵魂在站着，她站着成了一株柳的。

　　如今的冬夜，从月下归来，闻见了谁家的梅。入我的荒园里，并没有随我而入的另一双鞋，影子也没有了。我坐在炉子边烧茶，听着水响和空间里别的什么声音，独自喝了一杯又一杯。忽地想起

李太白诗:

> 两人对酌梨花开
> 一杯一杯复一杯
> 我醉欲眠君且去
> 有情明日抱琴来

冬夜里没有梨花开,新窗外有三棵槐,叶子都落了,枝杈在颤起细的韵。我也没喝酒,亦不想睡,想着真有狐狸的吧。

狐狸并没有。

但也就在明日,却有人抱了琴来。抱琴人是个矮个男人,就是宽哥,说,我知道你寂寞。这是一架古琴,钟子期与俞伯牙相识的那一种古琴,弹《高山》《流水》的那一种古琴。

宽哥也是寂寞的人——其实谁都寂寞,狼虎寂寞,猪也寂寞——因为精神寂寞,他学了五年琴。他把琴送予我,我却不懂得琴谱。他明明知道我不懂得琴谱,他竟送琴给我。

琴就安置在我惟一的桌子上,琴成了荒园里最豪华的物体,我觉得一下子富有。那个捡来的啤酒木箱盖做成的茶几,如果上边放着烂碟破碗,就是贫穷的表现;而放着的是数百元的茶具,这便成一种风格。现在又有了古琴,静坐在茶几边的我静得如一块石头,斜睨了那古琴,一切都高雅了。

三日过去,五日过去,《聊斋》的书已不再读,茶是越来越讲究了档次,啜品中记起一位才女叫眉的,曾与我论过茶,说民间流行一种以对茶之态度看对性的态度的算卦辞,而世上最能品茶的是山中的和尚,和尚对性已经戒了,但那一种欲转化成了对茶的体味。我那一日还笑她胡诌,待这日记起,很觉有趣。我虽有五台山买来的木鱼,却怎么能把自己敲出个和尚来呢?仄了头瞧桌上的琴,默默一笑,这一笑就凝固了一段历史,因为那一瞬间我发觉琴在桌上是一个平平坦坦的睡着的美人。

　　山里的人夏日送礼,送一个竹皮编的有曲线的圆筒,太热的人夜里可以搂着睡眠取凉,称作是凉美人的。这琴在那里体态悠闲,像个美人,我终于明白宽哥的意思了。Z,那时我真有一份冲动,竟敢放肆,轻轻地走近去,分明感觉到它已经睡着了,鼾声幽微,态势美妙,但我又不敢惊动,想它要醒过来,或者起身而站,一定是十分地苗条的。那琴头处卜垂的一绺棉絮,真是它的头发,不自觉地竟伸手去梳理,编出一条长长的辫子,这么好身材的,应该是有一条长辫的。

　　这一个夜里,夜很凉,梦里全是琴的影子,半醒半寐之际,倏忽听得有妙音,如风过竹,如云飞渡,似诉似说。我蓦地翻身坐起,竟不知了身在何处。没月光的夜消失了房子的墙,以为坐在了临水的沙岸,或者就完全在水里。好长的时间清醒过来,拉开灯绳,四堵墙显出白的空间,琴还在桌上躺着。但我立即认定妙音是来自琴的,这瞒不过我的,是琴在自鸣了!

　　Z啊,有琴自鸣,这你听说过吗?三年前咱们去植竹,你说过的,竹的魂是地之灵声,植下竹就是植下了音乐。那么,这琴竟能自鸣,又该是怎样一个有灵的魂呢?

　　从此每日进屋,就要先坐于琴旁。人在屋外,想有琴在家,坐于琴旁了,似守亲爱的人安睡,默默地等待着醒来,由是又捧了《聊斋》来读,终信了这是一份天意。有闲书上讲,女人是一架琴,就看男人怎么调拨;好的男人弹出的是美乐,孬的男人弹出的是噪音。这样的琴，不知道造于哪块灵土上的灵木，制于何年何月的韶光月下，谁曾经拥有过它，又辗转了多少春秋和人序，可它，终于等待到了来我的屋中，要为我蓄满清音，为我解消寂寞，要与我共同创造人间的一段传奇！这样的尤物，今生今世既然与我有缘，我该给它起个好名儿来的。

我真的耗费了许多心思。叫它"等待"似乎太硬；叫"欲语"，又觉无力；"半生缘"又偏俗了；"一段不了"，还嫌率虚。住到这屋子里，我是因了兼职了一个教授职名赚的。门框上我曾写了"半闲半忙作文章，似通不通上课堂"。我这样的人过这样的日子，起怎样的名字给它呢？我坐在它的身旁，目注了它对它说话，说我的童年，说我的青年和中年，说我的丑陋和苦难，说我感谢它的话。我是看过报上的报道，说有一人种了一棵南瓜，他每日对南瓜说话如说话于他的孩子，这南瓜就长成背篓般大。还有一人患了心脏病，整日对心脏说感谢的话、委托的话，心脏病竟也无药而愈了。我也这般对待我的琴，我感觉琴是听见了，也听懂了。一次不自觉地去触动了几下弦索，它竟应发出极美的音乐来。我当时是惊呆了，因为我从来不识琴谱，连简谱也不识的，怎么就能有如此一段美乐呢？我疑问过宽哥，宽哥说，你再弹触时不妨打开录音机，我过后听听。我这么做了，宽哥就用简谱记下来，说果然好，你是个天才的作曲家。

我不是作曲家，我没有天才，天才是琴自身的。宽哥将数次的录音整理了，成一首乐曲在许多场合演奏，甚至还拿去发表，要署我的名。我声明这不是我作的曲，应该署琴的名。这次我得讨问琴，求它自报姓名。琴没有告诉我，却在灯光下，使我终于看见乌黑的琴身暗处，透出三处一绺的红来，黑与红相配得那么和谐和高贵，竟是我以前未注意到的。连着三日，都是在灯光下，发觉了红越来越多，几乎从整个黑里都能看出那下边的一层红来。

这一夜，我梦里觉得我在我的头发里发现了一颗痣，在手心里发现一条纹，觉得桌上伏着一只艳红的狐。

于是，翌日的清晨，我叫我的琴为"红狐"。

"红狐"虽然依旧在桌上平伏着，但我仍要买了家具到这屋里。我买的是一张特大的床，一座极软的沙发，"红狐"如果从桌上站起，它的天性里该是爱静卧的。狐之友猜测应是鹤与鹿的，我又搜寻了鹤鹿的画，贴在琴后的墙上。

我是这么想，Z，狐是世上最灵性最美丽最有感应的尤物，原来是我的荒园里它早已来了！有诗说"好雨知时节"，"随风潜入夜"，那它是从远的山里林里，或者从蒲氏的《聊斋》里，在那一个雨夜里来的。想宽哥送琴的那个夜，也正好有雨，当时我并不知，天明瞧见屋外的一蓬紫薇湿淋淋的。

Z，这就是我要告诉你的事，一件大事，真的，是一件了不得的大事。也就是我有了红狐琴，我的荒园里再不荒了，我开始过得极平静而又富有，这你应该为我祝福和羡慕吧！

狐　石

我想，这世上的相得相失都是有着缘分的，所以赵源在显示它的时候，我开了口，他只得送与了我。赵源说：我保存了它七年，不曾一日离过身的。或许是这样，我说，可我等了它七年。

七年不是个小的时间。

那是在乡下，冬天里的一场雪，崖根下出现了一溜梅花印，房东阿哥说夜里走过狐了。从那一刻起，我极力想认识狐，欲望是那么强烈。曾追了梅花去寻，只寻到梦里。梦里的狐是一团火红，因此它的蹄印才是梅花。以后是朝朝暮暮读《聊斋》，要做那赶考前闭门读书的白面书生。结果是年过四十，误了仕途，废了经济，一身愁病，老婆也离我而去了。一切求适应一切都未能适应，原本到了不惑却事事怎能不惑，我不知道了这是什么命运？好在孤寂一人的时候，又是下雪的冬天，赵源送了它来，我才醒悟我为什么鬼催般地离了婚，又不顾一切地摆脱名誉利禄，原来是它要到来。

多么感念赵源！他从远远的地方来，在这个城市里打问了数天，昔日的同学，今日却做了一回使者了。

我捧在手心，站在窗前的阳光下，一遍一遍地看它。它确实太小了，只有指头蛋大，整个形状为长方形，是灰泥石的那种，光滑洁净，而在一面的右下角，跪卧了那只狐的。狐仍是红狐，瘦而修长，有小小的头，有耳，有尖嘴，有侧面可见的一只略显黄的眼睛，表情在倾听什么，又似乎同时警惕了某一处的动静，或者是长跑后的莫名其妙的沉思。细而结实的两条前肢，一条撑地，使身子坐而不坠，弹跃欲起，一条提在胸前，腰身直竖了是个倒三角，在三角尖际几乎细到若离若断了，却优美地伏出一个丰腴的臀来，臀下有屈跪的两条后肢，一条蓬蓬勃勃的毛尾软软地从后向前卷出一个弧形。整个狐，鸡血般得红，几乎要跳石而出。我去宝石店里托人在石的左上角凿一小眼儿，用细绳系在脖颈上。这狐就日夜与我同在了。

惊奇的是，这狐的模样与我七年前想象的狐十分相似。这狐肯定是要来迷惑我的。但它知道，它是兽，我是人，人兽是不能相见的，相见必是残杀，世间那么多狐皮的制品，该是枉杀了多少钟情的尤物。但它一定是为了见到我，七年里苦苦修炼，终于成精，就寄身在这小小的石头里来相会了。

这样的觉悟使我心花怒放，愈是整日面对了狐石想入非非，一次次呼它而出，盼望它有《聊斋》的故事，长存天地间的一段传奇。我差不多要神经了，四十多岁的人，从不会相思，学会了相思，就害相思，终日想它，不去想它，岂不想它?! 身子于是瘦下来，越发多病多愁，疑心是中了狐精之邪了。我不管的，既是这狐吮我的精气而幻生，在那一个美丽的生命里有我的成分，我也是美丽的；既是我被狐吞噬，以它的腹部作为我的坟墓又何尝不是好的归宿呢？我这般企图着，但我究竟还是我，狐石依旧是石头，石头不是鸡蛋，不能暖熟的，倒恍惚了这石上恐怕是没有红狐的，它的显示全因了我的幻想，如达摩石壁的影石吧。

也就在这个冬天的那场雪里，一日，我往园子赏一株梅的，正吟着"梅似雪，雪如人，都无一点尘"，梅的那边有五个女子在叫着"狐！狐！"就一片浪笑。原来其中一个，长腿蜂腰，一手往上拥着颧骨，一手抓了鼻子往下拉扯，脸庞窄削变形，眉与眼两头尖尖地斜竖起来，宛若狐相。我几乎被这场面看呆了，失态出声，浪笑戛然而止，该窘的原本属五个女子，我却拽梅逃避，撞得梅瓣落了一身。

这一回败露了村相，夜梦里却与那女子熟起来，她实在是通体灵性的人，艳而不妖，丽而不媚，足风标，多态度，能观音，能听看，轻骨柔姿，清约独韵。虽然有点野，野生动力，激发了我无穷的想像力和创造力。

终有一天，我想，我会将狐石系在了她的脖颈上，说：这个人人儿，你已经幻化了与我同形，就做我的新妻吧。

山中王者

  我在《美文》杂志当主编，副主编是从河北石家庄调来的穆涛，他是个蛮有智慧又有一肚子谐趣的人。一天，我们驱车到外县去，经过秦岭北麓，他发感慨：你们陕西人谦虚，这么大的山竟不称山，叫个岭。我知道他又要作践陕西了，就说：说谦虚那比不上你们河北，那么大个省会不称城，叫个庄！车到一个山弯，忽然公路上奔跑着一只野兔，车一鸣喇叭，它就蹿向路右边的半崖上，双耳翘起，小脑袋左右扭动，又跑下公路，竟在车前疾奔。车一加速，又一转身蹿到左边的坡下，没想到跌了跟斗，一疙瘩毛肉滚将下去，穆涛就笑着野兔的机警和急，却也就说到老虎，说，老虎之所以是老虎，它是没这份机警的，它总是慵懒地卧在那里，似乎在打盹睡，可一旦猎物出现，它一下子就捕获了，然后又卧在那里安安静静地什么也不作理。我说穆涛你说得好，我回去给你画张虎。穆涛说：这可是你主动说的，你是君子！我说我当然是君子。穆涛就快乐了，话也多得很，全说老虎的王者之气，最后说道：你瞧瞧咱这汉语，词下得多准，给虎之前就加一个老字！我说：是吗？鼠之前也加一个老字哩。

  从外县返回，我真的画了一张虎，画好了却舍不得再给穆涛。穆涛骂我画虎者有鼠气，我说，正因为有鼠气才把虎画留下要补虎气啊。

吉祥的一次

二〇〇〇年秋天，我沿古丝绸之路走了一趟。在嘉峪关，接待我的是部队上的同志，说他们偶尔发现了一个怪坡，上去容易下来难，外界还没人知道，问有没有兴趣去看看。这当然有兴趣啦，水往低处流，人往高处走，而往高处走又不费力气，那是多好的事！下午便驱车往嘉峪关南的文殊山赶去。

文殊山外是一大片戈壁。介绍说这里曾出没过黄羊，但二十年来作为了某装甲部队的训练演习基地，便什么也没有了。车子往前走，颠簸得如浪中的船，果然除了沙石、骆驼草和作为靶点的土墩，天上没见到一只麻雀，地上拉一泡大便也招不来个苍蝇。西边天地苍茫处有一股直直的白烟，才念了一句"大漠孤烟直"，白烟就到了眼前，原来是小的龙卷风。

一小时后，车靠近了文殊山，能看见了山上的积雪。到一面长长的斜坡上，陪同的人说：到了。坡面确实是陡的，车加大了马力，下行仍是缓慢，到坡底调过车头，已经熄灭了火，仅仅松开闸，却急速地往坡上滑去。这情形若不是亲眼见到，说给谁都以为在说谎。司机让我亲自试试，我不敢，因为我从未摸过方向盘，但我将一只备用的车轮从坡上往上一推，车轮竟快得追不上。我大呼小叫同伴快给我照相啊，天下若都有这样的路，我哪儿也能上去了。

我毫不费力地跑上坡顶，卧在那里，感觉我是高人。

我提议这怪坡不要公开。

菩萨

秋季的傍晚

天近了黄昏，我们恋恋不舍地要返回，回去了三四里又停下来扭头看，企图再从远处给怪坡拍一张相，但更奇异的事就发生了，在距我十米外的一条干水沟畔出现了两只小黄羊！黄羊刚才在什么地方，怎么就突然站在那里，我们全都回不过神来，待齐声惊叫：黄羊！黄羊！黄羊向前跑了数米，四肢轻巧得如舞蹈，又立定了，又回头看我们，遂一股风般跑远，最后和戈壁的颜色融在一起，什么也没有了。同伴说二十年了从来还未见过有黄羊呀，今日怎么就这般奇怪，又遗憾没有带枪来，要不晚上就可以有一顿野味餐了。

　　我说：就是带枪，也不能打的，它是瑞兽，绝对是瑞兽。

　　这一天是九月的十五日。

2000 年 10 月 13 日记

十篇短信

一

盛夏人皮是破竹篓，出汗淋漓如漏。老母坐不住家，一日数次下楼去寻老太太们闲聊，倒不嫌热。我也以写书避暑。（坐桌前以唾液沾双乳上，便有凉风通体。此秘诀你可试试，不要与玩麻将者说。）写书宜写闲情书。能闲聊是真知己，闲情书易成美文。但母亲没喝水习惯，怕她上火，劝多喝水，她说口里不要，肚里也不要。我和妹妹都是能喝水的，来家的那些朋友，也无一不能喝。今早忽然醒悟，蹲机关的人上了班都是一支烟，一杯水，一张报的，母亲则是从来没有工作过！

二

来时不必带土产，有便车捎些西瓜给母亲即可。切切。我倒不信你能江郎才尽，瞧照片上，腰又大了一圈，那里边装什么？文坛上有人是晨鸡暮犬，他们出于职责，当可闻鸡而起，听吠安睡，有人则是老鼠磨牙，咬你的箱子磨他的牙罢了。前年你写那部书一成功，我就知道你要坏了人缘的，现在果然是，但麻将桌上连坐五庄，必然要得罪人，输家是有资格发脾气，也可以欠账，也可以骂人母。只担心你那口疮，治得如何？口要善待才是，除了吃饭，除了在领导面前说"是"外，将来那些人还要请你去谈创作经验啊！

三

因养了一盆郁金香，会开到一半我就溜了，听说×××颇有微词？我这屁股坐惯了书桌前的椅子，坐主席台上的椅子不自在。你几时来看花？美人不说话就是花，花一说话就是美人。

四

我当主编，忙的却是你们，几次想卸了这帽子，但卸不了，这也是不理事当不了官，能当大官不要理事。天这么热，办公室又没空调，不知买没买仁丹丸？我赶了半天写下这期"读稿人语"，让小史捎去，再让捎去一盘五色冰淇淋。六块，一人三块。吃罢将盘子一定还我。

五

儿女小时可以打，如拍打衣服上土，稍大了就是皮球，越打越蹦得高。我大学毕了业，先父还踢我一脚，待到后来一日，他吸烟，也递我一支，我才知道我从此不挨打了。但有人说父子如兄弟，如同志，那倒又过分，因为儿女的秉性是永远不崇拜父母的。我女儿看三流电视剧也伤心落泪，读我的书却总认为是她看着我写的，不是真的。让他去吧，龙种或许生跳蚤，丑猪或许养麒麟，只须叮咛"吃喝嫖赌不能抽（大烟），坑蒙拐骗不能偷（东西）"就罢了。窑炉只管烧瓷罐，瓷罐到社会上去，你能管得着去做油罐还是尿罐？老江说组织一次南山游的,又不见了动静,如果南山去不成,三月十五日午时去豪门菜馆吃海鲜,我做东。

六

空气装在皮圈里即为轮胎,我如果能手一抓就一把风,掷去砸人,先砸倒那姓曹的!盛世的皇帝寿命都高,因为他为国人谋福利。损人利己者则如通缉的逃犯,惶惶不可终日,岂能身体安康?发不义之财,若不做慈善业消耗,如人只吃饭而不长肛门,终有一日自己把自己憋死。

七

那只鳖不能让山兄去放生,他会放生到他的肚腹去。

不要嫌老婆脸黑,黑是黑,是本色,将来生子,还能卖好价钱的面粉。那日到×校开会,去了那么多作家,主持人要我站起来让学生们看看,我站起来躬腰点头,掌声雷动,主持人又说:同学们这么欢迎你,你站起来么!我说我是站起来的呀!主持人说:噢,你个子低。掌声更是雷动。我不嫌我个头矮,人不是白菜,大了好卖。做人不要心存自己是女人或是男人,也不必心存自己丑或自己美,一存心就坏了事。以貌取人者是奴才,与小奴才什么计较?

八

我要闭门写作呀,有事三十天后见。若有人寻到你打问我的行踪，只说我自杀了。记住，是安乐死，不是上吊，上吊吐舌头形象不佳。

九

能让别人利用，也是好事。研究《红楼梦》可以当博士，画钟馗可以逼鬼，给当官的当秘书可以自己当官。藤蔓多正因着你是乔木。无山不起云，起云山显得更高，若你周围没那些营营之辈，你又会是何等面目？朋友都是走了的好。今夜月光满地，刚才开窗我还以为巷口的下水道又堵塞，是水漫淹，就想你若踏水来访多好！我可教你作曲解烦。作曲并不难，"言之不尽歌咏之"，曲就是把说不尽的话从心里起便放慢音节哼出来，记下便可了，如记不下，旁边放录音机来录。学那钢琴就非是一月半月能操作，且十个指头，怎能按得住一百零八个键呢？

十

买书不要买豪华本，豪华本的书那是卖给不读书的人的。读书也不必只读纸做的书，山水可以读，云雨可以读，官场可以读，商界可以读。赌徒和妓女也都是书。只在家读书本，读了书还是读书，无异于整日喝酒、打牌和吸烟土，于社会、家人有什么好处？

得空来吃茶，我前日得明前茶一罐。

祭　父

父亲贾彦春，一生于乡间教书，退休在丹凤县棣花；年初胃癌复发，七个月后便卧床不起，饥饿疼痛，疼痛饥饿，受罪至第二十七天的傍晚，突然一个微笑而去世了。其时中秋将近，天降大雨，我还远在四百里之外，正预备着翌日赶回。

我并没有想到父亲的最后离去竟这么快。以往家里出什么事，我都有感应，就在他来西安检查病的那天，清早起来我的双目无缘无故地红肿，下午他一来，我立即感到有悲苦之灾了。经检查，癌已转移，半月后送走了父亲，天天心揪成一团，却不断地为他卜卦，卜辞颇吉祥，还疑心他会创造出奇迹，所以接到病危电报，以为这是父亲的意思，要与我交待许多事情。一下班车，看见戴着孝帽接我的堂兄，才知道我回来得太晚了，太晚了。父亲安睡在灵床上，双目紧闭，口里衔着一枚铜钱，他再也没有以往听见我的脚步便从内屋走出来喜欢地对母亲喊："你平回来了！"也没有我递给他一支烟时，他总是摆摆手而拿起水烟锅的样子，父亲永远不与儿子亲热了。

守坐在灵堂的草铺里，陪父亲度过最后一个长夜。小妹告诉我，父亲饲养的那只猫也死了。父亲在水米不进的那天，猫也开始不吃，十一日中午猫悄然毙命，七个小时后父亲也倒了头。我感动着猫的忠诚，我和我的弟妹都在外工作，晚年的父亲清淡寂寞，猫给过他慰藉，猫也随他去到另一个世界。人生的短促和悲苦，大义上我全明白，面对着父亲我却无法超脱。满院的泥泞里人来往作乱，响器班在吹吹打打，透过灯光我呆呆地望着那一棵梨树，还是父亲亲手栽的，往年果实累累，今年竟独独一个梨子在树顶。

父亲的病是两年前做的手术，我一直对他瞒着病情，每次从云南买药寄他，总是撕去药包上癌的字样。术后恢复得极好，他每顿已能吃两碗饭，凌晨要喝一壶茶水，坐不住，喜欢快步走路。常常到一些亲戚朋友家去，撩了衣服说：瞧刀口多平整，不要操心，我现在什么病也没有了。看着父亲的豁达样，我暗自为没告诉他病情而宽慰，但偶尔发现他独坐的时候，神色甚是悲苦，竟有一次我弄来一本算卦的书，兄妹们都嚷着要查各自的前途机遇，父亲走过来却说："给我查一下，看我还能活多久？"我的心咯噔一下沉起来，父亲多半是知道了他得的什么病，他只是也不说出来罢了。卦辞的结果，意思是该操劳的都操劳了，待到一切都好。父亲叹息了一声："我没好福。"我们都黯然无语，他就又笑了："这类书怎能当真？人生谁不是这样呢！"可后来发生的事情，不幸都依这卦辞来了。

先是数年前母亲住院，父亲一个多月在医院伺候，做手术的那天，我和父亲守在手术室外，我紧张得肚子疼，父亲也紧张得肚子疼。母亲病好了，大妹出嫁，小妹高考却不中，原本依父亲的教龄可以将母亲和小妹的户口转为城镇户口，但因前几年一心想为小弟有个工作干，自己硬退休回来，现在小妹就只好窝在乡下了。为了小妹的前途，我写信申请，父亲四处寻人说情，他是干了几十年教师工作，不愿涎着脸给人家说那类话，但事情逼着他得跑动，每次都十分为难。他给我说过，他曾鼓很大勇气去找人，但当得知所找的人不在时，竟如释重载，暗自庆幸，虽然明日还得再找，而今天却免去一次受罪了。整整两年有余，小妹的工作有了着落，父亲喜欢得来人就请喝酒，他感激所有帮过忙的人，不论年龄大小皆视为贾家的恩人。但就在这时候，他患了癌病。担惊受怕的半年过去了，手术后身体一天天好起来，这一年春节父亲一定要我和妻子女儿回老家过年，多买了烟酒，好好欢度一番，没想年前两天，我的大妹夫突然出事故亡去。病后的父亲老泪纵横，以前手颤的旧病又复发，三番五次划火柴点不着烟。大妹带着不满一岁的外甥重又回住到我家，沉重的包袱又一次压在父亲的肩上。为了大妹的生活和出路，父亲又开始了比小妹当年就业更艰难的奔波，一次次的碰壁，一夜夜的辗转不眠。我不忍心看着他的劳累，甚至对他发火，他就再一次赶来给我说情况时，故意做出很轻松的样子，又总要说明他还有别的事才进城的。大妹终于可以吃商品粮了，甚至还去外乡做临时工作，父亲实想领大妹一块去乡政府报到，但癌病复发了，终未去成。父亲之所以在动了手术后延续了两年多的生命，他全是为儿女要办完最后一件事，当他办完事了竟不肯多活一月就悠然长逝。

俗话讲，人生的光景几节过，前辈子好了后辈子坏，后辈子好了前辈子坏，可父亲的一生中却没有舒心的日月。在他的幼年，家贫如洗，又常常遭土匪的绑票，三个兄弟先后被绑票过三次，每次都是变卖家产赎回，而年仅七岁的他，也竟在一个傍晚被人背走到几百里外。贾家受尽了屈辱，发誓要供养出一个出头的人，便一心要他读书。父亲提起那段生活，总是感激着三个大伯，说他夜里读书，三个大伯从几十里外扛木头回来，为了第二天再扛到二十里外的集市上卖个好价，成半夜在院中用石槌砸木头的大小截面，那种"咣咣"的响声使他不敢懒散，硬是读完了中学，成为贾家第一个有文化的人。此后的四五十年间，他们兄弟四人亲密无间，二十二口的大家庭一直生活到六十年代，后来虽然分家另住，谁家做一顿好吃的，必是叫齐别的兄弟。我记得父亲在邻县的中学任教时期，一直把三个堂兄带在身边上学，他转到哪儿，就带在哪儿，堂兄在学生宿舍里搭合铺，一个堂兄尿床，父亲就把尿床的堂兄叫去和他一块睡，一夜几次叫醒小便，但常常堂兄还是尿湿了床，害得父亲这头湿了睡那头，那头暖干了睡这头。我那时和娘住在老家，每年里去父亲那儿一次，我的伯父就用箩筐一头挑着我，一头挑着粮食翻山越岭走两天，我至今记得我在摇摇晃晃的箩筐里看夜空的星星，星星总是在移动，让我无法数清。当我参加了工作第一次领到了工资，三十九元钱先给父亲寄去了十元，父亲买了酒便请了三个伯父痛饮，听母亲说那一次父亲是醉了。那年我回去，特意跑了半个城买了一根特大的铝盒装的雪茄，父亲拆开了闻了闻，却还要叫了三个伯父，点燃了一口一口轮流着吸。大伯年龄大，已经下世十多年了，按常理，父亲应该照看着二伯和三伯先走，可谁也没想到，料理父亲丧事的竟是二伯和三伯。在盛殓的那个中午，贾家大小一片哭声，二伯和三伯老泪纵横，瘫坐在椅子上不得起来。

"文化革命"中，家乡连遭三年大旱，生活极度拮据，父亲却被诬陷为历史反革命关进了牛棚。正月十五的下午，母亲炒了家中仅有的一疙瘩肉盛在缸子里，伯父买了四包香烟，让我给父亲送去。我太阳落山时赶到他任教的学校，父亲已经遭人殴打过，造反派硬不让见，我哭着求情，终于在院子里拐角处见到了父亲，他黑瘦得厉害，才问了家里的一些情况，监管人就在一边催时间了。父亲送我走过拐角，却将缸子交给我，说："肉你拿回去，我把烟留下就是了。"我出了院子的栅栏门，门很高，我只能隔着栅栏缝儿看父亲，我永远忘不了父亲呆呆站在那儿看我的神色。后来，父亲带着一身伤残被开除公职押送回家了,那是个中午,我正在山坡上拔草,听到消息扑回来,父亲已躺在床上,一见我抱了我就说:"我害了我娃了!"放声大哭。父亲是教了半辈子书的人,他胆小,又自尊,他受不了这种打击,回家后半年内不愿出门。但家庭从政治上、经济上一下子沉沦下来,我们常常吃了上顿没有下顿,自留地的包谷还是嫩的便掰了回来,包谷棵儿和穗儿一起在碾子上砸了做糊糊吃,麦子不等成熟,就收回用锅炒了上磨。全家惟一指望的是那头猪,但猪总是长一身红绒,眼里出血似的盼它长大了,父亲领着我们兄弟将猪拉到十五里的镇上去交售,但猪瘦不够标准,收购站拒绝收。听说二十里外的邻县一个镇上标准低,我们决定重新去交,天不明起来,特意给猪喂了最好的食料,使猪肚撑得滚圆,我们却饿着,父亲说:"今日把猪交了,咱父子仨一定去饭馆美美吃一顿!"这话极大地刺激了我和弟弟,赤脚冒雨将猪拉到了镇上。交售猪的队排得很长,眼看着轮到我们了,收购员却喊了一声:"下班了!"关门去吃饭。我们叠声叫苦,没有钱去吃饭,又不能离开,而猪却开始排泄,先是一泡没完没了的尿,再是翘了尾巴要拉,弟弟急了,拿脚直踢猪屁股,但最后还是拉下来,望着那老大的一堆猪粪,我们明白那是多少钱的分量啊。骂猪,又骂收购员,最后就不骂了,因为我和弟弟已经毫无力气了。直等到下午上班,收购员过来在猪的脖子上捏捏,又在猪肚子上揣揣,头不抬地说:"不够等级!下一个——"父亲首先急了,忙求着说:"按最低等级收了吧。"收购员翻着眼训道:"白给我也不收哩!"已经去验下一头猪了。父亲在那里站了好大一会儿,又过来蹲在猪旁边,他再没有说话,手抖着在口袋里掏烟,但没有掏出来,扭头对我们说:"回吧。"父子仨默默地拉猪回来,一路上再没有说肚子饥的话。

在那苦难的两年里，父亲耿耿于怀的是他蒙受的冤屈，几乎过三天五天就要我来写一份翻案材料寄出去。他那时手抖得厉害，小油灯下他讲他的历史，我逐字书写，寄出去的材料百分之九十泥牛入海，而父亲总是自信十足。家贫买不起纸，到任何地方一发现纸就眼开，拿回来仔细裁剪，又常常纸色不同，以致后来父子俩谈起翻案材料只说"五色纸"就心照不宣。父亲幼年因家贫害过胃疼，后来愈过，但也在那数年间被野菜和稻糠重新伤了胃，这也便是他恶变胃癌的根因。当父亲终于冤案昭雪后，星期六的下午他总要在口袋里装上学校的午餐，或许是一片烙饼，或是四个小素包子，我和弟弟便会分别拿了躲到某一处吃得最后连手也舔了，末了还要趴在泉里喝水涮口咽下去。我们不知道那是父亲饿着肚子带回来的，最最盼望每个星期六傍晚太阳落山的时候。有一次父亲看着我们吃完，问："香不香？"弟弟说："香，我将来也要当个教师！"父亲笑了笑，别过脸去。我那时稍大，说现在吃了父亲的馍馍，将来长大了一定买最好吃的东西孝敬父亲。父亲退休以后，孩子们都大了，我和弟弟都开始挣钱，父亲也不愁没有馍馍吃，在他六十四岁的生日我买了一盒寿糕，他却直怨我太浪费了。五月初他病加重，我回去看望，带了许多吃食，他却对什么也没了食欲，临走买了数盒蜂王浆，叮咛他服完后继续买，钱我会寄给他的，但在他去世后第五天，村上一个人和我谈起来，说是父亲服完了那些蜂王浆后曾去商店打问过蜂王浆的价钱，一听说一盒八元多，他手里捏着钱却又回来了。

父亲当然是普通的百姓，清清贫贫的乡间教师，不可能享那些大人物的富贵，但当我在城里每次住医院，看见老干部楼上的那些人长期为小病疗养而坐在铺有红地毯的活动室中玩麻将，我就不由得想到我的父亲。

在贾家族里，父亲是文化人，德望很高，以至大家分为小家，小家再分为小家，甚至村里别姓人家，大到红白喜丧之事，小到婆媳兄妹纠纷，都要找父亲去解决。父亲乐意去主持公道，却脾气急躁，往往自己也要生许多闷气。时间长了，他有了一定的权威，多少也有了以"势"来压的味道，他可以说别人不敢说的话，竟还动手打过一个不孝其父的逆子的耳光，这少不得就得罪了一些人。为这事我曾埋怨他，为别人的事何必那么认真，父亲却火了，说道："我半个眼窝也见不得那些龌龊事！"父亲忠厚而严厉，胆小却嫉恶如仇，他以此建立了他的人品和德行，也以此使他吃了许多苦头，受了许多难处。当他活着的时候，这个家庭和这个村子的百多户人家已经习惯了父亲的好处，似乎并不觉得什么，而听到他去世的消息，猛然间都感到了他存在的重要。我守坐在灵堂里，看着多少人来放声大哭，听着他们哭诉："你走了，有什么事我给谁说呀？"的话，我欣慰着我的父亲低微却崇高，平凡而伟大。

在我小小的时候，我是害怕父亲的，他对我的严厉使我产生惧怕，和他单独在一起，我说不出一句话，极力想赶快逃脱。我恋爱的那阵，我的意见与父亲不一致，那年月政治的味道特浓，他害怕女方的家庭成分影响了我，他骂我，打我，吼过我"滚"。在他的一生中，我什么都听从他，惟那件事使他伤透了心。但随着时代的变化，家庭出身已不再影响到个人的前途，但我的妻子并未记恨他，像女儿一样孝敬他，他又反过来说我眼光比他准，逢人夸说儿媳的好处，在最后的几年里每年都喜欢来城中我的小家中住一个时期。但我在他面前，似乎一直长不大，直到我的孩子已经上小学了，一次他来城里，见面递给我一支烟来吸，我才知道我成熟了，有什么事可以直接同他商量。父亲是一个普通的乡村教师，又受家庭生计所累，他没有高官显禄的三朋，也没有身缠万贯的四友，对于我成为作家，社会上开始有些虚名后，他曾是得意和自豪过。他交识的同行和相好免不了向他恭贺，当然少不了向他讨酒喝，父亲在这时候是极其慷慨的，身上有多少钱就掏多少钱，喝就喝个酩酊大醉。以至后来，有人在哪里看见我发表了文章，就拿着去见父亲索酒。他的酒量很大，原因一是"文革"中心情不好借酒消愁，二是后来为我的创作以酒得意，喝酒喝上了瘾，在很长的日子里天天都要喝的，但从不一人独喝，总是吆喝许多人聚家痛饮，又一定要母亲尽一切力量弄些好的饭菜招待。母亲曾经抱怨：家里的好吃好喝全让外人享用了！我也为此生过他的气，以我拒绝喝酒而抗议，父亲真有一段时间也不喝酒了。一九八二年的春天，我因一批小说受到报刊的批评，压力很大，但并未透露一丝消息给他。他听人说了，专程赶三十里到县城去翻报纸，熬煎得几个晚上睡不着。我母亲没文化，不懂得写文章的事，父亲给她说的时候，她困得不时打盹，父亲竟生气得骂母亲。第二天搭车到城里见我，我的一些朋友恰在我那儿谈论外界的批评文章，我怕父亲听见，让他在另一间房内休息，等来客一走，他竟过来说："你不要瞒我，事情我全知道了。没事不要寻事，有了事就不要怕事。你还年轻，要吸取经验教训，路长着哩！"说着又返身去取了他带来的一瓶酒，说："来，咱父子都喝喝酒。"他先倒了一杯喝了，对我笑笑，就把杯子交给我。他笑得很苦，我忍不住眼睛红了。这一次我们父子都重新开戒，差不多喝了一瓶。

自那以后，父亲又喝开酒了，但他从没有喝过什么名酒。两年半前我用稿费为他买了一瓶茅台,正要托人捎回去,他却来检查病了,竟发现患的是胃癌。手术后,我说:"这酒你不能喝了,我留下来,等你将来病好了再喝。"我心里知道,父亲怕是再也喝不成了,如果到了最后不行的时候,一定让他喝一口。在父亲生命将息的第十天,我妻子陪送老人回老家,我让把酒带上。但当我回去后,父亲已经去世了,酒还原封未动。妻说:父亲回来后,汤水已经不能进,就是让喝酒,一定腹内烧得难受,为了减少没必要的痛苦,才没有给父亲喝。盛殓时,我流着泪把那瓶茅台放在棺内,让我的父亲在另一个世界上再喝吧。如今,我的文章还在不断地发表出版,我再也享受不到那一份特殊的祝贺了。

父亲只活了六十六岁,他把年老体弱的母亲留给我们,他把两个尚未成家的小妹留给我们,他把家庭的重担留给了从未担过重的长子的我。对于父亲的离去,我们悲痛欲绝,对于离去我们,父亲更是不忍。当检查得知癌细胞已广泛转移毫无医治可能的结论时,我为了稳住父亲的情绪,还总是接二连三地请一些医生来给他治疗,事先给医生说好一定要表现出检查认真,多说宽心话。我知道他们所开的药全都是无济于事的,但父亲要服只得让他服,当然是症状不减,且一日不济一日,他说:"平呀,现在咋办呢?"我能有什么办法呀,父亲。眼泪从我肚子里流走了,脸上还得安静,说:"你年纪大了,只要心放宽静养,病会好的。"说罢就不敢看他,赶忙借故别的事走到另一个房间去抹眼泪。后来他预感到了自己不行了,却还是让扶起来将那苦涩的药面一大勺一大勺地吞在口里,强行咽下,但他躺下时已泪流满面,一边用手擦着一边说:"你妈一辈子太苦,为了养活你们,舍不得吃,舍不得穿,到现在还是这样。我只说她要比我先走了,我会把她照看得好好的……往后就靠你们了。还有你两个妹妹……"母亲第一个哭起来,接着全家大哭,这是我们惟有的一次当着父亲的面痛哭。我真担心这一哭会使父亲明白一切而加重他的负担,但父亲反倒劝慰我们,他照常要服药,说他还要等着早已订好的国庆节给小妹结婚的那一天,还叮咛他来城前已给菜地的红萝卜浇了水,菜苗一定长得茂密,需要间一间。就在他去世的前五天,他还要求母亲去抓了两服中草药熬着喝。父亲是极不甘心地离开了我们,他一直是在悲苦和疼痛中挣扎,我那时真希望他是个哲学家或是个基督教徒,能透悟人生,能将死自认为一种解脱,但父亲是位实实在在的为生活所累了一生的平民,他的清醒的痛苦的逝去使我心灵不得安宁。当得知他在最后一刻终于绽出一个微笑,我的心多多少少安妥了一些。可以告慰父亲的是,母亲在悲苦中总算挺了过来,我们兄妹都一下子更加成熟,什么事都处理得很好。小妹的婚事原准备推迟,但为了父亲灵魂的安息,如期举办,且办得十分圆满。这个家庭没有了父亲并没有散落,为了父亲,我们都在努力地活着。

　　按照乡间风俗,在父亲下葬之后,我们兄妹接连数天的黄昏去坟上烧纸和燃火,名曰:"打怕怕",为的是不让父亲一人在山坡上孤单害怕。冥纸和麦草燃起,灰屑如黑色的蝴蝶满天飞舞,我们给父亲说着话,让他安息,说在这面黄土坡上有我的爷爷奶奶,有我的大伯,有我村更多的长辈,父亲是不会孤单的,也不必感到孤单,这面黄土坡离他修建的那一院房子不远,他还是极容易来家中看看;而我们更是永远忘不了他,会时常来探望他的。

1989 年 10 月 13 日写毕

父亲去世后三十三天,"五七"之前

我不是个好儿子

在我四十岁以后，在我几十年里雄心勃勃所从事的事业、爱情遭受了挫折和失意，我才觉悟了做儿子的不是。母亲的伟大不仅生下血肉的儿子，还在于她并不指望儿子的回报，不管儿子离她多远又回来多近，她永远使儿子有亲情，有力量，有根有本。人生的车途上，母亲是加油站。

母亲一生都在乡下，没有文化，不善说会道，飞机只望见过天上的影子。她并不清楚我在远远的城里干什么，惟一晓得的是我能写字，她说我写字的时候眼睛在不停地眨，就操心我的苦，"世上的字能写完?!"一次一次地阻止我。前些年，母亲每次到城里小住，总是为我和孩子缝制过冬的衣物，棉花垫得极厚，总害怕我着冷，结果使我和孩子都穿得像狗熊一样笨拙。她过不惯城里的生活，嫌吃油太多，来人太多，客厅的灯不灭，东西一旧就扔，说："日子没乡下整端。"最不能忍受我打骂孩子，孩子不哭，她却哭，和我闹一场后就生气回乡下去。母亲每一次都高高兴兴来，每一次都生了气回去，回去了，我并未思念过她，甚至一年一年的夜里不曾梦着过她。母亲对我的好是我不觉得了母亲对我的好，当我得意的时候，忘记了母亲的存在，当我有委屈了就想给母亲诉说，当着她的面哭一鼻子。

母亲姓周，这是从舅舅那里知道的，但母亲叫什么名字，十二岁那年，一次与同村的孩子骂仗——乡下骂仗以高声大叫对方父母名字为最解气的——她父亲叫鱼，我骂她鱼，鱼，河里的鱼！她骂

药师琉璃光佛图

一夜春风华罗列　　正是清茶品饮时

我：蛾，蛾，小小的蛾！我清楚了母亲叫周小娥的。大人物之所以大人物，是名字被千万人呼喊，母亲的名字我至今没有叫过，似乎也很少听老家村子里的人叫过，但母亲未是大人物却并不失却她的伟大，她的老实、本分、善良、勤劳在家乡有口皆碑。现在有人讥讽我有农民的品性，我并不羞耻，我就是农民的儿子，母亲教育我的忍字使我忍了该忍的事情避免了许多祸灾发生，而我的错误在于忍了不该忍的事情，企图以委曲求全未能求全。

七年前，父亲做了胃癌手术，我全部的心思都在父亲身上，父亲去世后，我仍是常常梦到父亲，父亲依然还是有病痛的样子，醒来就伤心落泪，要买了阴纸来烧。在纸灰飞扬的时候，突然间我会想起乡下的母亲，又是数日不安，也就必会寄一笔钱到乡下去。寄走了钱，心安理得地又投入到我的工作中了，心中再也没有母亲的影子。老家的村里，人都在夸我给母亲寄钱，可我心里明白，给母亲寄钱并不是我心中多么有母亲，完全是为了我的心理平衡。而母亲收到寄去的钱总舍不得花，听妹妹说，她把钱没处放，一卷一卷塞在床下的破棉鞋里，几乎让老鼠做了窝去。我埋怨过母亲，母亲说："我要那么多钱干啥？零着攒下了将来整着给你。你们都精精神神了，我喝凉水都高兴的，我现在又不至于就喝着凉水！"去年回去，她真的把积攒的钱要给我，我气恼了，要她逢集赶会了去买个零嘴吃，她果然一次买回了许多红糖，装在一个瓷罐儿里，但凡谁家的孩子去她那儿了，就三个指头一捏，往孩子嘴里一塞，再一抹，孩子们为糖而来，得糖而去，母亲笑着骂着，"喂不熟的狗！"末了就呆呆地发半天愣。

母亲在晚年是寂寞的，我们兄妹就商议了，主张她给大妹看管孩子，有孩子占心，累是累些，日月总是好打发的吧。小外甥就成了她的尾巴，走到哪儿带到哪儿，一次婆孙到城里来，见我书屋里挂有父亲的遗像，她眼睛就潮了，说："人一死就有了日子了，不觉是四个年头了！"我忙劝她，越劝她越流下泪来。外甥偏过来对着照片要爷爷，我以为母亲更要伤心的，母亲却说："爷爷埋在土里了。"孩子说："土里埋下什么都长哩，爷爷埋在土里怎么不再长个爷爷？"母亲竟没有恼，倒破涕而笑了。母亲疼孩子爱孩子，当着众人面要骂孩子没出息，这般地大了夜夜还要噙她的奶头睡觉，孩子就羞了脸，过来捂她的嘴不让说，两人绞在一起倒在地上，母亲笑得直喘气。我和妹妹批评过母亲太娇惯孩子，她就说："我不懂教育嘛，你们怎么现在都英英武武的？！"我们拗不过她，就盼外甥永远长这么大。可外甥如庄稼苗一样，见风生长，不觉今年要上学了，母亲显得很失落，她依然住在妹妹家，急得心火把嘴角都烧烂了。我作想，如果母亲能信佛，每日去寺院烧香，回家念经就好了，但母亲没有那个信仰。后来总算让邻居的老太太们拉着天天去练气功，我们做儿女的心才稍有了些踏实。

　　小时候，我对母亲的印象是她只管家里人的吃和穿，白日除了去生产队出工，夜里总是洗萝卜呀，切红薯片呀，或者纺线，纳鞋底，在门栓上拉了麻丝合绳子。母亲不会做大菜，一年一次的蒸碗大菜，父亲是亲自操作的，但母亲的面条擀得最好，满村出名。家里一来客，父亲说：吃面吧。厨房里一阵案响，一阵风箱声。母亲很快就用箕盘端上几碗热腾腾的面条来。客人吃的时候，我们做孩子的就被打发着去村巷里玩，玩不了多久，我们就偷偷溜回来，盼着客人是否吃过了，是否有剩下的。果然在锅项里就留有那么一碗半碗。在那困难的年月里，纯白面条只是待客，没有客人的时候，中午可以吃一顿包谷糁面，母亲差不多是先给父亲捞一碗，然后下些浆水菜了,连菜带面再给我们兄妹捞一碗,最后她的碗里就只有包谷糁和菜了。那时少粮缺柴的,生活苦巴,我们做孩子的并不愁容满面,平日倒快活得要死,最烦恼的是帮母亲推磨子了。常常天一黑母亲就收拾磨子,在麦子里掺上白包谷或豆子磨一种杂面,偌大的石磨她一个人推不动,就要我和弟弟合推一个磨棍,月明星稀之下,走一圈又一圈,昏头晕脑地发迷怔,磨过一遍了,母亲在那里过箩,我和弟弟就趴在磨盘上瞌睡。母亲喊我们醒来再推,我和弟弟总是说磨好了;母亲说再磨几遍,需要把麦麸磨得如蚊子翅膀一样薄才肯结束,我和弟弟就同母亲吵,扔了磨棍置气。母亲叹口气,末了去敲邻家的窗子,哀求人家:二嫂子,二嫂子,你起来帮我推推磨子!人家半天不吱声,她还在求,说:"咱换换工,你家推磨子了,我再帮你……孩子明日要上学,不敢耽搁娃的课的。"瞧着母亲低声下气的样子,我和弟弟就不忍心了,揉揉鼻子又把磨棍拿起来。母亲操持家里的吃穿琐碎事无巨细,而家里的大事,母亲是不管的,一切由当教师的星期天才能回家的父亲做主。在我上大学的那些年,每次寒暑假结束要进城,头一天夜里总是开家庭会,家庭会差不多是父亲主讲,要用功学习呀,真诚待人呀,孔子是怎么讲的,古今历史上什么人是如何奋斗的,直要讲二三个小时,母亲就坐在一边,为父亲不住吸着的水烟袋卷纸媒,纸媒卷了好多,便袖了手打盹。父亲最后说:"你妈还有啥说的?"母亲一怔方清醒过来,父亲就生气了:"瞧你,你竟能睡着?!"训几句。母亲只是笑着,说:"你是老师能说,我说啥呀?"大家都笑笑,说天不早了,睡吧,就分头去睡。这当儿母亲却精神了,去关院门,关猪圈,检查柜盖上的各种米面瓦罐是否盖严了,防备老鼠进去,然后就收拾我的行李,然后一个人去灶房为我包天明起来要吃的素饺子。

父亲去世后,我原本立即接她来城里住,她不来,说父亲三年没过,没过三年的亡人会有阴灵常常回来的,她得在家顿顿往灵牌前供献饭菜。平日太阳暖和的时候,她也去和村里一些老太太们打花花牌,她们玩的是二分钱一个注儿,每次出门就带两角钱三角钱,她塞在袜筒。她养过几只鸡,清早一开鸡棚——要在鸡屁股里揣揣有没有蛋要下,若揣着有蛋,半晌午打牌就半途赶回来收拾产下的蛋,可她不大吃鸡蛋,只要有人来家坐了,却总热惦着要烧煎水,煎水里就卧荷包蛋。每年的院里的梅李熟了,总摘一些留给我,托人往城里带,没人进城,她一直给我留着,"平爱吃酸果子",她这话要唠叨好长时间,梅李就留到彻底腐烂了才肯倒去。她在妹妹家学练了气功,我去看她,未说几句话就叫我到小房去,一定要让我喝一个瓶子里的凉水,不喝不行,问这是怎么啦,她才说是气功师给她的信息水,治百病的,"你要喝的,你一喝肝病或许就好了!"我喝了半杯,她就又取苹果橘子让我吃,说是信息果。

我成不成为什么专家名人,母亲一向是不大理会的,她既不晓得我工作的荣耀,我工作上的烦恼和苦闷也就不给她说。一部《废都》,国之内外怎样风雨不止,我受怎样的赞誉和攻击,母亲未说过一句话,当知道我已孤单一人,又病得入了院,她悲伤得落泪,她要到城里来看我,弟妹不让她来,不领好,她气得在家里骂这个骂那个,后来冒着风雪来了,她的眼睛已患了严重的疾病,却哭着说:"我娃这是什么命啊?!"

我告诉母亲,我的命并不苦的,什么委屈和劫难我都可以受得,少年时期我上山砍柴,挑百十斤的柴担在山岭道上行走,因为路窄，不到固定的歇息处是不能放下柴担的，肩膀再疼腿再酸也不能放下柴担的，从那时起我就练出了一股韧劲的。而现在最苦的是我不能亲自伺候母亲！父亲去世了，作为长子，我是应该为这个家操心，使母亲在晚年活得幸福，但现在既不能照料母亲，反倒让母亲还为儿子牵肠挂肚，我这做的是什么儿子呢？把母亲送出医院，看着她上车要回去了，我还是掏出身上仅有的钱给她，我说，钱是不能代替了孝顺的，但我如今只能这样啊！母亲懂得了我的心，她把钱收了，紧紧地握在手里，再一次整整我的衣领，摸摸我的脸，说我的胡子长了，用热毛巾捂捂，好好刮刮，才上了车。眼看着车越走越远，最后看不见了，我回到病房，躺在床上开始打吊针，我的眼泪默默地流下来。

草于 1993 年 11 月 27 日病房

四十岁说

无论中国的文学怎样伟大或者幼稚,事实是我们就在其中,且认真地工作着,已经不止一次,十次八次,说过许多追求和反省,回过头来都觉得很坏。作家实在是一种手艺人,文章写得好,就是活儿做得漂亮。窗外的空地上有织网套的,斜斜地背了木弓,一手拿木槌弹敲弓弦,在嗡嗡铮儿的音律里身子蛮有节奏地晃动,劳动既愉悦了别人,也愉悦了自己,事情就这么简单。如果说,作家职业是最易心灵自在,相反的,也最易导致做作——好作家和劣作家就这么分野了。——目下的现实里,甚多的人热衷于讲"世界",讲到很玄乎的程度,如同四个字的"深入生活",原本简单普通的话,没生活拿什么去写呀,但偏偏说得最后谁也不知道深入生活为何物了。还是不要竭力去塑造自己庄严形象,将一张脸面弄得很深沉,很沉重;人生若认作荒原上的一群羊,哲学家是上帝派下来的牧人,作家充其量是牧犬。

文坛是热闹场,尤其是我们身处的这个时期,贾母在大观园里说过孙女们一个与一个都漂亮得分不清,在化妆品普遍被妇女青睐的今日,我们常常在街头惊叹美女如云。文学上的天才和小丑几乎无法分清,各种各样的创作和理论曾经撑得我们精疲力竭(一位农村的乡长对我说过,落实层层上级的指示,忙得他没有尿净一泡尿的时间,裤裆总是湿的)。忽然一想,许多的创作和理论,不是为着自己出头露面的欲望吗?它其实并没有自己大的志向,完整的体系,目的是各人在发表自己的文章而已,蝌蚪跟着鱼儿浪,浪得一条尾巴也没有了。

供我们生存的时空越来越小,古今的中外的大智慧家的著作和言论,可以使我们寻到落脚的经纬点。要作为一个好作家,要活儿做得漂亮,就是表达出自己对社会人生的一份态度,这态度不仅是自己的,也表达了更多的人乃至人类的东西。作为人类应该是大致相通的。我们之所以看得懂古人的作品,替古人流眼泪,之所以看得懂西方的作品,为他们的激动而激动,原因大概如此。近代的中国史上一句很著名的话:"中学为体,西学为用",进而发展的在文学史上只能借鉴西方写作技巧的说法,我觉哪儿总有毛病发生。文学或多或少,或大或小,都是要阐述着人生的一种境界,这个最高境界反倒是我们借鉴的,无论古人与洋人。中国的儒释道,扩而大之,中国的宗教、哲学与西方的宗教、哲学,若究竟起来,最高的境界是一回事,正应了云层上面的都是一片阳光的灿烂。问题是,有了一片阳光,还有阳光下各种各样的,或浓或淡,是雨是雪,高低急缓的云层,它们各自有各自的形态和美学。这就要分析东西方人的思维了,水墨画和油画,戏曲和话剧,西医和中医。我们应该自觉地认识东方的重整体的感应和西方的实验分析,不是归一和混淆,而是努力独立和丰富,通过我们穿过云层,达到最高的人类相通的境界中去。"越是民族的越是世界的"言论,关键在这个"民族的"是不是通往人类最后相通的境界去。令人困惑的是理论界和创作界总有极端的思潮涌起,若不是以中国传统(实际上很大程度并不是中国传统)的一套为标准,就是以西方的作规则,合者便好,不合者便孬,制造了许多过眼烟云的作品,又是混乱了许多的创作不知所措。或许也偏颇了,我倒认作对于西方文学的技巧,不必自卑地去仿制,因为思维方式的不同,形成的技巧也各有千秋。通往人类贯通的一种思考一种意识的境界，法门万千，我们在我们某一个法门口，世界于我们是平和而博大，万事万物皆那么和谐又充溢着生命活力，我们就会灭绝所谓的绝对，等待思考的只是参照，只是尽力完满生命的需要。生命完满得愈好，通往大境界的法门之程愈短，如果是天才，有夙愿，必会修成正果，这就是大作家的产生。

在美国的张爱玲说过一句漂亮的话：人生是件华美的睡袍，里面长满虱子。人常常是尴尬的生存。我越来越在作品里使人物处于绝境，他们不免有些变态了，我认作不是一种灰色与消极，是对生存尴尬的反动、突破和超脱。走出激愤，多给沉闷的人生透一口气来，幽默由此而生。爱情的故事里，写男人的自卑，对女人的神驭，乃至感应世界的繁杂的意象，这合于我的心境。现在的文学，热衷于写西方气质的男子汉，赏观中国的戏曲，为什么有一个"小生"呢？小生的装扮、言语，又为什么是那样，这一切是怎样形成的呢？古老的中国的味道如何写出，中国人的感受怎样表达出来，恐怕不仅是看做纯粹的形式的既定，诚然也是中国思维下的形式，就是马尔克斯和那个川端先生，他们成功，直指大境界，追逐全世界的先进的趋向而浪花飞扬，河床却坚实地建凿在本民族的土地上。

我是一个山地人，在中国的荒凉而瘠贫的西北部一隅，虽然做够了白日梦，那一种时时露出的村相，逼我无限悲凉，我可能不是一个政治性强的作家，或者说不善于表现政治性强的作家，我只有在作品中放诞一切，自在而为。艺术的感受是一种生活的趣味，也是人生态度，情操所致，我必须老老实实生活，不是存心去生活中获取素材，也不是弄到将自身艺术化，有阮籍气或贾岛气，只能有意无意地，生活的浸润感染，待提笔时自然而然地写出要写的东西。

还是寻出两句话吧，这是我四十岁里读到的，闷了许多日，再也不可能忘掉的话——

之一，是我跟一位禅师学禅，回来手书在书房的条幅："见山是山，见水是水，见山不是山，见水不是水，见山还是山，见水还是水。"

之二，夜读《八大山人画集》，忽见八大山人，字个山，画像下几行小字："$\begin{smallmatrix}&火\\木&&金\\&土\\&水\end{smallmatrix}$ ⊙ 咦，个有个而立于 一 二 三 ≡ × 之间也，个无个而超于 × ≡ = 一 之外也，个山个山，形上形下，圆中一点。"

五十大话

过了旧历二月二十一日,我今年是五十岁。到了五十,人便是大人,寿便是大寿,可以当众说些大话了。

差不多半个多月的光景吧,我开始睡得不踏实,一到半夜四点就醒来,骨碌碌睁着眼睛睡不着,又突然地爱起了钱,我知道我是在老了。明显地腿沉,看东西离不开眼镜,每一个槽牙都补过窟窿,头发也秃掉一半。老了的身子如同陈年旧屋,椽头腐朽,四处漏雨。人在身体好的时候,身体和灵魂是统一的也可以说灵魂是安详的,从不理会身体的各个部位,等到灵魂清楚身体的各个部位,这些部位肯定是出了毛病,灵魂就与身体分裂,出现烦躁,时不时准备着离开了。我常常在爬楼时觉得,身子还在第八个梯台,灵魂已站在第十个梯台,甚至身子是坐在椅子上,能眼瞧着灵魂在房间里走来走去。曾经约过一些朋友去吃饭,席间有个漂亮的女人让我赏心悦目,可她一走近我,便"贾老贾老"的叫,气得我说:你要拒绝我是可以的,但你不能这样叫呀!我真是害怕身子太糟糕了,灵魂一离开就不再回来。往后再不敢熬夜了,即便是最好的朋友邀打麻将,说好放牌让我赢,也不去了。吃饭要讲究,胃虽然是有感情的,也不能只记着小时在乡下吃过的糊汤和捞面,要喝牛奶,让老婆煲乌鸡人参汤,再是吃海鲜和水果。听隔壁老田的话,早晨去跑步,倒退着跑步,还有,蹲厕所时不吸烟,闭上嘴不吭声,勤搓裆部,往热里搓,没事就拿舌头抵着牙根汪口水,汪有口水了,便咽下去。级别工资还能不能高不在意了,小心着不能让血压血脂高，业绩突出不突出已无所谓了，注意椎间盘的突出。当学生能考上大学便是父母的孝顺孩子，现在自己把自己健康了，子女才会亲近。

二十岁时我从乡下来到了西安城里，一晃数十年就过去了，虽然总是还觉得从大学毕业是不久前的事情，事实是我的孩子也即将从大学毕业。人的一生到底能做些什么事情呢？当五十岁的时候，不，在四十岁之后，你会明白人的一生其实干不了几样事情，而且所干的事情都是在寻找自己的位置。造物主按照这世上的需要造物，物是不知道的，都以为自己是英雄，但是你是勺，无论怎样地盛水，勺是盛不过桶的。性格为生命密码排列了定数，所以性格的发展就是整个命运的轨迹。不晓得这一点，必然沦成弱者，弱者是使强用狠，是残忍的，同样也是徒劳的。我终于晓得了，我就是强者，强者是温柔的，于是我很幸福地过我的日子。不再去提着烟酒到当官的门上蹭磨，或者抱上自己的书和字画求当官的斧正，当然，也不再动不动坐在家里骂官，官让干什么事偏不干。谄固可耻，傲亦非分，最好的还是萧然自远。别人说我好话，我感谢人家，必要自问我是不是有他说的那样？遇人轻我，肯定是我无可重处。不再会为文坛上的是是非非烦恼了，做车子的人盼别人富贵，做刀子的人盼别人伤害，这是技术本身的要求。若有诽谤和诋毁，全然是自己未成正果，一只兔子在前边跑，后边肯定有百人追逐，不是一只兔子可以分成百只，是因为这只兔子的名分不确定啊。在屋前种一片竹子不一定就清高，突然门前客人稀少，也不是远俗了，还是平平常常着好，春到了看花开，秋来了就扫叶。

大家都知道，我的病多，总是莫名其妙的这不舒服那不舒服。但病使我躲过了许多尴尬，比如有人问，你应该担任某某职务呀，或者说你怎么没有得奖呀和没有情人呀，我都回答我有病！更重要的，病是生与死之间的一种微调，它让我懂得了生死的意义，像不停地上着哲学课。除了病多，再就是骂我的人多。我老不明白：我招谁惹谁了，为什么骂我？后来看到古人的一副对联，便会心而笑了。左联这么写：著书竟二十万言，才未尽也；得谤遍九州四海，名亦随之。我何不这样呢？声名既大，谤亦随焉，骂者越多，名更大哉。世上哪里仅是单纯的好事或是坏事呢？我写文章，现在才知道文章该怎么写了，活人也能活得出个滋味了，所以我提醒自己：要会欣赏。鸟儿在树上叫着，鸟儿在说什么话呢？鸟的语言我是不懂的，我只觉得它叫得好听就是了，做一个倾听者。还有：多做好事，把做的好事当做治病的良方；不再恨人，对待仇人应视为他是来督促自己成功者，对待朋友亦不能要求他像家人一样。钱当然还是要爱的，如古人说的那样，巨大的胸襟，爱小零钱么。以文字立身用字画养性，收藏古董让古董收藏我，热爱女人为女人尊重，不浪费时间不糟蹋粮食。到底还是一句老话：平生一片心，不因人热，文章千古事，聊以自娱。

读书示小妹生日书

七月十七日,是您十八生日,辞旧迎新,咱们家又有一个大人了。贾家在乡里是大户,父辈那代兄弟四人,传到咱们这代,兄弟十个,姊妹七个;我是男儿老八,你是女儿最小。分家后,众兄众姐都英英武武有用于社会,只是可怜了咱俩。我那时体单力孱,面又丑陋,十二岁看去老气犹如二十,村人笑为痴傻,你又三岁不能言语,哇哇只会啼哭,父母年纪尚老,恨无人接力,常怨咱这一门人丁不达。从那时起,我就羞于在人前走动,背着你在角落玩耍;有话无人可说,言于你你又不能回答,就喜欢起书来。书中的人对我最好,每每读到欢心处,我就在地上翻着跟头,你就乐得直叫,读到伤心处,我便哭了,你见我哭了,也便趴在我身上哭。但是,更多的是在沙地上,我筑好一个沙城让你玩,自个躺在一边读书,结果总是让你尿湿在裤子上,你又是哭,我不知如何哄你,就给你念书听,你竟不哭了,我感激得抱住你,说:"我小妹也是爱书人啊!"东村的二旦家,其父是老先生,家有好多藏书,我背着你去借,人家不肯,说要帮着推磨子。我便将你放在磨盘顶上,教你拨着磨眼,我就抱着磨棍推起磨盘转,一个上午,给人家磨了三升包谷,借了三本书,我乐得去亲你,把你的脸蛋都咬出了一个红牙印儿。你还记得那本《红楼梦》吗?那是你到了四岁,刚刚学会说话,咱们到县城姨家去,我发现柜里有一本书,就蹲在那里看起来,虽然并不全懂,但觉得很有味道。天快黑了,书只看了五分之一,要回去,我就偷偷将书藏在怀里。三天后,姨家人来找,说我是贼,我不服，两厢骂起来，被娘打过一个耳光，我哭了，你也哭了，娘也抱住咱们哭，你那时说："哥哥，我长大了，一定给你买书！"小妹，你那一句话，给了兄多大安慰，如今我一坐在书房，看着满架书籍，我就记想那时的可怜了。

咱们不是书香门第，家里一直不曾富绰，即使现在，父母和你还在乡下，地分了，粮是不短缺了，钱却有出没入，兄虽每月寄点，也只能顾住油盐酱醋，比不得会做生意的人家。但是，穷不是咱们的错，书却会使咱们位低而人品不微，贫困而志向不贱。这个社会，天下在振兴，民族在发奋，咱们不企图作官，以仕途之路作功于国家，但作为凡人百姓，咱们却只有读书习文才能有益于社会啊。你也立志写作，兄很高兴，你就要把书看重，什么都不要眼红，眼红读书，什么朋友都可抛弃，但书之友不能一日不交。贫困倒是当作家的准备条件，书是忌富，人富则思惰，你目下处境正好逼你静心地读书，深知书中的精义。这道理人往往以为不信，走过来了方才醒悟，小妹可将我的话记住，免得以后悔之不及。

兄在外已经十年，自不敢忘了读书，所作一、二篇文章，尽属肤浅习作，愈使读书不已。过了二月二十一日，已到了而立之年，才更知立身难，立德难，立文难。夜读《西游记》，悟出"取经惟诚，伏怪以力"，不觉怀多感激，临风而叹息。兄在你这般年纪，读书目过能记，每每是借来之书，读得也十分注重，而今桌上，几上，案上，床上，满是书籍，却常常读过十不能记下四五，这全是年龄所致也，我至今只有以抄写辅助强记，但你一定要珍惜现在年纪，多多读书啊。

既有条件，读书万万不能狭窄。文学书要读，政治书要读，哲学，历史，美学，天文，地理，医药，建筑，美术，乐理……凡能找到的书，都要读读。若读书面窄，借鉴就不多，思路就不广，触一而不能通三。但是，切切又不要忘了精读，真正的本事掌握，全在于精读。世上好书，浩如烟海，一生不可能读完，且又有的书虽好，但不能全为之喜爱，如我一生不喜食肉，但肉却确实是世上好东西。你若喜欢上一本书了，不妨多读：第一遍可囫囵吞枣读，这叫享受；第二遍就静心坐下来读，这叫吟味；第三遍便要一句一句想着读，这叫深究。三遍读过，放上几天，再去读读，常又会有再新再悟的地方。你真真正正爱上这本书了，就在一个时期多找些这位作家的书来读，读他的长篇，读他的中篇，读他的短篇，或者散文，或者诗歌，或者理论，再读外人对他的评论，所写的传记，也可再读读和他同期作家的一些作品。这样，你知道他的文了，更知道他的人了，明白当时是什么社会，如何的文坛，他的经历，性格，人品，爱好等等是怎样促使他的风格的形成？大凡世上，一个作家都有自己一套写法，都是有迹而可觅寻，当然有的天分太高了，便不是一时一阵便可理得清的。兄读中国的庄子，太白，东坡诗文，读外国的泰戈尔，川端康成，海明威之文，便至今于起灭转接之间不可测识。说来，还是兄读书太少，悟觉浅薄啊！如此这番读过，你就不要理他了，将他丢开，重新进攻另一个大家。文学是在突破中前进，你要时时注意，前人走到了什么地方，同辈人走到了什么地方？任何一个大家，你只能继承，不能重复，你要在读他的作品时，就将他拉到你的脚下来读。这不是狂妄，这正是知其长，晓其短，师精神而弃皮毛啊。虚无主义可笑，但全然跪倒来读，他可以使你得益，也可能使你受损，永远在他的屁股后了。这你要好好记住。

在家时，逢小妹生日，兄总为你梳那一双细辫，亲手要为你剥娘煮熟的鸡蛋。一走十年，竟总是忘了你生日的具体时间，这你是该骂我的了。今年一入夏，我便时时提醒自己，要到时一定祝贺你成人。邻居妇人要我送你一笔大钱，说我写书，稿费易如就地俯拾，我反驳，又说我"肥猪也哼哼"，咳，邻人只知是钱！人活着不能没钱，但只要有一碗吃，钱又算个什么呢？如今稿费低贱，家岂是以稿费发得？读书要读精品，写书要立之于身，功于天下，哪里是邻居妇人之见啊！这么多年，兄并不敢侈奢，只是简朴，惟恐忘了往昔困顿，也是不忘了往昔，方将所得数钱尽买了书籍。所以，小妹生日，兄什么也不送，仅买一套名著十册给你寄来，乞妹快活。

1983 年 7 月初写于静虚村

佛

我的门神

在女儿婚礼上的讲话

我二十七岁有了女儿，多少个艰辛和忙乱的日子里，总盼望着孩子长大，她就是长不大，但突然间她长大了，有了漂亮、有了健康、有了知识，今天又做了幸福的新娘！我的前半生，写下了百十余部作品，而让我最温暖的也最牵肠挂肚和最有压力的作品就是贾浅。她诞生于爱，成长于爱中，是我的淘气，是我的贴心小棉袄，也是我的朋友。我没有男孩，一直把她当男孩看，贾氏家族也一直把她当做希望之花。我是从困苦境域里一步步走过来的，我发誓不让我的孩子像我过去那样的贫穷和坎坷，但要在"长安居大不易"，我要求她自强不息，又必须善良、宽容。二十多年里，我或许对她粗暴呵斥，或许对她无为而治，贾浅无疑是做到了这一点。当年我的父亲为我而欣慰过，今天，贾浅也让我有了做父亲的欣慰。因此，我祝福我的孩子，也感谢我的孩子。

女大当嫁，这几年里，随着孩子的年龄增长，我和她的母亲对孩子越发感情复杂，一方面是她将要离开我们，一方面是迎接她的又是怎样的一个未来？我们祈祷着她能受到爱神的光顾，觅寻到她的意中人，获得她应该有的幸福。终于，在今天，她寻到了，也是我们把她交给了一个优秀的俊朗的贾少龙！我们两家大人都是从乡下来到城里，虽然一个原籍在陕北，一个原籍在陕南，偏偏都姓贾，这就是神的旨意，是天定的良缘。两个孩子生活在富裕的年代，但他们没有染上浮华习气，成长于社会转型时期，他们依然纯真清明，他们是阳光的、进步的青年，他们的结合，以后的日子会快乐、灿烂！在这庄严而热烈的婚礼上，作为父母，我们向两个孩子说三句话。第一句，是一副对联：一等人忠臣孝子，两件事读书耕田。做对国家有用的人，做对家庭有责任的人。好读书能受用一生，认真工作就一辈子有饭吃。第二句话，仍是一句老话："浴不必江海，要之去垢；马不必骐骥，要之善走。"做普通人，干正经事，可以爱小零钱，但必须有大胸怀。第三句话，还是老话："心系一处。"在往后的岁月里，要创造、培养、磨合、建设、维护、完善你们自己的婚姻。今天，我万分感激着爱神的来临，它在天空星界，江河大地，也在这大厅里，我祈求着它永远地关照着两个孩子！我也万分感激着从四面八方赶来参加婚礼的各行各业的亲戚朋友，在十几年、几十年的岁月中，你们曾经关注、支持、帮助过我的写作、身体和生活，你们是我最尊重和铭记的人，我也希望你们在以后的岁月里关照、爱护、提携两个孩子，我拜托大家，向大家鞠躬！

读张爱玲

先读的散文,一本《流言》,一本《张看》;书名就劈面惊艳。天下的文章谁敢这样起名,又能起出这样的名,恐怕只有个张爱玲。女人的散文现在是极其的多,细细密密的碎步儿如戏台上的旦角,性急的人看不得,喜欢的又有一班只看颜色的看客,噢儿噢儿叫好,且不论了那些油头粉面,单是正经的角儿,秦香莲、白素贞、七仙女……哪一个又能比得崔莺莺?张的散文短可以不足几百字,长则万言,你难以揣度她的那些怪念头从哪儿来的,连续性的感觉不停地闪,组成了石片在水面的一连串的漂过去,溅一连串的水花。一些很著名的散文家,也是这般贯通了天地,看似胡乱说,其实骨子里尽是道教的写法——散文家到了大家,往往文体不纯而类如杂说——但大多如在晴朗的日子,窗明几净,一边茗茶一边瞧着外边;总是隔了一层,有学者气或佛道气。张是一个俗女人的心性和口气,嘟嘟嘟地唠叨不已,又风趣,又刻薄,要离开又想听,是会说是非的女狐子。

看了张的散文,就寻张的小说,但到处寻不着。那一年到香港,什么书也没买,只买了她的几本,先看过一个长篇,有些失望,待看到《倾城之恋》《金锁记》《沉香屑》那一系列,中她的毒已经日深。——世上的毒品不一定就是鸦片,茶是毒品,酒是毒品,大凡嗜好上瘾的东西都是毒品。张的性情和素质,离我很远,明明知道读她只乱我心,但偏是要读。使我常常想起画家石鲁的故事。石鲁脑子病了的时候,几天里拒绝吃食,说:"门前的树只喝水,我也喝水!"古今中外的一些大作家,有的人的作品读得多了,可以探出其思维规律,循法可学,有的则不能,这就是真正的天才。张的天才是发展得最好者之一,洛水上的神女回眸一望,再看则是水波浩淼,鹤在云中就是鹤在云中,沈三白如何在烟雾里看蚊飞,那神气毕竟不同。我往往读她的一部书,读完了如逛大的园子,弄不清了从哪儿进门的,又如何穿径过桥走到这里?又像是醒来回忆梦,一部分清楚,一部分无法理会,恍恍惚惚。她明显地有曹霑的才情,又有现今人的思考,就和曹氏有了距离,她没有曹氏的气势,浑淳也不及沈从文,但她的作品的切入角度,行文的诡谲以及弥漫的一层神气,又是旁人无以类比。

天才的长处特长,短处极短,孔雀开屏最美丽的时候也暴露了屁股,何况张又是个执拗的人。时下的人,尤其是也稍要弄些文的人,已经有了毛病,读作品不是浸淫作品,不是学人家的精华,启迪自家的智慧,而是卖石灰就见不得卖面粉,还没看原著,只听别人说着好了,就来气,带气入读,就只有横挑鼻子竖挑眼。这无损于天才,却害了自家。张的书是可以收藏了常读的。

与许多人来谈张的作品,都感觉离我们很远,这不指所描叙的内容,而是那种才分如云,以为她是很古的人。当知道张现在还活着,还和我们同在一个时候,这多少让我们感到形秽和丧气。

《西厢记》上说:不会相思,学会相思,就害相思!《西厢记》上又说:好思量,不思量,怎不思量?嗨,与张爱玲同活在一个世上,也是幸运,有她的书读,这就够了!

1994年12月17日早

孙 犁 论

读孙犁的文章，如读《石门铭》的书帖，其一笔一画，令人舒服，也能想见到书家书时的自在，是没有任何病疾的自在。好文章好在了不觉得它是文章，所以在孙犁那里难寻着技巧，也无法看到才华横溢处。《爨宝子》虽然也好，郑燮的六分半也好，但都好在奇与怪上，失之于清正。而世上最难得的就是清正。孙犁一生有野心，不在官场，也不往热闹地去，却没有仙风道骨气，还是一个儒，一个大儒。这样的一个人物，出现在时下的中国，尤其天津大码头上，真是不可思议。

数十年的文坛，题材在决定着作品的高低，过去是，现在变个法儿仍是，以此走红过许多人。孙犁的文章从来是能发表了就好，不在乎什么报刊和报刊的什么位置，他是什么都能写得，写出来的又都是文学。一生中凡是白纸上写出的黑字都敢堂而皇之地收在文集里，既不损其人亦不损其文，国中几个能如此？作品起码能活半个世纪的作家，才可以谈得上有创造，孙犁虽然未大红大紫过，作品却始终被人学习，且活到老，写到老，笔力未曾丝毫减弱，可见他创造的能量多大！

评论界素有"荷花淀派"之说，其实哪里有派而流？孙犁只是一个孙犁，孙犁是孤家寡人。他的模仿者纵然万千，但模仿者只看到他的风格，看不到他的风格是他生命的外化，只看到他的语言，看不到他的语言有他情操的内涵，便把清误认为了浅，把简误认为了少。因此，模仿他的人要么易成名而不成功，为一株未长大就结穗的麦子，麦穗只能有蝇头大，要么望洋兴叹，半途改弦。天下的好文章不是谁要怎么就可以怎么的，除了有天才，有凤命，还得有深厚的修养，佛是修出来的，不是练出来的。常常有这样的情形，初学者都喜欢拥集孙门，学到一定水平了，就背弃其师，甚至生轻看之心，待最后有了一定成就，又不得不再来尊他。孙犁是最易让模仿者上当的作家，孙犁也是易被社会误解的作家。

孙犁不是个写史诗的人（文坛上常常把史诗作家看得过重，那怎么还有史学家呢？），但他的作品直逼心灵。到了晚年，他的文章越发老辣得没有几人能够匹敌。举一个例子，舞台上有人演诸葛，演得惟妙惟肖，可以称得"活诸葛"，但"活诸葛"毕竟不是真正的诸葛。明白了要做"活诸葛"和诸葛本身就是诸葛的含义，也就明白了孙犁的道行和价值所在。

1993年2月24日

怀念杜鹏程

人的称谓有很奇怪的现象，有的人年轻着就被称呼老×，有的人岁数已经够大了还被称小×，有的人却从不被称老称小，直呼其名。第一次见到杜鹏程，我只是二十多岁，听别人都叫他老杜，我叫不出口，以致后来每每见他了，就嗤啦一笑而白搭话。他活着的时候，于我是一个晚辈面前的长者，我不敢叫他老杜，他现在去世了，成为一个时代的文学的象征，我也便称他为老杜，如同莎士比亚为莎翁，称茅盾为茅公。

老杜的模样实在不像个作家，每一次文学界的会议，自然他是要坐主席台的，但他在那里坐不住，总是借解手的机会，下来就再不上去了。他眉毛很高，不是线状，粗短，如墨笔重点，不知怎么，我一见到他这眉毛，总觉得文曲星的眉毛就该是这样的呵。我不爱听他的大会讲话，没有条理，缺乏煽惑性。一位作者给我说，他曾见过老杜的写作，一只手拿着笔，一只手在抠脚丫子。别人信不信，我一直相信，因为有一次开会我与老杜坐在一起，就发现他把一只袜子穿反了，而且袜底扭扯到脚面。

一部《保卫延安》，使老杜成为神，也使老杜成为鬼。"文化大革命"中，他被拉在街头的高台上批斗，有人双脚蹦跳着把唾沫喷在他的脸上，骂他为彭德怀树碑立传。彭德怀平反了，成了一代英雄，老杜还是个作家老杜，得病住了医院，单位无钱付医疗费，医院就扣着他不让走。

在我的记忆里，老杜的家总是不断地搬迁，从未住过什么像样的房子。东木头市街住着的时候,我去过,房子窄而霉,后窗外有一棵什么树,离树不远是个公用厕所,臭气就一股一股飘进来。最惨的是"文革"中被赶出城去,有朋友告诉我,说他在火车站检票处碰着老杜,老杜一个裤腿高,一个裤腿低,用木棍儿挑着一个小箱子,箱子里装着他的书和《太平年月》的初稿。

论资历,老杜的资历很深,他没有从政,中国的官场上少了一个高级干部,当代文学史上却多了一位文豪。我没有见过老杜写作的情况,他的同辈人说他年轻时写作玩了命,常常带了馒头把自己关在小屋里,几日几夜不肯出来,他的每一部作品都是拿自己的健康和上帝交易,所以他不该老的时候老相就下来。他的文章几乎是改出来的,直到给出版社或杂志社交了稿,他还在不停修改,以致印刷厂的排字工烦他,害怕他,甚或提出过抗议。

他是二十八岁写了《保卫延安》的,我二十八岁时正是投稿又被退稿的时期。如果以得奖论作家,老杜极可能没有一次得奖,但老杜的作品已经辉煌了近半个世纪,而我们,获过了许多奖,作品又能存活几年呢?

有一年的冬天,老杜在雪地上走,穿得臃臃肿肿的,缩着头,袖了手,谁也不知道是他,他也不看行人,表情只是木木地只管走,我就想起我的故乡里那些老农。老杜的作品全靠激情推动,不热衷于小技巧,充盈着一股正气和大气,读他作品的感觉和他在雪地里行走的印象,使我好长时间里产生了一种想法:越是丰富越是朴素,优秀的作家没有作家气,大智慧的人是不精明的人。

与老杜十几年同生活在汉唐一路下来的西安城里,是我活人的一份荣耀。他是韩城人,我对韩城那块地方也倍感亲近,每到韩城,不由得就想起司马迁和他,司马迁是有庙堂的,老杜还没有个纪念馆。我曾在一些会上呼吁在西安修建石鲁、柳青、老杜的纪念馆和塑像，虽然未引起有关部门的重视，但我相信以后的人会这么干的。

老杜在晚年患有一种脚手颤抖的疾病，坐在那里无一刻安静，每次见到他了，我还未向他问候，他却总先问我的身体状况。一次吃饭，他怎么也夹不住菜，我把盘子拿过来拨菜在他碗里，他竟说了声谢谢，让我心里很难过。以后再见他，或者有他在的场面，我不能跑，不能跳着上台阶，如同我舅父患了食道癌后，我去舅父家从不愿端了碗在舅父面前狼吞虎咽。

老杜去世的时候，我是不在西安，事后去他那兼着卧室的书房里，看书架、茶几、台灯、笔筒一切都保持着原样，虽然明白人生自古谁不死，更明白一个伟大的人的灵魂是无来无往无生无灭的，但一想到再也见不上那活生生的血肉之躯的人，不禁潸然泪下。他的夫人与我在那里默坐许久，后来侧了头看起书桌，书桌上有一些灰尘，她走过去拿抹布擦了，还把案头已很整齐的书籍整理了一下，便立在那里，突然地又说，"下雨了"。说着这话，她的眼睛一直在盯着桌前的木椅，我的感觉里她这是在对丈夫说的，她一定觉得他还是坐在那里写作，转身捡了那件衫子要给他披的，清醒过来，还是去把开着的一扇窗子关上了。窗外确实是在下雨，雨细如愁。

转眼又将是一年，如果黄土地上还没有关于老杜的石刻的墓碑，我们就在心上刻下：人类的天才并不是很多的，对老杜这样的作家，历史是不会忘记的！

1992 年 9 月 11 日午写就

怀念路遥

时间真快，路遥已经去世十五年了。十五年里常常想起他，想起在延川的一个山头上，他指着山下的县城说：当年我穿着件破棉袄，但我在这里翻江倒海过，你信不！

我当然信的，听说过他还是少年的一些事。他把一块石头使劲向沟里扔去，沟畔里一群鸟便轰然而起。想起在省作协换届时，票一投完，他在厕所里给我说：好得很，咱要的就是咱俩的票比他们多！他然后把尿尿得很高。

想起他拉我去他家吃烩面片，他削土豆皮很狠，说：我弄长篇呀，你给咱多弄些中篇，不信打不出潼关！想起他从陕北写作回来，人瘦了一圈儿，我问写作咋样，他说：这回吃了大苦咧，稿子一写完，你要抽好烟哩！

想起《平凡的世界》出版后一段时间受到冷落，他给我说：狗日的，一满都不懂文学！想起获奖回来，我向他祝贺，他说：你猜我在台上想啥的？我说：想啥哩？他说：我把他们都踩在脚下了！

想起他几次要我调到省作协去，而我一直没去，当又到换届的时候，正是我在单位不顺心，在街上碰着他去购置呢绒大衣，我说了想去作协的想法，他却说：西安那地盘你要给咱守住啊！

想想他受整时，我去看他，他说：要整倒我的人还没有生下哩！我生病住了院，他带着烟来看我，说：该歇一歇了，你写那么多，还让别人活不活?!

想起他的虎背熊腰；想起他坐在省作协大院里那个破藤椅打盹

的样子；想起他病了我去看他，他说：这个病房好吧？省委常委会开了会让我住进来的；想起他快不行了，我又去医院看他，他说：等他出院了，你和我到陕北去，寻个山旮旯住下，咱一边放羊一边养身子。

他是一个优秀的作家，他是一个出色的政治家，他是一个气势磅礴的人，但他是夸父，倒在干渴的路上。他虽然去世了，他的作品仍然被读者捧读，他的故事依旧被传颂。

陕西的作家每每聚在一起，免不了发感慨：如果路遥还活着不知现在是什么样子？这谁也说不准，但肯定是他会写出更多更好的作品，他会干出许多令人佩服又咋舌的事来。

他是一个强人。强人的身上有他比一般人的优秀处，也有被一般人不可理解处。他大气，也霸道，他痛快豪爽，也使劲用狠，他让你尊敬也让你畏惧，他关心别人，却隐瞒自己的病情，他刚强自负不能容忍居于人后，但儿女情长感情脆弱内心寂寞。

陕西画界有人以为自己是石鲁，我听到石鲁的一个学生说：他算什么呀，不要说石鲁的长处，他连石鲁的短处都学不来！

路遥是一个大抱负的人，文学或许还不是他人生的第一选择，但他干什么都会干成，他的文学就像火一样燃出炙人的灿烂的光焰。现在，我们很少能看到有这样的人了。

有人说路遥是累死的，证据是他写过《早晨，从中午开始》的书。但路遥不是累死的，他昼伏夜出，是职业的习惯，也是一头猛兽的秉性。有人说路遥是穷死的，因为他死时还欠人万元，但那个年代都穷呀，而路遥在陕西作家里一直抽高档烟，喝咖啡，为给女儿吃西餐曾满城跑遍。

扼杀他的是遗传基因。在他死后，他的四个弟弟都患上了与他同样的肝硬化腹水病,而且又在几乎相同的年龄段,已去世了两个,另两个现正病得厉害。

这是一个悲苦的家族!一个瓷杯和一个木杯在一做出来就决定了它的寿命长短,但也就在这种基因的命运下,路遥暂短的人生是光彩的,他是以人格和文格的奇特魅力而长寿的。

在陕西,有两个人会长久,那就是石鲁和路遥。

怀念陈忠实

面对着陈忠实的离去,作为同辈人,作为几十年的文友,到了这个年纪和这一时刻,我真切的感受到什么叫黯然神伤,什么叫无声哭泣。

他是关中的正大人物,文坛的扛鼎角色,在思念着他作为一个作家的丰功伟绩,我就想到一句词:水流原在海,月落不离天。

正如有哲人说过,在这个宇宙里,生命是不息的,当每一个人的一世进入其中,它就活在了整体,活在了无限,而不仅仅是一个家庭,一份工作,一份情思里。当任何一个人的去世,如果说是这个整体的一部分失去,是我们的一部分失去,但那仅仅是带走了一部分病毒、疼痛和恐惧,生命依然不息。

更何况陈忠实有他的《白鹿原》。

他依然在世间。

哭 三 毛

三毛死了。我与三毛并不相识但在将要相识的时候三毛死了。三毛托人带来口信嘱我寄几本我的新书给她。我刚刚将书寄去的时候，三毛死了。我邀请她来西安，陪她随心所欲地在黄土地上逛逛，信函她还未收到，三毛死了。三毛的死，对我是太突然了，我想三毛对于她的死也一定是突然，但是，就这么突然地将三毛死了，死了。

人活着是多么的不容易，人死灯灭却这样快捷吗？

三毛不是美女，一个高挑着身子，披着长发，携了书和笔漫游世界的形象，年轻的坚强而又孤独的三毛对于大陆年轻人的魅力，任何局外人作任何想象来估价都是不过分的。许多年里，到处逢人说三毛，我就是那其中的读者，艺术靠征服而存在，我企羡着三毛这位真正的作家。夜半的孤灯下，我常常翻开她的书，瞧着那一张似乎很苦的脸，作想她毕竟是海峡那边的女子，远在天边，我是无缘等待得到相识面谈的。可我怎么也没有想到，一九九〇年十二月十五日，我从乡下返回西安的当天，蓦然发现了《陕西日报》上署名孙聪先生的一篇《三毛谈陕西》的文章。三毛竟然来过陕西？我却一点不知道！将那文章读下去，文章的后半部分几乎全写到了我：三毛说，"我特别喜欢读陕西作家贾平凹的书。"她还专门告我普通话念凹为（āo），但我听北方人都念凹（wā），这样亲切所以我一直也念平凹（wā）。她告诉我，"在台湾只看到了平凹的两本书，一本是《天狗》，一本是《浮躁》，我看第一篇时就非常喜欢，连看了三遍，每个标点我都研究，太有意思了，他用词很怪可很有味，每次看完我都要流泪。眼睛都要看瞎了。他写的商州人很好。这两本书我都快看烂了。你转告他，他的作品很深沉，我非常喜欢，今后有新书就寄我一本。我很崇拜他，他是当代最好的作家，当然这只是我个人的看法。他的书写得很好，看许多书都没像看他的书这样连看几遍，有空就看，有时我就看平凹的照片，研究他，他脑子里的东西太多了……大陆除了平凹的作品外，还爱读张贤亮和钟阿城的作品……"读罢这篇文章，我并不敢以三毛的评价而洋洋得意，但对于她一个台湾人，对于她一个声名远震的作家，我感动着她的真诚直率和坦荡，为能得到她的理解而高兴。也就在第二天，孙聪先生打问到了我的住址赶来，我才知道他是省电台的记者，于一九九〇年的十月在杭州花家山宾馆开会，偶尔在那里见到了三毛，这篇文章就是那次见面的谈话记录。孙聪先生详细地给我说了三毛让他带给我的话，说三毛到西安时很想找我，但又没有找，认为"从他的作品来看他很有意思，隔着山去看，他更有神秘感，如果见了面就没意思了，但我一定要拜访他"。说是明年或者后年，她要以私人的名义来西安，问我愿不愿给她借一辆旧自行车，陪她到商州走动。又说她在大陆几个城市寻我的别的作品，但没寻到，希望我寄她几本，她一定将书钱邮来。并开玩笑地对孙聪说："我去找平凹，他的太太不会吃醋吧？会烧菜吗？"还送我一张名片，上边用钢笔写了："平凹先生，您的忠实读者三毛。"于是，送走了孙聪，我便包扎了四本书去邮局，且复了信，说盼望她明年来西安，只要她肯冒险，不怕苦，不怕狼，能吃下粗饭，敢不卫生，我们就一块骑旧车子去一般人不去的地方逛逛，吃地方小吃，看地方戏曲，参加婚丧嫁娶的活动，了解社会最基层的人事。

这书和信是十二月十六日寄走的。我等待着三毛的回音，等了二十天，我看到了报纸上的消息：三毛在两天前自杀身亡了。

三毛死了，死于自杀。她为什么自杀？是她完全理解了人生，我无法了解。作为一个热爱着她的读者，我无限悲痛。我遗憾的是我们刚刚要结识，她竟死了，我们之间相识的缘分只能是在这一种神秘的境界中吗？！

三毛死了，消息见报的当天下午，我收到了许多人给我的电话，第一句都是"你知道吗，三毛死了！"接着就沉默不语，然后差不多要说："她是你的一位知音，她死了……"这些人都是看到了《陕西日报》上的那篇文章而向我打电话的。以后的这些天，但凡见到熟人，都这么给我说三毛，似乎三毛真是我的什么亲戚关系而来安慰我。我真诚地感谢着这些热爱三毛的读者，我为他们来向我表达对三毛死的痛惜感到荣幸，但我，一个人静静地坐下来的时候就发呆，内心一片悲哀。我并没有见过三毛，几个晚上都似乎梦见到一个高高的披着长发的女人，醒来思忆着梦的境界，不禁就想到了那一幅《洛神图》古画。但有时硬是不相信三毛会死，或许一切都是讹传，说不定某一日三毛真的就再来到了西安。可是，可是，所有的报纸、广播都在报道三毛死了，在街上走，随时可听见有人在议论三毛的死，是的，她是真死了。我只好对着报纸上的消息思念这位天才的作家，默默地祝愿她的灵魂上天列入仙班。

三毛是死了，不死的是她的书，是她的魅力。她以她的作品和她的人生创造着一个强刺激的三毛，强刺激的三毛的自杀更丰富着一个使人永远不能忘记的作家。

1991年1月7日

再哭三毛

我只说您永远也收不到我的那封信了,可怎么也没有想到您的信竟能邮来,就在您死后的第十一天里。今天的早晨,天格外冷,但太阳很红,我从医院看了病返回机关,同事们就叫着我叫喊:"三毛来信啦!三毛给你来信啦!"这是一批您的崇拜者,自您死后,他们一直浸沉于痛惜之中,这样的话我全然以为是一种幻想。但禁不住还在问:"是真的吗,你们怎么知道?"他们就告诉说俊芳十点钟收到的(俊芳是我的妻子,我们同在市文联工作),她一看到信来自台湾,地址最后署一个"陈"字,立即知道这是您的信就拆开了,她想看又不敢看,啊地叫了一下,眼泪先流下来了,大家全都双手抖动着读完了信,就让俊芳赶快去街上复印,以免将原件弄脏弄坏了。听了这话我就往俊芳的办公室跑,俊芳从街上还没有回来,我只急得在门口打转。十多分钟后她回来了,眼睛红红的,脸色铁青,一见我便哽咽起来:"她是收到您的信了……"

收到了,是收到了,三毛,您总算在临死之前接收了一个热爱着您的忠实读者的问候!可是,当我亲手捧着了您的信,我脑子里刹那间一片空白呀!清醒了过来,我感觉到是您来了,您就站在我的面前,您就充满在所有的空气里。

这信是您一月一日夜里二点写的,您说您"后天将住院开刀去了",据报上登载,您是三日入院的,那么您是以一九九〇年最后的晚上算起的,四日的凌晨二点您就去世了。这封信您是什么时候发出的呢？是一九九一年的一月一日白天休息起来后，还是在三日的去医院的路上？这是您给我的第一封信，也是给我的最后一封信，更是您四十八年里最后的一次笔墨，您竟在临死的时候没有忘记给我回信，您一定是要惦念着这封信的，那亡魂会护送着这封信到西安来了吧！

前几天，我流着泪水写了《哭三毛》一文，后悔着我给您的信太迟，没能收到，我们只能是有一份在朦胧中结识的缘分。写好后停也没停就跑邮局，我把它寄给了上海的《文汇报》，因为我认识《文汇报》的肖宜先生，害怕投递别的报纸因不认识编辑而误了见报时间，不能及时将我对您的痛惜、思念和一份深深的挚爱献给您。可是昨日收到《文汇报》另一位朋友的谈及别的内容的信件，竟发现我寄肖宜先生的信址写错了，《文汇报》的新址是虎丘路，我写的是原址圆明园路。我好恨我自己呀，以为那悼文肖先生是收不到了，就是收到，也不知要转多少地方费多少天日，今日正考虑怎么个补救法，您的信竟来了，您并不是没有收到我的信，您是在收到了我的信后当晚就写回信来了！

读着您的信，我的心在痉挛着，一月一日那是怎样的长夜啊，万家灯火的台北，下着雨，您孤独地在您的房间，吃着止痛片给我写信，写那么长的信，我禁不住就又哭了。您是世界上最具真情的人，在您这封绝笔信里，一如您的那些要长存于世的作品一样至情至诚，令我揪心裂肠的感动。您虽然在谈着文学，谈着对我的作品的感觉，可我哪里敢受用了您的赞誉呢？我只能感激着您的理解，只能更以您的理解而来激励我今后的创作。一遍又一遍读着您的来信，在那字里行间，在那字面背后，我是读懂了您的心态，您的人格，您的文学的追求和您的精神的大境界，是的，您是孤独的，一个真正天才的孤独啊!

现在,人们到处都在说着您,书店里您的书被抢购着,热爱着您的读者在以各种方式悼念您,哀思您,为您的死作着种种推测。可我在您的信里,看不到您在入院时有什么自杀的迹象,您说您"这一年来,内心积压着一种苦闷,它不来自我个人生活,而是因为认识了您的书本",又说您住院是害了"不大好的病"。但是,您知道自己害了"不大好的病",又能去医院动手术,可见您并没有对病产生绝望,倒自信四五个月就能恢复过来,详细地给了我通讯地址和电话号码,且说明五个月后来西安,一切都做了具体的安排,为什么偏偏在入院的当天夜里,敢就是四日的三点就死了呢?!三毛,我不明白,我到底是不明白啊!您的死,您是不情愿的,那么,是什么原因而死的呀,是如同写信时一样的疼痛在折磨您吗?是一时的感情所致吗?如果说这一切仅是一种孤独苦闷的精神基础上的刺激点,如果您的孤独苦闷在某种方面像您说的是"因为认识了您的书本",三毛,我完全理解作为一个天才的无法摆脱的孤独,可牵涉到我,我又该怎么对您说呢?我的那些书本能使您感动是您对我的偏爱而令我终生难忘,却更使我今生今世要怀上一份对您深深的内疚之痛啊!

这些天来,我一直处于恍惚之中,总觉得常常看到了您,又都形象模糊不清,走到什么地方凡是见到有女性的画片,不管是什么脸型的,似乎总觉得某一处像您,呆呆看一会儿,眼前就全是您的影子。昨日晚上,却偏偏没有做到什么离奇的梦,对您的来信没有丝毫预感,但您却来信了,信来了,您来了,您到西安来了!现在,我的笔无法把我的心情写出,我把笔放下了,又关了门,不让任何人进来,让我静静地坐一坐。不,屋里不是我独坐,对着的是您和我了,虽然您在冥中,虽然一切无声,但我们在谈着话,我们在交流着文学,交流着灵魂。这一切多好啊,那么,三毛,就让我们在往后的长长久久的岁月里一直这么交流吧。三毛!

1991 年 1 月 15 日下午收到三毛来信之后

附:三毛致贾平凹的信

平凹先生:

现在时刻是西元一九九一年一月一日清晨两点。下雨了。

今年开笔的头一封信,写给您:我心极喜爱的大师。恭恭敬敬的。

感谢您的这枝笔,带给读者如我,许多个不睡的夜。虽然只看过两本您的大作,《天狗》与《浮躁》,可是反反复复,也看了快二十遍以上,等于四十本书了。

在当代中国作家中,与您的文笔最有感应,看到后来,看成了某种孤寂。一生酷爱读书,是个读书的人,只可惜很少有朋友能够讲讲这方面的心得。读您的书,内心寂寞尤甚,没有功力的人看您的书,要看走样的。

在台湾,有一个女朋友,她拿了您的书去看,而且肯跟我讨论,但她看书不深入,能够抓捉一些味道,我也没有选择的只有跟这位朋友讲讲"天狗"。这一年来,内心积压着一种苦闷,它不来自我个人生活,而是因为认识了您的书本。在大陆,会有人搭我的话,说"贾平凹是好呀!"我盯住人看,追问"怎么好法?"人说不上来，我就再一次把自己闷死。看您书的人等闲看看，我不开心。

平凹先生，您是大师级的作家，看了您的小说之后，我胸口闷住已有很久，这种情形，在看《红楼梦》，看张爱玲时也出现过，但他们仍不那么"对位"，直到有一次在香港有人讲起大陆作家群，其中提到您的名字。一口气买了十数位的，一位一位拜读，到您的书出现，方才松了口气，想长啸起来。对了，是一位大师。一颗巨星的诞生，就是如此。我没有看走眼。以后就凭那两本手边的书，一天四五小时的读您。

要不是您的赠书来了，可能一辈子没有动机写出这样的信。就算现在写出来，想这份感觉——由您书中获得的，也是经过了我个人读书历程的"再创造"，即使面对的是作者您本人，我的被封闭感仍然如旧，但有一点也许我们是可以沟通的，那就是：您的作品实在太深刻。不是背景取材问题；是您本身的灵魂。

今生阅读三个人的作品，在二十次以上，一位是曹禺，一位是张爱玲，一位是您。深深感谢。

没有说一句客套的话，您所赠给我的重礼，今生今世当好好保存，珍爱，是我极为看重的书籍。不寄我的书给您，原因很简单，相比之下，三毛的作品是写给一般人看的，贾平凹的著作，是写给三毛这种真正以一生的时光来阅读的人看的。我的书，不上您的书架，除非是友谊而不是文字。

台湾有位作家，叫做"七等生"，他的书不销，但极为独特，如果您想看他，我很乐于介绍您这些书。

想我们都是书痴，昨日翻看您的"自选集"，看到您的散文部分，一时里有些惊吓。原先看您的小说，作者是躲在幕后的，散文是生活的部分,作者没有窗帘可挡,我轻轻地翻了数页。合上了书,有些想退的感觉。散文是那么直接,更明显的真诚,令人不舍一下子进入作者的家园,那不是"黑氏"的生活告白,那是您的。今晨我再去读。以后会再读,再念,将来再将感想告诉您。先念了三遍"观察"(人道与文道杂说之二)。

四月(一九九〇年)底在西安下了飞机,站在外面那大广场上发呆,想,贾平凹就住在这个城市里,心里有着一份巨大的茫然,抽了几支烟,在冷空气中看烟慢慢散去,尔后我走了,若有所失的一种举步。

吃了止痛药才写这封信的,后天将住院开刀去了,一时里没法出远门,没法工作起码一年,有不大好的病。

如果身子不那么累了,也许四五个月可以来西安,看看您吗?倒不必陪了游玩,只想跟您讲讲我心目中所知所感的当代大师——贾平凹。

用了最宝爱的毛边纸给您写信,此地信纸太白。这种纸台北不好买了,我存放着的。我地址在信封上。

您的故乡,成了我的"梦魅"。商州不存在的。

三毛敬上

进 山 东

第一回进山东,春正发生,出潼关沿着黄河古道走,同车里坐着几个和尚——和尚使我们与古代亲近——恍惚里,春秋战国的风云依然演义,我这是去了鲁国之境了。鲁国的土地果然肥沃,人物果然礼仪,狼虎的秦人能被接纳吗?深沉的胡琴从那一簇蓝瓦黄墙的村庄里传来,音韵绵长,和那一条并不知名的河,在暮色苍茫里蜿蜒而来又蜿蜒而去,弥漫着,如麦田上浓得化也化不开的雾气,我听见了在泗水岸上,有了"逝者如斯夫"的声音,从孔子一直说到了现在。

我的祖先,那个秦嬴政,在他的生前是曾经焚书坑儒过的,但居山高为秦城,秦城已坏,凿池深为秦坑,自坑其国,江海可以涸竭,乾坤可以倾侧,惟斯文用之不息,如今,他的后人如我者,却千里迢迢来拜孔子了。其实,秦嬴政在统一天下后也是来过鲁国旧地,他在泰山上祀天,封禅是帝王们的举动,我来山东,除了拜孔,当然也得去登泰山,只是祈求上天给我以艺术上的想象和力量。接待我的济宁市的朋友,说:哈,你终于来了!我是来了,孔门弟子三千,我算不算三千零一呢?我没有给伟大的先师带一束干肉,当年的苏轼可以唱"执瓢从之,忽焉在后",我带来的惟是一颗头颅,在孔子的墓前叩一个重响。

一出潼关,地倾东南,风沙于后,黄河在前,是有了这么广大的平原才使黄河远去,还是有了黄河才有了这平原?哐啷哐啷的车轮整整响了一夜,天明看车外,圆天之下是铅色的低云,方地之上是深绿的麦田，哪里有紫白色的桐花哪里就有村庄，粗糙的土坯院墙，砖雕的门楼，脚步迟缓的有着黑红颜色而褶纹深刻的后脖的农民，和那叫声依然如豹的走狗——山东的风光竟与陕西关中如此相似！这种惊奇使我必然思想，为什么山东能产生孔子呢？那年去新疆，爱上了吃新疆的馕，怀里揣着一块在沙漠上走了一天，遇见一条河水了，蹲下来洗脸，日地将馕抛向河的上游，开始洗脸，洗毕时馕已顺水而至，捡起泡软了的馕就水而吃，那时我歌颂过这种食品，正是吃这种食品产生了包括默罕默德在内的多少伟人！而山东也是吃大饼的，葱卷大饼，就也产生了孔子这样的圣人吗？古书上也讲，泰山在中原独高，所以生孔子。圣人或许是吃简单的粗糙的食品而出的，但孔子的一部《论语》能治天下，儒家的文化何以又能在这里产生呢？望着这大的平原，我醒悟到平原里黄天厚土，它深沉博大，它平坦辽阔，它正规，它也保守而滞板，儒文化是大平原的产物，大平原只能产生儒文化。那么，老庄的哲学呢？就产生于山地和沼泽吧。

  在曲阜，我已经无法觅寻到孔子当年真正生活过的环境，如今以孔庙孔府孔林组合的这个城市，看到的是历朝历代皇帝营造起来的孔家的赫然大势。一个文人，身后能达到如此的豪华气派，在整个地球上怕再也没有第二个了。这是文人的骄傲。但看看孔子的身世，他的生前凄凄惶惶的形状，又让我们文人感到了一份心酸。司马迁是这样的，曹雪芹也是这样，文人都是与富贵无缘，都是生前得不到公正的。在济宁，意外地得知，李白竟也是在济宁住过了二十余年啊！遥想在四川参观杜甫草堂，听那里人在说，流离失所的杜甫到成都去拜会他的一位已经做了大官的昔日朋友，门子却怎么也不传禀，好不容易见着了朋友，朋友正宴请上司，只是冷冷地让他先去客栈里住下好了。杜甫蒙受羞辱，就出城到郊外，仰躺在田埂上对天浩叹。尊诗圣的是因为需要诗圣，做诗圣的只能贫困潦倒。我是多么崇拜英雄豪杰呀，但英雄豪杰辈出的时代斯文是扫地的。孔庙里，我并不感兴趣那些大大小小的皇帝为孔子竖立的石碑，独对那面藏书墙钟情，孔老夫子当周之衰则否，属鲁之乱则晦，及秦之暴则废，遇汉之王则兴，乾坤不可以久否，日月不可以久晦，文籍不可以久废啊！

当我立于藏书墙下留影拍照时，我吟诵的是米芾的赞词："孔子孔子，大哉孔子！孔子以前，既无孔子；孔子以后，更无孔子。孔子孔子，大哉孔子！"出得孔府，回首看府门上的对联，一边有富贵二字，将富字写成"冨"，一边有文章二字，将章字写成"章"。据说"冨"字没一点，意在富贵不可封顶，"章"字出头，意在文章可以通天。唏，这只是孔门后代的得意。衍圣公也是一代一代的，这如现在一些文化名人的纪念馆，遗孀或子女大都能当个纪念馆长一样的。做人是不是伟大的人，生前姑且不论，死后能福及子孙后代和国人的就是伟大的人。孔子是这样，秦嬴政是这样，毛泽东也是这样，看着繁荣富裕的曲阜，我就想到了秦兵马俑所在地临潼的热闹。

在孔庙里我睁大眼睛察看圣迹图，中国最早的这组石刻连环画，孔子的相貌并不俊美，头凹脸阔，豁牙露齿。因父亲与一个年龄相差数十岁的女子结婚，他被称为野合所生，身世的不合俗理和相貌的丑陋，以及生存困窘，造就了千古素王。而秦嬴政呢，竟也是野合所得。有意思的是秦嬴政做了始皇，焚书坑儒，却也能到泰山封禅，他到了这里，不知对孔子作何感想？他登泰山而天降大雨，想没想到过因泰山而有了孔子，也可以说因了孔子而有了泰山，在泰山上他能祀天而求得以武功得天下又以武功能守天下吗？

　　我在泰山上觅寻我的祖先遇雨而避的山崖和古松，遗憾地没有找到这个景点。听导游的人解说，我的祖先毕竟还是登上了山顶，在那里燃起熊熊大火与天接通，天给了他什么昭示，后人恐怕不可得知，而事实是秦亡后就在泰山之下孔庙孔府孔林如皇宫一样矗起而千万年里香火不绝。孔子就是五岳独尊的泰山吗？泰山就是永远的孔子吗？登泰山者，人多如蚁，而几多人真正配得上登泰山呢？我站在北拱石下向北面的峰头上看，我许下了我的宏愿，如果我有了完成夙命的能力和机会，我就要在那个峰头上造一个大庙的。我抚摸着北拱石，我以为这块石头是高贵的，坚强的，是一个阳具，是一个拳头，是一个冲天的惊叹号。

　　古人讲：登泰山而一览众山小。周围的山确实是小的，小的不仅仅是周围的山，也小的是天下。我这时是懂得了当年孔子登山时的心境，也知道了他之所以惶惶如丧家之犬一样到处游说的那一份自信的。

　　我带回了一块石头，泰山上的石头。过去的皇亲自以为他们是天之骄子，一旦登基了就来泰山封禅的，但有的定都地远，他们可以来泰山祀天，也可以在自家门前筑一个土丘作为泰山来祀，而我只带回一块石头——泰山石是敢当的——泰山就永远属于我，给我拔地通天的信仰了。

　　进山东的时候，我是带了一批《土门》要参加签名售书活动的，在济宁城里搞了一场，书店的人又动员我能再到曲阜搞一次，我断然拒绝了。孔子门前怎能卖书呢？我带的是《土门》，我要上泰山登天门，奠地了还要祀天啊！我站在山顶的一节石阶上往天边看去，据说孔子当年就站在这儿，能看到苏州城门洞口的人物，可我什么也看不见，我是没有孔子的好眼力，但孔子教育了我放开了眼量，我需要一副好的眼力去看花开花落，看云聚云散，看透尘世的一切。

怀着拜孔子、登泰山的愿望进山东，额外地在济宁参观了武氏祠的汉画像石，多么惊天动地的艺术！数百块的石刻中，令我惊异的是最多的画像竟是孔子见老子图。中国最伟大的会见，历史的瞬间凝固在天地间动人的一幕，年轻的孔子恭敬地站在那里，大袖筒中伸出两只雁头，这是他要送给老子的见面礼。孔子身后是颜回等二十人，四人手捧简册，而子路头有雄鸡，可能是子路生性喜辩爱斗的吧。这次会见，两人具体说了些什么，史料没有详载，民间也甚不传说，而礼仪之邦的芸芸众生却津津乐道，于此不疲，以至于这么多的石刻图案。老子在西，孔子在东，孔子能如此地去见老子，但孔子生前为什么竟不去秦呢？这个问题我站在泰山顶上了还在追问自己，仍是究竟不出，孔子在说登泰山而赋，我要赋什么呢？我要赋的就只有这一腔疑惑和惆怅了。

1997年5月10日夜记

入川小记

我的家乡有句俗语：少不入川。少不入者，则四川天府之国，山光、水色、物产、人情，美而诱惑，一去便不复归也。此话流传甚广，我小的时候就记在心里，虽是警戒之言，但四川究竟如何美，美得如何，却从此暗暗地逗着我的好奇。八一年冬，我们一行五人，从西安出发，沿宝成路乘车去了成都；走时雪下得很紧，都穿得十分暖和。秋天里宝成路遭了水灾，才修复通车走得很慢，有些时候，竟如骑自行车一般。钻进一个隧洞，黑咕咚咚，满世界的轰轰隆隆，如千个雷霆、万队人马从头顶飞过；好容易出了洞口，见得光明，立即又钻进又一隧洞。借着那刹那间的天日，看见山层层叠叠，疑心天下的山峰全是集中到这里的。山头上积着厚雪，林木郁郁的模样，毛茸茸的像戴了顶白绒帽；山腰一片一片的红叶，不时便被极白的云带断开……又入隧洞了，一切又归于黑暗。如此两天一夜，实在是寂寞难堪，只好守着那车窗儿，吟起太白《蜀道难》的诗句，想：如今电气化铁路，且这般艰难，唐代时期，那太白骑一头瘦驴，携一卷诗书，冷冷清清，"怎一个愁字了得！"正思想，山便渐渐小了，末了世界抹得一溜平坦，这便是到了成都平原，心境豁然大变，车也驰得飞快，如挣脱了缰绳，一任春风得意似的。一下火车，闹嚷嚷的城市就在眼下，满街红楼绿树，金橘灿灿。在西北，这橘子是不大容易吃到，如今见了，馋得直吐口水，一把分币便买得一大怀，掰开来，粉粉的，肉肉的，用牙一咬，汁水儿便口里溅出，不禁心灵神清，两腋下津津生风。惊喜之间，蓦地悟出一个谜来：这四川，不正是一个金橘吗？一层苦涩涩的橘皮，包裹着一团妙物仙品。外地来客，一到此地，一身征尘，吃到鲜橘，是在告诉着愈是好的愈是不易得到的道理啊！

走近市内，已是黄昏时分，天没有朗晴，夕阳看不到，云也看不到，一尽儿蒙蒙的灰白。我觉得这天恰到好处，脉脉地如浸入美人的目光里，到处洋溢着情味。树叶全没有动，但却感到有熏熏的风，眼皮、脸颊很柔和，脚下飘飘的，似乎有几分醉后的酥软。立即知道这里不比西北寒冷，穿着这棉衣棉裤，自是不大相宜，有些后悔不及了。从街头往每一条小巷望去，树木很多，枝叶清新，路面潮潮的，不浮一点灰尘，家门口，都置有花草，即是在土墙矮垣上，也藓苔缀满；偶尔一条深巷通向墙外，空地上有几畦白菜、萝卜，一清二白，便明白这地势极低，似乎用手在街上什么地方掘掘，就会咕涌涌现出一个清泉出来。街上的人多极，却未行色匆匆，男人皆瘦而五官紧凑，女人则多不烫发，随意儿拢一撮披在后背，依脚步袅袅拂动，如一片悠悠的墨云，又如一朵黑色的火焰。间或那男人女人的背上，用绳儿裹着一小孩，骑上自行车，大人轻松，孩子自得，如作杂技，立即便感觉这个城市的节奏是可爱的缓慢，不同于外地。在那乱糟糟的生活漩涡里，突然走到这里，我满心满身地感到一种安逸、舒静，似乎有些悠悠超尘了。

在城里住下来，一刻儿也不愿呆在房间，整日在街巷去走，街巷并不像天津那么曲折，但常常不辨了归途，我一向得意我的认路本领，但总是迷失方向，我不知这是什么原因儿，反正一任眼睛儿看去，耳朵儿听去，脚步儿走去。那街巷全是窄窄的，没有上海的高楼，也少于北京的四合院，那二层楼舍，全然木的结构，随便往哪一家门里看去，内房儿竹帘垂着，袅袅燃一炷卫生香烟。客间和内间的窗口，没有西北人贴着的剪纸，却都摆一盘盆景，有苍劲松柏的，有高洁梅兰的，有幽雅竹类的，更有着奇异的石材：砂碛石、钟乳石、岩浆石。那盆儿也讲究，陶质、瓷质、石质。设计起来，或雄浑、或秀丽、或奇伟、或恬静；山石得体，树势有味，以窗框为画框，恰如立体的挂幅。忍不住走进一家茶馆去了，那是多么忘我的境界，偌大的房间里，四面门板打开，仅仅几根木柱撑着屋顶，成十个茶桌，上百个竹椅，一茶一座，买得一角花茶，便有服务员走来，一手拎着热水壶，一条儿胳膊，从下而上，高高垒起几十个茶碗，哗哗哗散开来；那茶盖儿、茶碗儿、茶盘儿，江西所产，瓷细坯薄，丁丁传韵。正欣赏间，倒水人忽地从身后数尺之远，刷地倒水过来：水注茶碗，冲卷起而不溢出。将那茶盖儿斜盖了，燃起一支烟来，捏那盖儿将茶拨拨，便见满碗白气，条条微痕，久而不散，一朵两朵茉莉小花，冉冉浮开茶面。不须去喝，清香就沁人心胸，品开来，慢慢细品，说不尽的满足。在成都呆了几日，我早早晚晚都在茶馆泡着，喝着茶，听着身边的一片清谈，那音调十分中听，这么一杯喝下，清香在口，音乐在耳，一时心胸污浊，一洗而净，乐而不可言状也。

我们五人，皆关中汉子，嗜好辣子，出门远走，少不得有个辣子瓶儿带在身上。入了四川，方知十分可笑。第一次进了饭店，见那红油素面，喜得手舞足蹈，下决心天天吃这红油面了，没想各处走走，才知道这里的一切食物，皆有麻辣，那小吃竟一顿一样，连吃十天，还未吃尽。终日里，肚子不甚饥，却遇小吃店便进，进了便吃，真不明白这肚皮有多大的松紧！常常已经半夜了，从茶馆出来，悠悠地往回走，转过巷口，便见两街隔不了三家五家，门窗通明，立即颚下就陷出两个小坑儿，喉骨活动，舌下沁出口水。灯光里，分明显着招牌，或是抄手，或是豆花面或是蒸牛肉，或是豆腐脑；那字号起得奇特，全是食品前加个户主大姓，什么张鸭子、钟水饺、陈豆腐什么的。拣着一家抄手店进去，店小极，开间门面，中间一堵墙隔了，里边是家室，外边是店堂，锅灶盘在门外台阶，正好窗子下面。丈夫是厨师，妻子做跑堂，三张桌子招呼坐了，问得吃喝，妻子喊："两碗抄手！"丈夫在灶前应："两碗抄手！"妻子又过来问菜问酒，酒有泸州老窖，也有成都小曲，配一碟酱肉、香肠，来一盘胡豆、牛肉，还有那怪味兔块，调上红油、花椒、麻酱、香油、芝麻、味精。酒醇而柔，肉嫩味怪；立即面红耳赤，额头冒汗。抄手煮好了，妻子隔窗探身，一笊篱捞起，皮薄如白纸，馅嫩如肉泥，滋润化渣，汤味浑香，麻辣得唏唏溜溜不止，却不肯驻筷。出了门，醉了八成，摇摇晃晃而走，想那神也如此，仙也如此，果然涌来万句诗词，只恨无笔无纸，不能显形，回旅社卧下，彻夜不醒，清早起来，想起夜里那诗，却荡然忘却，一句也不能作出了。

我常常捉摸：什么是成都的特点，什么是四川人的特点。在那有名的锦江剧院看了几场川剧，领悟了昆、高、胡、弹、灯五种声腔，尤其那高腔，甚是喜爱，那无丝竹之音，却有肉声之妙，当一人唱而众人和之时，我便也晃头晃脑，随之哼哼不已了。演出休息时，在那场外木栏上坐定，目观那园庭式的建筑，古香古色的场地，回味着上半场那以写意为主，虚实结合，幽默诙谐的戏曲艺术，似乎要悟出了点什么，但又道不出来。出了城郭，去杜甫草堂游了，去望江公园游了，去郊外农家游了，看见了那竹子，便心酥骨软，挪不动步来。那竹子是那么多！紫草竹花、楠竹、鸡爪竹、佛肚竹、凤尾竹、碧玉竹、道筒竹、龙鳞竹……漫步进去，天是绿绿的，地是绿绿的，阳光似乎也染上了绿。信步儿深入，遇亭台便坐，逢楼阁就歇，在那里观棋，在那里品茗。再往农家坐坐，侧身竹椅，半倚竹桌，抬头看竹皮编织的顶棚、内壁，涮湿竹的绿青色，俯身看柜子、箱子漆成干竹的铜黄色，再玩那竹子形状的茶缸、笔筒、烟灰盒盘，蓦地觉得，竹该是成都的精灵了。最是到了那雨天，天上灰灰白白，街头巷口，人却没有被逼进屋去，依然行走；全不会淋湿衣裳，只有仰脸儿来，才感到雨的凉凉飕飕。石板路是潮潮的了，落叶浮不起来，近处山脉，一时深、浅、明、暗，层次分明，远峰则愈高愈淡，末了，融化入天之云雾。这个时候，竹林里的叶子光极亮极，海棠却在寒气里绽了，黑铁条的枝上，繁星般孕着小苞，惟有一朵红了，像一只出壳的小鸭，毛茸茸的可爱，十分鲜艳，又十分迷丽。更有一种树，并不高的，枝条一根一根清楚，舒展而微曲的向上伸长，形成一个圆形，给人千种万种的柔情来了。我总是站在这雨的空气里，想我早些日子悟出的道理，越发有了充实的证明。是啊，竹，是这个城的象征，是这个城中人的象征：女子有着竹子的外形，腰身修长，有竹的美姿，皮肤细腻而呈灵光，如竹的肌质，那声调更有竹音的清律，秀中有骨，雄中有韵。男子则有竹的气质，有节有气，性情倔强，如竹笋顶石破土，如竹林拥挤刺天。

我太爱这欲雨非雨、乍湿还干的四川天了，熏熏的从早逛到晚，夜深了，还坐在锦江岸边，看两岸灯光倒落在江面，一闪一闪地不肯安静，走近去，那黑影里的水面如黑绸在抖，抖得满江的情味！街面上走来了一群少女，灯影里，腰身婀娜，秀发飘动，走上一座座木楼去了，只有一串笑声飘来。这黑绸似的水面抖得更情致了，夜在融融地化去，我也不知身在何处，融融地似也要化去了。

1982 年

江苏见闻

一

昆山有"半茧园",园里有"唐亭",咏"唐亭"者甚多,其中一首为:

> 爱此唐亭僻
> 梅花静倚门
> 无人好太古
> 有月共黄昏
> 山凹生云窦
> 溪平露雪痕
> 于时何事乐
> 一卷对清樽

此人清雅,格局不大。江南才子如袁枚、归有光清雅而旷达遂成气候,郑燮、金农清雅到极致,发展到怪僻,也终成人物。无人生磨难,际会感慨,纯性情使然,清风徐来水波不兴,则浅显啊。喜第五、六句,暗藏我的姓名。厌七、八句,文人只是喝酒看书,为喝酒看书而喝酒看书,生你何用?

二

半茧园有一石,曰"寒翠"。

形态奇兀,中心大窟窿与边缘小孔,疏密有致,旷野玲珑。石质纯洁,历经风雨,愈是白净。据载:此石本为维扬王忠玉家"快哉亭"物,有东坡题识觞咏之语。元顺帝至元戊寅顾仲瑛得之于通固桥新安尼寺,以粟易归,置"玉山草堂"。明年,仙居柯九思见而奇之,再拜而去,御史白舒达兼善来观,复为题"寒翠"美之。遂砌石为台,仲瑛自为记。后至清嘉庆八年移置半茧园。

一块石头,数百年间被人珍惜,此石必是美女二世。但人女之美,命运必是坎坷,故永做石头再不生人?

在昆山搜寻此石,不能得见。天黑在宾馆吃饭,端上一盘基围虾,便问老宋:知道哪只虾为雌为雄?宋说:你吃哪只,哪只就是雌的。满桌哄笑。

三

到扬州天宁寺,得知郑燮当年在此卖画。到南通狼山,也得知冒辟疆晚年卖字。不知这些先生为何作卖,遂想起我在家中的"润格告示"。我自字画被人看上眼后,先自为得意,不料从此苦恼日增,索字画比约文稿还多,每日敲门者不断,皆是言要解决调动、升级、农转非或等等原因做礼品送人。骚扰太甚,出了告示。

告示为——

自古字画卖钱，我当然开价，去年每幅字千元，每张画千五，今年人老笔亦老，米价涨字画价也涨。

一，字。斗方千元。对联千二。中堂千五。

二，匾额一字五百。

三，画。斗方千五。条幅千五。中堂二千。

官也罢，民也罢，男也罢，女也罢，认钱不认官，看人不看性。一手交钱一手拿货，对谁都好，对你会更好。你舍不得钱，我舍不得墨，对谁也好，对我尤甚好。生人熟人来了都是客，成交不成交请喝茶。

告示一出，果然阻挡了许多人，而且也有一笔收入，到底是好事。

四

北方人都知江南村村有水，殊不知真正水乡在江北。扬州地区的高邮和兴化毗连，高邮地形如覆盂，兴化则是覆盂再翻，境内三分之一为水。农民耕作在垛田，垛田大可三亩五亩，小则二分三分。五月份观之，菜花连天，高处金黄，深渠银亮，错综复杂，如演八卦图阵。当地人讲，兴化古来是避兵乱佳地，盖因这垛田之故。商州山高，秦时也是避乱处，我亦不知是四皓的后人或是祖先为四皓的守墓人，今到兴化，多有感慨。商州山上有各类飞禽走兽，且产商芝，俗称拳芽，其形如人拳，可食用。幼时挖过商芝，根成块状，时有人形者，疑避秦乱的人变，兴化鱼虾种类多，可能也是为安全所驱。席间吃有一种鱼，叫昂刺的，样子极丑，一层黑皮，背上有硬翅如锥。此鱼大半为避乱者托生。还有一种鱼，老而不大，仅有二三指长，更是伏小的人物吧。

五

康熙六次下江南，六次驾临高邮城：

第一次，一六八四年。康熙帝路过高邮，秀才葛天祚、孙晋等献上开海口图。回京途中，十一月初十日船泊城外，秀才献上诗歌八章。

第二次，一六八九年。驻清水潭视察河工，并从高邮码头停泊上岸。

第三次，一六九九年。驻跸界首。

第四次，一七〇三年。二月初六路过高邮，视察河工，宿嵇家闸。

第五次，一七〇五年。三月十一日路过高邮，地方献当地名产。返回时于闰四月初七日路过高邮，驻跸南关外，纳地方所献土产。

第六次，一七〇七年。二月二十七日路过高邮，视察河工，四月二十九日经高邮返回。

此记载现挂牌于高邮古驿馆里。从记载看，康熙帝也够辛苦，十四年间六巡江南。江南当时反清势力最甚，河运又盛，康熙帝当然难以放心。地方富裕，也多秀才，所能献的就是土产和颂歌了。走江南各地，凡清帝当年驾临之所，如今全是景点，高邮古驿是，扬州有御码头，镇江金山寺下也有御码头，但明亡后，江南却是反清重地，人间世情如此，又荒唐又实际。扬州的御码头不远处即史可法纪念馆，参观时，天雨蒙蒙，庭院冷落，有一联正在史公坐像旁，联曰：

公去社已屋；
我来梅正花。

六

登泰山而小鲁。但泰山有时很小，小到百姓捡一块麻石，立于村前或门前，上凿"泰山石敢当"。高邮有个叫文游台的地方，南宋的皇帝堆土为泰山作祀。土堆上的庙宇已塌，正在复修，旧时光景不得见，但祀炉还在，锈做一堆铁的。现时人看"文革"中的资料片，万人齐跳忠字舞，不觉肃然而觉悲凉，面对土堆的一环泰山，没有了悲凉却是可笑。

七

在上官河坐船到大纵湖去，时值细雨，却天青河白，岸上菜花金黄，蚕豆已肥，蒌蒿细长，经风梳理，齐茌茌一边倒伏。船是"水上飞"，速度极快，眼见得河的两边涌起两道水波如龙，与船同进。愈进愈深，河面更宽，处处拦网设簖，河岸遂也成堤，偶有堤断处，能看见堤那边也是或河或湖。堤上有活人也有亡人。活人筑小屋，搭茅棚，几株杉树晾挂了衣服和干菜。亡人则安息，小小的土坟就在杉树之外。怕是民以食为天，鬼也以食为天，坟顶上又皆放一土块成碗状。船过一户人家，人家的媳妇在浅水处设簖，水波微兴,身下的小板舷起落不在,但并不瞧看我们,安然探作,唯岸上老妪使劲挥手向我们叫喊,原是门前停泊的小船上盛着沙子,船沿与水面平齐,水波涌起,沙子就刷入水中,我们只好放慢速度,笑笑地向老人致歉。至大纵湖,水天一色,而各自为政地拦了网,一问,全是养蟹。大纵湖产醉蟹,价钱已涨到百元一斤。见一养蟹大户,方头赤睛,引入他家,家是一只大船,内装饰豪华如市内宾馆,言及蟹销之香港及东南亚,口大气粗,洋洋得意,出船见两艘小快艇飞一般驶来,介绍是新购回的快艇,家人去镇上采买东西的,两男西服单履,提有手机,二女一童皆鲜服,并嘴嚼口香糖,能吹山猪尿泡一样大的泡。

八

扬州历史博物馆在天宁寺,展一古舟,不知年代,疑古运河盛时物。舟为独木,楠树所凿,长十三米余,宽近一米,敲之笃笃鸣响,有金属音。

馆外有一树琼花,远看并不艳乍,近视序盘硕大,一枝八朵,一朵五瓣,排列有序,蕊素如珠,花白如雪。当地人又叫八仙花。世上都骂隋炀帝为看琼花,"陆地行舟"下扬州,荒淫无度,可见琼花不是人间花,以美勾引昏君,杀灭昏君,而又让他开凿运河,又不失自家高洁。

若再有生,不为龙便为独木舟,孕女当是无双琼。
丙子三月二十二日记。

九

三月二十日过江看《瘗鹤铭》，雷轰岩施工加固，不能近前，却见陆游观《瘗鹤铭》刻石，立于浮玉岩畔："陆务观、何德器、张玉仲、韩无咎，兴隆甲申闰月二十九日，踏雪观《瘗鹤铭》，置酒上方，烽火未熄，望风樯舰于云霭间，慨然尽醉。薄晚，泛舟自甘露寺以归。明年二月壬午，圜禅师刻之石。务观书。"世人知坡老《记承天寺夜游》为短文，不知务观七十四字！四十五年间，我又能传几多文字呢，临风浩叹。后体软登山，欲觅一块石携带而不得，定慧寺又已关门，坐末班船郁郁归镇。

十

史公祠后院竖一石，约两围，高三米五左右，玲珑嵌空，窍穴千百。据介绍，为南园遗璞。清安徽歙县汪氏建南园别墅，内置九块太湖石，乾隆南巡时到此园，赐名九峰园，后选二石入御园。九峰园早废，七石散落，今仅存此石。

当年曾有诗：名园九个文人尊，两叟苍颜独爱恩。

这一个石头伴孤忠，这石头也是清寂。旁有一梅，不在花期，未能看数点冷艳。

十一

杭州有西湖，扬州有瘦西湖，北京有白塔，扬州有小白塔，镇江有金山,扬州有小金山。小金山为瘦西湖一景,传说苏轼在扬州时过江去金山与和尚对弈,输了玉带,而拿了金山一石过来,遂有小金山。今小金山为一土丘,上建一亭,几块奇石,数株老柏,临风四望,倒能烟水全收。丘下有一堂,联语中"如拳不大金山也肯过江来",其语情殷。

风亭而下,是一庭院,偏门进入,园小二十平方米,只有一柏直挺,薄砖细石铺地,草沿砖缝长,苔在石间生,地青黄如湖面,前有正门,出门则阳台,返回院园,方仰头看门楣匾额题"开畅",始知园地小而顺柏向上可观天,宁静者致远矣。遂合掌道:好!

十二

世人知《白蛇传》皆骂法海,金山寺的和尚至今仍恶白氏素贞,故游金山在山上见塔,塔下见法海洞,山脚洞下见白蛇洞,而山上归属寺院管,山下则是园林局的辖区了。白蛇洞极小,谁人焚过香蜡,荃味未散,但呼吸过后总有腥气。洞内石壁上有一穴,大人不可进入,俯首探望,幽暗却不知深浅。悚然而立,想那女子可怜可亲,虽是蛇变,做人妻何妨?忽穴内有亮光闪烁,一活物慢慢爬出。登时惊叫,活物转身为影子般又滑入穴去,看清毛茸茸一尾,始知山鼠。心怦然悸然,不认为是偶然事件,却又疑心这是白蛇的什么侍者或是守穴者,报给她家主子去了。又久立,身觉寒冷,出洞望江,默然不语。谁又在洞上之洞念那门联:"白蟒化龙归海去,山头只有老陀头。"

十三

金山下一巨石名"信矶",是当年金山未上岸时为水所拥,老和尚常与海鼋在此狎戏,老和尚每一敲石,鼋就必至,后老和尚圆寂,别人再敲,鼋终杳然无迹。五月六日天降微雨,坐石上半日,面前海水已远,沙滩上荒草蔓生。

十四

江南人不能望貌论年龄,尤其少女,面有蜡像色,光洁如亚光玻璃。我所到之处,读书人皆以为假;谓个头不应是一米六余,颜面也不该有黑点。殊不知人面也有风水,痣不可取。脸存七痣,排列而下,形若七斗,望我如观天象。

十五

扬州镇江园林,多为私家,盖出自明清盐商所造,财富在世间有定数而流动,钱多则不能为私人有,自古如此。商人好奢华,并不一概附庸风雅,势大钱广必有清客,文艺方是寄生之物。扬州何园的"片石山房"即石涛叠石作涛。

十六

欧阳文忠公在扬州一年,做平山堂,取江南北固远山与此堂

我的二十一世纪

穿一件战国时期的衣裳是什么样儿

平,甚有文人情趣。而《避暑录话》中载"公每暑时辄凌晨携客往游,遣人走邵伯取荷花千余朵,插百许盆,与客相间。迁酒行,即遣妓取一花传客,以次摘其叶,尽处则饮酒,往往侵夜,载月而归"。风流潇洒可见。欧阳也筑屋,也乐酒,也遣妓,今文人行状,见之多多,行为龌龊,酗酒污秽,无大胸襟,酒亦无荷香,取花妓也不闻真笑声啊。

十七

镇江有四大名鱼,鲥、鲚、鲴已吃,味道鲜美,但并不如家乡饮食能饱肚,终日又役役奔走,疲倦不堪,五月四日登北固楼回来午睡近二时,起床说:江南最香是觉香。

五月五日到扬中。扬中为江中孤岛,扬中人有如日本人,登陆意识极强。据说当初起身时,主要靠推销员,推销产品也推销自己,常年在火车上奔波的中国推销员十人必有六人是扬中人。有了资金,扬中不敢怠慢,愈发向外扩张,自筹资金修一千一百七十二米长的扬中长江大桥,使经济从小而散、小而全向规模化、集团化、多元化方向发展,其富裕与文明比苏南诸地有过之而无不及。访问毕,天已黑,往范继平家吃河豚。河豚有剧毒,尤其菜花时节,范继平一再强调,不吃河豚,枉到扬中,要吃,要敢吃!"我请村里老支部书记来烧!"出事不出事,这不是政治可以保证的事,但我还是放开去吃,十五分钟过后,未有舌麻头晕,安全无事了。回镇江对接待人谈起,他大惊失色,说:"只有镇江人敢这样!"

河豚活物什么模样,不可得知,但鼓腹而歌:你有毒,我也一身病毒，我怕你的！

十八

镇江"芙蓉楼"新建，内有王川壁画，王川导游前往。坐楼中喝两杯茶，出来坐湖中廊亭，细雨淋淋，烟笼水面，极尽幽静。得知前不久有旧时人物来住园中，一人常临于湖边观鱼乐，不觉回头望园中楼舍，楼舍一半渺失，一半如浮，但清晰一白皮松，青灰底色里白斑如钱，塔子小，匀匀在一堆枝叶的苍绿中泛黄。

芙蓉楼前二十米是中泠泉，不愿近，嫌中泠二字不好。

十九

镇江黄墟乡龙山村现在是中国最富裕村镇之一。但与任何村镇发展不同，它是由工人承包而起，实行的是现代化大企业管理方法。有如英国人开发美洲。没有四个工人从附近的热电厂辞职来养鳗就不可能有龙山村的发展，没有龙山村的土地水塘也不可能有"世界鳗王"的龙山鳗业联合公司。这种公司比社会上公司有可以使用的土地和最便当的劳力的有利处，也有使农民一步到位、最快摆脱农民意识的先进处，其压力是以村为公司时必须敢担风险，其阻力是世世代代在此繁衍生息的农民对于外来人来占有土地、又受其治理而所带来的行为上、心理上的抗拒。《土门》从一个侧面即表现这种矛盾，龙山现状又是另一个侧面，令我大喜。

二十

登北固山见梁武帝萧衍书"天下第一江山"刻石,哑然一笑,想起西安街头卖羊肉泡馍人家门前有"天下第一碗"。

二十一

在扬州得旧籍,读至龚定庵身外风月繁华地却清净淡泊,甚有感动。定庵性不羁,厌修饰,在朋友魏源,字默深家客住,仍得大自在。其一趣:

定庵无靴,借默深靴著之,所容浮于趾,曳之,廓如也。客至,剧谈渐浃,定庵跳踞案头,舞蹈甚乐。洎送客,靴竟不知所之,遍觅不可得,濒行,撤卧具,乃于帐顶得之。当时双靴飞去,定庵不自知,并客亦未见,此客亦不可及。

古人磊磊率真如此,今不能了。

二十二

读《浮生六记》,知沈复三十三岁的冬天,为友人做中保而被牵累,致使家庭失欢,寄居无锡,后归途到虞山,"愁苦之中快游也"。我年四十五,来虞山比沈复迟了十二年。

上剑门,观尚湖,不知太公在秦在苏?

二十三

常熟有古诗：七溪流水皆通海，十里青山半入城。

七溪，一在学宫后兴贤桥北，二在草圣祠后东太平巷南，三在东街南金童子巷北，四在言子宅后坊桥北章家角南，五在白粮仓前灵宫殿后，六在白粮仓后，七在孝义桥南仓浜底。虞山骑车周游可两小时许。

城中有方塔，为南宋建。据说虞山如牛形，怕牛入海，故建方塔做拴牛桩。

二十四

游兴福寺，最兴趣扶竹荒疏。到一庭院，见殿额"为甚到此"，怅然若失。在"自彻"院书法，识静觉师傅，无印章，虞山友人当即以锉刀在静觉印石的另一端刻"平凹"二字。后上"救虎阁"素食嫩竹针菇，当了半日和尚。

二十五

在常熟拜钱谦益，却更钟情柳如是，单这名字便喜欢，登虞山见柳如是的撰联就录，得传说，柳墓里的棺木是悬葬的，以示不履清朝土地。白茆乡芙蓉村未能去，不知那株红豆树今年可生几豆？

二十六

读资料："兴福寺原有一株唐桂,一株宋梅,均为千年古树。宋梅至二十世纪二十年代尚开花结梅子,梅子秋后成熟,味甘。一九三六年九月十二日午夜十二时许,全树突然倾倒,残枝满地。唐桂五十年代老死。"详细记述树忌日的唯这宋梅。此梅死至今日六十年了,今夜焚纸奠之。

二十七

在"彩衣堂"见七十余岁时翁同龢相片,鼻如悬胆。翁家父子宰相、帝师,兄弟封疆,叔侄联魁,在近代政治、科举史上其显赫罕有所匹。翁宅不大,庄严肃整,记载原有两棵桂树,今见是幼桂,知原木已毁。后有读书楼,登上吃茶,观翁字画,竟十分喜爱其墨迹。咸、光年间,翁氏书法当朝第一,但如今书法史上未见其地位,令人遗憾。吃茶间偶见台湾寄其馆"松禅老人尺牍墨迹"一册,爱不释手,遂复印半册。

该册序言,斯册凡录翁文恭致南海张樵野手札百余道,并附中俄租借旅大约稿及电报稿若干件。为归安吴渔川所编集。其时日大抵多光绪二十三四年间所书,时正甲午败后对俄德英法交涉频繁之际,翁张二氏同在总理衙门行走,而文恭并兼内阁及军机,张氏以通洋务名为文恭所深器重,凡涉外交多与之磋商。

渔川吴永,吴兴人,为湘乡曾惠敏之东床,亦张樵野氏所荐士。樵野任总理衙门大臣时,渔川曾充记室,戊戌八月,张氏以罪下狱，谪戍新疆，此诸札幸赖先委之渔川得以保存。宣统辛亥编次成册以藏。渔川生为宦，两袖清风，其幼女芷青女士于归文恭家人舲雨先生，此文恭遗墨即其出嫁之压奁物。星移斗转，原物归翁，真是奇迹。

翁氏在朝，门生天子，行走弘德殿，波澜万丈，晚景开缺回籍凄凉异常，自号瓶庵居士，在此"守口如瓶""唯农与鱼鸟相亲"，甚至为避祸，多次隐藏自己的日记、手稿，"避谤每删诗"。临终前口拟挽联："朝闻道，夕死可矣；今而后，予知免夫。"死后墓前立他手书的墓碑："清故削籍大臣之墓"，可见死而耿耿于怀。

二十八

再游兴福寺，静坐空心潭，游人踵踵，多在潭边围桌玩牌，亦狎欢，亦赌博。救虎阁前放生池里，仍未见绿毛龟，又与静觉和尚见，相谈甚洽，得《了凡四训》一册。

兴福寺前坡竹甚美，进去满地竹叶子埋脚面，但竹几乎每竿刻字，皆少男少女情爱之语。正会心而读，又一对男女携手过来，忙出林到坡下广场吃豆花一碗。

二十九

曾朴在家作《孽海花》，现家院辟为"曾园"，五月十九日下午进园读碑刻，听虞山古琴。先一曲《渔樵问答》，后《高山流水》，叙说古简朴约，时窗外轻风微雨，吹窗偶有嘎嘎声，似鬼魂而入。琴罢出房，廊边有竹在摇曳，忽有词：有竹风显形，无琴灵失托。

内有一香樟，一树两分，一分又三分。荫半亩地，下一太湖石，形状若悠闲人，顶凿"妙有"，下隐约有字，辨认许久，方识得是："余营虚霩园，绮虞山为胜，未尝有意致奇石，乃落成而是石适至，非所谓运，自然之妙有者耶，即名妙有二字，题其巅。石高丈许，皱瘦透者咸备。"世上万物得失聚散皆有缘，石仍在曾朴已去，为等我耶？

三十

一早登虞山"读书台"，不为读书只吃茶，坐亭中四面来风，忽然与同坐说禅，说基督，吃茶就不是吃一杯绿水了。

饭时在旁"梅影廊"，席间有八十老翁，能填词书画，人皆戏谑无序，老者可爱如婴儿。"梅影廊"饭馆原民间俗语"妹引郎"，谓生意兴隆之术，老者改题匾额而雅。老者又自夸：在某乡一干部调戏民女，被人责罚，造亭，称"摸奶亭"，他改题写"莫浪亭"。众人说好，旁有一人就用纸揩老者嘴角沾饭，众人又笑，老者也笑。事后得赠一册《梓人韵语》，知老者是张大千弟子，一生坎坷，早年失妻，今子在上海，有一妇人未婚同居，妇人又常在南京，平日有女学生照料，每当儿子来，便不出门，防备所收藏物失。

三十一

虞山名人多，以人名拟联：

牧斋翁心存曾朴，

天池柳如是瓶生。

牧斋即钱谦益,号牧斋。翁心存,翁同龢之父,清宰相。曾朴,《孽海花》作者也。天池即虞山琴派宗师。柳如是,牧斋之妾。瓶生为翁同龢晚年号。

三十二

太湖西山二十一个岛屿,风光疏野,最无污染和人工气。不知荡舟周游是何等滋味,现有三桥浮卧四岛之间,一桥七十五孔,一桥七十二孔,一桥四十孔,壮观而秀美,令人长啸。车过西山岛,两边绿树越来越密,同行人讲,这里无树不花,无花不果,我来得不是时候,却在急驶中竭力去辨认梅树、桃树、栗树和枇杷。路蜿蜒起伏,忽沿山脚前进,一边天水一色,一边叠翠欲坠,正是岛尽处,却一闪,又是一洼绿树,隐约有楼顶亭角,一律洁白,闪烁其间,有鸟就在车前的道边静立,车过也不动。至石公山,进园门就仰首跌帽,与天下景区不同。循门内两侧山道趋势上绕,景顺步移,出神入化。在断山亭看断岩,看方亭,看"山与人相见;天将水共浮"联,看远处的来鹤亭,亭里无鹤,也无鹤来,却觉自己筋骨内敛,灵和外放,轻呼一声"我来了",一时感到天外有了默雷。

定西笔记

哎哗啦啦，祥——云起咂，呼雷儿——电——闪。一——霎时咂，我——过——了咂——万水——千山。

这是我在唱秦腔。陕西人把起念作且，把响雷叫呼雷儿，把万水又发音成万费，同车的小吴也跟着我唱。秦腔是陕西人的戏，却广泛流行于甘肃、宁夏、青海、新疆，小吴是甘肃定西的，他竟然唱得比我还蛮实。

亏了有这个小吴当向导，我们已经在定西地区的县镇上行走十多天了。看见过山中一座小寺门口有个牌子，写着"天亮开门，天黑关门"，我们这次行走也是这般老实和自在，白天了，就驾车出发，哪儿有路，便跟着路走，风去哪儿，便去哪儿，晚上了就回城镇歇下，一切都没有目的，一切都随心所欲。当我们在车上尽情热闹的时候，车子也极度兴奋，它在西安城里跟随我了六年，一直哑巴着，我担心着它已经不会说话了，谁知这一路喇叭不断，像是疯了似的喊叫。

在我的认识里，中国是有三块地方很值得行走的，一块是山西的运城和临汾一带，二是陕西的韩城、合阳、朝邑一带，再就是甘肃陇右了。这三块地方历史悠久，文化淳厚，都是国家的大德之域，其德刚健而文明，却同样的命运是它们都长期以来被国人忽略甚至遗忘，现代的经济发展遮蔽了它们曾经的光荣，当人们无限向往着东南沿海地区的繁华，追逐那些新兴的旅游胜地的奇异，很少有人再肯光顾这三块地方,去了解别一样的地理环境,和别一样人的生存状态。

   我是从农村走出来的,生命里或许有着贫贱的基因吧,我喜欢着这几块地方,陕西韩城、合阳、朝邑一带曾无数次去过,运城、临汾走过了三次,陇右也是去过的,遗憾的只是在天水附近,而天水再往北,仅仅为别的事专程到过一县。已经是很久很久了,我再没有离开西安,每天都似乎忙忙碌碌,忙碌完了却觉得毫无意义。杂事如同手机,烦死了它,又离不得它,被它控制,日子就这么在无聊和不满无聊的苦闷中一天天过去。2010年10月的一天,我去一个朋友家做客,那是个大家庭,四世同堂,她们都在说着笑着观看电视里的娱乐节目,我瞧见朋友的奶奶一个人却坐在玻璃窗下晒太阳。老奶奶鹤首鸡皮,嘴里并没有吃东西,但一直嚅嚅动着。她可能看不懂了电视里的内容,孩子们也没有话要和她说,她看着窗台上的猫打盹了,她也开始打盹,一个上午就都在打盹。老太太在打盹里等待着开饭吗,或许在打盹里等待着死亡慢慢到来?那一刻中,我突然便萌生了这次行走的计划。

   我对朋友说:咱驾车去陇右吧!

   朋友说:你不是去过吗?

   我说:咱从天水往北走,到定西去!

   朋友说:定西?那是苦焦的地方,你说去定西?!

   我说:去不去?

   朋友说:那就陪你吧。

   说走就走,当天晚上我们便收拾行囊。一切都收拾停当了,我为"行走"二字笑了。过去有"上书房行走"之说,那不是个官衔,是一种资格和权利,可也仅仅能到皇帝的书房走动罢了,而我真好，竟可以愿意到哪儿就是哪儿了。

但是，我并不知道这次到定西地区大面积地行走要干什么。以前去了天水和定西的某个县，任务很明确，也曾经豪情满怀，给人夸耀：一座秦岭，西起定西岷县，东至陕西商州，我是沿山走的，走过了横分中国南北的最大的龙脊；一条渭河，源头在定西渭源，入黄河处是陕西潼关，我是溯河走的，走的是最能代表中国文明的血脉啊！可这次，却和以前不一样了，它是偶然就决定的，决定得连我也有些惊讶：秦先人是从这里东进到陕建立了大秦帝国，我是要来寻根，领略先人的那一份荣耀吗？好像不是。是收集素材，为下一部长篇做准备吗？好像也不是。我在一本古书上读过这样的一句话，"纯粹而不杂，静一而不变，淡然无为，动而以天行，谓之养神"，那么，我是该养养神了，以行走来养神，换句话说，或者是来换换脑子，或者是来接接地气啊。

* * *

后半夜里进的定西城，定西城里差不多熄了灯火，空空的街道上有人喝醉了酒，拿脚在踢路灯杆。他是一个路灯杆接着一个路灯杆地踢，最后可能是踢疼了脚，坐在地上，任凭我们的车怎样按喇叭他也不起。打问哪儿有旅馆，他哇里哇啦，舌头在嘴里乱搅着，拿手指天。天上是一弯细月，细得像古时妇女头上的银簪。

天明出城，原来城是从山窝子里长出来的么，当然也同任何地方的城一样，是水泥城，但定西城的颜色和周围的环境反差并不大，只显得有些突然。

哎呀，到处都是山呀，已经开车走了几个小时了还在山上。这里的山怎么是这般的模样呢，像是全俯着身子趴下去，没有了山头。每一道梁,大梁和小梁,都是黄褐色,又都是由上而下开裂着沟渠壑缝,开裂得又那么有秩序,高塬地皮原来有着一张褶皱的脸啊,这脸还一直在笑着。

看不到树,也没有石头,坡坎上时不时开着了一种花,是野棉花,白得这儿一簇,那儿几点,感觉是从天上稀里哗啦掉下来了云疙瘩。

其实天上的云很少。

再走,再走,梁下多起来了带状的塬地,塬地却往往残缺,偶尔在那残缺处终于看到一片子树了,猥琐的槐树或榆树的,那就是村庄。村庄里有狗咬,一条狗咬了,全村庄所有的狗都在咬,轰轰隆隆,如雷滚过。村庄后是一台一台梯田,一直铺延到梁畔来,田里已经秋收,掰掉了包谷穗子,只剩下一片包谷秆子,早晨的霜太厚,秆子上的叶都蔫着,风吹着也不发出响来。

后来,太阳出来了,定西的太阳和别的地方的太阳不一样,特别有光,光得远处的山、沟、峁和村庄,短时间里都处在了一片恍惚之中。下车拍一张照片吧,立在太阳没照到的地方,冷得那空气里满是刀子,要割下鼻子和耳朵,但只要一站在太阳底下,立即又暖和了。对面圪梁梁上好像站着了一个人,光在身后晕出一片红,身子似乎都要透明了。喊一声过去,声在沟的上空就散了节奏,没了节奏话便成了风。他也喊一声过来,过来的也是风。相互摇摇手,小吴说他要唱呀,小吴学会了我教的那几句秦腔,他却唱开了花儿:

叫——你把我——想倒了哈,骨头哈——想成——干草了哈,走呢——走——呢,越远了,不来哈——是由不得——我了哈。

$*\quad *\quad *$

车不能停,猛地一停,车后边追我们的尘土就扑到车前,立即生出一堆蘑菇云。蘑菇云好容易散了,路边突然有着三间瓦房。前不着村后不靠店的,怎么就有了三间瓦房,一垒六个旧轮胎放在那里,提示着这是为过往车辆补胎充气的。但没有人。屋门敞开,敞开的屋门是一洼黑的洞。一只白狗见了我们不理睬,往门洞里走,走进去也成了黑狗,黑得不见了。瓦房顶上好像扔着些绳子,那不是绳咯,是丁枯了的葫芦蔓,檐角上还吊着一个葫芦。瓦房的左边有着一堆土,土堆上插了个木牌,上面写着一个字:男。路对面的土崖下,土块子垒起一截墙,二尺高的,上面放着一页瓦,瓦上也写了一个字:女。想了想,这是给补胎充气人提供的厕所么。

$*\quad *\quad *$

从山梁上往沟道去,左一拐,右一拐,路就考司机了,车倒没事,人却摇得要散架。好的是路边有了柳。从没见过这么粗的柳呀,路东边三棵,路西边四棵,都是瓮壮的桩,桩上聚一簇细股条子。小吴说,这是左公柳,当年左宗棠征西,沿途就栽这样柳。可惜见过这七棵,再也没眼福了。但路边却有了一个村子,村口站着一个老者。

老者的相貌高古,让我们疑惑,是不是古人?在定西常能见到这种高古的人,但他们多不愿和生人说话,只是一笑,而且无声,立即就走掉了。这老者也是,明明看见我们要来村子,他就进了巷道,再也没有踪影了。

巷道很窄，还坑坑洼洼不平整。巷道怎么能是这样呢，不要说架子车拉不过去，黑来走路也得把人绊倒。两边的房子也都是土坯墙，是缺少木料的缘故吧，盖得又低又小。想进一些人家里去，看看是不是一进屋门就是大炕，可差不多的院门都挂了锁，即便没锁的，又全关着，怎么拍门环也不见开。

忽地一群麻雀落下来，在巷道里碎声乱吵，忽地再飞起了，像一大片的麻布在空中飘。

当拐进另一条巷道，终于发现了一户院门掩着，门口左右着两块石头，这石头算作是守门狮吗？推门进去，院子里却好大呀，坐着一个老婆子给一个小女娃梳头，捏住了一个什么东西，正骂着让小女娃看，见我们突然进来，忙说：啊达的？我说：定西城里的。她说：噢，怪冷的，晒哈。忙把手里的东西扔了，起来进屋给我们搬凳子。我的朋友问小女娃：你婆在你头捏了个啥，我还以为是虱哩！司机作怪，偏在地上瞅，瞅着了，说：咦，我还以为不是虱哩！小女娃一直噘着嘴，蛮俊的，颧骨上有两团红。

我们并没有坐在那里晒太阳，院里屋里都转着看了，没话找话地和老婆子说。老婆子的脸非常小，慢慢话就多起来，说她家的房子三十年了，打前年就想修，但椽瓦钱不够，儿子儿媳便到西安打工去了，家里剩下她和死老汉带着孙女。说孙女啥都好，让她疼爱得就像从地里刨出了颗胖土豆，只是病多，三天两头不是咳嗽就是肚子疼，所以死老汉一早去西沟岔行门户，没带这碎仔仔，碎仔仔和她置气哈。她说着的时候，小女娃还是噘着嘴，她就在怀里掏，掏了半天掏出了一颗糖，往小女娃嘴里一塞，说：笑一哈。小女娃没有笑，我们倒笑了，问这村里怎么没人呀？她说：是人少了，年轻的都到城里讨生活了，还有老人娃娃们呀！我说：院门都锁着或关着，叫着也没人开。她说：没事么？我说：没事，去看看。她说：那有啥看的？我说：照照相么。老婆子立马让给她和孙女照，然后领着我们在村里敲那些关着院门的人家，嚷嚷开门，开门哈菊娃！院门拉开了一个缝，里边的说：啊婆，啥事？老婆子说：你囚呀，城里人给你照相呀不开门？门却哐地又关严了，里边说：呀呀，让我先洗洗脸哈！

我们先后进了七户人家，家家的院子都大，院墙上全架着包谷棒子，太阳一照，黄灿灿的。我们说一句：日子好么。主人家的男人在的，男人都会说：好么，好么。他们言语短，手脚无措，总是过去再摸摸包谷棒子，还抠下一颗在嘴里嚼，然后憨厚地笑。院子里有猪圈，白猪黑猪的，不是哼哼着讨吃，就是吃饱了躺着不动。有鸡，鸡不是散养的，都在鸡舍，鸡舍却是铁丝编的笼，前边只开一个口儿装了食槽，十几个鸡头就伸出来，它们永远在吃，一俯一仰，俯俯仰仰，像是弹着的钢琴上的键，又像是不停点地叩拜。狗和猫是自由的，因为它们能在固定的地方拉屎尿尿，但狗并不忠于职守，我们去后，刚叫一下，主人说：嗨！就不吭声了，蹲在那里专注起猫，猫在厨房顶上来回地走，悠闲而威严。就在男人领着我们到堂屋和厨房去转着看的时候，女人总是在那里不停地收拾，其实院子已经很干净了，而屋里的柜盖呀，桌面呀，窗台呀，擦得起了光亮，尤其是厨房，剩下的一棵葱，切成段儿放在盘子里，油瓶在木橱子上挂着，洗了的碗一个一个反扣着在案板上，还苫了白布。到了柴棚门口，女人说：候一会儿，乱得很！我们说：柴棚里就是乱的地方么！进去后，竟然墙上挂的，地上放的，是各种各样的农具，锄呀，锨呀，镰呀，鐝是板鐝和牙子鐝，犁是犁杖，套绳和铧，还有耱子，耙子，梿枷，筛子，笼头，暗眼，草帘子，磨杠子，木墩子，切草料的镲子，打胡基的础子，用布条缠了沿的背篓、笸篮、簸箕、圆笼。女人用筐子装了些料要往柴棚后的那个草庵去，草庵竟然就毛驴呀，毛驴总想和我们说话，可说了半天，也就是昂哇昂哇一句话。

我们和老婆子走出了第七户院子，老婆子家的狗就在院门口候着，老婆子喜欢地说：接我啦？抱起了狗，狗的尾巴就摇欢得像风中的旗。

出了村子，我的情绪依然很高，对朋友说：

"这才是农村的味啊！"

朋友觉得莫名其妙，说：唵？

我说：什么东西就应该是什么味呀，就像羊肉没了膻味那还算羊肉吗？

朋友说：你这人就怪了，刚进村嫌巷道太窄，嫌房盖得太矮，转了一圈又说这好那好，农村就该是这个味，这不自相矛盾吗？

朋友的话一下子把我噎住了。

我是从上个世纪七十年代从农村到西安的，几十年里，每当看到那些粗笨的农具，那些怪脾气的牲口，那些呛人的炕灶烟味，甚至见到巷道里的瓦砾、柴草，和撒落的牛粪狗屎，就产生出一种兴奋来，也以此来认同我的故乡，希望着农村永远就是这样子。但是，我去过江浙的农村，那里已经没一点农村的影子了，即便在陕西，经过十村九庄再也看不到一头牛了，而在这里，农具还这么多，牲畜还这么多，农事保持得如此的完整和有秩序！但我也明白我所认同的这种状态代表了落后和贫穷，只能改变它，甚至消亡它，才是中国农村走向富强的出路啊。

我半天再没有说话，天上那一大片麻布又出现了，突然间成百只的麻雀就落在村口到车的那段路面上,它们仍是碎声乱吵,吵得人头痛。

*　　*　　*

还是黄土梁,还是黄土梁上的路,但今天的路比昨天的窄,窄得一有会车一方就得先停下来。好的是已经半天了,只有我们这辆车,嚷嚷：这是咱们的专道么！可刚转过一道弯,前边就走着了一个牛车。

不会吧,怎么会有牛车？就是牛车。

车是四个轮子上一面大的木板,没帮没栏,前边横着一根长杠,两头牛,牛都老了,头大身子短。牛车上坐着一个人,光着头,耳朵上却戴了个毛烘烘的耳套,猜想是招风耳。

吆车人当然知道一辆小汽车在后边,便把牛车往路边赶。牛似乎不配合,扯一回缰绳挪一步,再扯一回缰绳再挪一步,旁边村庄有拾粪的过来了,吆车人骂了一句：妈的×！一个轮子终于碾到路边的水渠沟,牛车便四十度的倾斜了。

我不让司机按喇叭,也不让超,小心牛车翻了,小吴说：没事,二牛抬杠翻不了。

车超过去了,听到牛响响地打了个喷嚏,还听到拾粪的说：汽车能屙粪就好了。

*　　*　　*

公路经过一个镇子,镇子上正逢集,公路也就是了街道,两旁摆满了五颜六色的日常百货,还有包谷土豆,瓜果蔬菜,还有牲畜和农具,也还有了油条摊子,醪糟锅子。人就在中间拥成了疙瘩。

这场面在任何农村都见过，却这时我想着了：常常有蚂蚁莫名其妙地锈了堆，那一定是蚂蚁集。集上的人大都是平脸黑棉袄，也有耸鼻深目高颧骨的，戴着白帽。黑与白的颜色里偶尔又有了红，是那些年轻女子的羽绒服，她们爱并排横着走，不停地有东西吃，嘎嘎地笑。

我们的车在人窝里挪不动，喇叭响着，有人让路，有人就是不让。小吴头从车窗伸出来，喊：耳朵聋啦？县长的车！我看见有人撅着屁股在那里挑选笊篱，回过头了看，又在挑选笊篱，还把一把鼻涕顺手抹在了车上，忙按住了小吴，把车窗摇起，说那么多人走着，咱坐在车上，已经特殊了，不敢提自己是领导或警察，这人稠广众中领导和警察是另一类的弱势群体。于是，我们都下了车也去逛集，让司机慢慢把车开到镇东头，然后在那里会合。

我们去问人家的包谷价小麦价，价钱比陕西的要高，陕西的蒜和生姜都涨价了，这里倒便宜。感兴趣的是那些荞面，竟然都是苦荞面，一袋一袋摆了那么多，问为什么叫苦荞面，是因为荞麦产量小，收获起来辛苦，就如要在农民二字前边加个苦字的意思吗？他们七嘴八舌地就讲苦荞面不同于荞面，苦荞面味苦，保健作用却强，吃了能防癌，能降血糖，能软化血管，但血脂高的人不能久吃，吃多了血就成清水了。他们说着就动手称了一袋，而且开始算账，我们忙说：不要称不要称，只是问问。他们就生气了：不买你让我们说这么多?! 脸色难看，似乎还骂了一句。骂的是土话，幸亏我们听不懂，就权当他们没骂，赶紧走开，去给那个吃羊杂汤的人照相了。吃羊杂汤的是个老汉，就蹴在卖羊杂汤的锅旁边，他吃得响声很大，帽子都摘了，头上冒热气，对于我们拍照不在意，还摆了个姿势。可把镜头对准了另一个人，那人说：不要拍！我们就不拍了。那人是提了个饭盒买羊杂汤的，饭盒提走了，摊主说：那是镇政府的。

去卖牲口的那儿给牲口拍照吧，牲口有牛有驴有羊和猪，牲口的表情各种各样，有高兴的，有不高兴的，高兴的可能是早已不满意了主人，巴不得另择新家，不高兴的是知道主人要卖掉它呀，尤其是那些猪，额颅上皱出一盘绳的纹，气得在那里又屙又尿。买卖牲口，当然和陕西关中的风俗一样，买者和卖者拐起衣襟，两只手在下面捏码子。这些没啥稀罕的，就去了萝卜和白菜的摊位上，那个卖红萝卜的，手指头也冻得像红萝卜，见了我们，小眼睛一眨一眨，殷勤起来，说：买了土鸡蛋了吗？我们说：没买。他说：不要买，要买到村里去买，前边那几笼鸡蛋说是土鸡蛋，其实不是土鸡蛋。想要买土鸡吗，买土布吗？我们说：你咋老说土东西？他说：你们这穿着一看就是城里人么，城里人怪呀，找老婆要洋气的，穿衣服要洋气的，啥都要洋气哩，吃东西却要土的！我们哈哈大笑，旁边卖豆腐的小伙一直看我们，后来就蹭了过来，小声说：收彩陶吗，我有马家窑的，绝对保真！我说：好好卖你的豆腐！就去了一个卖鞋垫的地摊上挑拣鞋垫。鞋垫都是手工纳的，上边纳着有人的头像和各类花的图案，小吴建议我买那有人头像的，说：这是小人，把小人踩在脚下，就没人害扰你！我选了双有牡丹花的，因为花中还纳有字，一个写着：爱你终生，一个写着：伴你一世。

集市靠北的一个巷口，人围了一堆在唱歌，以为是县剧团的下乡演出，或是谁家过红白事请了龟兹班，近去看了，原来是唱花儿，一个能唱花儿的歌手被人怂恿着：亮一段吧，亮一段吧。歌手也是唱花儿有瘾，也是歌手生来是人来疯，人多一起哄，就唱起来了。一个人一唱，人窝里又有人喉咙痒，三个五个就跳出来一伙唱了。这集上的人说话我听得懂,一唱花儿就不知道唱的什么词了。让小吴翻译,小吴说:唱的是《太平年》:一个鸟儿一个头,两只眼睛明炯炯,两只麻黄爪儿,就墙头站哦太平年,一撮撮尾巴,落后头哦就年太平。

两个小时后,我们和司机在镇东头的柳树下会合,柳树后的土塄坎上,一头牛在那里啃吃着野酸枣刺。我的朋友奇怪牛吃那刺不嫌扎呀?我说你城里人不懂,我故乡有顺口溜,就是:人吃辣子图辣哩,牛吃刺子图扎哩。这时候,手机来了信息,竟是:对联,爱你终生,伴你一世。我说:啊这和我买的鞋垫上的话一样么!司机却在远处说:往下看!我再把信息往下看,竟是:横批,发错人了。

* * *

据说鸠摩罗什去中原时在天水和定西住过一段时间,所以这里的寺庙就多。去漳县的路上,看到一座孤零零的又高又陡的土崖,土崖上有一个古庙,感到不解的是:黄土高原上水土容易流失,这土崖怎么几百年不曾坍塌?那么险峻的,路细得像甩上去的绳,咋能就在上边造了庙?

朋友说他去过陕北佳县的白云观,也是造在山顶上,当地人讲造建的时候砖瓦人运不上去,让羊运,把各村的羊都吃来,一只羊身上捆两块砖或四页瓦,羊就轻而易举地把砖瓦驮上山了。这土崖上的古庙也是羊驮上去的砖瓦吗?不晓得,可这土崖立楞楞的,是羊也站不住啊!

土崖不远处有个几十户的小村,村里却有一个戏楼。戏楼上有四个大字,从左到右念是:响过行云。从右到左念是:云行过响。

从左从右念过三遍,到底没弄明白怎么念着正确。后来反应过来,是"响遏行云"吧,把"遏"写成了"过"。

进村去吃午饭,村民很好客,竟有三四个人都让到他们家去,后来一个人就对一个老汉说:我家是兰州的,他家是北京的,你家是西安,西安来的客人就到你家吧。我们觉得奇怪,怎么是兰州的北京的西安的?到了老汉家,老汉才说了缘故,原来这村里大学生多,有在兰州上大学的,有在北京上大学的,他家的儿子在西安上过大学。我们就感叹这么偏僻的小村里竟然还出了这么多大学生,老汉说:娃娃都刻苦,庙里神也灵。我问:是前边土崖上庙里神吗?他说:每年高考,去庙里的人多得很,神知道我们这儿苦焦,给娃娃剥农民皮哩。我夸他比喻得好,老汉便味味地笑,他少了一颗门牙,笑着就漏气。可是,当我问起他儿子毕业后分配在西安的什么单位,他的脸苦愁了,说在西安上学的先后有五个娃,有一个考上了公务员,四个还没单位,在晃荡哩,他儿子就是其中一个。县上已经答应这些娃娃一回来就安排工作,但娃娃就是不回来。供养了二十年,只说要享娃娃的福了,至今没用过娃娃一分钱,也不指望了花娃娃的钱,可年龄一天天大了,这么晃荡着咋能娶上媳妇呢?老汉的话,使我们都哑巴了,不知道该给他说什么好,就尴尬地立在那里。还是老汉说了话:不说了不说了,或许咱们说话这阵,我娃寻下工作了,吃饭,吃饭!

这一顿饭吃得没滋味。

离开老汉家的时候,巷道里有五个孩子背着书包跑了过来,这是去上学的,学校离这个村可能还远。小吴说:这五个学生里说不定也出几个大学生哩!而我却想到另一件事:越是贫困的农村越是拼死拼活地供养着孩子们上大学,终于有了大学生,它耗尽了一个家，也耗尽了一个地方，而大学生百分之九十再不回到当地，一年一年，一批一批，农村的人才、财物就这样被掏空着，再掏空着……

又经过了戏楼，戏楼下的一排碌碡上坐着几个人在晒太阳，一杆旱烟锅，你吃完一锅子了，装了烟末轮到我吃，我吃完一锅子了装了烟末再轮给他吃，烟锅嘴子水淋淋的。听见他们在说马，说马是世上最倒霉最没出息的动物，它和驴交配，生下孩子了却不像它，也不叫它的姓氏。

朋友悄声问我：那马和驴的孩子是啥？

我说：是骡子！

* * *

第五天的那个中午，本来可以在一个有桥的镇子上吃饭，司机说到下一个村子吃饭吧，但再没遇到村子，大家就饥肠辘辘，看太阳像一摊蛋饼贴在天上，蛋饼掉下来多好，而蛋饼似乎一直在对面那条梁的上空，即使能掉下来，也掉不到我们这边来。车继续往前开，转过一个斜弯子，一个人便在那一片掰了包谷棒的秆子里，突然发现那个人是两脑袋。车是一闪而过的，朋友和小吴坐在后座并没在意，我在副驾驶座上却听见了风里的说话：把舌头给我！舌头给我！司机说：咦，人吃人哩！扭头要看，我说：看你的路！司机便了，却说他肚子寡了，想吃羊。

司机得知要来定西，他就说过，这下可以放开肚皮吃羊肉了。在他的意识里，黄土高原上是走到哪儿都会有羊肉吃的，可十多天里，我们没有吃到羊肉，甚至所到之处也没见到放羊的，难道这里就压根没羊？

同车的还有一个当地抱着娃娃的妇女，她是半路上搭的我们顺车，她说：黄土梁上不爱惬羊咯。

羊谁不爱惬呀，人爱惬着，豹子和狼也爱惬着，怎么是黄土山梁就不爱惬呢？

妇女说：羊是山梁上的虱咯。

我一时没醒开她的话，问是政府禁止放羊了？她说是不让放了，都圈养的。我终于明白了，羊在山梁上吃草总是掘根，容易破坏植被，水土流失，人身上如果有一两个虱子，人就变形，浑身的不舒服，山梁上有了吃草的羊，羊也就是山梁上的虱子了。这妇女比喻得这么好，我就感叹起来，但我不能夸她，便夸她怀里的孩子精灵！妇女说：是精灵，别的娃娃出生七天才睁眼，这娃娃一落下草就瞅灯！

　　　　　＊　　　＊　　　＊

在安定、陇西、通渭甚或渭源，经过了多少村庄，村庄里走进过多少人家，说得最多的就是太阳和水。太阳高挂在天上，水在地上流动，这里的人想着办法要把它们捉到家来，这就是太阳灶和水窖。

地处高原，冬天里那个冷真是冷得酷，酷冷，尤其一有风，半空里就像飞着无数的刀子。竟然石头也能咬手，你只要摸一下石头，手能脱一层皮。人就盼着太阳出来，太阳一出来，老的少的，甚或猫呀狗呀都不在屋里待，全要晒暖暖。青藏高原的上空云是美丽的，赠你一朵云吧，藏人就制作出了哈达，而定西的冬天里太阳是最好的东西，怎样能把太阳留在自家呢，太阳灶就在家家的院子里安装了。太阳灶其实很简单，只是一个像笸篮大的铁盘，里面嵌满了玻璃镜片，它就热烘烘起来，如果想要热水，只须在盘上伸出一个铁棍，棍头上绕出一个圈儿，放上一壶水，不大一会水就咕咕嘟嘟滚开了。夏日里，定西高原上多种有向日葵，向日葵一整天都是仰脸扭脖跟着太阳转，冬季里的太阳灶边，差不多都坐着人，男人们或是喝茶说话，女人们或是做针线，常常是大人都去干别的活了，孩子们仍在那里的小木桌上做作业，脚下就是卧着的眼睛成了一条线的小猫小狗。

而水窖呢？

这里是极度缺水的，年降水量仅在四十毫米，而且集中在六月至九月，也就是下两三次雨。地方志讲，历史上的定西仍是富饶的，当年的伯夷叔齐不愿做皇，又耻食周粟，就是沿着渭河岸边的泽水密林到首阳山隐居的。天气的变化，使定西逐渐缺水而改变了地理环境。我曾写过一篇天气的文章，认为天气就是天意，天意要兴盛一个国家就风调雨顺五谷丰登，天意要灭亡一个王朝就连年干旱或洪水滔天，而天意要成就中国的黄土高原，定西便只有缺雨。黄土高原漫延到陕西的北部，那里也是严重缺雨。我曾在铜川的一些村子待过，眼见着村里人洗脸，却是一瓢水在瓦盆里，瓦盆必须侧靠着墙根才能把水掬起来抹到脸上，一家大小排着洗，洗着洗着水就没了，最后的人只能用湿毛巾擦擦眼。如果瓦盆里还有水，那就积攒到大瓦盆里，积攒三四天了，用来洗衣服，洗完了衣服沉淀了，清的喂鸡喂猪，浊的浇地里的蒜和葱。而三里五里，甚或十里的某一个沟底有了一眼泉，泉边都修个龙王庙，水细得像小孩在尿，来接水的桶、盆、缸、壶每天排十几米长的队。铜川缺水，铜川还沟底里偶尔有泉，定西的沟里绝对没有泉，在三月到九月的日子里，天上突然有了乌云，乌云从山梁那边过来，所有的人都举头向天上望，那真正是渴望，望见乌云变成各种形状，是山川模样，是动物模样，飘浮到头顶上了，却常常能掉下来几颗雨点就又什么都没有了。他们说：掉了一颗雨星子。这话没夸张，确实是一颗雨星子，这颗雨星子最好能砸着自己的脑袋，或者，能让自己眼瞧着砸在地上，哧地冒出一股土烟。

于是，定西人就创造了水窖。

在地头上，我们随时都能看到水窖，那是在下雨天将沟沟岔岔流下来的水引导储入的，这些水可以用来灌溉。定西的土地其实很老实，也乖，只要给灌溉一点水，包谷棒子也就长得像牛犄角。而每户人家的吃呀喝呀洗呀涮呀的生活用水，则是在房前屋后建有水窖。水窖的大小和多少，是家庭富裕日子滋润的象征，这如城里人的住房和汽车一样。我打开过一户人家的水窖帮着汲水，那像打开了一个金银库，阳光从水房的窗子射进来，正好射在水面上，水呈放着光亮，光亮又反照在水房墙上，竟有了七彩的晕辉。我用瓢舀了一下，惊讶着水是那样清洁。主人说下雨时收了水到窖后，水是灰的浊的，要沉淀了，捞去水面上的树叶草末，鸡屎羊粪，这水就可以长年饮用了。我说：窖里的水是固定的死水，杂质即使沉淀后不是仍会生成一种臭味吗？他们说：黄土窖没味道。我说：黄土窖没味道？这就怪了！他们说：哈，就这么怪！

上天造物，它就要给物生存的理由和条件，在水边的吃水里的东西，在山上的吃山里的东西，如果定西缺水，做了水窖水又容易腐败，哪里还会有人去居住呢？

现在我已经完全地知道怎样建水窖了。那是选好了平台，选平台当然要讲究风水，要选黄道吉日，要祭奠神灵，然后垂直往下挖，挖出一米宽五米深了，洞口便向外延伸，形成窖脖。再向下挖，挖八米，就是窖身。窖底一定得是凸形。挖成的窖整个形状口小底大，就像是热水瓶的瓶胆。下来，技术含量就高了，得在窖身的四壁上钻孔，一排一排均匀地钻，钻出五十厘米深，这工作叫布麻眼。一个窖差不多要布三千个麻眼。接着，用和好的胶泥做成泥角或者泥饼，泥角钉进麻眼，泥饼贴在麻眼外露出的泥角端，泥饼一个挨着一个地镶嵌，就像是铠甲一样把窖身包裹起来。对了，胶泥特讲究，先把泥泡好，窝好，用锨搅好，用脚反复踩好，用镲刀背用力摔打好，直到将胶泥和调得如揉出的面团一样有了筋丝，能拉开又拉不断，才能使用。糊好了窖身，还得用木锤子捶打，一寸不留空地捶打，连续捶打上一个月，最后最后了，再用斧头脑儿又捶打一遍，这才是一个窖完工了。完工了的水窖都要在窖上盖个小水房，安置龙王神龛。窖有窖盖，盖上有锁，水房门也上锁，那是任何外人都不能随便去的地方。

别的地方的农民一生得完成三件大事，一是给儿女结婚，二是盖一院房子，三是为老人送终。定西的农民除了这三件大事，还多了一件，就是打水窖。

* * *

从山梁下来到了河川道，河川道也就是渭河川道，立马就有了树。如夏天的白雨不过犁沟一样，一道渭河，北岸黄土塬梁上光秃秃的，南岸就有树了，就这么绝然。树当然还只是榆树，槐树，桐树，小叶子杨树，但只要有树，河南的人就瞧不起了河北的人，河北的女子能嫁到河南，那就是寻到好家了。

一个叫半阴的村子，是在从塬上刚刚下来就遇到的村子，可以说，这算我见到树最多的村子了。树都不大，出地就分杈，枝干好像有着亲情或是恋情与偷情，相互纠缠着往上长。从树中间钻不过去的，就蹴下来，看到的是黄宾虹的画，纷乱的模糊的一片黑色线条哈。再往远处看，更多的树，树中忽隐忽现着屋舍，全是些石灰搪抹过的墙，长的，方的，三角的，又是吴冠中的画了，白和黑的色块。村口有一条水渠，渠可能久年未修，瘦成小溪，里边竟然还有鱼。柳叶子细的鱼，如浮在空中，是柳宗元《小石潭记》中描写的那种。被水渠领着走过去，又一丛杂树中有一间木屋，还是个水磨坊呀。多少年里都没见到过这种水磨坊了，水磨坊里的一切陈设使我回忆起了我少年时在故乡当磨倌的情景。啊这吊起的石磨，上扇不动，下扇动，如有些人咬嚼和说话的模样。啊这笸篮，啊这落满灰尘变粗的电线，啊这原木做成的窗子，窗上的蜘蛛网，啊这低低的随时可能碰着头的支梁。出了磨坊去看水轮，水轮静静地竖在那里，两边石壁上绿苔重重，而旁边则又是一片乱树，有一棵横卧过来，开满了白花，以为是野棉花，可野棉花怎么会长成树呢，近去看了，原来是毛柳，毛柳的絮竟有这么大这么白呀。

从水磨坊出来，走了几家，家家依然是养了驴、猪、狗、猫、鸡，这些动物都在门前土场上，见了我们就微笑，表情亲近，只有狗多话，汪汪了两句，见没人回应，也卧下来不动了。

* * *

首阳山，就是伯夷、叔齐待过的那座山，山的名字多好，首先见到阳光的山呀。我们去看伯夷、叔齐，伯夷、叔齐就睡在两个墓堆里。这两个墓堆相距不远，墓堆上都有树，据说树上的鸟半夜里常说话。而从对面的山上往这边看，看到的是人形的首阳山怀抱了两个婴儿。

两个墓堆前有一个庙。庙右是一片黑松林子，太阳还红着，它那儿就黑乎乎的。庙左的林子树杂，十月里树已落叶，一尽的苍灰线条里不时地有白道，白道往出跳，那是桦木。庙不大，塑着二位先贤的泥像，皆瘦骨嶙峋。还有一个更瘦的，是个看庙人，蓬头垢面，衣衫破旧，就住在庙右前的一间小屋里。小屋三年前着了火，屋顶坍了，现在上面苫了柴草还继续住，进去看看，黑得是夜，划了火柴才看清四壁被大火烧熏得如涂了漆，一床破被，一口铁锅，再无别的。问他这怎么生活呀，他好像不爱听，竟然领我又到庙里，我才发现庙后墙角还有一个小柜，他打开了，取出六包商店里常见的那种挂面，还有半口袋核桃，他说：这生活不好吗?!

从庙里出来，顺着庙前的斜坡走下。斜坡是修了路，还铺着砖，但生满苔，苔虽发黑，仍湿滑得难以开步。

首阳山是当地政府做了旅游景点的，可能是来的人太少，我们一去，不远处的村人也就来看稀罕。问起那个看庙人怎么是那般形状，他们说那是个流浪汉，私自来这里要看庙的。并且说，村里人都在说这看庙人原是有家有舍的，为了什么冤枉事上访了几十年，家破人亡了还解决不了，就脑子出了毛病，也从此不上访了才来这里的。上访的事全国各地都有，已经有一种职业叫上访专业户，也还有了一种机构叫上访办，上访是现在基层政府最头痛的事啊。因此，大家就说起产生上访和上访难、难解决的各种原因，说着说着激愤了，就都在激愤，激愤世风日下。

我突然想，我们现在说起孔子的时代，认为孔子的时代不错吧，百花齐放、百家争鸣的，可孔子在当时也哀叹世风日下，要复周礼；而且，伯夷、叔齐就是商末周初人，伯夷、叔齐竟然也在说：今天下暗，周德衰。那么，最理想的世风是什么呢，人类是不是都不满意自己所处的社会呢?

* * *

以前真不知道定西地区还是中国西部中药材集中产地,更没有想到它还产盐,井盐的历史竟然比四川的自贡还要早。

在各县行走,但凡进到农户人家,差不多的屋子里、院子里,都能看到在晒着药材。先是并没在意,后来到了岷县,城街上随处可见中药材货栈,问起是怎么回事,一位长着白胡子的老者说:你请我喝酒,我告诉你。我们那个下午就在酒馆里喝酒,老者就说起了岷县的历史。岷县之所以在这里设县城,是这里为中药材的集散地,岷县城历来都叫做药城。乘着酒兴,老者竟领着我们去了商贸中心的那条街,那里有更多的宾馆和酒店,全住着从陕西、四川、河南、湖北来的药商,来拉货的车辆排着长队在那里等候。从商贸中心街出来,又到别的街上访问那些私人药铺和一些一两间门面挂着牌子的中医大夫,他们几乎都是在一边行医,一边收购,加工各种水蜜丸散。

我以前对中药材知之甚少,岷县使我们产生了浓厚的兴趣,就多住了一天,了解到岷县的中药材有二百五十多种,主要的是当归。当归人称"十方九归",是中药里最常用的药材,也称为"妇科中的人参",它属于伞形科多年生草本植物,药用部分为根,根头称归首,分枝称归身,须根称归尾,加工出为原来归、常行归、通底归、箱归、胡首归。这里的土地里没有什么矿藏,长庄稼不行,长果蔬不行,农民的日常花销,比如油盐酱醋,比如针头线脑,比如买种子买农药、盖房、给儿子娶媳妇、送终老人,比如供孩子上学呀,一家大小生病进医院呀,除了出外打工赚钱外,如果在家里，那就得种当归。

从岷县回到定西城，我还在琢磨当归这个词，这么好的词怎么就用在一种药材上呢？查《药学辞典》，上边说：当归因能调气养血，使气血各有所归。《本草纲目》中说：为女人要药，有思夫之意，故有当归之名。《三国志·姜维传》里也有这样的故事，说姜维从诸葛亮后，与母分离，其母思儿心切，去信就写了两字：当归。如今，当归仍是苦东西，却让定西农民得到了甜头，当归，当归，真成了农家宽裕的归处。

说到盐的事，是我们在漳县才知道的。

那一天的太阳非常好，路过一个镇子，汽车出了毛病，司机停了车修理，我突然看见路边有一座庙，结构简陋，但庙台阶很高，一个老汉就坐在台阶上吃烟，见我走近，烟锅嘴儿在胳肘窝戳着擦了擦，递着说：吃呀不？我吃不了旱烟，倒递给他一根纸烟，他说：你那烟没劲咯。却接了，别在耳朵上。我问：这是娘娘庙还是龙王庙？他说：盐神庙。还有盐神庙呀，盐神是个什么样子？就进庙去看，庙里却并没有神像，竟当殿一个古盐井，旁边墙上画着熬盐的画，还有一篇祭文。

祭文是这样写的：漳有盐井，郡邑赖之。宝井汲玉，便民裕国。脉长卤浓，涌溢千年。今当疏浚，保其成功。盐井生民，感念神灵。

看来，这庙不应是盐神庙，是盐井庙，而且是先有盐井，后在盐井上盖的庙。我趴下看盐井，井壁上卤化如石，敲之像是敲磬，里边什么也看不清，只是幽幽地泛着光亮。

不看到这盐井，似乎就没想起过盐，因为每顿吃饭都放盐，盐是生活必需品，反倒疏忽它的重要性了，这如不停地呼吸，却并不觉得呼吸一样啊。我们便决定在镇子多待些日子，听听这里关于盐的故事。

这个镇子叫盐井镇,镇上人说:除了古老的两口盐井,即使是别的井,井水打出来做饭,也是从不再调盐的,如果把萝卜埋入水中一个月取出,切丝儿便是咸菜。这里的女人牙白,不用牙膏刷牙牙也白,而老年人没有老年斑。有一种盐是盐锅底裂缝时渗出的盐汁滴在火上成盐晶,盐晶一层层叠摞成人形的,叫盐娃娃。盐娃娃对腹胀胃病有神奇疗效,所以镇上患胃癌的人极少。

我在面馆里见到一个老人,有八十岁吧,他正吃一碗捞面,面前放着一碟盐,夹一筷子面就在盐碟上蘸一下。我目瞪口呆,说这样多吃盐不好。他说他一辈子都这样呀,血压正常,身板刚强。记得有一年在青藏高原,碰着一个藏族老太太,身体非常健康,她说她九十岁了,从没吃过蔬菜,就是吃牛羊肉,吃青稞面,喝奶喝茶喝酒。真是一方水土养一方人啊!我们老家人爱吃辣子,特能吃者人称辣子虫,这老者是不是盐虫呢,可盐里从来不生虫呀。

翻阅镇上的志书,盐井镇在远古时是陶罐瓦缶水制盐,先秦一直到1980年是以铁锅熬盐,1980年到1990年之间是平板锅熬盐,从1990年起,才是真空蒸发罐制盐。旧法烧熬的盐,上品为火盐,火盐是将煮出的盐倒入模具以火焙干,状如砖块,用于远销。中品为结盐,不经火焙,水分较多,状若银锭,销于近处。下品为水盐,是熬出后直接盛在盆里罐里,供当地人吃。志书里有一篇描写当年盐井镇繁华的文字,说镇里六条街道从半山通向漳河边,五大专业市场又从河滩伸进街坊:柴草市吞吐大量燃料,人市流动各类能工巧匠,旅店迎送商贾贩卒,商市进出日杂食品,盐市批发各作坊盐品。豫西的货担,晋北的驼队,陕南的马帮,带来了兰州的水烟,靖远的瓷器,关中的土布,湖北的砖茶。晚上,井台上水车隆隆，灯火灼灼；作坊里炉火熊熊，烟气腾腾。街巷驼铃声、马蹄声、叫卖声、弹唱声，不绝于耳。围绕盐业，五行八作相继兴起，三教九流充显身手，行医、教武、说书、卖唱、求神问卦、开设赌场……

哦，镇上人还给我说了盐坊里的绞手、抬手、烧手和装烟客的事。绞手是在井房里的汲水工，抬手是把盐水抬到各个灶上的送水工，烧手是盐锅的烧火工。而装烟客呢，是以给人点烟为业，手执四尺长的烟锅子整天在各作坊转悠，盐匠们操作在水气浓重的锅边，双手不得半会儿闲，想过烟瘾了，使一个眼色，装烟客就把烟嘴儿伸进盐匠的唇间，那头随即引燃烟锅。事毕，盐匠顺手抄一搅板水盐抛进装烟客的提篮，装烟客立马便跑到街上卖了零钱了。

说这话的是一个年轻人，说得眉飞色舞，还正说着，远处有人喊：老三老三，事办得咋样吗？年轻人就跑过去说话。旁边的几个妇女说：他能说吧？我说：能说。她们说：他爷当年就是装烟客哈。我问那年轻人现在是干啥的，她们说：啃街道的。什么叫啃街道的呢？她们才告诉我，当地把围绕街市小打小闹讨生活的人称为"啃街道"的，这老三继承了他爷的秉性，但现在没有装烟客这活了，他就给人要账为生。

盐井镇的盐数百年都有一个名字叫"漳贵宝"，肯定是庄户人家起的，起得像个人名。如今的真空盐厂是现代化企业，年产量胜过了过去百年，产品叫"堆银"，这好像是哪个文化人给起的名，但"堆银"没"漳贵宝"有意思。

* * *

定西的房子，讲究"两檐水"。两檐水用的是五檩四椽，有的还出檐，在堂屋外形成一条走廊。屋顶一律坐脊覆瓦，但很少雕饰。跨墙与背墙多用土坯砌起，而前墙和隔墙则以木板装成。堂屋正门一般是四扇的"股子门"，也有两扇"一片玉"的。窗户有"大方窗""虎张口""三挂镜""子母窗"等，贴窗花的少见，五月端午围插的艾却不动，一直要到来年的五月端午。不管新庄子还是老庄子，人家的院子都非常大，院墙都非常高，院墙里长出一些树来，或栽着蔷薇和牡丹，高大成架，透露着院子里的消息。

定西的房子谈不上豪华和阔气，但也绝不简陋，受条件所限，用料都难贵重，做工一定细致，光瞧瞧屋后墙砖缝里抹的灰浆的严实和山墙根炕洞口砖棱的工整，以及挡口板的合茬，就能体会到他们造屋的认真和用心。

农民的一生，最要紧的工作就是盖房子。如果某一家已经有一院房子，它就给子孙留下了一份光荣，作为子孙在长大成人后仍要再盖一院房子，显示自己活着的意义，再传给他们的后代。土木结构的房子，当然只能使用四十年，而也提供了一辈一辈人锲而不舍盖房子的必要性和重要性，这个过程也就是光前裕后。

一家一户的兴旺发达，靠的是子孙繁衍，也靠的是不断地翻修建造房子。在福建的一个山村，我见过一棵榕树发展成了一片子小树林的景观，而在漳县，常有着一个村庄只有一个姓氏的情况，使我由此有了一个姑娘可能就创造了一个民族的想象。在离定西不远的一个镇子上，有一户人家，兄弟四人，其子女九个，孙子辈又十六个，其三辈人中有十二人参军，分别有空军海军陆军，兄弟四人的父亲还活着，已经四世同堂，大重孙也结了婚，很快五世同堂，村里人便称这老者是"兵种"。老"兵种"人丁旺盛，而且他家的老房子也异常地结实，也是我在定西见到的最好的房子，五间式结构，一砖到顶，屋脊虽多残破，仍可看到许多精美的水纹、花纹和人物走兽的雕饰。他家还养着一只猫，按说，猫的寿命也就是十二年，他家的猫竟到他家已经二十年，现在仍能追鼠。

但我也听到这样一个故事。一个人，姓李，结婚后小两口盖了一厅两室的三间式房子，房子盖后一年，老婆就病死了，他没有再娶，而抱养了一个孩子。在他五十四岁的时候，中了风，虽生活能自理，但从此干不了农活。儿子对他不孝，他逢人就说他养了个狼在家了，他将来要死，绝不会将这房子留给逆子。儿子在屋里待不住，就出外打工了，逢年过节也不回来。有一年一个老中医在村里行医，见他日子难过，留给他了个治烧伤的偏方，他就在家自制膏药，还在门口挂了个专治烧伤的牌子。第三年腊月的一个晚上，他家起了火，等村人赶去救火，房子已经烧坍了，灰堆刨出他，人也焦了，焦成了一疙瘩。事后，村人都在议论，有说是电褥子出了毛病引起火灾的，有说是他吃烟引起火灾的，有说他是不想活了把房子点着烧死自己的。当然这事没有证据也没人追究，就草草把他埋了，只是遗憾那房子还好，说没就没了，也绝了那治烧伤的偏方。

在乡下看屋舍，我现在最害怕看到两种情况，一是老传统的房子拆了，盖那种水泥预制板的四方块，似乎在时兴了，要和城里人一样了，但冬不保暖，夏不防晒，更是因建墙没有钢筋，地震时一摇，四壁散开，整个屋顶的水泥板就平平整整压下来，连老鼠都砸死了。二是主要公路沿途的村子，地方政府要形象要政绩，要求朝着公路的墙一律搪上白灰，甚是鲜亮，可侧墙或村子里边的房墙仍是破败灰黑。

所幸的是在定西，这样的景象，还没有看到。

* * *

西安的古董市场上,这些年兴石刻,最抢手的石刻是那些拴马桩、牛槽、磨扇和碾盘。在几乎所有的花园小区里,开发商要有文化,都喜欢用这些东西去点缀环境。我每每去这些小区观赏,观赏完了,却又感叹,农耕文明在我们这一代人手中逐渐要消亡了,感情就非常复杂。定西虽然也在以破坏旧有的生活方式在变化着,但变化的程度还不至于那么猛烈,农家仍是养牛、养驴,磨子碾子更是村村都有。他们依然讲究着村子的风水,当得知那些城里来的文物贩子谋算着村口的大石狮,就组织人手,日夜巡查,严加提防。村里的那些大树,也绝不允砍伐,也通知各家各户,即便是门前屋后甚或自家院子里的老树,也一律禁止出售给城里来的树贩子,给多少钱也不准卖。

在一个黄昏,我们的车经过一个小村,停下来到一户人家去讨水喝。巷道里传来一阵喤喤喤的响声,这响声我在小时候的老家听过,便见两头毛驴走了过来,脖子上挂着铃铛,我立即大呼小叫,喊着我的朋友和司机:快来看呀,快来看呀!但朋友和司机跑近来,两头毛驴却走过巷道不见了。而在巷道那个拐弯处,有一个磨台,一个老汉正坐在磨台上"专"磨扇。司机是从小在西安城里长大的,他说:这做啥的?我说:专磨子哩。他说:啥是专磨子?我说你咋啥都不懂,磨子磨得槽纹浅了,需要重新凿凿,这种活就叫"专"。于是,我近去和那老汉套近乎。

啊叔,专磨子哩?

啊哈。

村里还有几个磨子?

七个磨子一个碾子哈。

这个磨子这么大呀?

村口的才大。

村口的磨子才大?

风水哈。

啥个风水?

村东口的碾子是青龙,村西口的磨子是白虎哈。

磨台下放着他的工具筐,里边是八磅锤、楔子、钢钎、手锤、錾头。他说,"专"磨子是小活,他主要是做平轮水磨、立轮水磨、人力磨、碌碡、碾磙子碾盘、做豆腐的拐磨、立房用的柱顶石、打胡基用的圆杵子、打墙用的尖杵子,还有门墩、捣辣子的石窝、安大门的减基石。

最后,我问他这村里有几个像他这样的石匠?他说方圆这六个村子里,就只有他和他儿子了,儿子年初也不干了,去天水一家公司给人家当保安了。

* * *

小吴见我爱在村镇里乱钻,碰着什么都觉得稀罕,他说:我带你去看草房子!草房子有什么看的?他说:是一个村子都是草房子!在陕西,我到过一个叫陈炉的镇子,镇子里的屋墙呀,院子呀,街道呀,都是废陶钵和陶瓷垒的砌的,太阳一照,到处发亮,呐喊一声,整个镇子都嗡嗡作响。也到过洛南县一个山寨看那里的石板,石板薄得只有一指厚,却大到如柜盖如桌面,所有的房子以石板做瓦,晴天里,屋里处处透光,下雨天却一滴不漏。现在,定西还有一个村子的草房子,那又是什么景象呢?我说:是吗,那去看看。

　　因为要去的村子远，当晚没有回县城，就住在镇上。镇长说：城里人讲卫生，给你安排到工作干部家住吧。我住的是个县法院审判员的家，审判员是一礼拜才从县城回来一次。去了后果然人也体面，屋也整洁，他媳妇拿了床新被子在公公的土炕上铺了个被筒，自己就进了她的小屋把门关了。土炕上，我的被筒是新的，那老头的被子却是土布，或许还干净，颜色却像土布袋一样。老头话不多，我们总说不投机，我就打哈欠，他说：你困了，早点睡哈。我睡下了，他拉灭了电线绳，我只说他也睡下了，他却靠在炕的背墙上吃烟。可能是为了省电，也可能是省火柴，他点着了小煤油灯，一锅烟吃完了，又装上一锅凑在灯芯上吸，灯芯如豆，他一吸，光影就在墙上晃动。我翻了个身，他说：我影响你啦？我说：没事，你吃你的。他说：就好这一口，瞎毛病哈，吃完这锅就睡。我终不知道我是在什么时候睡着的，等到再醒过来，天麻麻亮，老头竟又在炕那头，靠在背墙上吃烟，还不仅仅是吃烟，小煤油灯边放了个小电丝炉，小电丝炉上坐了个小瓷缸在煮什么。我翻身坐起来，他说：又影响你啦？我说：你煮的啥？他说：熬口茶。他真的是在熬茶，茶叶是发黑的花茶，泡得涨出了小瓷缸，但还在咕嘟嘟响。我说：要熬干啦?! 他端起小瓷缸往一个盅子里倒，说：还没吊线。把盅子里的茶水又倒进小瓷缸，继续熬。熬得最后仅仅只倒出了一盅，他说：你喝吧。我不想喝，也不敢喝，这哪里还是茶水呀，是黑乎乎的汤么。他告诉我，他们这儿上了年纪的人都喝这茶，喝上瘾了，睁开眼坐在炕上就得熬。他端起盅子喝的时候，并不是品，而是一下子倒进口，眼闭上了，脸缩得很小，满是皱纹，像个发蔫的茄子。他说：不喝这一下，头疼哈。

吃过早饭,我们往草房子村去。在沟道里开了半天车后开始翻一座山,山路就像拧螺丝,一圈一圈往上盘,到山顶了又松螺丝一样下山,而且路越来越窄,里边高,外边低,我一直叮咛小心石头,如果碰上路面石头,车一跳,滚下去连尸首都寻不到了。终于到了沟底,转了三个弯,就出现一个村子,村子果然都是草房。车还在山顶的时候,天是阴了的,沟底里显得更暗,一出车,那个冷呀,身子就如同了馕包,被无数的针扎着,哧哧地往外漏气。可能是别的树都冻得长不了,这里只长紫杉,紫杉竟然是合群的,要长就整整齐齐长在山根,然后一排一排沿着坡坎再长上去,绝没有单个的,树干也不歪七扭八。村子并不紧凑,房屋建筑无序,没有巷道,门窗有朝东开的,有朝南开的,其间的空地上都有篱笆。篱笆好像已弃用,好像还在用着,杂乱的木桩木棍歪在那里。地很湿,也很滑,到处乱石和杂草中间,尽是牛粪,我们跳跃着走过去,还是每人的鞋上都踩上了。草房都不大,有三间的,有两间的,有的甚至是方形。所有的墙没有墙皮,还是木板夹起的石渣土杵的,屋顶用树枝编了,涂上泥巴,上边苫着厚厚的茅草,茅草已经发黑,但还平整。瞧着一户人家走近去,才说:有人吗?门前的木桩上拴着一只狗,狗就回答了:汪汪汪汪。狗也适应着冷天气,毛非常长。于是望见旁边坡上散落着的那些牦牛,想:牦牛以前肯定也是牛,为了御寒而长了毛,就成了牦牛了。进了屋,屋里和屋外一样冷,分外间和里间,外间放着一个大柜,柜边堆着十几个麻袋,用草帘盖着,用手去戳戳,似乎是包谷、青稞和土豆什么的。里间是一面大炕,炕边一个火炉,炉上一个锅正做饭。我赶紧在火炉上烤手,顺便揭开锅盖,里边蒸着一锅土豆,还没有熟。两个小女孩长得非常俊,高鼻梁,大眼睛,衣着单薄,看样子不觉得冷,我们一进屋她们就鸟一样飞出去，过一会儿又悄无声地扒在门框朝里看我们，我们再一招手，又忽地跑开了，似乎这个家是我们的家。老太太一头白发，白得很干净，和我们说话，说她姓白，七十五岁了，儿子儿媳到新疆收棉花去了，她在家里经管两个孙女，孙女不听话。说着就冲着门外喊：给炕里添些火去，唉，添火去哈！便见两个孩子提了一笼干牛粪往屋的山墙那儿跑，山墙那儿是炕洞口。在蒙藏地区是烧干牛粪的，这儿也烧干牛粪，使我觉得好奇，跑近去看她们怎么烧。一个小女孩就附在另一个小女孩耳边说什么，两个人咯咯地就笑起来。我说：笑啥哩？她们说：笑你哩。我说笑我啥哩？她们说：笑你那么老了还是学生。我说：怎么就看我是学生？她们说：你口袋里插着笔。我说：认识这是笔？小一点的小孩说：我是学生。大一点的女孩说：我是学生，她不是学生。我问她：你上几年级？她说：一年级。我问：学校在哪儿？她说：从沟里往下走，走七里路就到了。我说：七里路?!谁陪你？小一点的女孩立即说：我陪哩。我摸着两个孩子的头，再没有说话，我的上衣口袋里插着的仅仅是支签字笔，拔下来就给了她们，她们却争夺起来，我赶紧喊我的朋友，让他把他的笔也拿过来。这期间，狗在不停地叫，但有气无力。

这可能是我们这次行走见到的最贫困的山民，住在这里，他们与外边隔绝了，虽然距县城也只是一百七八十里吧，世界发生了什么，中国发生了什么，甚至县城里发生了什么，他们都不理会，一切与他们似乎没关系。如果没有小吴带领，我们恐怕也不知道他们能在这里生活，就这样生活着。

原以为有个草房子村可以看到奇特的景象，没想来了以后使自己的心情极度败坏。我问小吴：这是什么村？小吴说：村名不知道,因为有草房子就都叫草房子村。再问:这山是什么山?小吴说:遮阳山。我说:山名不好。小吴见我脾气糟糕了,解释说这地方偏僻,你如果让政府接待,谁也不肯带你来的,以前北京来了几个画家,让我带了来,画家见了这草房很兴奋,见了这里的人很兴奋,拍了好多照片呢。我说:画家爱画破房子,给他个破房子他住不住?画家爱画丑人,给他个丑女人他娶不娶?!

这一夜,我们回到了县城宾馆,打开电视,多是城市红男绿女在做娱乐节目,我的思绪又到了草房子村,就把电视关了,早早睡觉,却怎么也睡不着。

过道里,突然有了咋唬声,是小吴在和什么人说话了:

啊王主任!

啊你怎么在这儿,几时来的?

来几天了,陪人下来的。

哪个领导来了?

是……

啊,他来了!县委县政府领导知道了吗?

他不让打招呼,悄悄来的,你可不要给人说呀!

今去哪儿了?

到遮阳山有草房子的那个村子,哎,你知道那村子叫什么名字?

你怎么领他去那儿?得让他看看咱们的好地方呀!

他不是记者。

* * *

到了渭源里,当然去看看渭河源头了。

六骏图

读书图

顺着一条沟往里走，沟两边的山越来越高，满是蒿、艾、蕨、荆，全部枯萎，发着黑色，像石头上经年的苔。沟里的河水不大，河滩却宽，隔几里一个村子，粗高的杨树不少，其间是横七竖八的房子和麦草垛，也是黑色。有人吆着牛犁地，牛还是黑的，只有鼻脸洼白，翻出的土似乎也不是了黄土，是黑土。扶犁的人穿着臃臃肿肿的黑棉裤棉袄，脸上眉目不分，而站在地头的妇女头上裹着红头巾，尖锥锥地叫喊着她的儿子。

还在深入，沟就窄起来，路已被逼到了沟梁上。到处有了沙棘树，一树的尖刺里结着红果。还有一种蒿，仅仅生出个籽荚，籽荚也是箭头一样，走过去，乱箭就射满裤了。再是不断地看见很粗很糙的杨树，从根就开始长须枝，而且还被藤蔓纠缠，虽然都干枯了，隆起成架，树就不成了树，是一座一座的木塔。到了迎面是最高的那个峰了，沟分成三股，荒草荆棘更塞拥其间，时隐时现着水流的亮光。已经无法前行了，去问不远处的一个人，这人手里提着一把砍刀，好像是要砍些柴火，并没见砍下什么荆棘树枝，一直站着默默地看我们，以为是傻子，一问他话，他却立即活泛了。

问：渭河源头在哪儿？

答：这就是哈。

问：这就是？渭河就生在这儿?!

答：是三眼泉，泉还得往里走，但走不进去。

是走不进去。没想那人却说：走不进去，就到龙王庙拜拜哈。我们这才发现半山腰有座庙，那人就领我们爬上去。庙前的场子上尽是荒草，荒草旋着涡倒伏着，像是风的大脚才踏过。庙里没有龙王像，但有香炉，也有个功德箱。那人给我们讲三眼泉，一个叫遗鞭泉，一个叫禹仰泉，一个叫吐云泉。因为冷，就尿多，我跑到庙后的避背处方便，回来他已讲了禹仰泉，便只听到了遗鞭泉和吐云泉的传说。

当年唐李世民率军西征，到了山沟最边的泉饮水时，不小心将马鞭遗落泉中，再捞马鞭已没了踪影。班师回朝到长安，发现马鞭在渭河里漂着，才知晓渭河除了明流，还有暗流。这个泉从此叫遗鞭泉。

吐云泉在三条沟中间的沟里，天一旱，山下的人都来泉里求雨。有一年求雨的人散去，一个叫化子来偷喝了供酒醉在泉边的草丛里，突然见泉里钻出一个白胡子老人，坐在石头上吃烟。吐一口烟，天上有一片云，再吐再有，一时浓云密布，大雨滂沱。

听完了故事，我们要走，那人却说：不给龙王烧烧香吗？问哪儿有香，他从功德箱后竟取出了一把香，说一把香十元。烧完了香，才明白那人是看庙的。

* * *

现在，我该说说定西的吃食了。

在别的人眼里，起码我同车的朋友、司机，都不觉得定西的饭好，他们抱怨走到各县各村，上顿是酸面，下顿是酸面，顿顿都有蒸土豆和咸白菜。但我爱吃定西的饭。每到一处，问吃什么饭，我都是：酸面吧，炝些葱花，辣子汪些，蒸盘土豆。吃的时候，狼吞虎咽，满头大汗。朋友就讥笑我：唉，凤凰之所以高贵，非醴泉不饮，非练实不食，你贱命啊！我是贱命，在陕南山村生活了十九年后进的西安城，小时候稀汤寡水的饭菜吃惯了，从此胃有记忆，蓄存了感情嘛。酸面其实和我老家的浆水糊涂面差不多，都有浆水菜，却煮土豆片或豆腐条，都不用味精和酱油，只不过酸面的面条多是苦荞面做的,而土豆比我老家的土豆更干更面。

第一顿的定西饭就是酸面和蒸土豆了,以我的经验,当然先吃酸面,吃过两碗了才去吃土豆的,没想到拳大的一个土豆掰开来,里边竟干面如沙,如吃栗子。我是一手拿着让嘴吃,一手就在下边接着掉下来的碎散渣,然后就噎得脖子伸直,必须要喝汤喝水。土豆是定西的主要食物,又如此好吃,这是有原因的:一是这里的日照时间长,缺水,自然环境决定了它的质量;二是这更是上天的安排。按说,定西压根就不宜于人类生存,而既然人生存在了这里,它必然要给人提供食物。在中国,有两样食物可以当做神物的,一是红薯,一是土豆。如果没有这两样食物,中国人在六十年代七十年代即可死去一半。在定西,大多的地只能种土豆。当收获的时候,一面坡一面坡的土豆刨出来堆在地头,它和土地一个颜色,人们挑担背篓地把它运回去,你感觉那是把土疙瘩运回去了。在我们走过的村庄里,家家都有地窖,储藏着几千斤甚或上万斤土豆,一年四季吃土豆,有的家庭竟然一天三顿纯吃土豆。家里有老人过世的,还未满三年,他们每顿饭都要给灵牌前献饭,献的就是土豆。而曾经去过一家,中堂的柜上献的竟是生土豆。问怎么献的是生土豆,他们说家里老人已过世三年了,已不给先人献饭,这是敬神哩。他们把土豆当做了神,给神上香跪头地供奉。

第一次见小吴,请他为我们做向导,他在挎包里装了牙刷牙膏,装了纸烟和打火机就跟着我们走了。走出了院门,已经上了车,他又跑回家。我们不知道他遗忘什么东西了,再返回车上,他的挎包里鼓鼓囊囊,翻开一看,竟然是六七个土豆。他说定西人出门,习惯要带些土豆的,万一走到什么地方,前不着村后不着店,就可以就地烧土豆吃了。虽然我们在外,并没有在野地里烧土豆,却亲眼见到有烧土豆的。那是在一个下午,车驶过一个梁凹,见几个孩子狼一样从路上往地里的一个埂上跑,到了埂前就刨一个土堆,竟然刨出了土豆,红口白牙地吃起来。我们觉得好奇,停了车跑近去。原来他们一个半小时前要到梁后的镇子去买东西,就先在这里把地埂的干圾子挖开,垒成空心圆堆,留个火门,用柴烧,烧到圾子都红了,把火门里的灰掏出来,再用一块圾子堵严火门,然后在顶端开口,把口袋里的土豆放进去,再把红圾子往里放几块,一层土豆一层烧红的圾子,又再把剩余的热圾子打细盖在上面,用湿土捂上,从镇上买了东西回来,挖开土堆,土豆也就熟了。这几个孩子都是圆头圆脸,小鼻小眼,长的就像个土豆,但争着吵着吃烧成的土豆,让我觉得是那么美好和可爱。

　　但是,我在渭源县一个村干部家,看到了墙上镜框中的一张照片,唏嘘了半天。那是摄于七十年代的照片,拍摄的是公社社员农业学大寨在梯田工地上吃午饭的场面:一条几十米长的塑料布铺在地上,上面摆的是蒸熟的土豆,两边或坐或蹲了百十多人都在吃土豆。这些人形容枯瘦,衣衫破旧,可能是摄影师当时在吆喝:都往这儿瞅,瞅镜头!所有的吃者都腮帮鼓凸,两眼圆睁。

　　当改革开放几十年后,中国绝大多地区从政治上、经济上、文化上都发生了变化,江南一带以商业的繁荣已看不出城乡差别,陕北也因油田煤矿而迅速富裕,定西,生存却依然主要靠土豆。过去是土豆、酸面、咸菜吃不饱,现在是这些东西能吃饱了,有剩余的了。但如何再发展?地下没有矿产,地上高寒缺水,恐怕还得在土豆上做文章。在渭源,我参观了土豆脱毒基地中心,那里进行着关于土豆的一系列科研,土豆在质量上、产量上大幅度提高。各届政府下大力气在生产、加工、销售上制定政策,实施举措,已经使定西土豆声名远播，全国各地的客商纷纷前来订货。我曾问过好多人：仅靠土豆能行吗？他们说：靠山吃山，靠水吃水么。一斤苹果能卖出几斤粮食的价钱，你知道今年一斤土豆能顶几斤苹果的价？我说：多少？他们揸起了四个指头，说：呀呀，四斤哈！

*　　*　　*

山梁下的河湾有一片楼房，楼层不高，也就两层或者三层，不知是什么企业的生产地还是新农村的示范点，而从山梁往河湾去的岔道口，竖了一堵新砌的墙，墙上有好多标语，其中一条是：昂首向天鱼亦龙。

*　　*　　*

车在一条川道的土路上往前跑，车后的土雾就像拖着个降落伞，车要猛一刹住，土雾又冲到了前边，前边的路就什么也看不清了。有趣的是，车在雾气狼烟地往前跑，天上的一堆云也往前跑，疑心这是云在嘲弄土气，果然中午饭时到了一个镇子，尘埃落定，云也散了。

这个镇子是我这次出行见到的最大镇子，五百户，两千多人口，巷道很深，而且有几条。从东边的那条巷进去，好多家院门口都有人端碗蹴着吃饭，有的是酸面，有的是面前放着一碟盐，蘸着吃土豆，见了我们，都笑笑的，欠起身，说：吃哈？那棵已枯了半边的柳树下，走来一个老汉和一个小伙，老汉掮着锨，小伙穿着西服，手里握了个手机，可能是父子，可能小伙从西安或兰州打工回来不久，两人说着什么话，老汉就躁了，骂道：你们老板一年赚二百万？你放屁呀，咋能赚二百万?!小伙还要犟嘴，抬头瞧见我们经过，没再言传。

　　寻着了村长，村长是个黑脸大汉，正朝一户院门里的人怒吼，指责猪屙在门口路上这么几堆，也不清扫，是长着眼睛出气哩看不见，还是手上脚上生了连疮了拾掇不了?!院门里立即跑出个拿了锨和笤帚的妇女。他好像还气着，拿眼往巷头看，巷头一只狗碎步往过跑，突然停住，掉头又跑回去了。小吴认识村长，把我们做了介绍，他把我们从头到脚注视了一番，很快脸上就活泛了，说：噢噢，先吃呀还是先转哈？我说：我们四个人的，你锅里饭够吃吗？他一挥手，说：那先转！扭头给清理猪屎的妇女说：去，给你嫂子说去，擀面，擀四个人的面！

　　这村长其实是个蛮热情的人，他领我们出这家进那家，说他们村很有名哩，来过好多记者，报纸上写过大半版的表扬文章。表扬也好，不表扬也好，日子是给自己过的，他这个村长把村子弄成个富裕村就行了。现在村子里有两项指标是全县最高的，一是学生多，几乎一半人家出过大学生，毕业了都在兰州、天水和县上工作；二是搞翻砂的人多，东头三家，西头四家，北头两家，南头还有五六家，主要是造锅，造火盆，最大的锅能做二百人的饭。

　　村长说的属实情，顺便问过七八户人家，都有孩子大学毕业后在城里干事。一个老太太拍着罩在棉袄上的新衫子说：这是今年娃给买的衣服哈，我说买啥呀，农村里穿啥还不是一样哈，可娃偏要买，给我买了衫子，给老汉买了条裤子！院子里在火盆上生火的老汉果真穿了件西式裤，说：这裤子不好，只能单面子穿。而去了几个翻砂户，院子里却是大大小小的锅坯，大棚里都是销铜炉，有砸炭末的石臼窝子，有烧炉时六七人才能拉得动的大风箱。但神龛里所敬的神不一样，有敬的是雷火神，有敬的是土地神，有的棚墙上贴着毛主席像。好奇了那一摞一摞铸造好了的各类锅，问一个能卖多少钱，他们好像都忌讳什么，不回答，只拿指头叩着锅，说：你瞧哈，没一个沙眼！小吴拉我到旁边，低声说：他们各家都竞争哩，有的把价压得低，怕别的人家有意见，就口里没实话。

后来在村长家吃饭，当然除了酸面外仍是蒸土豆，吃得坐在那里一时都不得起来。村长家的院子更大，他既种药材又搞翻砂，台阶上堆了几大堆挖出的当归和黄芪，而翻砂的工人就雇了四五个，一个在清理销铜锅，两个在修整着锅坯，一个在那儿砸炭末，一个在把炭末水往晾干的锅坯上涂，无论我们吃饭或者说话，他们全不理会，安静地干自己的活。因为又吃好了，我的情绪很高，就夸说着村长你是不是村里最富的，村长哈哈大笑，说：打铁就得自己硬呀，当村长的都不富还怎样带动别人?!他高兴了，就喊叫着老婆从屋里取个铜火盆要送我，我说：啊谢谢，可我不烤火，要火盆没用。他说：这火盆不是烤火的，我们这儿兴家里摆个火盆就是好光景哈！这火盆特大，铜铸的，纹饰精美，灿灿发光，确实是件象征富贵的好东西，但我怎么能要呢，我没要。

我们站在院子里的太阳下照相，村长和我照了，还要他老婆也和我照，他老婆刚才还在院子里收拾碗筷，却半天不知人在哪儿了。村长又喊了几声，老婆从屋里出来了，她换了身新衣服，脸上还敷了些粉，她照了三次，第一次说她眼睛可能闭了，第二次说她没站好，第三次照完了，说：我不上相哈！

* * *

经过一地，看见两座山长得一模一样，隔着一条小沟，相向而坐，山头上又都隐隐约约有着红墙和琉璃瓦的翘檐。问路人这山上是什么庙,回答左边是观,住着一老道,右边是寺,住着一老尼。想上去看看,但上山的路却都在后边,就进沟往里走。

沟很窄,光线黝暗,怀疑两山是硬被推开的。山壁上,沟里的石头,连同石头与石头之间长出的树,都生了苔藓,苔藓是黑的,白的,也有铁锈色。有一种鸟,不知道站在哪里,清脆地叫:嘀哩嘀哩。小吴说那是嘀哩鸟,就会自己呼自己名字。脚底下湿汪汪的,司机趔趄一下,我说:小心滑倒!还未说完,我先滑倒了,才发现路上也全是苔藓,很小很小米粒一般的苔藓。

进去约一里,竟是一平阔地,两山连接为一体,形成环状,整个沟谷变为一个宫。宫里生长着各种草木,都不高,却千姿百态,能想象若是春天和夏天,这里将是何等的欣欣向荣,万象盎然。

原本进来是要去寺观的,仰头看两边的山头,寺观都修在峰尖崖沿,路如绳索直垂下来,一时倒没了攀登的欲望,我们就只在宫里待着。

直待了近两个小时吧,朋友说:都快成婴儿啦!大家笑笑,才顺原路返回。

* * *

一棵两个人才能搂得住的柳树就在村口,这个村里在杀一头驴。

其实,杀驴杀的是驴的鞭。

那头公驴被拉出了棚,它并不知道它将要死,见院子里突然有了许多人,说说笑笑的热闹,还高兴地喊了一下。它的喊是在打招呼,竟把一个小丫头吓得后退了几步,它也就笑了,嘴唇掀开来,龇着大牙。

这时候,从隔壁院子里也拉来了一条母驴,母驴是个俊驴,细长腿,大肥臀,嘴里还一直嘟囔着什么,似乎不愿意,被拉着绕公驴转了一圈,又转了一圈,臀上的肉就哆儿哆儿地颤。

公驴在那时不掀嘴唇笑了,整个身子激灵地抖了一下,耳朵就耸起来,鼻孔里呼呼喷气。它要往母驴近前扑,但被人紧紧地拉着,扑不过去,肚子下的鞭忽地出来了,戳着如棍。

一个人从堂屋里出来,好像才喝了酒,脖子梗着,还能看到那暴起的血管,在嚷:都闪开,闪开!一手在身前,一手在身后,在身后的手里握着一个杆子,杆子上安了月形的铲刀,太阳照在铲刀上,溅着一片子光。看热闹的人当然就闪开了,些年轻的女子转身往院门口跑,偏被几个小伙拦住,说:嗨跑啥咯!女子说:杀了你!握铲刀的人已经走到了公驴的身后,他全神贯注,十分地庄严,院子里就立即也安静了,只听到公驴还在喷气,喷出的气像一团一团的烟。公驴不停地动,握铲刀的人也在动,动着碎步,突然,一条腿在地上蹬住了,一条腿一个跨步,嗨的一声,铲刀冲出去又收回来,他就站住不动了。这一连串的动作太快,人们还没看清是怎么回事,地上已经有了一根肉棍,肉棍在蹦跶着。

公驴这时候才叫起来,叫声惨烈,拉公驴的是两个人,一个人丢了手就去捡肉棍,捡了两回,两回都从手里蹦脱了。

* * *

定西的许多村子不叫村,叫庄,也有叫堡的。叫堡的都是在村子不远处,或山上或半坡里,有个小小的城堡。这些城堡差不多修筑于清末民初,土夯墙,又高又厚,有堡门,堡子里还常有小庙。那时期,一旦军阀混战的散兵路过,或是有了土匪强盗,钟声一响，村子里的人就往堡子里搬，并选出堡头，组织自卫，时间有两天三天的，也有三月半年的。现在，这些堡子还在，但都废了，我们去看过几个，要么堡子里什么都没有了，只留着小庙，要么小庙也坍塌了，只有几棵松柏。

在看完五个堡子的那个下午，我有些感冒，住在一户人家的热炕上发汗，那炕非常热，坐一会儿就得侧侧身子，人越发四肢无力。原计划要去北边的裴家堡的，这家主人是个教师，说他家有本县上编的文史册子，上面有一篇写裴家堡故事的，看看就不用去了。我让把册子拿来看，没想到那篇纪实文章让我读得胆战心惊，感冒更加严重，竟在这户人家住了一夜。

这篇文章是汪玉平、裴小鹏写的，我在此有删减地抄录如下：

民国十九年农历五月初二，马廷贤部在冯玉祥部的追剿下西进。二百多人经过裴家庄时，怕遭到村民的伏击，还向堡子方向喊：不要开枪，我们是过路的。当时正值农忙，村民都在地里忙活，堡子里只是些老人和孩子，敌前锋部队顺利通过了裴家庄。不久，敌后续部队六七十人在一个姓杨的营长带领下到达裴家庄，却冲进堡子抢了一些枪、面粉和油就下了山，对堡子里的老人和孩子并未伤害。

在堡子附近山坡地里干活的村民，看到敌马队出了堡子，就大喊：土匪抢走东西了……堡头裴忆存和裴怀二，还有一些村民，赶快跑回堡子。此时敌人下山后正向西行进，裴忆存和裴怀二迅速地把西南的一门狗娃儿（土炮）装上弹药，朝着敌马队开了一炮。炮声一响，敌马队中一人从马上栽了下来，惊慌失措的敌人把落马者抬上马背，急忙向西驰去。

正西进的马廷贤在得知他的部下被打死，立即召集会，会上有人主张攻打堡子,有人主张继续西进,而死的就是杨营长,杨营长的女人又哭又闹要给丈夫报仇,部队就折过头来攻打堡子。

堡子里的人一见,把魁星楼前的大钟敲得震声响,在村子和地里干活的村民听见钟声相继都跑回堡子。在堡头的组织下,村民们赶快用口袋装上土,把堡门牢牢地堵住,堡墙上的五门狗娃儿炮和一些没被抢走的火枪,都备足了弹药,长矛、大刀和平时干活的工具,此时都成了护堡的战斗武器。

从堡子里看到敌人在做晚饭,估计晚饭后敌人就来进攻,堡头们也吩咐各家各户赶快做饭。由于村民进堡时走得忙,在村里住的人没把灶具带上来,一听说做饭,这才缺这少那,相互间借用,女人们一边带着孩子,一边生火做饭,不懂事的娃娃一下子聚在一起,在院子里嬉戏打闹。

夕阳下山后,敌人开始行动,一部分仍留在村里,大部分人马沿山坡向堡子行进。在堡墙上观察的人一下子紧张起来,喊:土匪上来了,土匪上来了!一些还没吃饭的村民,放下筷碗,拿起了武器,在堡子周围严阵以待。

敌人骑着马,身上背着枪,手里拿着马刀,后面还有十几个人抬着梯子,当他们来到堡门前停下,向堡子里喊话,向堡子里要面粉和油。几个堡头商议只要敌人能够退兵,这个条件可以接受。不一会儿,从各户收集来的几袋面粉和十多斤清油从堡墙上吊了下去。过了一会儿,敌人又对着堡子里人喊:我们团长说了,你们打死了我们营长,把凶手交出来,再放下两个女人给我们做饭,不然就踏平你们堡子。

堡头和堡里的男人们当然不能把自己的女人和同胞交给敌人,断然拒绝了要求,在一阵叫骂声中,双方开了火。一时间枪声不断,炮声轰鸣。在后堡前墙上还击的裴老五被敌人击中,从堡墙上摔了下去,当时就死了。正在双方激战的时候,刚才晴朗的天空,忽然电闪雷鸣,狂风席卷着尘土直冲向天空。霎时,瓢泼大雨将进攻的敌人打得晕头转向,一个个从山坡上滑了下去,撤回了村庄。

敌人撤退后,堡头把裴老五被打死的事暂时封锁,怕引起村民的慌乱,组织青壮年守在堡墙上注视着敌人的动静,妇女儿童和老年人拥挤在各自的草房里,惊恐不安地度过了一夜。第二天吃早饭时,裴老五的母亲叫老五吃饭,这才知道儿子已经死了,她没有掉一滴眼泪,亲自安排儿子的丧事。而裴俊华的爷爷向堡头提出,要带自己的一家人出堡去,堡头不同意。因为昨天下午大家在一起商量过不能分散。裴老汉再三要求,堡头们认为,既然屁股上有疮不能守堡,留下来也帮不上忙,就把他一家八口人从墙上用绳放了下去。

事后裴俊华给人讲,他爷爷当时一定要离开堡子是有原因的,在这之前,他家里来了个道士,吃了饭临走时给了他爷爷一张画的符,说不久裴家庄要发生灾难,到时就把符烧了,放在碗里吃了,然后要离开村子,就能避灾。所以,他爷爷的举动让堡头和村民们感到不愉快,却也保全了他们一家。

到了太阳一竿高的时候,敌人全都离开村子,并没有走昨天的路从裴家沟口进入,而是从左侧的红崖沟进入,绕到堡后的蜡山嘴,准备从背后向堡子攻击。蜡山嘴离堡子很近,站在上面居高临下,能俯视到整个堡子的情况。堡子里的村民及时调整各炮位的方向和守护人员的配备。不久,敌人的炮弹一发发落在堡里,密集的子弹不断把堡里守护的人打下堡墙。战斗持续到中午,守护人大部分或死或伤,裴忆存、裴怀二、裴恒川及裴宝华的三叔、四叔相继战死，裴善琴的父亲冒着敌人不断射来的子弹，跪在土炮前装弹药，被子弹打穿两颊。后来亲戚收尸时，他仍保持着装弹的姿势。

昨晚的那场雨，阻挡了敌人的进攻，也使存放在庙里的火药受了潮不能使用，枪炮逐渐失去了战斗作用。敌人从东西两侧，顺着梯子爬上堡墙，被堡里尚存的守护者用大刀、长矛、铁榔枷打下去。如此使十多个爬上来的敌人从堡墙上滚下山坡。此时，堡里所有能搬动的东西都用来打击敌人，连猪吃食的槽也当做武器扔了下去。敌人改变了进攻方式，爬在梯子最前边的一个，都拿着盒子手枪，接近墙头时用手枪朝堡内乱射，使堡里人不能接近堡墙。堡里已没有几个能够战斗的人了，敌人很快从堡墙爬了进来，打开堡门，见人就砍，能够爬起来的村民与敌人进行白刃战。裴麻子用马刀砍伤了好几个敌人，被大门拥进来的敌人围在当中乱刀砍死。堡头裴殿瑞的父亲被敌人绑在庙里柱子上，身上浇上油，被活活烧死。一个不到十岁的男孩，跑到堡墙上要往外跳，被追上来的敌人一马刀从屁股捅进去，摔下了墙。两个年轻人逃出堡子，一个还带着狗，藏在山洞，连人带狗被打死。另一个叫裴七十一，他一直跑到离堡子一里多远的红土柯寨地，被一个追上来的敌人开膛破肚。

堡子里已看不到活人，他们就放火烧房子。庙的正殿里有存放的火药，很快正殿起了火，殿里三大菩萨像和东殿的三个神像在大火中消失。几个敌兵冲进西殿，把九天圣母的头发拉散，上衣扯开到胸前，点了几次都没点着，就慌忙离开堡子。

敌人攻进堡子时，年轻力壮的村民都已战死，堡里占多一半的老人、妇女、儿童成了他们屠杀的对象。裴小鹏的二奶被一刀砍死，她倒下时，身子护住了儿子裴建璟，裴建璟活了下来。他的奶奶怀里抱着六岁的女儿菊娃，头上被砍了一刀，硬是护住了菊娃。

裴随斗和他妈被敌人追杀,他妈为护裴随斗,胳膊被砍掉,裴随斗去救他妈,脸上挨了一刀。

现年八十六岁的裴金对,当时八岁,她回忆说:初三土匪从后山打枪打炮,男人们都到后堡去了,我妈怀里抱着我,背着我哥裴老二,还有我的两个嫂子,躲到淑英奶奶放柴的庵房里。圈里有一根杠子,我妈坐在杠子中间,两个嫂子坐在两边,怀里都抱着娃娃。忽然打来一炮,坐中间的我没事,两边的两个嫂子一声没吭倒在炕上死了。我二嫂伤在胸脯上,娃娃半个脸上的肉翻过来。我大嫂伤在小肚子上,一直叫肚子疼,当天就死了。我大和我哥都到后堡去守堡,我哥刚往墙上爬,被土匪一把抱住,扔在着了火的正殿。土匪走了他才从火里跑出来,腿被扭伤了。我大肩被打伤了,活到初十就死了。求浪的大叫裴昌生,当时只有七岁,土匪没拉住,他从堡墙上跳下去,滚到山坡下沟里活了下来。裴对泉从东堡墙上跳下去,土匪几枪没打上。后堡的人杀完了,房子大部分被火点着,土匪开始往外撤,有几个看到我们,向我妈要白元,我妈把头上的一支银簪子给了,有一个土匪站在堡墙上喊:女人和娃娃再不要杀了。土匪就走了。土匪走后,我们到后堡,满地都是死人,墙根下有两堆人,有的还在呻唤。死的人太多,没有棺材,大多数都被软填了。我家打开了一个柜子和门板把我的两个嫂子埋了。到初四下午死人基本上都入了土,没有被杀死的娃娃,都被别村的亲戚接走了。堡子里只有我妈领着我、我二哥的两岁儿子裴映冬。到了初十我大死了,我妈领我们离开堡子,临走时,我妈挖出了埋在院子里的一罐甜胚子,在地里埋了几天,挖出来还甜得很。

＊　　　＊　　　＊

受裴家堡祸难的影响，几天里情绪缓不过来。司机说：瞧你这人，那是八十年前的事了，还有啥放不下的?! 是八十年前事，如果还有什么史料，清代的、明代的、宋代的，甚至秦代，这里战事频繁、烽烟弥漫，不管谁赢谁输，老百姓苦难不知又是何等的惨烈，这些当然都岁月如烟如风地过去了，我想的是，定西为什么就叫定西呢？它是中国西北上，历来称作边关，是历代历朝都希望它安定吧，它安定了，中国也就安定了。现在，在整个中国的版图上，定西可以说是安定的，安定得似乎让人忘记了它，忘记了它曾经不安定。虽然，它也是国内没有充分开发的地区之一，这可以说还是好事，使它保持了它固有的东西，包括地理环境，包括人们的生活方式，风土人情，包括没有在过度开发中拉大的贫富差距，也包括它的落后。但是，毕竟贫穷使人凶狠，富裕使人温柔，当我们需要定西安静平稳而定西的富裕远远还滞后于全国水平的时候，整个中国还应该为定西做些什么呢？怎样才能使定西更富裕更公正更和谐美好呢？

＊　　　＊　　　＊

在定西的各个县镇，凡是走到哪一户人家，你感到吃惊的都那么喜欢字画。只要一谈起字画，他们就睁大眼睛，也不再木讷，给你说起他家墙上的字画是什么人的，哪一年请回来的，村里谁家的字画最好，这个县上甚至定西城天水城兰州城书画家谁谁曾经来过，在谁家屋里吃过饭，还在谁家里写过字。说过了，还怕你不信，须要领着去别的人家里看字画。有日子过得滋润的，也有日子过得狼狈的，但不论是新盖的房还是已经破败的房，房里都挂着字画。我在通渭的一户人家里，看到上房的中堂上的一幅字写得并不如挂在厦子房里的字好，建议调换一下，主人说：厦子房的字好是好，可写字的那人品行差，而且还是个跛子哈。原来，他们还特讲究书画家的德行、职位和相貌的，德行高的有职位的身体端正健康的书画家作品挂在上房中堂，那要在大年初一的早晨给上香的。

这让我不禁大发感慨，目下国内字画的行情见涨，但十之八九是为升迁、为就业、为调动、为货款、为上学给大大小小的领导送，字画成了腐败的一方面，还有十分之一二为个人收藏，收藏着随时准备倒卖。而定西人爱字画，当然少不了有行贿和倒贩的，却绝大多数是人人都爱，是真爱，买了就挂在自己家里，觉得那就是文化，就是喜庆，就是贵气和体面，能教育家人知情达理，能启发孩子们好好念书。

除了中堂上必须挂有字画外，定西人还有一点，就是讲究在中堂的柜盖正中摆放或多或少的宝卷。

我在头几天里时常听说宝卷长宝卷短的，当时还不知是什么意思，也没在意。后来在一个叫清水的村里，去一户人家，老太太招呼我们坐了，忙把屋里剥包谷颗的笸篮挪开，把猫食碗拿到了屋外台阶上，就开始用鸡毛掸子拂柜盖，拂着拂着把柜盖正中的一沓旧书小心翼翼地拿起来，用嘴吹上边的灰尘，又小心翼翼地原样放好。我好奇地问：那是什么呀？老太太说：宝卷。便埋怨儿媳妇邋遢，屋子这么脏的，让客人咋待呀?!

又说宝卷，啊宝卷原来是一些旧书！在我的经验里，"文革"期间人们要把毛主席的著作放在中堂的柜盖上的，莫非这里还依旧着那时的规矩？我说：宝卷？是毛主席的红宝书吗？老太太说：我不认得字。我近去看了，是有一本毛主席的书，但更多的是一些手抄本，有一些佛经，有《道德经》，有《治家格言》，有《论语》，有《弟子规》，还有《劝善歌》和《中医偏方集锦》。

我和老太太说了这样一段话：

就这些书呀？

不是书，是宝卷。

啊是宝卷，你家咋这么多宝卷？

家家都有，我家的多哈。

谁念哩？

我老汉能念。

你老汉呢？

走了哈。

走哪儿了？

嘿嘿，走了就是走了哈。

去县城了？

死了！

噢。

你们城里人听不懂哈。

噢噢，那你还一直要在这儿放宝卷？

镇宅哈。

离开的时候，我要求能和老太太照个相，老太太在头上脚上收拾起来，院子里的太阳亮灿灿的，我便在院子里放好了一只凳子。她出来了，却抱着她家的狗，狗是白狗，像一堆棉花，她说她老汉死的那年养的这狗，她总觉得这狗就是老汉变了个形儿来陪她的，尤其狗转身往后看的那个样子，和她老汉生前的神气，似模似样。

我尊重着老太太抱着狗照相,可她看见我放的条凳,却一下子变了脸,说:快把凳子挪开!我说:你坐着,我站旁边。她挪开了凳子,说凳子放的地方不对,你没看见那里有块砖吗?!后来我才知道,放砖的地方是有土地神的,绝对不能在那上面坐或者站。照完了相,又走了几家,几乎家家院子中间都有一块地方放着砖或放着一盆花。问了土地神是如何安放在那下边的,他们告诉说:挖一个坑,坑里埋个罐子,罐子里有五色粮食,粮食里有个石刻的或木雕的土地神像,然后封好,地面上做个标志,这土地神就护了。

离开了这个村子,我们一路还在议论着宝卷镇宅、土地神护院的事,司机就嘲笑起定西人的旧规程,说:啥年代了,还愚昧这个呀!司机是从小在西安长大的,他不了解农村。我说这不应算是愚昧,中国农村几千年来,环境恶劣,物质贫乏,再加上战乱频繁,苦难那么多而能延续下来,社会靠什么维持,仅仅是行政管理吗,金钱吗,法律吗,它更要紧的还是人伦道德、宗教信仰啊。司机说:可宝卷摆在那里,土地神埋在那里,只是个仪式么。我说:是仪式,有仪式就好呀!为什么要每天在天安门前升国旗,为什么一开大会首先要唱国歌,为什么生了小孩要过满月,为什么老人去世要七天祭祀?再给你举个例子吧,现在每年全国开人大会政协会,花那么多钱费那么长时间去北京听几个报告,报告完全可以发到各地让人阅读么,为什么偏要去北京,它就体现了国家感、庄严感啊!

* * *

在漳县、岷县发现村民家中的宝卷后,我们对宝卷产生了兴趣。老太太家的宝卷,以及那个村子里别的人家中的宝卷,都是一些我们知道的儒、释、道方面的经典，而定西历史上是佛道兴盛过的地方，又出过许多大儒，又是有孙思邈呀，李白呀，李贺呀许多遗迹，那么，还有没有一些我们没见过的经典古籍呢？于是，我们每到一处，都要打听，就听到了一个关于宝卷的故事。

1992年7月5日，有人在遮阳山东溪寒峡的一个洞口石壁上发现了"石室"二字，不知何人何时所刻。进入洞后，在洞底又发现了一木棺，吓得没敢打开。消息传出，漳县文化馆干部赶来查看，认定"石室"二字为北宋大诗人、监察御史张舜民题刻，进洞后又证实那不是木棺，是一木箱，木箱里存放着一大批古代书籍，这些书籍经清理，为古代佛经宝卷手抄本，因受潮粘连严重，能辨认出的经名有八部：《佛说大乘通玄法华真经》、《法航普渡地华结果尊经》、《佛说赴命皈根还乡宝卷》、《还宗佛法身出细普贤经》、《正信除疑无修证自在宝卷》、《叹世无为宝卷》、《古佛天真考证龙华宝经》、《普静如来钥匙宝卷》。

后据当地人提供线索，几经曲折，找到这批藏经的原主，原来这些经卷一是他们家历代相传保留下来的，二是民国初年从岷县一地抄录来的。1958年宗教改革时，他拣其中破烂的一套上交了乡政府，而把抄写工整装帧讲究的一套在后半夜藏入东溪山顶上的鸦儿洞。事后又觉得有人好像发现藏经，不久又和女儿偷偷把这些经卷转移到了东溪寒峡的一个山洞里。当初，他并没注意到洞口岩壁上有"石室"二字，而这一疏忽，竟然正暗合了一句老话：石室藏经。

我们曾去漳县政协想见见这批宝卷，可惜那天是星期天，政协机关没人，未能见到。后又去拜见了一位文化馆的退休干部，从他口中得知，仅漳县在山洞里发现的宝卷就有四十余部，都是解放后,尤其是"文化大革命"中群众偷偷保藏的。有北京、天津来的专家鉴定过,确认其中九部系国内外从未见于著录及公私收藏的孤本。

* * *

再一次返回到定西城,小吴说:明日请你们吃饭吧。

但还是夜里的三点,小吴就把我们全叫醒了,催促着要去饭馆。我说:你神经病呀,这时候吃什么饭?他说:早饭。我说:什么早饭?他说:牛肉汤。我说:这就是你请客?!小吴说:牦牛骨头汤呀!

小吴为了表明他请我们喝牦牛汤是多么地真诚,而牦牛骨头汤又是多么美味和有营养,就讲了这是岷县最具特色的饭食,岷县与藏区接壤,其实也是汉、回、藏、羌民族杂居区,这种汤煮法特别讲究,要从下午四点开始煮,一直到第二天早上四点方能煮好哩。

受着诱惑,我们赶到了那家餐馆,真是没有想到,餐馆门口竟排上了长长的队。队列中有年轻人,更多的是老头老太太,似乎还都熟悉,互相招呼,说说笑笑。一打问,才知道这些老年人常年来喝,喝上了瘾。

但当牦牛骨头汤端上桌后,我们都喝不了,膻味太重。

* * *

小吴能请我们吃饭,有一个原因,是他知道我们该返回西安了,虽然那顿早饭并没有吃好,他还是特意找了一家酸面馆再次请了我们。就在这次饭桌上,我们在商量着怎么个返回法,是北上兰州,从兰州返回呢,还是从漳县经武山、天水,然后返回。小吴说:第二条路线是正确的,顺路可以去看看贵清山。我说:贵清山是什么山？小吴说：你不知道贵清山？！那可是个好地方，不但是定西名山，甘肃名山，陕西恐怕也没有哈！司机说：有华山好？小吴说：好。司机说：有太白山好？小吴说：好。司机一挥手，说：不可能！气得小吴脸都变了。我忙打圆场，说了个故事，这故事是我单位的一个作家写了一篇文章发在《西安晚报》上，其中有一句：我妈是世界上擀面最好吃的人。没想当天就有读者给他打电话：你妈怎么能是世界上擀面最好吃的人呢，擀面最好吃的是我妈！

我们最后还是选择了第二条路线，从定西再去漳县，从漳县到武山县的半路上，拐上了去贵清山的一条黄土梁。

梁叫番桥梁，名字很好听，但路实在太窄，还曲折不已。沿途有许多村庄，一簇树，几十间瓦房，不是卧在洼地里就是趴在半坡上。偶尔见有人骑在毛驴上，驴很小，人却高大，两只脚几乎就撒拉在地上，但他表情庄重，见我们停了车给他拍照，竟不说一句话，也不笑。约摸一小时后，路两边有了小叶杨，一种叶子呈白色的杨，极其白，似乎有粉，一种叶子呈黄色，金子一样的黄。那天正好是立冬日，太阳还是明亮，白的叶子和黄的叶子落在地上，车一行过，飞翻跳跃着无数的碎金碎银。再过了几十里吧，路拐入另一条梁上，能隐约看到远远的有寺院，地势也是越来越高，而梁两边的坡上没有了树，也没石头，一片一片大小不等田地有的种了冬麦，是绿的，没有种冬麦的耕过了歇着，准备将来种土豆，便只是赭色，整个的坡塬状如巨大无比的百衲衣从贵清山方向的高地直铺了过来。

到了高地，突然间眼前出现一个大河谷，天地变化，霎时觉得是驾了巨鹏从天而降，按住了云头俯瞰着人间。谷地里林木黝黑，成片状，成带状，顺着高高低低的峰峦向后蜿蜒，有云卧在其间，云白得像一堆堆棉花垛子。黄土高原上看惯了沟壑峁台，猛然见这片峡谷山林，真有些不知所措，以为是幻觉，是异想，异想天开。车随着路往峡谷开，连续的绕弯和打折，一搂粗的、两搂粗的紫杉擦身而过，无数垂落下来的藤萝就覆盖了车前玻璃。我和我的朋友大呼小叫要车停下，小吴说：不停不停，绕着谷往后山开，直接到三峰。

不知怎么在谷底里拐来拐去，也不知怎么又在盘旋而上，一尽在恍惚里，车就到了黄土梁上。这里的黄土梁和所有的黄土梁一样，起起伏伏，能望到天边。一个大转弯后，车停在了偌大的土场上，小吴说：到山顶了！

这是山顶？我疑惑不已，山顶怎么和黄土梁连在一起，贵清山原来仅是梁塬的沟壑吗？但定西任何地方的沟壑都是土层，这里却是石质，从谷底往上看着全是奇峰林立，嵯峨险峻啊！这时候我才明白，世上有的东西是测高的，有的东西是探深，山可以在地面上往天空长，山也可以从谷下往地面长。贵清山它是一座地面下的山。

在土场上，四周即是紫杉，一棵紧密着一棵，高大得仰头望不到顶尖，倒怀疑这个土场硬是在紫杉林中开辟出来的。土场上太阳白花花的，紫杉林里仍是苍郁，好像那里永远是夜，而黑白分界刀割一样整齐，我站在分界线上，一半的身子暖和，一半的身子寒凉。

沿着一条漫下山路往前走，其实已经走在山峰上，靠着一棵树说：拍个照吧！一低头，树后便是万丈深渊，吓得老老实实从路中间走，害怕着有风，走过了百来米吧，路断了，是这个峰和另一个峰架着了一座木桥。从木桥上想极快地跑过去，因为担心桥会坍，却腿哆嗦着只能一步一步挪,小吴喊:不要往下看,不要往下看!是不敢看了,终于过了桥,死死抓住桥头的铁索,往下仅看了一眼,刀劈一般的直立,崖壁上直着斜着长着杉,有鸟在锐叫,有树叶无声地飘落,立时头晕,出了一身冷汗。好的是进了一道长廊,廊栏护着,这就到了中峰。到了中峰,却思想了一个问题:在黄土梁上,土那么厚,难得见树木,即使有,也仅是些小叶杨、槐和榆,却不成林,出地便为灌丛,而紫杉却在峭壁悬崖上生长,长成如此大木?!古书上讲,中国地势东南低而西北高,天下水聚东南,东南富庶,人多聪慧,易出俊贤,西北瘠贫高寒,人多蠢笨,但出圣人。那么,这里的紫杉就够得上是圣树了。

中峰阔大,就建有庙宇,到处是石碑,还有一些平房和菜地。有三个道姑正在吃饭,饭依然是蒸土豆,见了我们老远就说:吃呀不,锅里有哈。我没有客气,去拿了两个土豆,一边吃一边四处走动。在别的佛寺道观里,常见到一些奇奇怪怪的花木,这里没有花丛,树都长得凛然伟岸。到左边崖沿上去看,峡谷对面云腾雾罩,只有一排峰尖,如锯齿,似乎凭空浮着,感觉是海市蜃楼的景象,或者是画上去的。到右边崖沿去,那里的峡谷更深,云雾填满,丢一块石头下去,半天才听到咕咚声。走过来的道姑说:早上还打电哩,一打电,谷底里呼隆隆响,像过火车。再到前边的崖沿,能看到另一座峰,比中峰小,几乎是一个锥体,锥尖上竟然就一个庙,庙小得如一个人蹴在那里。

从来没见过这般奇怪的庙,要近去看,路又断了,连接的还是一桥,这桥完全是几根木头搭成的,亏得桥上有廊,不至于让你看到外边。

过了桥到庙上,庙墙就齐着峰沿,峰沿上长满了树,一直手抱着树绕着庙下的一个斜道到了庙后边,小吴说从这儿还可以直下到峡谷里,峡谷里有神笔峰,你想不想看?我当然想看,但小吴又说从这里下去要过转树砭,即一棵大树立在路上,必须抱着树转一圈方能下去,我立即不敢下了,说还是从原路回到谷底再进峡里看神笔峰吧。

折回中峰,听道姑说山上事,她爱说话,说了峡谷十里,说了紫杉林二百亩,说了山上曾经的和尚和道士,说了她们三个是哪一年出家的,每日的法事如何做,怎样的吃喝。让我印象最深的,从此再不能忘的倒是两件事。

一是这里三峰环翠,西峰刚直,南峰峻急,中峰体秀身圆,土石和美,并且左有青龙蜿蜒,右有白虎低沉,前有朱雀欲飞,后有玄武伏降,本应存有王气,要出大人物的。然而,寺院道观并没建在面山枕山、左右临水的山脉重心位置,而选于天地交会最利升仙的山峰凸点上,因此,这里一直安稳,与其说寺观是选中了这里的山水所建,不如说正是建造了寺观才保护了山的峻美树的茂密。

二是每年农历四月初一至初八,是浴佛庙会,根据"佛生时龙喷香雨浴佛身"之说,以各种名香浸洗佛像,而平常山上很难下雨,庙会前却必有一场雨,庙会后也必有一场雨,竟然几百年来从未延误过。

最后,我们下到峡谷去看神笔峰。神笔峰果然端直插天,大家都嚷嚷着让我好好写篇文章,记下此时此景,我一时脑子里翻涌着许多前人诗句,什么满身黑痕多、独立在人间,什么众鹰盘旋、落霞堆地,什么松上云从容、涧底水急湍,但觉得没一句能准确地描写这神笔峰的神采和看到神笔峰的心境,我说:大收藏家是以眼收藏的,今日看到神笔峰了,我也就拥有了神笔峰。

要离开贵清山了，小吴又和我们戏嘴了。

没哄吧？

没哄。

好吧？

好。

哈这就对了！

问你一句？

问。

为啥这么多天你不早早说来贵清山？

一路上都是黄土塬梁的，最后要给你们个惊喜哈，祖国山河可爱，定西不能排外么，离开定西的时候看看贵清山，给你们留个好印象哈！

没来贵清山，定西已经留下好印象了呀。

那来了贵清山呢？

定西有贵清，清贵乃定西。

2010 年 12 月 29 日写毕

2011 年 2 月 11 日改毕

灵 山 寺

我是坐在灵山寺的银杏树下,仰望着寺后的凤岭,想起了你。自从认识了你,又听捏骨师说你身上有九块凤骨,我一见到凤这个词就敏感。凤当然是虚幻的动物,人的身上怎么能有着凤骨呢?但我却觉得捏骨师说得好,花红天染,荧光自照,你的高傲引动着众多的追逐,你的冷艳却又使一切邪念止步,你应该是凤的托变。寺是小寺,寺后的岭也是小岭,而岭形绝对是一只飞来的凤,那长长翅正在欲收未收之时,尤其凤头突出的直指着大雄宝殿的檐角,一丛枫燃得像一团焰。我刚才在寺里转遍了每一座殿堂,脚起脚落都带了空洞的回响,有一股细风,是从那个小偏门洞溜进来的,它吹拂了香案上的烟缕,烟缕就活活地动,弯着到了那一棵丁香树下,纠缠在丁香枝条上了。你叫系风,我还笑过怎么起这么个名呢,风会系得住吗?但那时烟缕让风显形,给我看到了。也就踏了石板地,从那偏门洞出去,你知道我发现什么了,门外有一个很大的水池,水清得几近墨色,原本平静如镜,但池底下有拳大的喷泉,池面上泛着涟漪,像始终浮着的一朵大的莲花。我太兴奋呀,称这是醴泉,因为凤是非练实不食非醴泉不饮的,如果凤岭是飞来的凤,一定为这醴泉来的。我就趴在池边,盛满了一陶瓶,发愿要带回给你的。

小心翼翼地提着水瓶坐到银杏树下,一直蹲在那一块小菜圃里拔草的尼姑开始看我,说:"你要带回去烹茶吗?"

"不,"我说,"我要送给一个人。"

"路途远吗？"

"路途很远。"

她站起来了，长得多么干净的尼姑，阳光下却对我瘪了一下嘴。

"就用这么个瓶？"

"这是只陶瓶。"

"半老了。"

我哦了一声，脸似乎有些烧。陶瓶是我在县城买的，它确实是丑陋了点，也正是丑陋的缘故，它在商店的货橱上长久地无人理会，上面枳落了厚厚的灰尘，我买它却图的是人间的奇丑，旷世的孤独。任何的器皿一制造出来就有了自己的灵魂和命运，陶瓶是活该要遇见我，也活该要来盛装醴泉的。尼姑的话分明是猜到了水是要送一位美丽的女子的，而她嘲笑陶瓶也正是嘲笑着我。我是半老了吗？我的确已半老了。半老之人还惦记着一位女子，千里迢迢为其送水，是一种浪漫呢还是一种荒唐？

但我立即觉得"半老"二字的好处，它可以做我以后的别名罢了。

我再一次望着寺后的凤岭，岭上空就悠然有着一朵云，那云像是挂在那里，不停地变化着形态，有些如你或立或坐的身影。来灵山寺的时候，经过了洛河，《洛神赋》的诗句便涌上心头，一时便想：甄妃是像你那么个模样吗？现在又想起了你，你是否也是想到了我而以云来昭示呢？如果真是这样，我将水带回去，你会高兴吗？

我这么想着，心里就生了怯意，你知道我是很卑怯的，有多少人在歌颂你，送你奇珍异宝，你都是淡漠地一笑，咱们在一起吃饭,你吃得那么少,而我见什么都吃,你说过什么都能吃的人一定是平庸之辈,当一个平庸人给你送去了水,你能相信这是凤岭下的醴泉吗?"怎么,是给我带的吗?"你或许这么说,笑纳了,却将水倒进盆里,把陶瓶退还了我。

我用陶瓶盛水,当然想的是把陶瓶一并送你,你不肯将陶瓶留下,我是多么地伤感。银杏树下,我茫然地站着,太阳将树阴从我的右肩移过了左肩,我自己觉得我颓废的样子有些可怜。

我就是这样情绪复杂着走出了灵山寺,但手里依然提着陶瓶,陶瓶里是随瓶形而圆的醴泉。

寺外的漫坡下去有一条小河,河面上石桥拱得很高,上去下来都有台阶。我是准备着过了桥去那边的乡间小集市要找饭馆,才过了桥,一家饭馆里轰出来了一男一女两个乞丐。乞丐的年纪已经大了,蓬头垢面地站在那里,先是无奈地咧咧嘴,然后男的却一下子把女的背了起来,从桥的这边上去,从桥的那边下来,自转了一下,又从那边上去,从这边下来,被背着的女的就格格地笑,她笑得有些傻,饭馆门口就出来许多人看着,看着也笑了。

"这乞丐疯了!"有人在说。

"我们没疯!"男乞丐听见了,立即反驳,"今日是我老婆生日哩!"

"是我的生日,"女乞丐也郑重地说,"他要给我过生日的!"

我一下子怔在了那里,人间还有这样的一对乞丐啊,欢乐并不拒绝着贫贱!我羡慕着他们的俗气,羡慕着俗气中的融融情意,在那一刻里,请你原谅我,我是突然决定了把这一陶瓶的醴泉送给了他们。

但他们没有接受。

"能给一碗饭吗?"

"这可是醴泉!"

"明明是水么,水不是用河用井装着吗?"

这话让我明白了,他们原是不配享用醴泉的。

我提着水瓶尴尬地站在太阳底下,踅脚向小集市上走,奇迹就在这时发生了,我无意地拐过一个墙角,那里堆放了一大堆根雕,卖主因无人过问,斜躺在那里开始打盹了。根雕里什么飞禽走兽的造型都有,竟然有了一只惟妙惟肖的凤,它没有任何雕琢痕迹,完全是一块古松,松的纹路将凤的骨骼和羽毛表现得十分传神。我立即将它买下。我是为你而买的,我兴奋得有些晕眩,为什么这个时候又让我获得这只凤呢?是天之赐予,还是我真有这缘分?我说,我是没有梧桐树的,但我现在有了醴泉,我有醴泉啊,饮醴泉你会更高洁的。

我明日就赶回去,你等着一个送醴泉的人吧,我已做好心理准备,如果你肯连陶瓶一并接受,那将是我的幸福,如果你接受了醴泉退还了陶瓶,我并不会沮丧,盛过了醴泉的陶瓶不再寂寞而变得从此高古,它将永远悬挂在我的书房,蓄满的是对你的爱恋和对那一对乞丐的记忆,以及发生在灵山寺的一系列故事。

2001 年 6 月 19 日

通渭人家

通渭是甘肃的一个县。我去的时候正是五月,途经关中平原,到处是麦浪滚滚,成批成批的麦客蝗虫一般从东往西攒场子,他们背着铺盖,拿着镰刀,涌聚在车站、镇街的屋檐下和地头,与雇主谈条件,讲价钱,争吵,咒骂,甚或就大打出手。环境的污杂,交通的混乱,让人急迫而烦躁,却也感到收获的紧张和兴奋。一进入陇东高原,渐渐就清寂了,尤其过了会宁,车沿着苦丁河在千万个峁塬沟岭间弯来拐去,路上没有麦客,田里也没有麦子,甚至连一点绿的颜色都没有,看来,这个地区又是一个大旱年,颗粒无收了。太阳还是红堂堂地照着,风也像刚从火炉里喷出来,透过车窗玻璃,满世界里摇曳的是丝丝缕缕的白雾,搞不清是太阳下注的光线,还是从地上蒸腾的气焰,一切都变形了,开始是山,是路,是路边卷了叶子的树,再后是蹴在路边崖塄上发痴的人和人正看着不远处铁道上疾驶而过的火车。火车一吼长笛,然后是轰然的哐哐声。司机说:你听你听,火车都在说,甘肃——穷,穷,穷,穷……

我就是这样到了通渭。

通渭缺水,这在我来之前就听说的,来到通渭,其严重的缺水程度令我瞠目结舌。我住的宾馆里没有水,服务员关照了,提了一桶水放在房间供我洗脸和冲马桶,而别的住客则跑下楼去上旱厕。小小的县城正改造着一条老街,干燥的浮土像面粉一样,脚踩下去噗噗地就钻一鞋壳。小巷里一群人拥挤着在一个水龙头下接水,似乎是有人插队，引起众怒，铝盆被踢出来咣啷啷在路道上滚。一间私人诊所里，一老头趴在桌沿上接受肌肉注射，擦了一个棉球，又擦一个棉球，大夫训道：五个棉球都擦不净?！老头说：河里没水了嘛。城外河里是没水了，衣服洗不成，擦澡也不能，一只鸭子从已是一片糨糊的滩上往过走，看见了盆子大的一个水潭，潭里还聚着一团蝌蚪，中间的尾巴在极快地摆动，四边的却越摆越慢，最后就不动了，鸭子伸脖子去啄，泥粘得跌倒，白鸭子变成了黄鸭子。城里城外溜达了一圈，我踅近街房屋檐下的货摊上买矿泉水喝，摊边卧着的一条狗吐了舌头呼哧呼哧不停地喘，摊主骂道：你呼哧得烦不烦！然后就望着天问我那一疙瘩云能不能落下雨来？天上是有一疙瘩乌云，但飘着飘着，还没有飘过街的上空就散了。

　　我懦懦地回宾馆去，后悔着不该接受朋友的邀请，在这个时候来到了通渭，但是，我又一次驻脚在那个丁字路口了，因为斜对面的院门里，一个老太太正在为一个姑娘用线绞拔额上的汗毛，我知道这是在"开脸"，出嫁前必须做的工作。在这么热的天气里，她即将要做新娘了吗？姑娘开罢了脸，就站在那里梳头，那是多么长的一头黑发呀，她立在那里无法梳，便站在了凳子上，梳着梳着，一扭头，望见了我正在看她，赶忙过来把院门关了。院门的门环在晃荡着，安装门环的包铁突出饱圆，使我联想到了女人成熟的双乳。"往这儿看！"一个声音在说，我脸刷地红起来，扭过脖子，才发现这声音并不是在说我，而一个剃着光头的男人脖子上架了小儿就在我前面走。光头是一边走一边让小儿认街两边店铺门上的字，认得一个了，小儿用指头就在光头顶上写，写了一个又一个。大人问怎么不写了？小儿说：后边有人看着我哩。我是笑着，一直跟他们走过了西街。

这天晚上，我见到了通渭县的县长，他的后脖是酱红颜色，有着几道褶纹，脖子伸长了，褶纹就成白的。县长是天黑才从乡下检查蓄水节溉工程回来，听说我来了就又赶到宾馆。我们一见如故，自然就聊起今年的旱情，聊起通渭的状况，他几乎一直在说通渭的好话，比如通渭人的生存史就是抗旱的历史，为了保住一瓢水，他们可以花万千力气，而一旦有了一瓢水，却又能干出万千的事来。比如，干旱和交通的不便使通渭成为整个甘肃最贫困的县，但通渭的民风却质朴淳厚，使你能想到陶潜的《桃花源记》。

"是吗？"我有些不以为然地冲着他笑，"孟子可是说过：衣食足，知礼仪。"

"孟子是不知道通渭的！"

"我也是到过许多农村，如果哪个地方民风淳厚，那个地方往往是和愚昧落后连在一起的……"

"可通渭恰恰是甘肃文化普及程度最高的县！"县长几乎有些生气了，他说明日他还要去乡下的，让我跟着他去亲眼看看，就不会说这样的话了。

我真的跟着县长去乡下了，转了一天，又转了一天。在走过的沟沟岔岔里，没有一块不是梯田的，且都是外高内低，挖着蓄水的塘，进入大的小的村庄，场畔有引水渠，巷道里有引水渠，分别通往人家门口的水窖。可以想象，天上如果下雨，雨水是不能浪费的，全然会流进地里和窖里。农民的一生，最大的业绩是在自己手里盖一院房子，而盖房子很重要的一项工程就是修水窖，于是便产生了窖工的职业。小的水窖可以盛几十立方水，大的则容量达到数千立方，能管待一村的人与畜的全年饮用。一户人家富裕不富裕，不仅看其家里有着多少大缸装着包谷和麦子，有多少羊和农具衣物，还要看蓄有多少水。当然，他们的生活是非常简单的，待客最豪华的仪式是杀鸡，有公鸡杀公鸡，没公鸡就杀还在下蛋的母鸡，然后烙油饼。但是，无论什么人到了门口，首先会问道：你喝了没？不管你回答是渴着或是不渴，主人已经在为你熬茶了。通渭不产茶叶，窖水也不甘甜，虽然熬茶的火盆和茶具极其精致，熬出的茶都是黑红色，糊状的，能吊出线，而且就那么半杯。这种茶立即能止渴和提起神来，既节约了水又维系了人与人之间的亲情。

我出身于乡下，这几十年里也不知走过了多少村庄，但我从未见过像通渭人的农舍收拾得这么整洁，他们的房子有砖墙瓦顶的，更多的还是泥抹的土屋，但农具放的是地方，柴草放的是地方，连楔在墙上的木橛也似乎经过了精心的设计。厨房里大都有三个瓮按程序地沉淀着水，所有的碗碟涮洗干净了，碗口朝下错落地垒起来，灶火口也扫得干干净净。越是缺水，越是喜欢着花草树木，广大的山上即便无能力植被，自家的院子里却一定要种几棵树，栽几朵花，天天省着水去浇，一枝一叶精心得像照看自己的儿女。我经过一个卧在半山窝的小村庄时，一抬头，一堵土院墙内高高的长着一株牡丹，虽不是花开的季节，枝叶隆起却如一个笸篮那么大。山沟人家能栽牡丹，牡丹竟长得这般高大，我惊得大呼小叫，说：这家肯定生养了漂亮女人！敲门进去，果然女主人长得明眸皓齿，正翻来覆去在一些盆里倒换着水。我不明白这是干啥，她笑着说穷折腾哩，指着这个盆里是洗过脸洗过手的水，那个盆里是涮过锅净过碗的水，这么过滤着，把清亮的水喂牲口和洗衣服，洗过衣服了再浇牡丹的。水要这么合理利用，使我感慨不已，对着县长说：瞧呀，鞋都摆得这么整齐！台阶上是有着七八双鞋，差不多都破得有了补丁，却大小分开摆成一溜儿。女主人倒有些不好意思了，说：

图个心里干净嘛!

正是心里干净,通渭人处处表现着他们精神的高贵。你可以顿顿吃野菜喝稀汤,但家里不能没有一张饭桌;你可以出门了穿的衣裳破旧,但不能不洗不浆;你可以一个大字不识,但中堂上不能不挂字画。有好几次饭时我经过村庄的巷道,两边门口蹲着吃饭的老老少少全站起来招呼,我当然是要吃那么一个蒸熟的洋芋的,蘸着盐巴和他们说几句天气和收成,总能听到说谁家的门风好,出了孝子。我先是不解这话的意思,后来才弄清他们把能考上大学的孩子称做孝子,是说一个孩子若能考上大学就为父母省去好多熬煎,若是这孩子考不上学,父母就遭罪了。重视教育这在中国许多贫困地区是共同的特点,往往最贫穷的地方升学率最高,这可以看做是人们把极力摆脱贫困的希望放在了升学上。通渭也是这样,它的高考升学率一直在甘肃是名列前茅,但通渭除了重视教育外,已经扩而大之到尊重文字,以至于对书法的收藏发展到了一种难以想象的疯狂地步。在过去,各地都有焚纸炉,除了官府衙门焚化作废的公文档案外,民间有专门捡拾废纸的人,捡了废纸就集中焚烧,许多村镇还贴有"敬惜字纸"的警示标语,以为不珍惜字与纸的,便会沦为文盲,即使已经是文人学子也将退化学识。现在全县九万户人家,不敢说百分之百家里收藏书法作品,却可以肯定百分之九十五的人家墙上挂有中堂和条幅。我到过一些家境富裕的农民家,正房里,厦屋里每面墙上悬挂了装裱得极好的书法作品,也去过那些日子苦焦的人家,什么家当都没有,墙上仍挂着字。仔细看了,有些是明清时一些国内大家的作品,相当有价值,而更多的则是通渭县现当代书家所写。县长说,通渭人爱字成风,写字也成风,仅现在成为全国书法家协会会员的人数,通渭是全省第一,而成为省书协会员的人数，在省内各县中通渭又是第一。书法有市场，书法家就多，书法家多，装饰店就多，小小县城里就有十多家，而且生意都好。我在一个只有十几户人家的小山村里，见到了其中三家挂有于右任和左宗棠的字，而一家的主人并不认字，墙上的对联竟是"玉楼宴罢醉和春，千杯饮后娇伺夜"。在另一家，一幅巨大的中堂，几乎占了半面墙壁，而且纸张发黄变脆，烟熏火燎得字已经模糊不清。我问这是谁的作品，主人说不知道，他爷爷在世时就挂在老宅里，他父亲手里重新裱糊过一次，待他重盖了新屋，又拿来挂的。我仔细地辨了落款是"靖仁"，去讨教村中老者，问靖仁是谁，老者说：靖仁呀，是前沟拴子他爷么，老汉活着的时候是小学的教书先生！把一个小学教师的字几代人挂在墙上，这令我吃惊。县长说，通渭有许多大的收藏家，那确实是不得了的宝贝，而一般人家贴挂字是不讲究什么名家不名家的，但一定得要求写字人的德行和长相，德行不高的人家写得再好，那不能挂在正堂，长相丑恶者也只能挂在偏屋，因为正堂的字前常年要摆香火的。

从乡下回到县城，许多人已经知道我来通渭了，便缠着要我为他们写字，可我怎么也想不到，来的有县上领导也有摆杂货摊的小贩，连宾馆看守院门的老头也三番五次地来。我越写来的人越多，邀我来的朋友见我不得安宁，就宣布谁再让写字就得掏钱，便真的有人拿了钱来买，也有人揣一个瓷碗，提一个陶罐，说是文物来换字，还有掏不出钱的，给我说好话，说得甚至要下跪，不给一个两个字就抱住门框不走。我已经写烦了，再不敢呆在宾馆，去朋友家玩到半夜回来，房间门口还是站着五六个人。我说我不写字了，他们说他们坚决不向我索字，只是想看看我怎么写字。

在西安城里，书画的市场是很大的，书画却往往作为了贿品，去办升迁，调动，打官司或者贷款，我的情况就是如此，我也曾戏谑自己的字画推波助澜了腐败现象。但是在通渭，字画更多的是普通老百姓自己收藏，他们的喜爱成了风俗，甚至是一种教化和信仰。

在一个村里，县长领我去见一位老者，说老者虽不是村长，但威望很高。六月的天是晒丝绸的，村人没有丝绸，晒的却是字画，这位老者院子里晒的字画最多，惹得好多人都去看，他家老少出来脸面犹如盆子大。我对老者说，你在村里能主持公道，是不是因为藏字画最多？他说：连字画都没有，谁还听你说话呀？县长就来劲了，叫嚷着他也为村人写几幅字，立即笔墨纸砚就摆开了，县长的字写得还真好，他写的是"一等人忠臣孝子，两件事读书耕田"，写毕了，问道：怎么样？我说：好！他说：是字好还是内容好？我说字好内容好通渭好，在别的地方，维系社会或许靠法律和金钱，而通渭崇尚的是耕读道德。县长就让我也写写，讲明是不能收钱的，我提笔写了几张，写得高兴了，竟写了我曾在华山上见到的吉祥联：太华顶上玉井莲，花开十丈藕如船。

这天下午，一场雨就哗哗地降临了。村人欢乐得如过年节，我却躺在一面土炕上睡着了，醒来，县长还在旁边鼾声如雷。

几天后，我离开了通渭，临走时县长拉着我，一边搓着我胳膊上晒得脱下的皮屑，一边说：你来的不是好季节，又拉着你到处跑，让你受热受渴了。我告诉他：我来通渭正是时候！我还要来通渭，带上我那些文朋书友，他们厌恶着城市的颓废和堕落，却又不得不置身于城市里那些充满铜臭与权柄操作的艺术事业中而浮躁痛苦着，我要让他们都来一回通渭！

古宅大院图

大河

抚仙湖里的鱼

如此近地坐在海边，看海水摇曳出一片一片光波，如无数的刀在飞舞，而刹那间恍惚整个海面陡然翘起，似乎要颠覆过来，这还是平生第一次。二〇〇〇年的七月十五日下午，我就是这样坐在尖山下的小渔村口，面对着云南的抚仙湖。抚仙湖当地人称之是湖，我却认做它是海的，因为陕西缺水，少见多怪，把湖都叫做了海。海是这么的蓝！原以为水清无色，清得太过分了竟这般蓝，映得榕树也苍色深了一层。有人就坐在树下的石砌岸上，将赤着的腿浸在海里，上身的白衫发着荧光，却能看见水中那如藕的腿和染成绛红的脚的指甲。屋主用一种大的捞勺从海里舀水冲洗石子走道，舀上来的水里有一尾青脊梁的小鱼，欢乐着蹦，然后就蹦到了海里。而榕树枝上就挂着了一个如罐似的铜锅，锅里正为我们烹着辣汁的鱼。

今天能吃到最鲜美的鱼了，我是这么想着，异常地兴奋。一份考古杂志上讲，人并不是猴子所变，而是来自水里，如果这种结论成立，鱼与人类应该算最亲近的，是鱼养活了人。花的开放是为着蜂蝶来采，鱼的生成就为着把坟墓建在人腹吗？那么，铜锅里的鱼来自海的哪一角呢？它活了多少岁月在等待着了我这个北方的人?!

我环顾着海的周边，午后的霞光和水气使群山虚化成水墨画中的皴染，惟独尖山就在屋后，真实明显，它无基无序，拔地而起，阴影就铺了全部的渔村。将眼光尽量地往远处看，海的那边影影糊糊能看到有着楼房的县城，半个小时前，我们就是从那里驱车绕道从尖山的背后过来的。同来的云南人告诉说,她就是海那边县城的人,数百年前,海水并没有到尖山下,旧城就在这里,如果运气好,逢着个好的天气,清晨依稀能看见在海面上有原来县城的幻影。但我没福看到。我看到的只是这么几户人家的小渔村。或许这地方原本就是一个小渔村,小渔村发展成了旧城,旧城又发展成了小渔村。沧桑变化,变化成如今的模样真是再好不过的事了。据说那次旧城沉没,正好是一个晚上,除一对无眠的老夫妇逃出外,屋舍、人物、家畜全无消息。人是从水里爬上岸的动物,而那么一城的人又复归于水里,它们是变成了人鱼吗?一只水鸟贴着海面飞过来,兜一个圈儿,又贴着海面飞了去,在偶然望见的那一个崖头下,石头上坐着了一个人,我想象那会不会坐着一个人首鱼身的美人鱼呢?

"那是捞鱼的。"陪我的人说。

"捞鱼的?"我怎么能相信呢?"坐在崖头下捞鱼?!"

原来这里的人很少荡船在海里张网捕鱼,古老的时候,他们用勺能连鱼带水舀上来,或者用竹茅在水里扎,如今鱼的需求量多了,也只是在崖头下的小石穴里等着鱼钻竹篓,这如同猎人的守株待兔。小石穴里,都是有泉水往海里流的,流出的泉和海的颜色不同,水质也不同,鱼顺着泉水往上游,只消在那儿放一个竹篓,鱼就进去了。泉水在海水中的光亮,如佛在尘世的召唤,海里那么多的鱼,能不能完满自己的生命,将坟墓修建在人的肚腹,就看它的造化了。

关于这个海里的鱼,是怎样的一种社会,有怎样的生存方式和信仰,真是无法想象的神秘。我提议能否去海上看看呢,于是搭乘了汽艇,遗憾地并没有见到一条鱼,鱼一定是沉潜在海底,海底里有水晶宫一样的去处吧?汽艇开得快起来,柔软的水面竟成了坚强的陆地,颠簸得身子生疼。陪同的人说要看鱼得阴历十五月圆的夜里,所有的鱼都游近了远处的那个孤岛下,若站在孤岛上可以看见四周一圈几米宽的鱼群带,白花花一片,鱼的划水声响成一种轰轰声。但那天不是阴历的十五,天又不是晚上,我仍是没有看到鱼,上得了孤岛,岛上住着一座佛庙,佛庙的门掩着,庙的花坛边坐着一群鲜艳的年轻女子,我弄不明白那是来庙里烧香的游客,还是鱼上了岸的化身?

汽艇又开始了在海上漫无目的地游弋,几乎是到了海的一角,海水变成了一条河向山垭间漫过去,陪我的人告诉说山垭那边仍是还有一个湖的,面积比这个湖还要大,两个湖便通过这条河连通的。天近了黄昏,穿过河去另一个海是不可能了,却生了玄想,如果要捞鱼,只站在那河里张一个网,那鱼就千船万担地收获了。

"不,"陪我的人叫起来,"两个湖的鱼从不相互往来的,河中间有一块礁石,就叫分鱼石,各自湖里的鱼游到那儿,全都掉头又游走了。"

"这是为什么?"

"这谁又知道为什么,恐怕各有各的地盘,各有各的家园,从不混乱的。"

这话说得真好。我说,鱼不混乱,人却混乱了,人污染了自己生存的地方,又以旅游的名义,到处去污染了。我一到云南听说这里环境优美,驱车就来了,从尖山后绕过来时,山脚那边已经是一个很繁华的小镇,有那么多现代的设施和那么多的游客,如果这里向外并没有道路,就那么几户的小渔村,该是多好呢?我一时也烦起了我和我一样丑恶的游客,蓦地倒醒悟了旧城沉没的秘密:是不是当旧城发展得人越来越多，他们就讨厌了作为人的生活而集体变成鱼了呢?

　　从海上返回小渔村，在一家厅室里，我看见了展示的两条青鱼的标本。鱼真是大，大到像一个人躺在那玻璃罩里。介绍的文字说，这两条鱼先后都是从湖里钓上来的。鱼是涂上了防腐剂，看上去如活的一样，我看着鱼眼，鱼眼也看着我，我最后是不敢再看它的眼睛了，退出了厅室，鱼的眼睛还在看着我。

　　夜里，我睡在了昆明市的豪华宾馆的床上，做了一个梦，我梦见了那两条大青鱼，大青鱼似乎在对我说什么，可我终听不明白鱼话，醒来我想起了小的时候看过的一出戏，戏是《柳生传书》。我是不是也该是那个柳生呢? 可我给谁传书，传给谁去，怎么个传法? 心中总有一团疑窦压着，所以写下了这篇文章求释然了。

2000 年 7 月 29 日

"卧虎"说

我说的"卧虎",其实是一块石头,被雕琢了,守在霍去病的墓侧。自汉而今,鸿雁南北徙迁,日月东西过往,它竟完好无缺,倒是天光地气,使它生出一层苔衣,驳驳点点的,如丽皮斑纹一般。黄昏里,万籁俱静了,走近墓地,拨荒草悠悠然进去,蓦地见了;风吹草低,夕阳腐蚀,分明那虎正骚动不安地冲动,在未跃欲跃的瞬间;立即要使人十二分地骇怕了!怯生生绕着看了半天,却如何不敢相信寓于这种强劲的动力感,竟不过是一个流动的线条和扭曲的团块结合的石头的虎,一个卧着的石虎,一个默默的稳定而厚重的卧虎的石头!

前年冬日,我看到这只卧虎时,喜爱极了,视有生以来所见的惟一艺术妙品,久久揣赏,感叹不已,想生我育我的商州地面,山川水土,拙厚、古朴、旷远,其味与卧虎同也。我知道,一个人的文风和性格统一了,才能写得得心应手,一个地方的文风和风尚统一了,才能写得入情入味,从而悟出要作我文,万不可类那种声色俱厉之道,亦不可沦那种轻靡浮艳之华。"卧虎",重精神,重情感,重整体,重气韵,具体而单一,抽象而丰富,正是我求之而苦不能的啊!

我在那墓场呆了三日,依依不肯离去。我总是想:一个混混沌沌的石头,是出自哪个荒寂的山沟呢?被雕刻家那么随便一凿,就活生生成了一只虎了?而固定的独独一块石头,要凿成虎,又受了多大的限制?可正是有了这种限制,艺术才得到了最充分的自由吗？貌似缺乏艺术，而真正的艺术则来得这么的单纯，朴素，自然，真切！

静观卧虎，便进入一种千钧一发的境界，卧虎是力的象征。我们的民族，是有辉煌的历史，但也有过一片黑暗和一片光明的年代，而一片光明和一片黑暗一样都是看不清任何东西的。现在，正需要五味子一类的草药，扶阳补气，填精益髓。文学应该是与世界相通的吧，我们的文学也一样是需要五味子了，如此而已。

但是，这竟不是一个仰天长啸的虎，竟不是一个扑、剪、掀、翻的虎，偏偏要使它欲动，却终未动的卧着？卧着，内向而不呆滞，寂静而有力量，平波水面，狂澜深藏，它卧了个恰好，是东方的味，是我们民族的味。

以中国传统的美的表现方法，真实的表达现代中国人的生活和情绪，这是我创作追求的东西。但是，实践却是那么艰难，每走一步，犹如乡下人挑了鸡蛋筐子进闹市，前虑后顾，惟恐有了不慎，以致怀疑到了自己的脚步和力量。终有幸见到了"卧虎"，我明白了，且明白往后的创作生涯，将更进入一种孤独境地。喜从此有了"源于高度的自信"，进一步"精于其道的自感"（这是袁运甫的画语），我想，艺术于我是亲近的。

我的"卧虎"啊……

1982年4月为《当代文艺思潮》"作家与创作"栏而作

《海风山骨——贾平凹书画作品选》序

日子过得真快，竟然五十九岁了，阴历的二月二十一是我的生日，《古炉》已经出版一月，空闲下来了，就编一本书画集吧，可以给读者汇报一下我的余事，也权当自己送自己个寿礼。

书画确实是我的余事。

之所以认作是余事，一是几十年来我都是在从事文学写作，文学写作是我的职业也是事业，立身之本，不敢懈怠。二是以我的才质和所下的功夫，自知很难在书画方面取得大成就，也要给自己的浅陋早早寻借口，就完全把书画作为陶冶自己心性之道，更作为以收入养文养家之策，那就只能是余事了。

但我是多么地喜欢着书画艺术啊，自感到我生命的土壤里有各种颜色，能长绿的树，也能长红的花，我与书画应该有缘。在我的认识里，无论文学、书法、绘画、音乐、舞蹈，除了各有各的不可替代的技外，其艺的最高境界都是一样的。我常常是把文学写作和书画相互补充着去干的，且乐此不疲，而相得益彰。

我承认我没有临过帖，也没有临过《芥子园》一类的画谱，但我读美术史，读了很多的书画。对于书法，其实我每天的文学写作都是写字，虽然是钢笔字，对汉字的理解却是一致的。你可以把书法说得是如何的抽象艺术，而它最基本的属性还是实用性的，来源于象形，能把握住它的间架结构，能领会它认知世界的智慧和趣味，以你的心性和感觉去写，写出来的字就不会差到什么地方去。至于绘画，我是在有了书法实践的几年后开始的，因为我还能掌握了线条，就以写入画，自然界的所有形象都在眼前，只是捉那些模样去画就是了。

常听到这样的话：文如其人，字如其人，画如其人。其实这话是从事的文、字、画达到了一定程度后方可讲的。只有在达到一定程度上了，手里的钢笔和毛笔才能与人合而为一，那么，人是什么人，文字就是什么文字，书法就是什么书法，绘画就是什么绘画。我的体会是，我有我长期以来形成的对于世界对于人生的观念，我有我的审美，所以，我的文学写作和书画，包括我的收藏，都基本上是一个爱好，那便是一定要现代的意识，一定要传统的气息，一定要民间的味道，重整体，重混沌，重沉静，憨拙里的通灵，朴素里的华丽，简单里的丰富。

我是先文学写作，后书法，再后绘画，当每一项创作刚刚上手的时候，甚觉快意，而愈往前行，才知干什么都是那么艰难。在这每一条路上，到处都是夸父的尸体啊。我常常不知道该书画些什么，它和写作一样，没有了感觉和冲动，笔就提不到手里，而当有了感觉和冲动，又苦于表现不出来，即便表现出来了，今天看着还可以，明天又觉得太糟糕，苦恼复苦恼，总在煎熬中。十多年来，是出版过一些书法和绘画的集子，现在羞于让人翻阅，就想，编辑了这本集子，再过几年，恐怕又是不堪入目的命运吧。却又想，人生都是从幼稚走来，真到那一天了，或许看这些作品难看，那可能我是进步了，或许，那时候了，书画于我就不是余事了呢。

2011 年 3 月 11 日

释　画（六篇）

前　言

　　冬天里画了许多画，热心着想出一本有图有文的书，但文写了六篇便兴尽，兴尽则无味，压在抽屉里让纸霉去。六月搬家，又翻出来，倒想起两件事，一是世上的艺术大而化之讲境界相通，但毕竟相互独立，文人作画，多仕画面上写话，是画难以达意的可怜。二是一个人一生写多少文字有着定数，一旦写出，当不可糟蹋。

龙之弟

　　我属相为龙，又生在古历的二月，依了"二月二龙抬头"的谚语，大家都说我的命要好，我也慢慢地以龙人得意了。但研究了龙是马蛇鱼牛鹿鹰猪的形象综合物，而综合之物除了做图腾而威武外，蜥蜴、壁虎等皆为渺小可怜虫，便倒羡慕起了属相中真有其物的老虎了。

　　云从龙，风从虎。龙是天上的，它只神秘；虎是地上的，真正的有力量。

　　因为无端的干扰太多，影响着读书和写作，除了窄而霉的房子拥挤了老人和妻儿，我在外租借了两处小屋，平日三处跑动，有人就说我"狡兔三窟"了。我说：兔子弱小，兔子才有三窟啊，你见过老虎有固定住处吗？老虎走到哪儿，哪儿就是它的家！

民间的故事有"狐假虎威"之说,假虎威的岂止是狐呢?我这属龙的,就认作虎是龙之弟了。

鹰

鹰仅仅是一个符号。

那是一个夜晚,我在大街的十字路口等人,人是陌生的,又是女性,但我们总是搞错方位,不断地通过电话联系。我们都是在这个不大的城市生活了几十年,平日每一棵树都熟知身影,却偏偏在十字路口犯迷怔,简直是中了邪了!我望着头上的天,月亮是三分之二的圆,但一朵云倏忽飘过来,恰恰掩在月上,这时候有一个黑影从对面的楼台上蹿上了空中,是麻雀或是蝙蝠我不知道,而瞬间里我却认定它是一只鹰。鬼晓得哪儿来的这种感觉,我想起了写过《浮生六记》的沈三白,他是在蚊帐里吸香烟,烟缕袅袅,他说过那烟里飞动的蚊子是云里的鹤。鹰,这座城市里的鹰,今夜飞临在我的头顶,它在空中飞行了数圈,样子徐缓优美。

这一夜一定是有意义的。

人是出现了。我还在四处张望,一辆车疾快地向我驶来。在我的意识里,街上的车都是有了灵魂的,是狼虫虎豹所变,这辆车却分明是一匹马。马有长而密的鬃,有结实滚圆的臀和健拔的腿。这马不是本地的劣等马,它应该是从徐悲鸿的画里跑出来的,是大宛的,腿上生云,背上有翅,出汗香而为血。车在我面前戛然停住,车窗摇下去,陌生人冲着我微笑。月亮在这一刻里光华了,月亮在车里,我明白天上的月亮为什么有了云掩,古老的成语原来是有着形成的原因。

我们就那么站在路边，相互交代着事情，匆匆分别了。原本是一位叫欣的朋友委托的一宗小事，我们的会见却如此周折，我却庄重地行事，似乎欣是个上帝，这样的相见是上百年的安排，一个地球上的人等待着另一个星球上的使者。车在夜色里消失了，它真的会永远消失了吗？我伫立在微寒的风里，觉得几分残酷。惆惆怅怅地回来，睡是无法睡的，便在清洁的纸上作画，我先画着了那只鹰，再要画一匹大宛马的，但马立起来成了一个女人。我想，我们是会再见面的，因为我的志向豪华，我的远行里不能没有鹰和马。

于是，这个古老的城市将演绎着一段美丽的故事。

莲花和藕

莲花是藕的喜悦。

小时候我们乡里都穿家织布，又没有染坊，白布料就在塘中的污泥里沤，然后再用荆棘灰水煮，衣裤就一律的淡灰颜色。池塘里的水总是黑水，生出的鱼是黑脊梁，蚂蟥是黑腿，鳖就更黑得难看了，如果缩着头不动，像厕所里的石头。娘说鬼是黑的，我每每傍晚坐在门首，望着塘面害怕：鬼的家一定住在那里。

但春天里塘里有了荷叶，秋天里开了莲花，莲花非常鲜艳；腊月里放了塘水挖泥，泥里的藕却又嫩又白。娘说：塘里只有莲藕白。上了学，课本上写着"出淤泥而不染"，指的就是莲藕。

腊月里若是不挖藕，谁也不知道污泥里有肥白的藕。

藕在污泥里守着它的白，于是莲开放了它的精神。

今天的我坐在书房，思考着形而下与形而上的哲学，也想起了世俗中的日子和世俗日子里的饮食男女……

菩提与凉花图

在中国的文坛上,我是著名的病人。几十年过去了,虽活得不痛快,但却总活着,而且是越活越见了精神。许多人都在询问我治病的良方,良方是有的,以前秘而不宣,现在可以悄声说:多帮助人。多帮助了人,心情愉快,慢性的病它慢慢地就好起来了。

己卯年的十月五日,有熟人向我提说了一位落难的朋友,正在生死攸关之际,落难者我以前仅见过一面,但未说话,甚至在听说了一些事体后还哀其不幸怒其不争。现在处于难中,我就生恻隐之心了,立即提供了帮助。此事做完,非常快乐,遂画了此图。

我并不是佛教徒,但我好佛。一位教徒说,佛法是从来没有表示自己垄断真理,也从来没有说发现了什么新东西,在佛法之中,问题不是如何建立教条,而是如何运用心的科学,透过修行,完成个人的转化和对事物究竟本性的认识。他说得是好啊!

画完了此图,我向案桌上的石刻佛像焚香,感谢佛。

酸枣好个秋

虫子转化成了蝴蝶,种子转化成了大树,我们呢,一生都在做着自己的转化。

二十四年前,我在黄土高原的一个小山村里,见到了一位少女,她长得非常漂亮,又有一副清亮的嗓子,但家境贫寒,已经辍学了,跟着一位弹三弦的盲人卖唱。我记下了她的名字和家庭住址,返回省城后向某演出单位推荐。我推荐时的想法并不在意她将来能成为一个大的人才，我只是怜惜了一朵花在荒山沟里自开了又要自谢去。二十多年过去了，南方的歌坛上红火着一位歌手，她的形象在电视上、报纸上频频出现，我并不知道她就是我曾经推荐过的人，因为她改了名，如今珠光宝气的形象也难以使我联想到山村小女孩的模样。当她突然地和一个男人出现在我家门口的时候，谈及了当年的事，我为她而祝福了。她是怎样被人接到了省城，又如何没进入省城的演出单位而又去了南方，在南方怎样地被包装，怎样地被富豪婚娶，有着怎样的名车和别墅。她大略地向我叙述，我没有询问这其中的细节，脑海里却不停地闪现了黄土高原的那小山村。小山村的旁边是一条桃花水，村子里的女孩儿都纯真美丽。村口的土崖畔上到处是野枣丛，秋天里酸枣红得像繁星。

歌手拜访我的那天，是四月二日，我正好在起草着一部长篇的提纲。

自 钓

当你爱上一个人的时候，其实你已经成了俘虏，欢乐如烛芯跳跃，蜡泪流尽，夜归复了更深沉的黑暗。一件古董，是秦代的或是唐朝的，辗转了无数人到了我们手里，想想，我们几十年后就死了，古董又会落入谁家呢？与其向来客显示得意，我们收藏了这件古董，不如确切地说：古董更是在收藏了我们。昨晚上我又做了一个梦，渭河的水风波不兴，有人坐在一块石头上钓鱼。钓者是背着我的，我无法看清他的眉眼，但他差不多已经是坐了很久的时辰了，人没有动，钓竿也没有动。我立即知道他是姜太公。鬼晓得我怎么就认做他是姜太公呢？这么一想，梦却醒来了。梦里是不能思想的，一思想梦就醒的，这如人在算计着什么的时候，上帝肯定在发笑。早晨的阳光一派灿烂，把窗上整面的玻璃都染上了红色，我开始在纸上涂抹梦境，但我画出来的并不是姜太公，因为鱼钩一笔画下来竟落在了钓者的衣领上，同时我的脖子像蚊子叮了一下发痛。

这是很奇怪的事。

但是，我说了一句：这就好。

声音传到墙上，墙上正有一只白色的旱蜗牛爬动，爬动后的液痕闪闪发亮，我听见了蜗牛的叹息：是的，人在钓鱼的时候都是在钓着自己。

孤独地走向未来

好多人在说自己孤独，说自己孤独的人其实并不孤独。孤独不是受到了冷落和遗弃，而是无知己，不被理解。真正的孤独者不言孤独，偶尔做些长啸，如我们看到的兽。

弱者都是群居着，所以有芸芸众生。弱者奋斗的目的是转化为强者，像蛹向蛾的转化，但一旦转化成功了，就失去了原本满足和享受欲望的要求。国王是这样，名人是这样，巨富们的挣钱成了一种职业，种猪们的配种更不是为了爱情。

我见过相当多的郁郁寡欢者，也见过一些把皮肤和毛发弄得怪异的人，似乎要做孤独，这不是孤独，是孤僻，他们想成为六月的麦子，却在仅长出一尺余高就出穗孕粒，结的只是蝇子头般大的实。

每个行当里都有着孤独人，在文学界我遇到了一位。他的声名流布全国，对他的诽谤也铺天盖地，他总是默默，宠辱不惊，过着日子和进行着写作，但我知道他是孤独的。

"先生，"我有一天走近了他，说，"你想想，当一碗肉大家都在眼睛盯着并努力去要吃到，你却首先将肉端跑了，能避免不被群起而攻之吗？"

他听了我的话，没有说是或者不是，也没有停下来握一下我的手，突然间泪流满脸。

"先生，先生……"我撵着他还要说。

"我并不孤独。"他说，匆匆地走掉了。

我以为我要成为他的知己,但我失败了,那他为什么要流泪呢?"我并不孤独"又是什么意思呢?

　　一年后这位作家又出版了新作,在书中的某一页上我读到了"圣贤庸行,大人小心"八个字,我终于明白了,尘世并不会轻易让一个人孤独的,群居需要一种平衡,嫉妒而引发的诽谤,扼杀,羞辱,打击和迫害,你若不再脱颖,你将平凡,你若继续走,走,终于使众生无法赶超了,众生就会向你欢呼和崇拜,尊你是神圣。神圣是真正的孤独。

　　走向孤独的人难以接受怜悯和同情。

数幅木刻年画

　　西安古玩城里一家姓程的门面，突然一日挂出了一幅木刻年画，明末清初制品，三尺开方，题"天仙送子"。古时年画的情形不知道，现在年节里出售的画多是下边印着日历，上边是当红的女影星照或男影星照，但五十年代，即我六岁七岁的时候，赶集会买年画却是一件大事，牵着父亲的手在那街西头铺了一大片的画幅里挑过来选过去，最后买下小孩抱着一条鱼的，骑着一只鸡的——既"吉庆"又"有余"——回来用糨糊贴在炕头墙上。年画是很难被人保存的，买来就贴上墙，三月四月也就损坏了。姓程的门面里挂出了木刻年画，既是古物，又画面上一主一仆一童，面目雅洁，衣饰华丽，足踩祥云，手持莲花、灯盏等物，更是染红、蓝、黄、白、紫、黑六色，生动有趣，温润高贵，立即吸引了好多人去观赏。有数位很著名的画家轮番前来讨价，主人一一回绝：此画属非卖品。画家仍不甘心，若不肯出售能否以画易画，或者以自己的画或者以他人的画，主人说：交易可以，我要贾平凹的书法。此话很快传到我耳里，我便去了，果然画是中国木刻年画中的佳品，顿生爱怜之心，遂和程氏达成条件，他取出十五张三十年代鲁迅郑振铎等人制作的华笺纸让我自存三张而随意在十二张上书写小字，他当下搭椅从墙上取下年画，连画框一并让我拿走了。

　　我很快在家写好了字给他送去，他显得十分高兴，又便宜卖给了我几幅姚伯多拓片，他说他年轻时就喜收藏，退休后无事，来古玩城租了这间门面，但他并不重在赚钱而是以此以物易物，进而收藏他喜欢的东西。这么看来，此年画落入我手自是一种缘分，也是程氏挂出年画故意要钓我！从此我和程氏就成了朋友，凡去古玩城，都往他的门面里喝杯茶，吸颗烟。年画挂在了我的书房，来人莫不说好，尤其是一些画家立在画前要端详半天，看着他们的神色，我就十分地得意。也就在四五个月之后吧，我再去程氏的门面，他竟又拿出了八幅装裱成轴的年画，全部是四川版的，虽也世间稀罕，但品相已大不如"天仙送子"图，我仍是以四幅字换了来。有了九幅古版年画，我倒想起了十多年前一件蠢事，当时有人从凤翔回来，给我带了一对宋代版印的门神年画，刀法流畅，套色鲜艳，我竟贴在了门上。现在门神还贴在门上，一边是秦琼一边是敬德，只是来我家的客人多，他们已被敲烂了。人在年轻的时候，崇尚所谓的"高雅"，让人画油画，上街买油画框，甚至跑到北京去看那些大家名家的绘画展览，对于民间的花花绿绿的东西不屑一顾，宋版的神年画之所以用糨糊严严实实贴在门上也就是觉得庸俗而已。中年之后，却认作古版年画的好，俗到了极处便雅到了极处。"天仙送子"图上除了套色外，还有着印刷后的染色，可能是大批量的印刷，染色的人或许是技术太熟练，或许是工作了许久已经疲倦，那用淡墨染云的刷子就一下子刷下去，结果一半刷在云纹上，一半竟刷在云纹外。这种错误在那时肯定挨过老板的呵斥，但到了现在，却别有一番情趣可人了。年画是很难被收藏的，它的实用性更强，而这幅画完整无缺地被流传下来，是哪一家的蠢媳妇买回放在箱底被遗忘了呢，还是雕印坊积压下的制品？我每每读书写作之余对画凝思，就恍惚觉得画前有人影在动。

到了今年的清明，山西临汾的秦先生忽然来访，他是知我秉性的，带的礼是一卷土织布和一个画框，画框里竟是一幅平阳木刻年画《隋朝窈窕呈倾国之芳容》。这真是一幅好东西！平阳为中国四大雕印中心之一，此年画的原版现存于莫斯科博物馆。这幅年画与我所藏的年画绝然不同，画面是四大美人绿珠、王昭君、班姬、赵飞燕，绿珠左手提裙登阶，回眸又望右手所持的玉麒麟，风情毕现；王昭君身着异族服饰，执笔修书，神情沉郁；赵飞燕金饰玉佩，袖手昂头，志满意得；班姬持扇列后，文静矜持。整个画面素色，讲究线条，一派清穆之风。秦先生虽是官场之一人，酷爱文学，两人以文字交友，他能将如此佳品赠我，喜得我忙不迭地敬烟敬茶。

我是平头百姓，从未做过登临天安门城楼的梦，喜欢收藏以来，只好民间的物事。《天仙送子》洋溢的是温馨和喜悦，《隋朝窈窕呈倾国之芳容》题材虽皇家内容，但将汉晋两朝人物于一图，这也是民间的视角和态度。正因为是纯民间的东西，它有它的鲜活感，其经济价值并不高，却让我视之家宝。两年之间，陡然有两位天仙四大美人来我陋屋，试想想，古往今来谁有过此等福分？可收藏其实是藏品在收藏人，我的福分却正是让我来护佑和奉敬她们的。今夜里，在两幅年画前设案焚香，默想着那些雕刻木板的人，印制的人，数百年曾辗转护佑的人，能否在什么时候两位天仙四大美人破纸而出就坐在我的书房里慢声细语呢？看着香烟袅袅而起，我席地而坐，也燃起了一支烟吸着，便两句话生出心头——

焚香供仙，

吸烟自敬。

2000 年 4 月 8 日

古 土 罐

我来自乡下，其貌亦丑，爱吃家常饭，爱穿随便衣，收藏也只喜欢土罐。西安是古汉唐国都，出土的土罐多，土罐虽为文物，但多而价贱，国家政策允许，容易弄来，我就藏有近百件了。家居的房子原本窄狭，以至于写字台上、书架上、客厅里，甚至床的四边，全是土罐。我是不允许孩子们进我的房子，他们毛手毛脚，担怕撞碎，胖子也不让进来，因为所有空间只能独人侧身走动。曾有一胖妇人在转身时碰着了一个粮仓罐，粮仓罐未碎，粮仓罐上的一只双耳唐罐掉下来破为三片。许多人来这里叫喊我是仓库管理员，更有人抱怨房子阴气太重，说这些土罐都是墓里挖出来的，房子里放这么多怪不得你害病。我是长年害病，是文坛上著名的病人，但我知道我的病与土罐无关，我没这么多土罐时就病了的。至于阴气太重，我却就喜欢阴，早晨能吃饭的是神变的，中午能吃饭的是人变的，晚上能吃饭的是鬼变的，我晚上就能吃饭，多半是鬼变的。有客人来，我总爱显示我的各种土罐，说它们多朴素，多大气，多憨多拙，无人了，我就坐在土罐堆中默看默笑，十分受活。

我是很懒惰的人，不大出门走动，更害怕去社交应酬。自书画渐渐有了名，虽别人以金来购，也不大动笔，人骂我惜墨，吝啬佬，但凡听说哪儿有罐，可以弄到手，不管白日黑天，风寒雪雨，我立即就赶去了。许多人因此而骗我，提一只土罐来换几个字，或要送我一只土罐而要求去赴一个堂会，上当受骗多了，我也知道要去上钩入瓮，但我控制不了我，我受不了土罐的诱惑。我想，在权力、金钱、女色、名誉诸方面，我绝对有共产党人的品质，而在土罐方面不行。对于土罐的如此嗜好，连我也觉得不解，或许我上上的哪一世曾经是烧窑的？或许我上上的哪一世是个君王富豪？

这些土罐，少量是古董市场上买的，大量是以字画变换，还有一些，是我使了各种手段从朋友、熟人手中强夺巧取而来。在我洋洋得意收藏了近百的土罐之时，一日去友人芦苇家，竟然见得他家有一土罐大若两人搂抱，真是馋涎欲滴，过后耿耿于怀，但我难以启口索要，便四处打听哪儿还有大的，得知陕北佳县一带有，雇车去民间查访，空手而归，又得知泾阳某人有一巨土罐，驱车而去，那土罐大虽大，却已破裂。越是得不到越想得到，遂鼓足勇气给芦苇去了一信，写道——

　　古语说，神归其位，物以类聚。我想能得到您存的那只特大土罐。您不要急。此土罐虽是您存，却为我爱，因我收集土罐上百，已成气候，却无统帅，您那里则有将无兵，纵然一木巨大，但并不是森林，还不如待在我处，让外人观之叹我收藏之盛，让我抚之念兄友情之重。当然，君子是不夺人之美，我不是夺，也不是骗，而要以金购买或以物易物。土罐并不值钱，我愿出原价十倍数，或您看上我家藏物，随手拿去。古时友人相交，有赠丫环之举，如今世风日下，不知兄肯否让出瓦釜？

信发出后，日日盼有回复，但久未音讯，我知道芦苇必是不肯，不觉自感脸红。正在我失望之时，芦苇来电话："此土罐是我镇家之物，你这般说话，我只有割爱了！"芦苇是好人，是我知己，我将永远感谢他了。我去拉那巨大土罐时，特意择了吉日，回来兴奋得彻夜难眠，我原谅着我的掠夺，我对芦苇说：物之所得所失，皆有缘分啊！

现在，巨大土罐放在我的家中，它逼着一些家什移位于阳台上，而写字台仅留给我了报纸一般大的地方。我在想，这套房子到底是组织上分配给我住的还是给土罐住的？这些土罐是谁人所做，埋入谁人坟墓，谁人挖掘出土，又辗转了谁人之手来到了我这里？在我这里呆过百年了又落在哪人手中，又有谁能还知道我曾经收藏过呢？土罐是土捏烧而成，百年之后我亦化为土，我能不能有幸也被人捏烧成土罐，那么，家里这些土罐是不是有着汉武帝的土，司马迁的土，唐玄宗或李白的土？今夜，月明星稀，家人已睡，万籁俱静，我把每个土罐拍拍摸摸，以想象，在其身上书写了那些历史的人名，恍惚间，便觉得每个土罐的灵魂都从汉唐一路而来了，竟不知不觉间在一土罐上也写下了我的名字。

1998 年 2 月 19 日

生活一种

——答友人书

院再小也要栽柳,柳必垂。晓起推窗如见仙人曳裙侍立,月升中天,又是仙人临镜梳发;蓬屋常伴仙人,不以门前未留小车辙印而憾。能明灭萤火,能观风行。三月生绒花,数朵过墙头,好静收过路女儿争捉之笑。

吃酒只备小盅,小盅浅醉,能推开人事,生计,狗咬,索账之恼。能行乐,吟东坡"吾上可陪玉皇大帝,下可以陪卑田院乞儿",以残墙补远山,以水盆盛太阳,敲之熟铜声。能嘿嘿笑,笑到无声时已袒胸睡卧柳下,小儿知趣,待半小时后以唾液蘸其双乳,凉透心臆即醒,自不误了上班。

出游踏无名山水,省却门票,不看人亦不被人看。脚往哪儿,路往哪儿,喜瞧巉岩勾心斗角,倾听风前鸟叫声硬。云在山头登上山头云却更远了,遂吸清新空气,意尽而归。归来自有文章作,不会与他人同,既可再次意游,又可赚几个稿费,补回那一双龙须草鞋钱。

读闲杂书,不必规矩,坐也可,站也可,卧也可。偶向墙根,水蚀斑驳,瞥一点而逮形象,即与书中人、物合,愈看愈肖。或听室外黄鹂,莺莺恰恰能辨鸟语。

与人交,淡,淡至无味,而观知极味人。可邀来者游华山"朽朽桥头",敢亡命过之将"××到此一游"书于桥那边崖上,不可近交。不爱惜自己性命焉能爱人?可暗示一女子寄求爱信,立即复函意欲去偷鸡摸狗者不交。接信不复冷若冰霜者亦不交，心没同情岂有真心？门前冷落，恰好，能植竹看风行，能养菊赏瘦，能识雀爪文。七月长夏睡翻身觉，醒来能知"知了"声了之时。

养生不养猫，猫狐媚。不养蛐蛐，蛐蛐斗殴残忍。可养蜘蛛，清晨见一丝斜挂檐前不必挑，明日便有纵横交错，复明日则网精美如妇人发罩。出门望天，天有经纬而自检行为，朝露落雨后出日，银珠满缀，齐放光芒，一个太阳生无数太阳。墙角有旧网亦不必扫，让灰尘蒙落，日久绳粗，如老树盘根，可作立体壁画，读传统，读现代，常读常新。

要日记，就记梦。梦醒夜半，不可睁目，慢慢坐起回忆静伏入睡，梦复续之。梦如前世生活，或行善，或凶杀，或作乐，或受苦，记其迹体验心境以察现实，以我观我而我自知，自知乃于嚣烦尘世则自立。

出门挂锁，锁宜旧，旧锁能避盍贼破损门，屋中箱柜可在锁孔插上钥匙，贼来能保全箱柜完好。

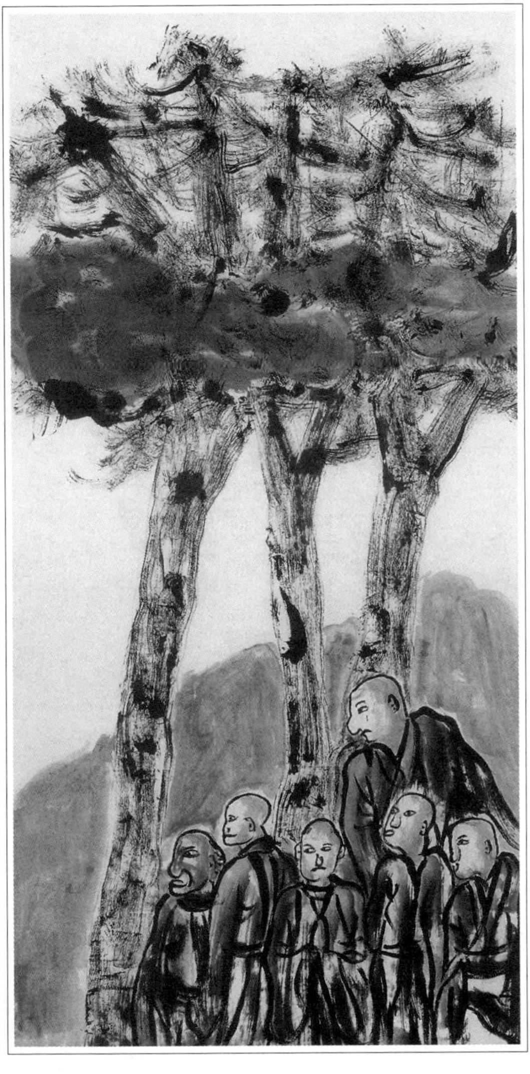

邻院的少妇

《大堂书录》序

一九九八年的腊月，我在石家庄小住了几日，其间拜见了韩朋先生。先生好客，送我一盒座化印馆的华笺。不久回西安过春节，除夕的晚上，看罢电视里的春节联欢晚会，也燃了爆竹，吃了饺子，家里人就都睡去，我还坐在书房里没有困意。从书架上取下那盒华笺，随便要在盒上写上韩朋先生赠送的时间，不想见华笺如见韩朋，便走到了电话机前要给他拨个电话拜拜年。话筒拿起来却又放下，想，小时候晚辈给长辈拜年，起码得提个馍笼子的，如今世情薄了，就拨个电话算拜年了？老先生能将这么好的纸送我，何不写些东西，也不辜负了他的美意，也不亏了这华笺的存在！于是研墨调笔，写了起来。我完全没有料到，笔落在纸上感觉是那么地好，越写越来兴趣，竟写到黎明五点。此后的三日里，白天里去走亲戚，天一黑就在书房里写，直到把全部华笺写完。

我平日都写大字，用纸也极粗糙，在这么好的华笺上写指头蛋大的字还是第一次。年后一帮朋友来家看到了这批字都惊呼不已，说这是我写得最好的书法，便一人数十张要抢去。经大家这么一咋呼，我也觉得我写得好了，就小心起来，送他们烟酒而把华笺收回来，说：这是我专门为我的两个女儿写的，裱出两个手卷了，将来给她们做嫁妆的。

此事被人传来，不断有人来家要看，我先还得意，谁来都摊开一地，赔上烟茶，听他们说好话，后来就烦了，再有人来，婉言拒绝，不想又来了出版社的编辑，提出能否让他们出版？事情弄到这一步，倒使我认真了，重新展开手卷，便觉得很不满意起来，比如，有的部分还认真，有的部分就太随意，一些字有神来之笔，一些字则浮滑丑陋，局部里尚有气韵，整体上节奏零乱，更令我汗颜的是平日书写因字少还能藏拙，这么两大长卷就暴露了我功力的浅显和稚嫩。我说：这行吗，能拿得出手吗？编辑说：怎么不可呢，你的书法朴茂率真，又有静气，且书的内容又是古诗句格言和《道德经》，出版了，喜欢你的字的就欣赏字，不喜欢你的字了还可欣赏你写的内容啊！

于是，我便又有了两本所谓的书法册了，一本由太白文艺出版社出版的《贾平凹书〈道德经〉》，一本就是由陕西旅游出版社出版的这个《贾平凹书人生格言》了。

2001 年 4 月 16 日夜

读稿人语(十四则)

一

读老作家文章如进寺遇长老,想近前又不敢近前。不敢近前,怕他早看穿了我的肠肠兜兜,不近前又不知那是一双什么佛眼,如何看我几多忙人?

读《五十心境》,说尽了不惑,到底还惑。想起一友人游杭州归来,极力夸赞某一公园门口的对联怎么怎么地好,问对联内容,说:"上联是□□□□□□,下联是□□□□□春。"只记得最后一个字。

王中朝淡,《雾村》懒,一个是老僧吃茶,吃茶是禅,一个是黑中求白,乖人说憨。周涛善冰山崩塌,与之可论天下英雄,何立伟独坐听香,你只能意会他却能言传。同是女人写女事,《我与董小宛》人为狐变,《小黑》狐为人变,《我开餐馆》华而不实,却有独立之姿。

二

杂志创刊,真像新出生的孩子,又像是才过门的媳妇,第一期出来了,编辑部不停地收到来信和电话,甚至遥远的电文,有说孩子是太瘦了,有说媳妇眉眼不俊,说三道四的,我们惶惶得如谦谦后生,只是洗耳恭听。要自我评价吗,常言说,看别人的媳妇好,瞧自家的孩子亲，我们是既得意又丧气。

没有想到的，杂志放在书店的架子上，有人总是把"美文"念错了，有的喊："我要'美女'！"有的疑惑："'姜文'？这小子也办了刊物了，来一本瞧瞧！"

到这一期，我们要告诉读者的，是仍刊登了一些大人物的作品的，因为我们是小人物。大人物都是从小人物到大人物的，我们的目的在于希望同我们一样的小人物也慢慢长大。

已经是几代人读过了的冰心，冰心还是让我们读不够，她是文坛上的菩萨，菩萨总是不老，我们敬仰她又不得不热爱她。汪曾祺恐怕是最后一个中国古典抒情诗人了，他不靠迎合活着，以征服而存在，闲人帮主，文风领袖，这是没办法的。有人评刘晓庆是刘晓庆的最大影迷，我们想，刘晓庆的傲，是从骨子里透出的另一种的率真，如果没有刘晓庆，我们将会多么寂寞。

年轻的老牛汉总让我们长啸，读叶延滨却令我们庄严，《沉默的远山》，未名人写了一群未名的人，差不多将我们静坐了一个晌午，于无声里，听见着我们的惊心。

如果有一部中国新时期的文学史，不论怎么写，无疑其中会有两个值得我们敬重的人物，一个是智慧的韩少功，一个是天才的铁凝，他们的来稿太叫我们激动。如果能把文章写得辉煌灿灿的莫言，能在他的文章中读出如莲的喜悦的史铁生，能不断地制造高峰的王安忆，还有我们又忌妒又不得不叹服的刘恒、苏童、余华们的作品组织来，我们会怎样地欢呼呢！为此，我们微笑着向他们公开约稿。

是的，"夸父逐日"的精神一直被歌颂着，但"杞人忧天"历来被作为嘲笑的成语，我们大为不满。杞人是应该尊重的，天实在需要忧,忧的意识何等可贵。夸父是一种浩然正气,杞人也是一种浩然正气。这样的文章,我们多么希望有啊!

我们还有一个主张,把文学还原到生活中去,使实用的东西变为美文,比如政治家的批文、科学家的论文、商业的广告、病院的医案、诉状、答辩、启事、家信甚至便条。可这类的来稿实在太少。我们在第一期和第二期有意要改变一下很久以来的散文思维,所以编发职业散文家的作品不多,而更多地刊登了一些小说家、诗人、艺术家、学者的文章,但我们约稿的范围还仅仅在文学艺术的圈子里,这是我们还很无能的表现。实话说,这一期曾去索一些很有名的又活得很潇洒的人的情书来发表,一个极内行的人告诉说:是名人的并不一定潇洒,真正潇洒的人却从不写情书。想了想,他说得很对,也就作罢了。好的演讲也想发的,找来找去,似乎再没有个列宁,在中国演讲最多的是领导干部,但领导干部的讲稿都是秘书照报纸写的,令我们十分遗憾。

我们再次广告全社会:这个杂志是大家的,不要以为文章都是文人写的,什么人都可以写,什么领域里都有美文,大雅者大俗,大俗者大雅,如此而已。

一位作者在寄来他的文稿时还寄来了一页诗稿(可能是给我们寄稿时也同时将诗稿寄往《诗刊》,而忙乱中装错了一页)。诗是没头没尾的,上边却有两句话,让我们好欣赏,是:

> 门口摆着一双拖鞋,
> 门里在说话。

我们说,朋友,亲爱的,在《美文》门口的拖鞋一定是你的,是你在门里说话。

三

问：古镜未磨如何？

僧曰：照破天地。

问：磨过如何？

僧曰：黑漆漆的。

谁在问僧？你在问僧。僧是何人？僧就是你。于是明白文章也是古镜，是不需要磨的。别把一切都收拾得干干净净，美人不是绢人，雪花并不算花。人生原本有太多的尴尬，活人就过活人的日子吧：生死病老离别娶嫁，油盐酱醋米面茶麻。陈放已经40岁了，他说40岁是半杯水，那么，面对了半杯之水，是哀叹已经半杯了，还是惊喜还有半杯哩！穆涛发现了人的自娱的艺术，我们要做他那样的聪明人，我们还是要难得的糊涂？范培松谈男人醉酒，男人没有酒天太长地太久。裘山山论女人抽烟，牛有闲都反刍，女人无烟也泼烦。鲁晓南觉后说睡，原来人离不开床的，只是哲人们在床上思想，焦大们尽作鼾声。生活壮阔，生活也琐碎。怒发冲冠呢？拈花微笑呢？人生沉闷的房间里，在有门的地方你或许没有看见门，在没有窗子的地方，你却把窗子看见。

喜喜欢欢穿了新衣，衣里总生虱子；辛辛苦苦去种麦子，收获了麦子还得收获麦草。我们就是这般的庸而俗，我们看着镜子里我们自己，我们觉得亲切、好笑、有意思，批批点点。有了别于花前月下的另一类的生活，另一类的人事，但我们的文章还是太多的有诗，史意缺乏。组织了人到韩城祭司马迁去，吃惊的是司马迁的故里竟没有了司马人家,他的后人早已是一支改姓为同,一支改姓为冯……大的文章我们终于没有写出,也没有编出,你我那就眼巴巴地只好面对着永恒和没有永恒的局面了。

四

《寻找朋友》是一种写法。《盲鸡》是一种写法。《不死的"死"》是一种写法。有手就有纹,纹使手不同。

但不能说形式即内容,婴儿生下来常常满脸皱纹,老翁作新郎仍是老翁。

读《恨不相逢未嫁时》,总觉得屋里有怨鬼纠缠;读《峨眉日出》,遥想了壮士负剑远去。《闲话中国画》,那一夕该是风清月白,客主无序,坐卧适意吧?而《美学笔记》的书斋里,却是一盏灯,一本经,一更天里一老翁无疑了。

读文原是读人,这么说,又是了形式即内容?

入而在五行之内,出而在五行之外,形上形下,我们就有好文章读了啊。

五

今晚下大雪,还是有人敲门,进来的是编辑部的老×,笑是笑着的,扛了鼓鼓的一个蛇皮袋子。我以为他要行贿,他说原本想要行贿的,又怕你犯错误,也原本想在街上买饭吃了再来的,又考虑要给你一个热爱部下的机会。他说着打开袋子,一袋子的读者来信。

做了个鸟主编,吃饭要亲自去吃,小便要亲自去小便,这信却得老×帮我拆。于是又忙个半夜。

问:前四期都有"读稿人语",这一二期怎么没有了?你们嗑过瓜子吗?瓜子嗑起来是越嗑越想嗑的,端一盘看怎么着,而你们竟然拿出四颗来就说没了,这不是诚心在戏弄人吗?!

答:这个栏目原定的是编辑们轮流来写了,我先打头了,没想如今的世事是如果你是雷锋,大家就希望你永远是雷锋,写"读稿人语"竟成了我的一项任务了。前一时期我到乡下去写一本书,一是无法再读稿,二也是心想趁机脱手,但现在看来一时还不能不了了之,反倒还得在这儿检讨。我们巷头有一家卖炒花生的小店,店老板是一个胖妇人,买主极少,却总见她在吃,她可能开头是要做活广告的,但吃上瘾了,每晌都要倒一簸箕花生皮来。当主编的在自己的刊物上老写文章,我觉得像这胖妇人一样可笑了。

问:你们总是刊发那么多的名家的作品,已经使我们怀疑起你们的人品和刊德了。你们不是武大郎开店,可名家身上的虱子总不会全是双眼皮吧?把鸡脚叫凤爪,中听是中听,但鸡脚毕竟还是鸡脚。如果再这么下去,我们就不订阅你们的刊物了。

答:我们是刊发了不少名家的作品,但每期未名家的作品确实还是占三分之二还要多。为什么会产生名家太多的错觉呢?恐怕也是这些名家的名气太大吧(这也正是名家之所以是名家了)。说老实话,我们盼名家支持,他们有稿来我们受宠若惊。当然,谁也不敢保证名家凡提笔就字字珠玑,如果是那样,中国只有毛泽东,而毛泽东也还只在"文化革命"的十年里"一句顶一万句"。但是,我们也明白,像我们这么个小刊物,也不可能得到源源不断的名家们的赐稿,我们从创刊起就把看重未名家的支持写在我们的宣言上的。我们是梦想有一日我们的刊物办成个名家刊物,即刊登了谁的作品,谁就成了名家,而现在我们做不到这样,就哪里敢只看重名家慢待了未名家的作品呢?我们的树还不是梧桐树,但我们的树有树的包容,这一点还是敢拍腔子了。

问:你们刊物的封面、纸张、印刷、装潢太低档了,简直像一个乞丐样,不相信你们连好的内容还得有好的外表的道理也不懂吗?

答:这是我们很知耻的事。我们实在眼红街上的时装,但我们没钱,只好穿粗布衣裳。台湾有个节目主持人叫凌峰的,总剃个光头,标新立异,但知内情的人讲,凌峰剃光头是凌峰头上就长不出几根毛来的。我们也是这样的。如果有一日有钱了,我们也会奢侈的,甚至,受过穷的人阔起来,比阔人还要会阔。但要阔起来,现在唯一是把刊物办好,把发行量搞上来,那就盼望大家多投稿,多订阅哇!

六

顽石年年都换苔衣,《美文》当然也要变化一下服饰和栏目了。直面文坛我们自有不安分的心,对于读者更该"为悦己者容",去年的情况是巨者一鸣,小者再鸣,今年的行为是巨者再鸣,小者争鸣。

昨夜月高风轻,独自入园去做气功(编辑部旁边就是一座园林),静心调息,不想假寐成真,梦里幽幽有一种声音在对我说。

记得说:

一个人曾经被人救过命也曾经救过他人命,数年后救过他命的人和被他救过命的人都去世了，这个人痛哭流涕，但是，他最悲伤的是救过他命的恩人呢，还是那个被他救过命的人？

（我那时想，世人都说编辑在为作者作嫁衣裳，《美文》却是作者在养我们的文命和身命。我们永远要有被作者救过的感激，要让作者永远有着是他们救过我们的感觉。）

记得说：

杜牧在唐长安城里名重一时，一日去城南一座寺院游乐，却被和尚拦在山门不得入内。随从说："这是杜牧！"和尚说："杜牧是谁？"随从说："你不知道杜牧？"和尚说："杜牧怎么啦？"杜牧仰天长叹："我以为天下谁人不识我，却连城外的和尚都不晓得杜牧是东西南北！"满脸羞愧而返，后人在此地竖一石碑，上书"杜牧碰壁处"。

（我那时想，《美文》虽被文坛器重，但仍有许多地方发行空白，相当的读者还不知《美文》是一份什么杂志，我们敢自得轻狂吗？敢随意松怠吗？）

记得说：

有女在战乱中与父分散，终日啼哭，一日对自己的马说，马呀马呀，你能驮我去找回我父，我就嫁给你。马精神抖擞，驮了女即出门而去，终于在千里之外觅得，父女团聚。但女却遗忘了曾经说过的话，马便忧悲而死。女父剥了马皮钉挂在墙上，女经过皮下，皮突然跌落将女覆卷，女遂变为蚕。

（我那时想，《美文》开办的时候，我们有许多豪言壮语，对读者许了一系列大愿，虽然限于能力和财力，但无论如何要贯于彻底，若挂羊头卖狗肉或说十行一，我们将有恶报应的。）

记得还说了很多奇怪的话，我那时又都想到了《美文》，猛地醒来,却全然遗失了,忙看四周,并无一人,微风凄林,淡月漾水,唯有旁边乱石之中斜伸过海棠一枝,轻盈作欲语状。

七

这一期《美文》,有关于神秘文化的专题栏目。以我们阅读的经验,《聊斋》、方志,以及前人的长长短短的笔记里,很喜欢看到其中的灵怪和灾异。人既然不能全知全觉,人就有诱惑于神秘现象的天性。不怕活人怕死人,不怕老虎豹子怕毛茸茸的小爬虫。对于神秘的东西人越是惧怕,越是要实行打击或者奉供,以此所形成的一切,就是神秘的文化。再看看现在,多少年来,社会上最时兴的除了钱,就是气功呀,特异功能呀,预测和养生,一个世纪末里的浮躁和困惑,使此岸站满了人,驾着舟,抱着木,或者脚手并用泅游着要去彼岸,当年的洛河上空只是甄妃,如今大师们成批产生。

《美文》说过了"大散文"的话,"大散文"的内涵或许无数条,有一条应是:散文要超越文学技巧,涉及到生活的方方面面去。文章当然是个怎么写的问题,但仍还有个写什么的话头。开辟关于神秘文化的专题栏目,其实并不仅在于神秘文化的本身要作什么研究。对于文学,作家们可以面对永恒和没有永恒的局面而去发展自己的天才,作为杂志,我们把握的是杂志的大众消费的属性,《美文》的发行量还不大,如果很少,却掩饰为"高雅的纯文学刊物",《美文》不愿意有那份虚伪。

八

从前，只有戏的时候，一个地方的美人，时髦人，都在剧团里。捧场的人也多。现在天上的太阳不再是毛泽东了，星星也只有三类，一类影星，一类歌星，一类球星，戏是很少有人看了。

原本是文化业需要经济，却反了，兴文化搭台，经济唱戏，数年一度的艺术节，话剧也多演出小品，戏曲也多有清唱，可演员毕竟能当一回他们的表演艺术家了。

但关于戏的文章还是要写的，写戏的文章比戏还要好看。黄裳看《逼霸》，我们看黄裳看《逼霸》，既品味了行当，也感喟了人世。黄宗江的"闯宴"，一件小事，一面之雅，梅兰芳先生便风神毕现，声口宛然。他们的老家底是从左丘明、司马迁那里留下来的，秘而又不秘的，实在令人抚案长啸。

京剧里有个"大人"叫程长庚的，晚年曾对谭鑫培说："惟子声太甘，近于柔靡，亡国音也。我死后，子必独步，然吾恐中国从此无雄风也。奈何！奈何！"唱腔的背后都是有文化背景的，文化又多是社会的体现，如今兴甜柔，乏雄沉，歌曲流行，戏剧没落，其原因姑且不论，单从观戏的角度来看，什么是戏，怎么看戏，《兴奋点在哪里》写得真好！戏曲美学的研究，举国之内，今日出徐城北左右者还有谁，谁呢？

中国人有毛病，说形势大好的时候，往往正急着要促进，到处办艺术节，恰是艺术最艰难的时候。喊了多年"弘扬民族文化"，民族文化到底是什么，有几人又说得清?！我们善于热闹，热闹排斥着真正的审美，没有审美的研究和发展，热闹终究归于冷寂。

九

抱一堆稿件在里边挑挑拣拣，好文章不多使我们难以编完这期杂志，却也想，散文是很难写出名篇的，何况《美文》的门楼不高，又在陋巷，既拿不出一桌满汉全席，就不如做回家常菜。如此，工作餐就到一家"隔壁好"的小饭馆里吃，边吃边争论，最后统一了意见：

一、撤下初定的五篇稿子，把《外文系还有一轮新月》《带头鼓掌人》《半部日记》列为一组重点推出。关于精神家园的文章过去发了很多，从近期来稿看，流于泛滥，家园成了后花园，后花园成了盆景，高贵沦为矫饰，呐喊几近呻吟，已经没有好的说头了。我们应看重那些更具社会性、群众性的有生活质感的作品。直面时代，忧患现实，张扬生命，是杂志的道德。道在确立之后，德就重新定位。文章可以写得不华美，但一定得内涵深厚，可以写得不聪明，但一定得整体浑然，可以写得粗糙，但一定得鲜活。这类作品有时并不是圈内人写的，得再去约一些不以文为生的人的稿，不妨再过一遍自然来稿。

二、借鉴《读书》和《随笔》上学人的文章，但必须以才情区别于他们。集中《药引·民间方》《老子：颠倒的与扭曲的》《一片碎瓷》为一组，应该自信是写得智慧而沉着的。这三个作品都是南方人写的，南方的才子可以教我们文章的作法。

三、抒写人生感悟的稿件太多，这也是一般纯文学杂志常做底的东西，如何独自面目，我们要好中选好。都是好的了，尽量在约来的稿件和自然来稿中用自然来稿，在名人稿件和未名人稿件中用未名人稿件，在老名人稿件和少名人稿件中用少名人稿件，这期就展示《诗人刚走，马上回来》《呼啸于山林》《记忆》《钥匙》的才华。

四、小题能大作，大题更能小作，不妨发一批几百字的短文。注意题材和写法的类同单一，首先的标准是要有灵性，写得有趣。

过去的人治家，有一副联语：一等人忠臣孝子，二件事读书耕田。这是很理想又很现实的，本分着去做，家里日子就稳当，办刊也是这样。

十

此日天气炎热，平凹和穆涛坐于树荫下喝茶，忽然树上掉下一条虫子，虫子并没有掉到地上，在半空中颤着下坠，原来虫子是来要上吊的。虫子的家里发生了什么事，两人不可得知，虫子的身子扭动抽搐，却无法把痛苦说出来。

穆涛说："虫子死了。"

平凹说："死了的是虫子的身子，虫子和虫子的身子是两回事。"

穆涛说："那虫子的身子是虫子的什么呢？"

平凹说："是身子。"

穆涛说："那虫子是虫子身子的什么呢？"

平凹说："是身子。"

穆涛说："啊？"

平凹说："这如人和人的衣服。你穿上交警服了你就是交警，你就可以去街上检查车辆。衣服使你可以受宠辱。但你没有那交警服了，司机会理会你吗？或许他会来揍你，衣服也就成了你的患和累。"

穆涛说:"这虫子就这么死了?一条生命就这样结束了?"

平凹说:"孔子说朝闻道,夕死可矣,虫子得了道了。"

穆涛说:"既然身子和灵魂不是一回事,我们若不死,我们的许多错误,应该是身子犯下的,比如它贪婪,懒,见声色而肌肉勃动。"

平凹说:"是这样的,这如同我们和我们的写作,文章写起来有文章的规律,你听说过一个故事吗?有人偷了牛,法官审他,他说他没有偷牛,他只是捡到了一根绳子,他把绳子拿回家了,谁知道绳子那头拴着一头牛呢?"

穆涛说:"这故事是我说给你的。"

平凹说:"但我再说给你。"

穆涛说:"我想起来了,咱们刊物搞了个本省作家作品巡视,能否再搞一个全国性的 90 年代散文随访录呢?"

平凹说:"是散文写作最好。"

穆涛说:"应该是写作。"

平凹说:"调查一些有成就的作家,让他们谈他们的文学观,谈他们的困惑,谈他们对于散文的出路和前景的看法,就能看出 90 年代的时代精神和他们具体写作的关系了。用在封二封三上怎样?"

穆涛说:"这要与老王和老陈商量一下。发在封二封三,会不会觉得这样一个琐碎事用的位置太重要了?"

平凹说:"大的东西在于把枝末细节做大。"

十一

我不坐班,在办公室的墙上挂上一幅字,写着"我来"。穆涛进来看了看,说:"这是什么意思?"我说:"佛叫'如来',总理叫'恩来','我来'就是我来了就来了,我不来我也来了。"穆涛说:"哦。没才气。"

两人坐下来说才气。说到罗纳尔多,说到李昌镐。说着说着,说到了人气。

穆涛说:"这是港台演艺界传过来的词。"

我说:"文章最重要的是有人气。"

穆涛说:"当然。'文学即人学',这话谁都知道的。"

我说:"是都知道。可是长久以来,说这句话,都是从研究人的角度来解释的。我理解应该更要讲人气,人活着才有气,气是热的,勃勃的。失去了活度和热度,纵然多么理性地分析呀,挖掘呀,有多么深刻的道理,但那是别的论文而不是散文了。"

穆涛说:"你觉得这一期文章的人气怎么样?"

我说:"有旺的,有不旺的。"

穆涛说:"你注意到吗,有些是现代主义的写法。"

我说:"应该有这样的文章,每期要有一定的篇幅去发。但得明白,西方的东西到了中国,常常容易变小,如果是太小的东西,即使新奇,没有了本来的生命的鲜活和浑厚,得少选为宜。"

这时门被撞响,忽地开了。出来看时,没有人,是风。重新坐下来继续要说,却一时不知该怎么接着,就不说了。

十二

今日中秋，下班了还和穆涛、长吟坐着说话——这一期的稿子发排了，12期的稿子已编好，明年怎么办呢——说到了四点。

一、变化肯定得变化了，水不流生蚊子，朋友久了生厌烦，菩萨也是三十六个变化身的。但是，太阳每天都是新的，太阳还是太阳，"大散文"的宗旨不宜舍弃，起码在明年，还得换汤不换药，因为它的使命并没有完成。针对着散文界的诸多现象，我们所倡导的东西，我们自己也做得不够，实践中有圆有缺，圆的如何广大，缺的如何完善，当是今后浪花飞扬的基本河床。一切都在速成的年代里，韧劲和沉静方可有成就，而缺乏成熟的有体系的东西，所谓的"大变"只能是大便。

二、我们在西北的一隅，但不要做秦岭山中的大王，目光要紧紧盯着中国整个文坛，甚至是国外文学的动态，不要只是陕西，不要只是散文界，一定要蹈大方，观大势。大火大锅才能蒸大馍，当年没有东北军，西北军是不可能兵谏的。《美文》的性质虽不可能组织撰写社论和文坛概论一类的大文章，能否每期以独到的思维、敏锐的目光列出问题请教有关人物回答，比如目前作品中普遍出现的缺乏激情的原因在哪里，私人化倾向的热衷和冷淡，社会现实是时代使然还是文学观的问题，陈腐的旧写法和飘忽的新写法的矛盾，又如何变革思维从事现代汉语的写作等等。不要企图产生指导意义，也不要哗众取宠，扎实地做咱们的工作。刊物可以是一次性的消费商品，文学却是一砖一瓦的神圣的建构。一期一期这么下去，或许一时并无人喝彩，长久积累则有我们的贡献。

三、现在发行量不能大幅度地提高，其中一个很大的原因是缺乏可读性。要征服读者，但得在适应读者的基础上，世俗不是庸俗，高雅不是洁癖，老百姓敬神仙，但更热爱灶王爷和土地爷。可读性对于编辑来说关键在于设置栏目。栏目设置上要有民间视角，有烟火气，有趣味。

四、要鼓动每个编辑十分熟悉文坛状况和发展态势，了解每一个年龄段的作者，了解新的社会和思潮，进而提高阅稿和组稿能力。北京上海有一大批资深编辑，建立了他们应有的地位和权威，陕西一直没有这个传统，《美文》应该做出自己的努力，要有这种意识和信心，才能保证敬业，一以贯之。

近期再把编辑部全体人员拉出去集中开几天会，让大家充分发表意见，具体研究明年办刊的方案吧。这一年快要过去了，这一月又过了数天，年好过，月好过，日子难过，难过也得过下去嘛！

十三

穆涛说："巷口那户人家失盗啦，派出所破了案，你知道是谁偷的？"

我说："贼没给我说。"

穆涛说："还是贺三！"

我说："兔子不吃窝边草，他怎么老在这条巷里小偷小摸？！"

穆涛说："他偷了一万元还是小偷小摸？"

我说："小偷即就是偷十万元还是个小偷。"

穆涛说："嗯，这话还说得好！"

我说："别耍你那幽默啦，明年第一期稿子你和老王、长吟研

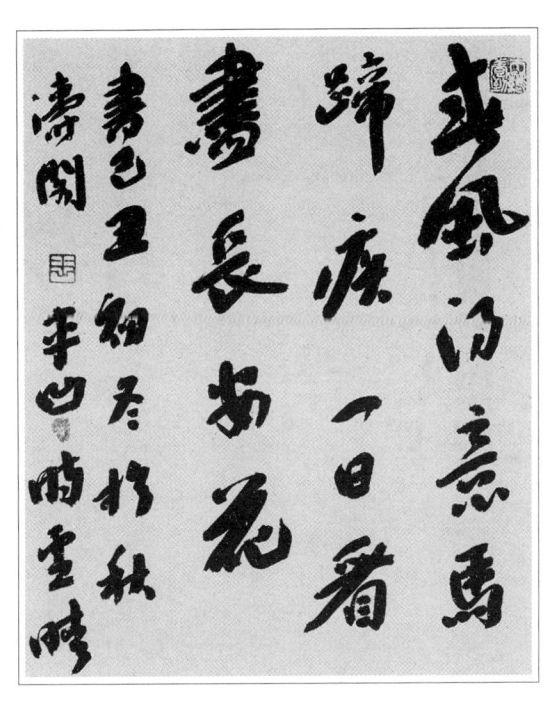

春风得意马蹄疾　一日看尽长安花

大萝卜

究得怎么样啦?"

穆涛说:"已选了一批稿子,有意思是有意思,却也觉得不能老登像类似今年以来登的那些稿子。"

我说:"你阅读了近期一些同类杂志吗?"

穆涛说:"当然阅读了,也通过多种渠道了解了他们的发行量,以及明年的动向。总的印象,不论某一家杂志怎样坚持自己的风格,但都有一批固定的读者,但杂志似乎都'杂'了。你说说你的想法?"

我说:"我有这样一个想法,散文的壳子一经打开,外延就十分广大,充斥于报刊上的文章已愈来愈随笔化,这是时代使然,也是散文界人士冲冲杀杀了数年的结果。现在,却有一种倾向了,似乎人人都在欣赏'散文可以这样写',出现了许多'黑马',许多革命家。但是,却同时削弱了被一贯尊为正统的散文写作的关注,这如发展私营经济,而拖住国家经济后腿的仍是那些国有大型企业。正因为数年前人们对正统散文极度不满而扩大散文的外延,企图以此冲击正统散文,但正统散文的观念仍有很大市场,有顽固的影响,现在我们就得像改造国有企业一样改造正统散文了。《美文》应将此作为一个重要的任务,这也是真正提高散文整体质量的关键标志。"

穆涛说:"咱们说的'大散文'一直是强调外延问题和散文的境界问题呀!"

我说:"是这样。但咱们发正统散文不多。以前发的不多是咱有咱们的想法,现在应多发,但不是那旧的正统散文,要倡导在旧的正统散文里注入什么东西,是改造了的正统散文。破坏了一种东西,还要建立一种东西,至于建立到什么程度无法预料,但要扎扎实实一步步去做。"

穆涛说:"今年长江抗洪有个经验,大堤出现管涌,就往里注水泥浆。真不愧是主编,和我们当副主编的所见相同,我和老王、长吟商量的就是这个意思,准备明年开辟个大栏目,就是六个字:生命,激情,行动。"

我说:"好啊!哎,听说你小舅子一笔生意发了?"

穆涛说:"是赚了一笔,但小商小贩赚了一笔还毕竟是小商小贩嘛。"

我说:"谁说的?生意做大了就是巨商啊!"

十四

《美文》20年了,回想当初另起炉灶的情景,以及走过的每一段岁月,几位副主编和编辑已故去或退休,我也老了,真是感慨良多!所幸的是这本杂志从它起根发苗到现在,一直受到报刊界同行的包容和提携,受到广大读者的支持和爱护,我们的步伐趔趔趄趄,总算坚持下来,总算还健康着。《美文》毕竟是小刊,在杂志界里,它如同戏曲行当中的小生或小旦,乐队里的笛子或铃铛,我们还要努力工作,力求上进,在中国文坛发亮我们的声响。为散文的进步和繁荣作一点推动,这是我们心存的唯一愿望,也是我们要尽的一份责任。自己给自己刊物生日说句吉祥话吧:受命于天,寿而永昌。

贾平凹
1992—2011年

说 棣 花

棣花是十六个自然村。

白家垭的白亮傍晚坐在厦子屋门槛上吃饭，正低头在碗里捞豆儿，啪的一下，院子里有了一条鱼，鱼在地上蹦跳。白亮以为谁从河里钓了鱼给他扔进来，就说：谁呀?！没有回应，开了院门出来看，一个人背身走到巷口了，夕阳照着，看不清那是谁，但那人似乎脚不着地，好像在水上漂，又好像是被什么抬着，转过巷头那棵柳树就不见了。

白亮想是不是三海，他给三海家垒过院墙，三海一直感激他，钓了鱼就送了他一条？但三海害病睡倒一个月了，哪里能去钓鱼？是白路的二儿子水皮？水皮整天去钓鱼哩，钓了鱼就拿到公路上卖给过往的司机，咋能平白无故地给他一条呢?！

白亮回到院子再看鱼，鱼身上没有鳞片，有一小片云，如一撮棉花，知道了鱼是从天上掉下来的。

天上有银河，银河里还真有水，水里有鱼？或者，是鹳从棣花河叼了鱼飞过院子，不小心松了口，把鱼掉了下来？

白亮觉得是好事，还往天上看了许久，会不会也能掉下馅饼。但天上没有馅饼，起了悠悠风，风把一片杨树叶子吹了来，贴在他脸上，盖了一只眼。他把鱼捡回屋炖了。

第二天，白亮到河里担水。河边的浅水里一只猫和一条鱼搏斗，鱼可能是游到了浅水滩上，猫就去叼，鱼摆着尾打水花，猫几次都跌坐在水里。白亮放下桶去撵猫，却发现那鱼身上长了毛和翅膀,正疑惑,鱼游进深水里不见了。

鱼怎么长毛和翅膀呢?

白亮更看见了奇怪的事,几乎就在那条鱼游进深水后,突然在河上流的百米远,一群鱼从水里跃出来,竟然就飞到空中,而同时空中又有一群鸟飞下来一只一只入了水。然后,轮番从天上到河里,从河里到天上,一会儿是鱼,一会儿是鸟,循环往复。

从此以后,白亮行为做事和人不一样。比如,和邻居为庄基红过脸,邻居骂他是吃草长大的,他说,是呀,吃草长大的。村里人事后说,你咋能让他那样骂你?他说就是吃草长大的呀,菜不是草吗,米和面还不是草籽磨的?他走路也不像以前的姿势了,胳膊前后甩得很厉害,像是狗刨式的,在河里游泳。别人笑他,他说:你以为空气不是水?

贾塬村的五福练气功,练了三年,就练成了。他让一些妇女闭眼站着,然后在五步之外发功,问:有凉飕飕的风吗?妇女说:啊,啊,是凉飕飕的。棣花人都知道了五福有气功,让五福用气功治病。五福治病不治头痛脑热,他觉得那不是病,喝碗姜汤捂捂汗就好了,他只治癌症。棣花患癌症的人多,没钱去省城医院动手术,而五福发功治病不收费的,说:给我传个名就行。

五福治病很讲究地点,一般都在村后的崖底,崖底有一棵百年老柏,他趴在树上要采一会儿气,再叫病人坐了,开始推开手掌,要把一股子气发出去。九八年七月十四,他正发功,天上起了风,风是狂风,一下子把他吹起,啪地甩到半崖壁上。风过去了,他从崖壁上掉下来,人已经成了肉泥饼子。

东街有个二郎庙,庙前就是魁星楼,庙和楼中间的场子很大,棣花人习惯叫那是庙场子。拴劳住在庙场子后边,人丑,家又贫,但他有一个好被单子。整个夏天,拴劳都不在家里睡,嫌家里热,又有蚊子,天黑就披着被单子去庙场子了。他在庙场子扫一块净地,盖着被单睡下了,第二天一早,却总是从魁星楼上下来。魁星楼很高,攀着楼墙的砖窝可以上到第三层,上面风畅快。村里人都说拴劳半夜里披着被单就飞上楼了,传得神乎其神,但问拴劳,拴劳只是笑,没承认,也没否定过。

后来,拴劳去西安讨好生活了,走时就带着被单子,一走三年再没回来。不知怎么,村里都在议论,说拴劳在西安以偷窃为生,能飞檐走壁,因为他有被单子。

到了2003年,到处闹"非典",棣花十六个自然村组织了防护队,严防死守不准从西安来的人进村。拴劳偏偏就回来了,防护队一声喊地撵他,撵到棣花西头的砂崖上,砂崖下就是河。有人说:不敢再撵了,再撵就掉到河里了。又有人却说:没事,他能披被单子飞天哩。防护队举着棍棒还往前撵,拴劳就从砂崖上跳下去了。

拴劳跳下去是死了还是活着,反正从此再没回来过,也没有他的消息。

冬季里,砂崖上出现了许多蝙蝠,有人说是不是拴劳变成了蝙蝠,因为蝙蝠的翅膀张开来像是披着一块小被单子。立即有人反对这种联想:怎么可能呢,蝙蝠的被单是黑的,拴劳的被单是白的。

巩家涧村的上槽在给自行车充气的时候受了启发,就整天练着用手抓空气。抓一把,就扔出去砸旁边的狗,但狗总是没反应。这一天他又在练习，听到巷口有人叫他，上槽上槽，叫得生紧。抬头看时巷口起了烟，灰腾腾的，先是一股冲过来，到跟前了却是一只狗。再是一疙瘩烟已经到头顶上了，拿了笤帚便打，竟然打着了，掉下来一只扑鸽。扑鸽在地上扑腾了一阵，又飞走了。后来有两团烟互相交融纠结地过来，他想着：这是啥？定睛盯着，两团烟是他大他妈，背着两篓子红薯，惊得他张嘴叫不出声了。

他大说：十声八声喊不应你？到地里背红薯去！

上槽瓷着眼看着他大他妈，还用手扇了一下，他大他妈不是烟呀，烟一扇就散的。

他大说：你咋啦？

上槽说：哦，我眼睛雾很。

他大说：年轻轻的雾啥眼？

上槽要放下笤帚，笤帚突然软起来，一溜烟从指头缝里飘了去。而且看巷口外的路上，烟雾更浓，烟里有乱七八糟的人声。平日在夜里，夜即便黑得像漆，他坐在院门口，村道里一有脚步声，他也就知道这是谁来了。现在他听出说话的有二爷，有来喜伯和他老婆，有春草、蝉婶子。但他能听见声音就是看不到人，人都是一片子烟，或浓或淡，是絮状也是条状。

上槽就跟着那片烟走，一会儿看见他们有人形了，一会儿又都是烟。

上槽最后是从巷口走到巷外的土路上，一直到了河滩地，背了那里挖出来的一篓红薯。往回走时，却不知道了怎么回去，因为他发现村子的那个方向并没有了村子，所有的房子、树，连同土路，除了烟，都不见了。立了好久，那烟像蘑菇一样隆起，在空中酝酿翻腾，忽然扑塌下去，渐渐地又变成房子、树，还有直直的一条土路，土路上蹦跶着蚂蚱。

上槽把他看到的情景告诉给村人，村人全是一个口气，说你眼睛有毛病了。上槽就觉得自己眼睛肯定有毛病了，不出半年，眼睛便瞎了。

中街村刘家的儿子名字没起好，叫刘榆。榆树总是拗着长，这刘榆也三十年了一直和他大拗劲。他大说：今日太阳出来了，把被子拿出来晒晒，他却去给鸡垒窝。他大说：今年自留地里栽些辣苗吧，他偏种了土豆。

他大活到五十六岁时得了鼓症，临死时想把自己坟修在村后的牛头坡上，棣花的坟地都在牛头坡上，只是花销大，他说：我死了，别铺张浪费，就埋到河滩的自家地吧。刘榆想，几十年了和大都拗着，这一次得听大一次。他大死后，果然就把大埋在河滩自家地里。第三年，河里发大水，冲了河滩地，刘榆他大的坟也冲没了。

河里原来产一种白条鱼，发大水后新生了昂哧鱼，之所以是昂哧鱼，这鱼自呼其名，昂哧昂哧叫，像是叹气。

野猫洼村出了个懒人，叫宽心，一辈子没结婚。他死的时候，眼睛都闭上了，嘴还张着，来照料他的邻居就看见一股白气从嘴里出来，一溜一溜地从窗格中飘去了。撵出来看，白气没有散，飘到那棵椿树顶上了，成了一片云，扇子大的一片，往西再飘。

云飘到西街村，好像停了一下，像思考的样子。阳光将云的影子投在老田家的屋顶上，但很快又走了，经过了后塬村，又经过了巩家湾，最后在崖底村葛火镰家的院子上空不动了。

葛火镰家养着一头公猪，公猪专门给棣花所有的母猪配种的，这一天正好骆驼项村的陆星星拉了母猪来配，云的影子就罩在母猪身上，白猪变成了黑猪。陆星星往天上一看，一片云像个手帕掉下来，他还下意识地躲了一下身子，似乎那云要砸着他。但云没砸着他，而且什么也没有了，他就把母猪牵回了家。

母猪后来生崽，往常母猪一生一窝崽，这回只生了一个崽。这崽样子还可爱，就是不好好长，已经半年了，又瘦又小，与猫常在一处玩。陆星星说：你是猪呀你不长?!它还是不长，到了年底，仅仅四五十斤，还生了一身红绒毛。

第二天早上，棣花流行猪瘟，死了八头猪，其中就有这头猪。猪死时，陆星星也发现有一股白气从猪嘴里溜出来，往空里飘了。在空里成了一片云，这云片更小，只有手掌大。

云飘过北源村上空，起了一阵小风，云就往南飘，又飘回野猫洼村。野猫洼村的芦苇园也飘芦絮，云和芦絮搅在一起，分不清是一疙瘩芦絮还是云，末了，一只蜂落在丁香树的花瓣上，芦絮就挂在树枝上，而云却没了。

丁香花谢后生了籽，籽落在地上的土缝里，来年生出一棵小丁香树。这小树长了两年还是个苗子，放牛的时候，牛把苗子连根拔出来嚼了。苗子一拔出来，是又有一丝白气飘了，但在空中始终没变成云，铜钱大的一团白气。白气移过了院墙，院墙外的水渠沟里有许多蚊子，后来就多了一只蚊子。

这蚊子能飞了，有一夜飞到打麦场上，那里睡了乘凉的人，蚊子专叮人腿，啪地挨了一掌，就掌死了，再没有云，连一点白气都没有。

雷家坡村其实没有姓雷的，是两大族姓，一个姓雨，一个姓田。姓田的都腿短脖子粗，姓雨的高个窄脸，但姓田的男人多，姓雨的女人多，姓田的就控制着村子。

棣花北五十里地的洛南县有煤窑，早年姓田的一个男子在那里当矿工，后来承包了一个煤窑，逐渐做大，成了有钱的老板，便把村里姓田的男人都带去挖煤，姓田的人家就过上了好日子。姓雨的人家还穷着，女人们就只好到棣花的保姆培训班上报名，她们长得好看，性情也柔顺，培训完后西安的保姆中介公司挑去了七八个，全送夫了一些高级领导干部的家里。

2000年春节，挖煤的回来了，都有钱，先集体在县上住了一晚宾馆才回村，而那些保姆没有回来。姓雨的说挖煤的在县宾馆住了一夜，吃肉喝酒，还招了妓女，离开后，妓女尿了三天黑水。

春节一过，姓田的男人又去了煤窑，正月二十四那天，井下瓦斯爆炸，没有一个活着出来。而就在这天，七八个保姆回到村里，她们给村里人说，都曾经跟着主人去过广州或北京，坐的飞机，飞机上有厕所，拉屎尿尿就漏在空中，在空中什么都没有了。

每年四月初八棣花的庙会上要耍社火，中街村准备两台芯子，一台是走兽和地狱，一台是飞禽和天堂。正做着，有人担心这是暗喻雷家坡村，会惹是非，后来就取消了。

药树梁村在棣花的西北角，除了独独一棵大药树外，坡上枣树很多，枣树每一年都有被雷击的。被雷击过的枣木有灵性，县城关镇的阴阳先生曾来寻找雷击枣木做法器，而药树梁村的人出来口袋里也都有枣木刻成的小棒槌，说能避邪护身。

在三年前夏天，有良在坡上放牛，天上又响炸雷，有良赶着牛就下坡，雷这回没击枣树，把有良击了，但没有击死，脊背上有了一片文字。说是文字，又不是文字，棣花小学的老师也认不得，那是十八个像字的字，分三行，发红，像被手抓出的，却不疼不痒。

有良在当年的秋末瘫了，手脚收缩，做不了活，吃饭行走也不行了，整天得坐在家里的藤椅上，让端吃送喝。但有良知道啥时刮风下雨，有一天太阳红红的，他说一会儿有冰雹哩，谁也不信，但一锅旱烟没吃完，冰雹就噼里啪啦下来了。

还有一回，已在半夜里，有良叫醒家人，说天上掉石头呀，快到院里去。家人知道他说话应，都起来到院子，一直坐到天亮，没有什么石头，才要回屋时，突然天空一团火光，咚的一声，有东西砸在屋顶。过了一会儿进去看了，屋地上果然有一块石头，升子大，把屋顶砸了个洞，地上也一个坑。

西街村的韩十三梦多，一入睡就做梦，醒来又能记得梦的事。他三岁时梦到的都是他成了个老头，胡子又白又长，常拿了一把木剑到一个高墙上去舞。他把梦说给旁人，人都笑他：高墙上能舞剑？但觉得他每天都做梦，梦醒又给人说梦，很好玩的，见了便问：碎仔，又做啥梦了？韩十三就说他在一个地方走，路很长很宽，两边都是房子，房子特别高，一层一层全是玻璃，路上有车，车多得像河水，一个穿白衣裳的人像神婆子一样指手画脚。村人有走过西安的，觉得这像是西安，就又问：那是街道，街上还有啥？韩十三说：路边都是树，树上长星星。

往后，随着年龄增长，韩十三的梦越来越离奇，但全是城里的事。他在小学时，就梦见自己在一家饭店里炒菜，戴很高很高的帽子，他不炒土豆丝，也不炒豆芽，炒的尽是一些长得怪模怪样的鱼和虾。到了中学时，他梦见自己拿着八磅锤、锯，还有刷墙的磙子，他在给人家刷墙时，那女主人送给他了一件制服，但也骂过他。

这样的梦做了三年，中学毕业后没有考上大学，就一直在村里劳动，还当过村会计，又烧过砖瓦窑，娶妻生子。梦还在做，梦到了城里，才知道早先梦到了人在高墙上舞剑，那墙是城墙，从城墙上能看见不远处的钟楼，钟楼的顶金光闪闪。那时，村里人有去西安打工的，他问：西安有个钟楼吗？回答说有，又问：城墙上能开车吗？回答说能。韩十三就决定也去西安打工。

到了西安，西安的一切和他曾经的梦境一样，他甚至对那里已十分熟悉，还去了他当厨师的酒店，酒店门口是有两个石狮子，右边的一个石狮子眼睛上涂着红。但是，韩十三初到西安，没有技术也没有资金，他只好去捡破烂。捡破烂第一天就赚了三十元，这让他非常高兴，想着一天赚三十元，十天就是三百元，一个月九百元呀！第二天，他起得很早上街了，却被一辆运渣土的卡车撞倒，而司机逃逸，一个小时后才被人发现往医院送，半路上把气断了。

这一年他三十岁。

墓前立了个碑子，上面刻了生于1980年，逝于2010年。但不久，刻字变了，是生于1980年，逝于2040年。村人不知这刻字怎么就变了？

棣花乡政府设在中街村，是一个大院子，新修的高院墙，新换的大铁门，但门卫还是那个旧老汉。老汉姓夜，从年轻起人叫他不叫老夜，嫌谐音是老爷，就叫他老黑。

老黑从五八年就在这里当门卫，那时乡政府是公社，今年老黑八十岁，眼不花，耳不聋，身体特别好，乡政府还雇他当门卫。棣花的人其实寿命都不长，差不多每个人家都有着遗憾，比如有些人，日子恓惶了几十年，终于孩子大了，又给孩子娶了媳妇，再是扒了旧屋，盖了一院子新房，家里粮食充足，吃喝不愁，说：这下没事了，该享清福呀！可常常是没事了才二年，最多五年，这人就死了。但老黑活到八十岁，还精神成这样，很多人便请教他的健康长寿秘诀。老黑说，他是每个大年三十晚上，包完饺子了，就制定生活计划的。他的生活计划已经制定到一百二十岁，每一岁里要干什么，怎么去干，都一一详细列出。中街药铺的跛子老王看过老黑一百岁那年的计划，过后给人说，老黑这一年的计划是五月份给孙子的孙子结婚，结婚用房得新盖，他要资助三千元。再是把院子里的井重新淘一下，安个电水泵。再再是，那一年应该是乡政府要换届，要来新的乡长了，这是陪过的第四十五位乡政府领导，他力争陪过七十位。

乡政府院子西墙外有一棵老楸树，这树不是乡政府的，是刘反正家的。棣花再没有这么大的树了，黄昏的时候，中街村的人喜欢在树下说闲话，当然说到这树活得久，说老黑也活得久，有一个叫宽喜的人，就也学着老黑定计划，计划他也要活过一百岁。

宽喜只活了六十二岁就死了。

而中街村还有一个人，叫牛绳，牛绳的日子艰难，整天说啥时死呀，死了就不泼烦了。他来问老黑：宽喜也心劲大着要长寿，咋就死了，你这计划是不是不中用？老黑说：宽喜是县上干部，退休没了事，阎王爷哪会让没事干的人还活在世上？定计划是定着做不完的事哩，不是为了活而活的。宽喜想活他活不了，你想死也死不了，因为你上有老下有少，你任务没完成哩你咋死？

这话说过半年,有一天夜里,老黑在院门口坐着,听见楸树咯吱咯吱响,好像在说:唉,走呀,我走呀。

第二天,刘反正得了脑溢血死了,他儿子伐了楸树给他大做了棺材。

乡政府大院门口从此没了那棵树,而老黑还在,新一任的乡长才来了七天,老黑每晚要给新乡长说着一段棣花的历史。

2010 年 7 月 7 日写

安妥我灵魂的这本书

一晃荡，我在城里已经住罢了二十年，但还未写出过一部关于城的小说。越是有一种内疚，越是不敢贸然下笔，甚至连商州的小说也懒得作了。依我在四十岁的觉悟，如果文章是千古的事——文章并不是谁要怎么写就可以怎么写的——它是一段故事，属天地早有了的，只是有没有夙命可得到。姑且不以国外的事作例子，中国的《西厢记》《红楼梦》，读它的时候，哪里会觉它是作家的杜撰呢？恍惚如所经历，如在梦境。好的文章，囫囫囵囵是一脉山，山不需要雕琢，也不需要机巧地在这儿让长一株白桦，那儿又该栽一棵兰草的。这种觉悟使我陷于了尴尬，我看不起了我以前的作品，也失却了对世上很多作品的敬畏，虽然清清楚楚这样的文章究竟还是人用笔写出来的，但为什么天下有了这样的文章而我却不能呢?！检讨起来，往日企羡的什么词章灿烂，情趣盎然，风格独特，其实正是阻碍着天才的发展。鬼魅狰狞，上帝无言。奇才是冬雪夏雷，大才是四季转换。我已是四十岁的人，到了一日不刮脸就面目全非的年纪，不能说头脑不成熟，笔下不流畅，即使一块石头，石头也要生出一层苦衣的，而舍去了一般人能享受的升官发财、吃喝嫖赌，那么搔秃了头发，淘虚了身子，仍没美文出来，是我真个没有夙命吗？

我为我深感悲哀。这悲哀又无人与我论说。所以，出门在外，总有人知道了我是某某后要说许多恭维话，我脸烧如炭；当去书店，一发现那儿有我的书，就赶忙走开。我愈是这样，别人还以为我在谦逊。我谦逊什么呢？我实实在在地觉得我是浪了个虚名，而这虚名又使我苦楚难言。

有这种思想，作为现实生活中的一个人来说，我知道是不祥的兆头。事实也真如此。这些年里，灾难接踵而来，先是我患乙肝不愈，度过了变相牢狱的一年多医院生活，注射的针眼集中起来，又可以说经受了万箭穿身；吃过大包小包的中药草，这些草足能喂大一头牛的。再是母亲染病动手术；再是父亲得癌症又亡故；再是妹夫死去、可怜的妹妹拖着幼儿又回住在娘家；再是一场官司没完没了地纠缠我；再是为了他人而卷入单位的是是非非中受尽屈辱，直至又陷入到另一种更可怕的困境里，流言蜚语铺天盖地而来……我没有儿子，父亲死后，我曾说过我前无古人后无来者了。现在，该走的未走，不该走的都走了，几十年奋斗的营造的一切稀里哗啦都打碎了，只剩下了肉体上精神上都有着毒病的我和我的三个字的姓名，而名字又常常被别人叫着写着用着骂着。

这个时候开始写这本书了。

要在这本书里写这个城了，这个城里却已没有了供我写这本书的一张桌子。

在一九九二年最热的天气里，托朋友安黎的关系，我逃离到了耀县。耀县是药王孙思邈的故乡，我兴奋的是在药王山上的药王洞里看到一个"坐虎针龙"的彩塑，彩塑的原意是讲药王当年曾经骑着虎为一条病龙治好了病的。我便认为我的病要好了，因为我是属龙相。后来我同另一位搞戏剧的老景被安排到一座水库管理站住，这是很吉祥的一个地方。不要说我是水命，水又历来与文学有关，且那条沟叫锦阳川就很灿烂辉煌；水库地名又是叫桃曲坡，曲有文的含义，我写的又多是女人之事，这桃便更好了。在那里，远离村庄,少鸡没狗,绿树成阴,繁花遍地,十数名管理人员待我又敬而远之,实在是难得的清静处。整整一个月里,没有广播可听,没有报纸可看,没有麻将,没有扑克。每日早晨起来去树林里掏一股黄亮亮的小便了,透着树干看远处的库面上晨雾蒸腾,直到波光粼粼了一片银的铜的,然后回来洗漱,去伙房里提开水,敲着碗筷去吃饭。夏天的苍蝇极多。饭一盛在碗里,苍蝇也站在了碗沿上,后来听说这是一种饭苍蝇,从此也不在乎了。吃过第一顿饭,我们就各在各的房间里写作,规定了谁也不能打扰谁的,于是一直到下午四点,除了大小便,再不出门。我写起来喜欢关门关窗,窗帘也要拉得严严实实,如果是一个地下的洞穴那就更好。烟是一根接一根地抽,每当老景在外边喊吃饭了,推开门直感烟雾笼罩了你了!再吃过了第二顿饭,这一天里是该轻松轻松了,就趿个拖鞋去库区里游泳。六点钟的太阳还毒着,远近并没有人,虽然勇敢着脱光了衣服,却只会狗刨式,只能在浅水里手脚乱打,打得腥臭的淤泥上来。岸上的蒿草丛里嘎嘎地有嘲笑声,原来早有人在那里窥视。他们说,水库十多年来,每年要淹死三个人的,今年只死过一个,还有两个指标的。我们就毛骨悚然,忙爬出水来穿了裤头就走。再不敢去耍水,饭后的时光就拿了长长的竹竿去打崖畔儿上的酸枣。当第一颗酸枣红起来,我们就把它打下来了,红红的酸枣是我们惟一能吃到的水果。后来很奢侈,竟能贮存很多,专等待山梁背后的一个女孩子来了吃。这女孩子是安黎的同学,人漂亮,性格也开朗,她受安黎之托常来看望我们,送笔呀纸呀药片呀,有时会带来几片烙饼。夜里,这里的夜特别黑,真正的伸手不见五指,我们就互相念着写过的章节,念着念着,我们常害肚子饥,但并没有什么可吃的。我们曾经设计过去偷附近村庄农民的南瓜和土豆,终是害怕了那里的狗，未能实施。管理站前的丁字路口边是有一棵核桃树的，树之顶尖上有一颗青皮核桃，我去告诉了老景，老景说他早已发现。黄昏的时候我们去那里抛着石头掷打，但总是目标不中，歇歇气，搜集了好大一堆石块瓦片，掷完了还是打不下来，倒累得脖子疼胳膊疼，只好一边回头看着一边走开。这个晚上，已经是十一点了，老景馋得不行，说知了的幼虫是可以油炸了吃的，并厚了脸借来了电炉子、小锅、油、盐，似乎手到擒来，一顿美味就要到口了。他领着我去树林子；用手电在这棵树上照照，又到那棵树上照照，树干上是有着蝉的壳，却没有发现一只幼虫。这样为着觅食而去，觅食的过程却获得了另一番快感。往后的每个晚上这成了我们的一项工作。不知为什么，幼虫还是一只未能捉到，捉到的倒是许多萤火虫，这里的萤火虫到处在飞，星星点点又非常的亮，我们从林子中的小路上走过，常恍惚是身在了银河的。

老景长得白净，我戏谑他是唐僧，果然有一夜一只蝎子就钻进他的被窝咬了他，这使我们都提心吊胆起来，睡觉前翻来覆去地检查屋之四壁，抖动被褥。蝎子是再也没有出现的，而草蚊飞蛾每晚在我们的窗外聚会，黑乎乎地一疙瘩一疙瘩的，用灭害灵去喷，尸体一扫一簸箕的。我们便认为这是不吉利的事。我开始打磨我在香山捡到的一块石头，这石头很奇特，上边天然形成一个"大"字，间架结构又颇似柳体。我把"大"字石头雕刻了一个人头模样系在脖子上，当作我的护身符。这护身符一直系着，直到我写完了这部书。老景却在树林子里捡到了一条七寸蛇的干尸，那干尸弯曲得特别好，他挂在白墙上，样子极像一个凝视的美妙的少女。我每天去他房间看一次蛇美人，想入非非。但他要送我，我不敢要。

在耀县锦阳川桃曲坡水库——我永远不会忘记这个地名的——

呆过了整整一个月，人明显是瘦多了，却完成了三十万字的草稿。那间房子的门口，初来时是开绽了一朵灼灼的大理花的，现在它已经枯萎。我摘下一片花瓣夹在书稿里下山。一到耀县，我坐在一家咸汤面馆门口，长出了一口气，说："让我好好吃顿面条吧！"吃了两海碗，口里还想要，肚子已经不行了，坐在那里立不起来。

　　回到西安，我是奉命参加这个城市的古文化艺术节书市活动的。书市上设有我的专门书柜，疯狂的读者抱着一摞一摞的书让我签名，秩序大乱，人潮翻涌，我被围在那里几乎要被挤得粉碎。几个小时后幸得十名警察用警棍组成一个圆圈，护送了我钻进大门外的一辆车中急速遁去。那样子回想起来极其可笑。事后我的一个朋友告诉说，他骑车从书市大门口经过时，正瞧着我被警察拥着下来，吓了一跳，还以为我犯了什么罪。我那时确实有犯罪的心理，虽然我不能对着读者说我太对不起你们了，但我的脸上没有一丝笑容。离开了被人拥簇的热闹之地，一个人回来，却寞寞地窝在沙发上吸烟落泪。人人都有一本难念的经，我的经比别人更难念。对谁去说？谁又能理解？这本书并没有写完，但我再没有了耀县的清静，我便第一次出去约人打麻将，第一次夜不归宿，那一夜我输了个精光。但写起这本书来我可以忘记打麻将，而打起麻将了又可以忘记这本书的写作。我这么神不守舍地捱着日子，白天害怕天黑。天黑了又害怕天亮。我感觉有鬼在暗中逼我，我要彻底毁掉我自己了，但我不知道我该怎么办。这时候，我收到一位朋友的信，他在信中骂我迷醉于声名之中，为什么不加紧把这本书写完？！我并没有迷醉于声名之中，正是我知道成名不等于成功，才痛苦得不被人理解，不理解又要以自己的想法去做，才一步步陷入了众要叛亲要离的境地！但我是多么感激这位朋友的责骂，他的骂使我下狠心摆脱一切干扰,再一次逃离这个城市去完成和改抄这本书的全稿了。我虽然还不敢保险这本书到底会写成什么模样,但我起码得完成它!

于是我带着未完稿又开始了时间更长更久的流亡写作。

我先是投奔了户县李连成的家。李氏夫妇是我的乡党,待人热情,又能做一手我喜爱吃的家乡饭菜。一九八六年我改抄长篇小说《浮躁》就在他家。去后,我被安排在计生委楼上的一间空屋里。计生委的领导极其关照,拿出了他们崭新的被褥,又买了电炉子专供我取暖,我对他们的接纳十分感激,说我实在没法回报他们,如果我是一个妇女,我宁愿让他们在我肚子上开一刀,完成一个计划生育的指标。一天两顿饭,除了按时去连成家吃饭,我就呆在房子里改写这本书,整层楼上再没有住人,老鼠在过道里爬过,我也能听得它的声音。窗外临着街道,因不是繁华地段,又是寒冷的冬天,并没有喧嚣。只是太阳出来的中午,有一个黑脸的老头总在窗外楼下的固定的树下卖鼠药,老头从不吆喝,却有节奏地一直敲一种竹板。那梆梆的声音先是心烦,由心烦而去欣赏,倒觉得这竹板响如寺院禅房的木鱼声,竟使我愈发心神安静了。先头的日子里,电炉子常要烧断,一天要修理六至八次;我不会修,就得喊连成来。那一日连成去乡下出了公差,电炉子又坏了,外边又刮风下雪,窗子的一块玻璃又撞碎在楼下,我冻得握不住笔,起身拿报纸去夹在窗纱扇里挡风;刚夹好,风又把它张开;再去夹,再张开,只好拉闭了门往连成家去。袖手缩脖下得楼来,回头看三楼那个还飘动着破报纸的窗户,心里突然体会到了杜甫的《茅屋为秋风所破歌》的境界。

住过了二十余天。大荔县的一位朋友来看我,硬要我到他家去住,说他新置了一院新宅,有好几间空余的房子。于是连成亲自开车送我去了渭北的一个叫邓庄的村庄,我又在那里住过了二十天。这位朋友姓马,也是一位作家,我所住的是他家二楼上的一间小房。白日里,他在楼下看书写文章,或者逗弄他一岁的孩子;我在楼上关门写作,我们谁也不理谁。只有到了晚上,两人在一处走六盘象棋。我们的棋艺都很臭,但我们下得认真,从来没有悔过子儿。渭北的天气比户县还要冷,他家的楼房又在村头,后墙之外就是一眼望不到边的大平原,房子里虽然有煤火炉,我依然得借穿了他的一件羊皮背心,又买了一条棉裤,穿得臃臃肿肿。我个子原本不高,几乎成了一个圆球,每次下那陡陡的楼梯就想到如果一脚不慎滚下去,一定会骨碌碌直滚到院门口去的。邓庄距县城五里多路,老马每日骑车进城去采买肉呀菜呀粉条呀什么的。他不在,他的媳妇抱了孩子也在村中串门去了。我的小房里烟气太大,打开门敞着,我就站立在楼栏杆处看着这个村子。正是天近黄昏,田野里浓雾又开始弥漫,村巷里有许多狗咬,邻家的鸡就扑扑棱棱往树上爬,这些鸡夜里要栖在树上,但竟要栖在四五丈高的杨树梢上,使我感到十分惊奇。

二十天里,我烧掉了他家好大一堆煤块,每顿的饭里都有豆腐,以致卖豆腐的小贩每日数次在大门外吆喝。他家的孩子刚刚走步,正是一刻也不安静地动手动脚,这孩子就与我熟了,常常偷偷从水泥楼梯台爬上来,冲着我不会说话地微笑。老马的媳妇笑着说:"这孩子喜欢你,怕将来也要学文学的。"我说,孩子长大干什么都可以,千万别让弄文学。这话或许不应该对老马的媳妇说,因为老马就是弄文学的,但我那时说这样的话是一片真诚。渭北农村的供电并不正常,动不动就停电了,没有电的晚上是可怕的,我静静地长坐在藤椅上不起，大睁着夜一样黑的眼睛。这个夜晚自然是失眠了，天亮时方睡着。已经是十一点了，迷迷糊糊睁开眼，第一个感觉里竟不知自己是在哪儿。听得楼下的老马媳妇对老马说："怎不听见他叔的咳嗽声，你去敲敲门，不敢中了煤气了！"我赶忙穿衣起来，走下楼去，说我是不会死的，上帝也不会让我无知无觉地自在死去的，却问："我咳嗽得厉害吗?!"老马的媳妇说："是厉害，难道你不觉得?!"我对我的咳嗽确实没有经意，也是从那次以后留心起来，才知道我不停地咳嗽着。这恐怕是我抽烟太多的缘故。我曾经想，如果把这本书从构思到最后完稿的多半年时间里所抽的烟支接连起来，绝对地有一条长长的铁路那么长。

当我所带的稿纸用完了最后的一张，我又返回到了户县，住在了先前住过的房间里。这时已经月满，年也将尽，"五豆"、"腊八"、二十三，县城里的人多起来，忙忙碌碌筹办年货。我也抓紧着我的工作，每日无论如何不能少于七千字的速度。李氏夫妇瞧我脸面发胀，食欲不振，想方设法地变换饭菜的花样，但我还是病了，而且严重的失眠。我知道一走近书桌，书里的庄之蝶、唐宛儿、柳月在纠缠我；一离开书桌躺在床上，又是现实生活中纷乱的人事在困扰我。为了摆脱现实生活中人事的困扰，我只有面对了庄之蝶和庄之蝶的女人，我也就常常处于一种现实与幻想混在一起无法分清的境界里。这本书的写作，实在是上帝给我大大的安慰和太大的惩罚，明明是一朵光亮美艳的火焰，给了我这只黑暗中的飞蛾兴奋和追求，但诱我近去了却把我烧毁。

腊月二十九的晚上，我终于写完了全书的最后一个字。

对我来说，多事的一九九二年终于让我写完了，我不知道新的一年我将会如何地生活，我也不知道这部苦难之作命运又是怎样。

从大年的三十到正月的十五，我每日回坐在书桌前目注着那四十万字的书稿，我不愿动手翻开一页。这一部比我以前的作品更优秀呢，还是情况更糟？是完成了一桩夙命呢，还是上苍的一场戏弄？一切都是茫然，茫然如我不知我生前为何物所变、死后又变何物。我便在未作全书最后的一次润色工作前写下这篇短文，目的是让我记住这本书带给我的无法向人说清的苦难，记住在生命的苦难中又惟一能安定我破碎了的灵魂的这本书。

1993 年 1 月下旬

修行图

寿桃

六 棵 树

回了一趟老家,发现村子里又少了几种树。我们村在商丹川道是有名的树园子,大约有四十种树。自从炸药轰开了这个小盆地西边的牛背梁和东边的烽火台,一条一级公路穿过,再接着一条铁路穿过,又接着修起了一条高速公路,我们村子的地盘就不断地被占用。拆了的老院子还可以重盖,而毁去的树,尤其是那些唯一树种的,便再也没有。这如同当年我离开村子时的那些上辈人和那些农具,三十多年里就都消绝了。在巷道口我碰到了一群孩子,我不知道这都是谁家的子孙,问:知道你爷的名字吗?一半回答是知道的,一半回答不知道。再问:知道你老爷的名字吗?几乎都回答不上来。咳,乡下人最讲究的是传承香火,可孩子们却连爷或老爷的名字都不知道了。他们已不晓得村子里的四十多种树只剩下了二十多种,再也见不上枸树、槲树、棠棣、栎、桧、柞和银杏木、白皮松了,更没见过纺线车、鞋耙子、捞兜、牛笼嘴、曳绳、桩枷、檐簸子。记得小时候我问过父亲,老虎是什么,熊是什么,黄羊和狐狸是什么,父亲就说不上来,一脸的尴尬和茫然。我害怕以后的孩子会不会只知道了村里的动物只是老鼠苍蝇和蚊子,村里的树木只是杨树柳树和榆树?所以,就有了想记录那些在三十年间消绝的花草树木、飞禽走兽、农耕用具的欲望。

现在,我先要记的是六棵树。

皂角树。我们的村子分涧上涧下,这棵皂角树就长在涧沿上。

树不是很大，似乎老长不大，斜着往涧外，那细碎的叶子时常就落在涧根的泉里。这眼泉用石板箍成三个池子，最高处的池子是饮水，稍低的池子淘米洗菜，下边的池子洗衣服。我小时候喜欢在泉水边玩，娘在那里洗衣服，倒上些草木灰，揉搓一阵子了，抡着棒槌啪啪地捶打。我先是趴在饮水池边看池底的小虾游来游去，然后仰头看皂角树上的皂角。秋天的皂角还是绿的，若摘下来最容易捣烂了去衣服上的垢甲，我就恨我的胳膊短，拿了石子往上掷，企图能打中一个下来。但打不中，皂角树下卧着的狗就一阵咬，秃子便端个碗蹴在门口了。

皂角树属于秃子家的，秃子把皂角树看得很紧。那年月，村人很少有用肥皂的，皂角可以卖钱，五分钱一斤。秃子先是在树根堆了一捆野枣棘，不让人爬上去，但野枣棘很快被谁放火烧了。秃子又在树身上抹屎，臭味在泉边都能闻见，村人一片骂声，秃子才把屎擦了。他在夹皂角的时候，好多人远远站着看，盼望他立脚不稳，从涧上摔下去。他家的狗就是从涧上摔下去过，摔成了跛子，而且从此成了亮鞭。亮鞭非常难看，后腿间吊着那个东西。大家都说秃子也是个亮鞭，所以他已经三十四五了，就是没人给他提亲。

秃子四十一岁上，去深山换包谷。我们那儿产米，二三月就拿了米去深山换包谷，一斤米能换三斤包谷。秃子就认识了那里一个寡妇。寡妇有一个娃，寡妇带着娃就来到了他家。那寡妇后来给人说：他哄了我，说顿顿吃米饭哩，一年到头却喝米角儿粥！

但秃子从此头上一年四季都戴个帽子，村里传出，那寡妇晚上睡觉都不允他卸下帽子。邻居还听到了，寡妇在高潮时就喊：卫东，卫东！村人问过寡妇的儿子：卫东是谁？儿子说是他爹，他爹打猎时火枪炸了，把他爹炸死了。大家就嘲笑秃子，夜夜替卫东干活哩。秃子说：替谁干都行，只要我在干着。

村人先是都不承认寡妇是秃子的媳妇，可那女人大方，摘皂角时看见谁就给谁几个皂角。常常有人在泉里洗衣服，她不言语，站在涧上就扔下两个皂角。秃子为此和女人吵，但女人有了威信，大家叫她的时候，开始说：喂，秃子的媳妇！

秃子的媳妇却害病死了，害的什么病谁也不知道，而秃子常常要到坟上去哭。有一年夏天我回去，晚上一伙人拿了席在麦场上睡，已经是半夜了，听见村后的坡根有哭声，我说：谁哭呢？大家说：秃子又想媳妇了。

又过了两年，我再一次回去，发觉皂角树没了，问村人，村人说：砍了。二婶告诉我，秃子死了媳妇后，和媳妇的那个儿子合不来，儿子出外再没有音讯，秃子一下子衰老了，五十多岁的人看上去有七十岁。他不戴帽子了，头上的疤红得像烧过的柿子，一天夜里就吊死在皂角树上，皂角落得泉边到处都是。这皂角树在涧上，村人来打水或洗衣服就容易想起秃子吊死的样子，便把皂角树砍了。

药树。药树在法性寺的土崖上，寺殿的大梁上写着清康熙初年重建，药树最少在这里长了三百年。我记事起，法性寺里就没有和尚，是小学校，铃声是敲那口铁铸的钟，每每钟声悠长，我就感觉是从药树上发出来的。药树特别粗，从土崖上斜着往空中长，树皮一片一片像鳞甲，村人称作龙树。那时候我们那儿还没有发现煤，柴火紧张，大一点的孩子常常爬上树去扳干枯了的枝条，我爬不上去，但夜里一起风，第二天早晨我就往树下跑，希望树上的那个鸟巢能掉下来，鸟巢是可以做几顿饭的。

药树几乎是我们村的象征，人要问：你是哪儿的？我们说：棣花的。问：棣花哪个村？我们说：药树底下的。

我在寺里读了六年书，每天早晨上操完校长训话，我抬头就看到药树。记得一次校长训话突然提到了药树，说早年陕南游击队在这一带活动，有个共产党员受伤后在寺里养伤住了三年，解放后当了三年专员，因为寺里风水好，有这棵龙树。校长鼓励我们好好学习，将来也成龙变凤。母亲对我希望很大，大年初一早上总是让我去药树下烧香磕头，她说：你要给我考大学！

但是，我连初中还没读完，"文化革命"就开始了，辍学务农，那时我十四岁。

我回到村里，法性寺小学也没了师生，驻扎了当地很大的一个造反派的指挥部。有了这个指挥部，我们从此没有安宁过，经常是县城过来的另一个造反派的人来攻打，双方就在盆地东边的烽火台上打了几仗。好像是这个造反派的人赢了，结果势力越来越大。忽然有一天，一声爆炸，以为又武斗了，母亲赶紧关了院门，不让我们出去，巷道里有人喊：不是武斗，是炸药树了！等村人赶到寺后的土崖上，药树果然根部被炸药炸开，树干倒下去压塌了学校的后院墙。原来造反派每日有上百人在那里起灶做饭，没有了柴火，就炸了药树。

村里人都傻了眼，但村里人没办法。到了晚上，传出消息，说造反派砍了药树的枝条，而药树身太粗砍不动也锯不开，正在树上掏洞再用炸药炸。队长就和几位老者在寺里和指挥部的人交涉，希望不要炸树身，结果每家出一百斤柴火把树身保全下来。

树身太大，无法运出寺，就用土掩埋在土崖下，但树的断茬口不停地往出流水，流暗红色的水，把掩埋的土都浸湿了，二爷说那是血水。

村人背地里都在起毒咒：炸药树要报应的！果不其然，三个月后，烽火台又武斗了一场，这个造反派的人死了三个，两个就是在药树下点炸药包的人。而"文革"结束后，清理阶级队伍，两个造反派的武斗总指挥都被枪毙了。

我离开村子的那年，村人把药树挖出来，解成了板，这些板做了桥板就架设在村前的丹江上。

楸树。高达二十米，叶子呈三角形，叶边有锯齿，花冠白色。楸树的木质并不坚实，有点像杨树。这棵树在刘新来家的屋后，但树却属于李书富家。刘新来家和李书富家是隔壁，但李书富家地势高，刘新来家地势低，屋后的阳沟里老是湿津津的，很少有人去过。楸树占的地方窄狭，就顺着涧根往高里长，枝叶高过了涧畔。刘家人丁不旺，几辈单传，到了刘新来手里，他在外地工作，老婆和儿子在家，儿子就患了心脏病，一年四季嘴唇发青。阴阳先生说楸树吸了刘家精气，刘新来要求李书富能把楸树伐了，李书富不同意，刘新来说给你二百元钱把树伐了，李书富还是不同意。

刘新来的老婆带了儿子去了刘新来的单位，一去三年没有回来。那时候我和弟弟提了笼子拾柴火，就钻进刘家屋后砍涧壁上的荆棘，也砍过楸树根。楸树根像蛇一样爬在涧壁上，砍一截下来，根就冒白水，很快颜色发黑，稠得像胶。我们趴在院门缝往里看，院子里蒿草没了台阶，堂屋的门框上结个大蜘蛛网，如同挂了个筛子。

李书富在秋后打核桃的时候从树上掉下来，把脊梁跌断了，卧床了三年，临死前给老伴说：用楸树解板给我做棺材。他儿子在西安打工，探病回来就伐倒了楸树。伐楸树费了劲，是一截一截锯断用绳吊着抬出来，解成了板。李书富一死，儿子却没有用楸树板给他爹做棺材，只是将家里一个老式板柜锯了腿，将爹装进去埋了。埋了爹，儿子又进城打工了。李书富的老伴还留在家里，对人说：儿子在城里找了个对象，这些木板留着做结婚家具呀。我也要进城呀，但我必须给他爹过了百天，百天里这些木板也就干了。

百天过后，李书富的儿子果然回来接走了老娘，也拉走了楸木板。而一天，刘新来家的堂屋倒坍了。

香椿。村里原来有许多椿树，我家茅坑边就有一棵，但都是臭椿，香椿只有一棵。这一棵长在莲叶池边的独院里，院里住着泥水匠，泥水匠常年在外揽活，他老婆年龄小得多，嫩面俊俏。每年春天，大家从墙外经过，就拿眼盯着香椿的叶子发生。

男人们都说香椿好，前院的三婶就骂：不是香椿好，是人家的老婆好！于是她大肆攻击那老婆，说人家走路水上漂是因为泥水匠挣了钱给买了一双白胶底鞋，说人家奶大是衣服里塞了棉花，而且不会生男娃，不会生男娃算什么好女人？

三婶有一个嗜好，爱吃芫荽。她在院子里种了案板大片芫荽，每一顿饭，她掐几片芫荽叶子切碎了搅在饭碗里。我们总闻不惯芫荽的怪气味，还是说香椿好，香椿炒鸡蛋是世上最好的吃食。

社教的时候，村里重新划阶级成分。泥水匠原来的成分是中农，但村人说泥水匠的爹在解放前卖掉了十亩地，他是逮住要解放的风声才卖的地，他应该是漏划的地主，结果泥水匠家就定为地主成分。是地主成分就得抄家，抄家的那天村人几乎都去搬东西，五根子板柜抬到村饲养室给牛装了饲料，八仙桌成了生产队办公室的会议桌。那些盆盆罐罐都被砸了，院子里的花草被踏了。三婶用镰割断了那爬满院墙的紫藤萝，又去割那棵香椿，割不动，拿斧头砍，就把香椿树砍倒了。

从此村里只有臭椿。臭椿老生一种椿虫，逮住了，手上留一股臭味，像狐臭一样难闻。

苦楝树。苦楝树能长得非常高大，但枝叶稀疏，秋天里就结一种果，指头蛋儿大，果把儿很老，一兜一兜地在风里摇曳，一直到腊月天还不脱落。

先前村里有过三棵苦楝树。一棵在村口的戏楼旁，戏楼倒坍的时候这树莫名其妙也死了。另一棵在涧上的一块场地上，村长的儿子要盖新院子，村长通融了乡政府，这场地就批给了村长的儿子做庄宅地。而且场地要盖新院子，就得伐了苦楝树，这棵苦楝树产权属于集体，又以最便宜的价处理给了村长的儿子。这事村人意见很大，但也只能背后说说而已，人家用这棵苦楝树做了担子，新房上梁的时候大家又都去帮忙，拿了礼，燃放鞭炮。

最后的一棵苦楝树在村西头，树下是大青石碾盘。碾盘和石磨称作青龙白虎，村西头地势高，对着南头山岭的一个沟口，碾盘安在那儿是老祖先按风水设计的。碾盘旁边是雷家的院子，住着一个孤寡老人。我写完《怀念狼》那本书后回去过一次，见到那老汉，他给我讲了他爷爷的事。他小时候和他娘睡在上屋，上屋的窗外就是苦楝树和碾盘，夏天里他爷爷就睡在碾盘上。那时狼多，常到村里来吃鸡叼猪，有一夜他听见爷爷在碾盘上说话，掀窗看时，一只狼就卧在碾盘下。狼尾巴很大，直身坐着，用前爪不断地逗弄他爷爷，他爷爷说：你走，你走，我一身干骨头。狼后来起身就走了。我觉得这个细节很好，遗憾《怀念狼》没用上。

这棵苦楝树是最大的一棵苦楝树，因为在碾盘旁可以遮风挡雨，谁也没想过砍伐它。小时候我们在碾盘上玩抓石子，苦楝蛋儿就时不时掉下来，嘣，一颗掉下来，在碾盘上跳几跳，嘣，又掉下来一颗。述君和我们玩时一输，他力气大，就用脚踹苦楝树，苦楝蛋儿便下冰雹一样落下来。

苦楝蛋儿很苦，是一味药，邻村的郎中每年要来捡几次。后来苦楝树被人用斧头砍了一次，留下个疤，谁也不知道是谁砍的。不久姓王那家的小女儿突然死了，村里传言那小女儿还不到结婚年龄却怀了孕，她听别人说喝苦楝蛋儿熬出的水可以堕胎，结果把命丢了。于是大家就怀疑是姓王的来砍了树。

一级公路经过我们村北边，高速公路经过的是村前的水田，但高速公路要修一条连接一级公路的辅道，正好经过村西头，孤寡老人的院子就拆了，碾盘早废弃了多年，当然苦楝树也就伐了。老院子给补贴了二万元，碾盘一分钱也没赔，苦楝树赔了三千元，村人家家有份，每户分到一百元。

这次回去，我见到了那个郎中，他已经是老郎中了，再来捡苦楝蛋时没有了苦楝树，他给我扬扬手，苦笑着，却一句话都没有说。

痒痒树。这棵痒痒树是我们村独有的一棵痒痒树，也可以说是我们那儿方圆十里内独有的树。树在永娃家的院子里，是他爷爷年轻时去山阳县，从那儿带回来移栽的。树几十年长得有茶缸粗，树梢平过屋檐。树身上也是脱皮，像药树一样，但颜色始终灰白。因为这棵树和别的树不一样，村人凡是到永娃家来，都要用手搔一搔树根，看树梢颤颤巍巍地晃动。

树和人在一起时间长了，不是树影响了人，就是人影响了树。五魁家的院墙塌了一面，他没钱买砖补修，就栽了一排铁匠蛋树。这种树浑身长刺，但一般长刺都是软刺，他性情暴戾，铁匠蛋树长的刺就非常硬，人不能钻进去，猫儿狗儿也钻不进去。痒痒树长在永娃家的院子里，永娃的脾气也变了，竟然见人害羞，而且胆小。当一级公路改造时，原来老路从村后坡根经过，改造后却要向南移，占几十亩耕地，村人就去施工地闹事，永娃也参加了。但那次闹事被公安局来人强行压伏，事后又要追究闹事人责任，别人还都没什么，永娃就吓得生病了，病后从此身上生了牛皮癣。他再没穿过短裤短袖，据说每天晚上让老婆用筷子给他刮身子，刮下屑皮就一大把。村人都说这病是痒痒树栽在院子里的缘故，他也成了痒痒树。他的儿子要砍痒痒树，他不同意，说，既然我是人肉痒痒树，你把树一砍，我不也就死了。他儿子也就不敢砍了。

前三年的春上，西安城里来了人，在村里寻着买树，听说了永娃家院子里有痒痒树，就来看了要买。永娃还是不舍得，那伙人就买了村里十二棵柴槐树，三棵桂花树。永娃的儿子后来打听了这是西安一个买树公司，他们专门在乡下买树，然后再卖给城里的房地产开发商，移栽到一些豪华别墅里，从中牟利。永娃的儿子就寻着那伙人，同意卖痒痒树，说好价钱是一千元，几经讨价还价，最后以五百元成交，但条件是必须由永娃的儿子来挖，方圆带一米的土挖出。永娃的儿子那天将永娃哄说去了他舅家，然后挖树卖了，等永娃回来，院子里一个大深坑，没树了，永娃气得昏了过去。

永娃是那年腊八节去世的。

去年,永娃的儿媳妇患了胆结石来西安做手术,那儿子来看我,我问那棵痒痒树卖给了哪家公司,他说是神绿公司,树又卖给一个尚德别墅区,他爹去世前非要叫他去看看那棵树,他去看了,但树没栽活。

2007 年 6 月 23 日

《秦腔》后记

在陕西东南,沿着丹江往下走,到了丹凤县和商县(现在商洛专区改制为商洛市,商县为商州区)交界的地方有个叫棣花街的村镇,那就是我的故乡。我出生那里,并一直长到了十九岁。丹江从秦岭发源,在高山峻岭中突围去的汉江,沿途冲积形成了六七个盆地,棣花街属于较小的盆地,却最完备盆地特点:四山环抱,水田纵横,产五谷杂粮,生长芦苇和莲藕。村镇前是笔架山,村镇中有木板门面老街,高高的台阶,大的场子,分布着塔,寺院,钟楼,魁星阁和戏楼。村镇人一直把街道叫官路,官路曾经是古长安通往东南的唯一要道,走过了多少商贾、军队和文人骚客,现还保留着骡马帮会会馆的遗址,流传着秦王鼓乐和李自成的闯王拳法。如果往江南岸的峭崖上看,能看到当年逃兵荒匪乱的石窟,据说如今石窟里还有干尸,一近傍晚,成群的蝙蝠飞出来,棣花街就麻碴碴地黑了。让村镇人夸夸其谈的是祖宗们接待过李白、杜甫、王维、韩愈一些人物,他们在街上住宿过,写过许多诗词。我十九岁以前,没有走出过棣花街方圆三十里,穿草鞋,留着个盖盖头,除了上学,时常背了碾成的米去南北二山去多换人家的包谷和土豆,他们问:"哪里的?"我说:"棣花街的!"他们就不敢在秤上捣鬼。那时候这里的自然风景和人文景观依然在商洛专区著名,常有穿了皮鞋的城里人从312国道上下来,在老街上参观和照相。但老虎不吃人,声名在外,棣花街人多地少,日子是极度的贫困。那个春上,河堤上的柳树和槐树刚一生芽,就全被捋光了,泉池里是一筐一筐，石头压着煮过的树叶，在水里泡着拔涩。我和弟弟帮母亲把炒过的干苕蔓在碾子上砸，罗出面儿了便迫不及待地往口里塞，晚上稀粪就顺了裤腿流。我家隔壁的厦子屋里，住着一个李姓的老头，他一辈子编草鞋，一双草鞋三分钱，临死最大的愿望能吃上一碗包谷糁糊汤，就是没吃上，队长为他盖棺，说："别变成饿死鬼。"塞在他怀里的仍是一颗熟红苕。全村镇没有一个胖子，人人脖子细长，一开会，大场子上黑乎乎一片，都是清一色的土皂衣裤。就在这一群人里谁能想到有那么多的能人呢：宽仁善制木。本旺能泥塑。东街李家兄弟精通胡琴，夜夜在门前的榆树下拉奏。中街的冬生爱唱秦腔，吃了上顿没下顿的，老婆都跟人去讨饭了，他仍在屋里唱，唱着旦角。五林叔一下雨就让我们一伙孩子给他剥玉米棒子或推石磨，他然后盘脚搭手坐在那里说《封神演义》，有人对照了书本，竟和书本上一字不差。生平在偷偷地读《易经》，他最后成了阴阳先生。百庆学绘画，拿锅黑当墨，在墙上可以画出二十四孝图。刘新春整理鼓谱。刘烈有土木设计上的本事，率领八个弟子修建了几乎全县所有的重要建筑。西街的韩姓和东街的贾姓是棣花街上的大族，韩述绩和贾毛顺的文墨最深，毛笔字写得宽博温润，包揽了全村镇门楼上的题匾。每年从腊月三十到正月十五，棣花街都是唱大戏和闹社火，演员的补贴是每人每次三斤热红苕，戏和社火去县上会演，总能拿了头名奖牌。以至于外地来镇上工作的干部，来时必有人叮咛：到棣花街了千万不敢随便说文写字。再是我离开了故乡生活在了西安，以写作出了名，故乡人并不以为然，甚至有人在棣花街上说起了我，回应的是：像他那样的，这里能拉一车！

　　就在这样的故乡，我生活了十九年。我在祠堂改作的教室里认得了字。我一直是病色，却从来没进过医院，不是喝姜汤焐汗，就是拔火罐或用磁片割破眉心放血，久久不能治愈的病那都是"撞了鬼"，就请神做法。我学会了各种农活，学会了秦腔和写对联、铭锦。我是个农民，善良本分，又自私好强，能出大力，有了苦不对人说。我感激着故乡的水土，它使我如芦苇丛里的萤火虫，夜里自带了一盏小灯，如满山遍野的棠棣花，鲜艳的颜色是自染的。但是，我又恨故乡，故乡的贫困使我的身体始终没有长开，红苕吃坏了我的胃。我终于在偶尔的机遇中离开了故乡，那曾经在棣花街是一件惊天动地的事情，记得我背着被褥坐在去省城的汽车上，经过秦岭时停车小便，我说：我把农民皮剥了！可后来，做起城里人了，我才发现，我的本性依旧是农民，如乌鸡一样，那是乌在了骨头上的。

我必须逢年过节就回故乡，去参加老亲世故的寿辰、婚嫁、丧葬，行门户，吃宴席，我一进村镇的街道，村镇人并不看重我是个作家，只是说：贾家老四的儿子回来了！我得赶紧上前递纸烟。我城里小屋在相当长的年月里都是故乡在省城的办事处，我备了一大摞粗瓷海碗，几副钢丝床，小屋里一来人肯定要吃捞面，腥油拌的辣子，大疙瘩蒜，喝酒就划拳，惹得同楼道的人家怒目而视。所以，棣花街上发生了任何事，比如谁得了孙子，是顺生还是横生，谁又死了，埋完人后的饭是上了一道肉还是两道肉，谁家的媳妇不会过日子，谁家兄弟分家为一个筲篮致成了仇人，我全知道。一九七九年到一九八九年的十年里，故乡的消息总是让我振奋，土地承包了，风调雨顺了，粮食够吃了，来人总是给我带新碾出的米，各种煮锅的豆子，甚至是半扇子猪肉，他们要评价公园里的花木比他们院子里的花木好看，要进戏园子，要我给他们写中堂对联，我还笑着说：棣花街人到底还高贵！那些年是乡亲们最快活的岁月，他们在重新分来的土地上精心务弄,冬天的月夜下,常常还有人在地里忙活,田堰上放着旱烟匣子和收音机,收音机里声嘶力竭地吼秦腔。我一回去,不是这一家开始盖新房,就是另一家为儿子结婚做家具,或者老年人又在晒他们做好的那些将来要穿的寿衣寿鞋了。农民一生三大事就是给孩子结婚,为老人送终,再造一座房子,这些他们都体体面面地进行着,他们很舒心,都把邓小平的像贴在墙上,给他上香和磕头。我的那些昔日一块套过牛、砍过柴、偷过红苕蔓子和豌豆的伙伴会坐满我家旧院子,我们吃纸烟,喝烧酒,唱秦腔,全晕了头,相互称"哥哥",棣花街人把"哥哥"(gē)发音为"哥哥"(guǒ),热闹得像一窝鸟叫。

对于农村、农民和土地,我们从小接受教育,也从生存体验中,形成了固有的概念,即我们是农业国家,土地供养了我们一切,农民善良和勤劳。但是,长期以来,农村却是最落后的地方,农民是最贫困的人群。当国家实行起改革,社会发生转型,首先从农村开始,它的伟大功绩解决了农民吃饭问题,虽然我们都知道像中国这样的变化没有前史可鉴,一切都充满了生气,一切又都混乱着,人搅着事,事搅着人,只能扑扑腾腾往前拥着走,可农村在解决了农民吃饭问题后,国家的注意力转移到了城市,农村又怎么办呢,农民不仅仅只是吃饱肚子,水里的葫芦压下去了一次就会永远沉在水底吗?就在要进入新的世纪的那一年,我的父亲去世了。父亲的去世使贾氏家族在棣花街的显赫威势开始衰败,而棣花街似乎也度过了它暂短的欣欣向荣岁月,这里没有矿藏,没有工业,有限的土地在极度地发挥了它的潜力后,粮食产量不再提高,而化肥、农药、种子以及各种各样的税费迅速上涨,农村又成了一切社会压力的泄洪池。体制对治理发生了松弛,旧的东西稀里哗啦地没了,像泼去的水，新的东西迟迟没再来，来了也抓不住，四面八方的风方向不定地吹，农民是一群鸡，羽毛翻皱，脚步趔趄，无所适从，他们无法再守住土地，他们一步一步从土地上出走，虽然他们是土命，把树和草拔起来又抖净了根须上的土栽在哪儿都是难活。我仍然是不断地回到我的故乡，但那条国道已经改造了，以更宽的路面横穿了村镇后的塬地，铁路也将修有梯田的牛头岭劈开，听说又开始在河堤内的水田里修高速公路了，盆地就那么小，交通的发达使耕地日益锐减。而老街人家在这些年里十有八九迁居到国道边，他们当然没再盖那种一明两暗的硬梁房，全是水泥预制板搭就的二层楼，冬冷夏热，水泥地面上满是黄泥片，厅间蛮大，摆设的仍是那一个木板柜和三只四只土瓮。巷口的一堆妇女抱着孩子，我都不认识，只能以其相貌推测着叫起我还熟悉的他们父亲的名字，果然全部准确，而他们知道了我是谁时，一哇声地叫我"八爷！"（我在我那一辈里排行老八。）我站在老街上，老街几乎要废弃了，门面板有的还在，有的全然腐烂，从塌了一角的檐头到门框脑上亮亮的挂了蛛网，蜘蛛是长腿花纹的大蜘蛛，形象丑陋，使你立即想到那是魔鬼的变种。街面上生满了草，没有老鼠，黑蚊子一拾脚就轰轰响，那间曾经是商店的门面屋前，石砌的台阶上有蛇蜕，一半在石缝里一半吊着。张家的老五，当年的劳模，常年披着褂子当村干部的，现在脑中风了，流着哈喇子走过来，他喜欢地望着我笑，给我说话，但我听不清他说些什么。堂兄在告诉我，许民娃的娘糊涂了，在炕上拉屎又把屎抹在墙上。关印还是贪吃，他当了支书的侄儿家被人在饭里投了毒，他去吃了三大碗，当时就倒在地上死了。后沟里有人吵架，一个说：你张狂啥呀，你把老子×咬了？那一个把帽子一卸，竟然扑上去就咬×，把×咬下来了。村镇出外打工的几十人，男的一半在铜川下煤窑，在潼关背金矿，一半在省城里拉煤、捡破烂，女的谁知道在外边干什么，她们从来不说，回来都花枝招展。但打工伤亡的不下十个，都是在白木棺材上缚一只白公鸡送了回来，多的赔偿一万元，少的不足两千，又全是为了这些赔偿，婆媳打闹，纠纷不绝。因抢劫坐牢的三个，因赌博被拘留过十八人。选村干部宗族械斗过一次。抗税惹得公安局来了一车人。村镇里没有了精壮劳力，原本地不够种，地又荒了许多，死了人都熬煎抬不到坟里去。我站在街巷的石碌子碾盘前，想，难道棣花街上我的亲人、熟人就这么很快地要消失吗，这条老街很快就要消失吗，土地也从此要消失吗，真的是在城市化，而农村能真正地消失吗，如果消失不了，那又该怎么办呢？

父亲去世之后，我的长辈们接二连三地都去世，和我同辈的人也都老了，日子艰辛使他们的容貌看上去比我能大十岁，也开始在死去。我把母亲接到了城里跟我过活，棣花街这几年我回去次数减少，故乡是以父母的存在而存在的，现在的故乡对于我越来越成为一种概念。每当我路过城街的劳务市场，站满了那些粗手粗脚衣衫破烂的年轻农民，总觉得其中许多人面熟，就猜测他们是我故乡死去的父老的托生。我甚至有过这样的念头：如果将来母亲也过世了，我还回故乡吗？或许不再回去，或许回去得更勤吧。故乡呀，我感激着故乡给了我的生命，把我送到了城里，每一做想故乡那腐败的老街，那老婆婆在院子里用湿草燃起熏蚊子的火，火不起焰，只冒着酸酸的呛呛的黑烟，我强烈地冲动着要为故乡写些什么。我以前写过，那都是写整个商州，真正为棣花街写得太零碎太少。我清楚，故乡将出现另一种形状，我将越来越陌生，它以后或许像有了疤的苹果，苹果腐烂，如一泡脓水，或许它会淤地里生出了荷花，愈开愈艳，但那都再不属于我，而目前的态势与我相宜，我有责任和感情写下它。法门寺的塔在倒塌了一半的时候，我用散文记载过一半塔的模样，那是至今世上唯一写一半塔的文字，现在我为故乡写这本书，却是为了忘却的回忆。

我决心以这本书为故乡树起一块碑子。

当我雄心勃勃在2003年的春天动笔之前，我奠祭了棣花街上近十年二十年的亡人，也为棣花街上未亡的人把一杯酒洒在地上，从此我书房当庭摆放的那一个巨大的汉罐里，日日燃香，香烟袅袅，如一根线端端冲上屋顶。我的写作充满了矛盾和痛苦，我不知道该赞歌现实还是诅咒现实，是为棣花街的父老乡亲庆幸还是为他们悲哀。那些亡人，包括我的父亲，当了一辈村干部的伯父，以及我的三位婶娘，那些未亡人，包括现在又是村干部的堂兄和在乡派出所当警察的族侄，他们总是像抢镜头一样在我眼前涌现，死鬼和活鬼一起向我诉说，诉说时又是那么争争吵吵。我就放下笔盯着汉罐长出来的烟线，烟线在我长长的吁气中突然地散乱，我就感觉到满屋子中幽灵飘浮。

书稿整整写了一年九个月，这期间我基本上没有再干别事，缺席了多少会议被领导批评，拒绝了多少应酬让朋友们恨骂，我只是写我的。每日清晨从住所带了一包擀成的面条或包好的素饺，赶到写作的书房，门窗依然是严闭的，大开着灯光，掐断电话，中午在煤气灶煮了面条和素饺，一直到天黑方出去吃饭喝茶会友。一日一日这么过着，寂寞是难熬的，休息的方法就写毛笔字和画画，我画了唐僧玄奘的像，以他当年在城南大雁塔译经的清苦来激励自己。我画了《悲天悯猫图》，一只狗卧在那里，仰面朝天而悲嚎，一只猫蹑手蹑脚过来看狗。我画《抚琴人》，题写：

"精神寂寞方抚琴"。又写了条幅："到底毛颖足吞虏,沧浪随处可濯缨"。我把这些字画挂在四壁,更有两个大字一直在书桌前："守侯",让守住灵魂的侯来监视我。古人讲：文章惊恐成,这部书稿真的一直在惊恐中写作,完成了一稿,不满意,再写,还不满意,又写了三稿,仍是不满意,在三稿上又修改了一次。这是我从来都没有过的现象,我不知道是年龄大了,精力不济,还是我江郎才尽,总是结不了稿,连家人都看着我可怜了,说：结束吧,结束吧,再改你就改傻了！我是差不多要傻了,难道人是土变的,身上的泥垢越搓越搓不净,书稿也是越改越这儿不足那儿不够吗？

　　写作的整个过程中,有一位朋友一直在关注着,我每写完一稿,他就拿去复印。那个小小的复印店,复印了四稿,每一稿都近八百页,他得到了一笔很好的收入,他就极热情,和我的朋友就都最早读这书稿。他们都来自农村,但都不是文学圈中的人,读得非常感兴趣,跑来对我说："你要树碑子,这是个大碑子啊！"他们的话当然给了我反复修改的信心,但终于放下了最后一稿的笔,坐在烟雾腾腾的书房里,我又一次怀疑我所写出的这些文字了。我的故乡是棣花街,我的故事是清风街,棣花街是月,清风街是水中月,棣花街是花,清风街是镜里花。但水中的月镜里的花依然是那些生老病离死,吃喝拉撒睡,这种密实的流年式的叙写,农村人或在农村生活过的人能进入,城里人能进入吗,陕西人能进入,外省人能进入吗？我不是不懂得也不是没写过戏剧性的情节,也不是陌生和拒绝那一种"有意味的形式",只因我写的是一堆鸡零狗碎的泼烦日子,它只能是这一种写法,这如同马腿的矫健是马为觅食跑出来的,鸟声的悦耳是鸟为求爱唱出来的。我唯一表现我的,是我在哪儿不经意地进入，如何地变换角色和控制节奏。在时尚于理念写作的今天，时尚于家族史诗写作的今天，我把浓茶倒在宜兴瓷碗里会不会被人看做是清水呢？穿一件土布袄去吃宴席会不会被耻笑我贫穷呢？如果慢慢去读，能理解我的迷惘和辛酸，可很多人习惯了翻着读，是否说"没意思"就撂到尘埃里去了呢？更可怕的，是那些先入为主的人，他要是一听说我又写了一本书，还不去读就要骂母猪生不下狮子，狗嘴里吐不出象牙。我早年在棣花街时，就遇着过一个因地畔纠纷与我家置了气的邻居妇女，她看我家什么都不顺眼，骂过我娘，也骂过我，连我家的鸡狗走路她都骂讨。我久久地不敢把书稿交付给出版社，还是帮我复印的那个朋友给我鼓劲，他说："真是傻呀你，一袋子粮食摆在街市上，讲究吃海鲜的人不光顾，要减肥的只吃蔬菜水果的人不光顾，总有吃米吃面的主儿吧？"

但现在我倒耽心起故乡人如何对待这本书了，既然张狂着要树一块碑子，他们肯让我竖吗，认可这块碑子吗？清风街里的人人事事，棣花街上都能寻着根根蔓蔓，画鬼容易画人难，我不至于太没本事，要写老虎却写成了狗吧。再是，犯不犯忌讳呢？我是不懂政治的，但我怕政治。十几年前我写《商州初录》，有人就大加讨伐，说："调子灰暗，把农民的垢甲搓下来给农民看，甭说为人民写作，为社会主义写作，连'进步作家'都不如！"雨果说：人有石头，上帝有云。而如今还有没有这样的人呢？我知道，在我的故乡，有许多是做了的不一定说，说了的不一定做，但我是作家，作家是受苦和抨击的先知，作家职业的性质决定了他与现实社会可能要发生摩擦，却绝没企图和罪恶。我听说过甚至还亲眼目睹过，一个乡级干部对着县级领导，一个县级干部对着省级领导，述职的时候,他们要说尽成绩,连虱子都长了双眼皮,当他们申报款项,却恓惶了还再恓惶,人在喝风屙屁,屁都没个屁味。树一块碑子,并不是在修一座祠堂,中国从来没有像今天这样渴望强大,人们从来没有像今天需要活得儒雅,我以清风街的故事为碑了,行将过去的棣花街,故乡啊,从此失去记忆。

《山本》后记

这本书是写秦岭的,原定名就是《秦岭》,后因嫌与曾经的《秦腔》混淆,变成《秦岭志》,再后来又改了,一是觉得还是两个字的名字适合于我,二是起名以张口音最好,而志字一念出来牙齿就咬紧了,于是就有了《山本》。山本,山的本来,写山的一本书,哈,本字出口,上下嘴唇一碰就打开了,如同婴儿才会说话就叫爸爸妈妈一样(即便爷爷奶奶,舅呀姨呀的,血缘关系稍远些,都是撮口音)。这是生命的初声啊。

关于秦岭,我在题记中写过,一道龙脉,横亘在那里,提携了黄河长江,统领着北方南方,它是中国最伟大的一座山,当然它更是最中国的一座山。

我就是秦岭里的人,生在那里,长在那里,至今在西安城里工作和写作了四十多年,西安城仍然是在秦岭下。话说:生在哪儿,就决定了你。所以,我的模样便这样,我的脾性便这样,今生也必然要写《山本》这样的书了。

以前的作品,我总是在写商洛,其实商洛仅只是秦岭的一个点,因为秦岭实在是太大了,大得如神,你可以感受与之相会,却无法清晰和把握。曾经企图能把秦岭走一遍,即便写不了类似的《山海经》,也可以整理出一本秦岭的草木记,一本秦岭的动物记吧。在数年里,陆续去过起脉的昆仑山,相传那里是诸神在地上的都府,我得首先要祭拜的;去过秦岭始崛的鸟鼠同穴山,这山名特别有意思;去过太白山;去过华山;去过从太白山到华山之间的七十二道峪；自然也多次去过商洛境内的天竺山和商山。已经是不少的地方了，却只为秦岭的九牛一毛，我深深体会到一只鸟飞进树林子是什么状态，一棵草长在沟壑里是什么状况。关于整理秦岭的草木记、动物记，终因能力和体力未能完成，没料在这期间收集到秦岭二三十年代的许许多多传奇。去种麦子，麦子没结穗，割回来了一大堆麦草，这使我改变了初衷，从此倒兴趣了那个年代的传说，于是对那方面的资料，涉及到的人和事，以及发生地，像筷子一样啥都要尝，像尘一样到处乱钻，太有些饥饿感了，做梦都是一条吃桑叶的蚕。

那年月是战乱着，如果中国是瓷器，是一地瓷的碎片年代。大的战争在秦岭之北之南错综复杂地爆发，各种硝烟都吹进了秦岭，秦岭里就有了那么多的飞禽奔兽，那么多的魑魅魍魉，一尽着中国人的世事，完全着中国文化的表演。当这一切成为历史，灿烂早已萧瑟，躁动归于沉寂，回头看去，真是倪云林所说：生死穷达之境，利衰毁誉之场，自其拘者观之，盖有不胜悲者，自其达者观之，殆不值一笑也。巨大的灾难，一场荒唐，秦岭什么也没改变，依然山高水长，苍苍莽莽，没改变的还有情感，无论在山头或河畔，即便是在石头缝里和牛粪堆上，爱的花朵仍然在开，不禁慨叹万千。

《山本》是在2015年开始了构思，那是极其纠结的一年，面对着庞杂混乱的素材，我不知怎样处理。首先是它的内容，和我在课本里学的，在影视上见的，是那样不同，这里就有了太多的疑惑和忌讳。再就是，这些素材如何进入小说，历史又怎样成为文学？我想我那时就像一头狮子在追捕兔子，兔子钻进偌大的荆棘藤蔓里，狮子没了办法，又不忍离开，就趴在那里，气喘吁吁，鼻脸上尽落些苍蝇。

　　我还是试图着先写吧,意识形态有意识形态的规范和要求,写作有写作的责任和智慧,至于写得好写得不好,是建了一座庙还是盖个农家院,那是下一步的事,鸡有蛋了就要下,不下那也憋得慌么。初草完成到2016年底,修改已是2017年。2017年是西安百年间最热的夏天啊,见到的狗都伸着长舌,长舌鲜红,像在生火,但我不怕热,凡是不开会(会是那么多呀!)就在屋里写作。写作会发现身体上许多秘密,比如总是失眠,而胃口大开,比如握笔手上用劲,脚指头却疼,比如写那么几个小时了,去洗手间,往镜子上一看,头发竟如茅草一样凌乱,明明我写作前洗了脸梳过头的,几小时内并没有风,也不曾走动,怎么头发像风怀其中?

　　漫长的写作从来都是一种修行和觉悟的过程,在这前后三年里,我提醒自己最多的,是写作的背景和来源,也就是说,追问是从哪里来的,要往哪里去。如果背景和来源是大海,就可能风起云涌,波澜壮阔,而背景和来源狭窄,只能是小河小溪或一潭死水。在我磕磕绊绊这几十年写作途中,是曾承接过中国的古典,承接过苏俄的现实主义,承接过欧美的现代派和后现代派,承接过建国十七年的革命现实主义,好的是我并不单一,土豆烧牛肉,面条同蒸馍,咖啡和大蒜,什么都吃过,但我还是中国种。就像一头牛,长出了龙角,长出了狮尾,长出了豹纹,这四不像的是中国的兽,称之为麒麟。最初我在写我所熟悉的生活,写出的是一个贾平凹,写到一定程度,重新审视我所熟悉的生活,有了新的发现和思考,在谋图写作对于社会的意义,对于时代的意义。这样一来就不是我在生活中寻找题材,而似乎是题材在寻找我,我不再是我的贾平凹,好像成了这个社会的,时代的,是一个集体的意识。再往后,我要做的就是在社会的、时代的集体意识里又还原一个贾平凹,这个贾平凹就是贾平凹,不是李平凹或张平凹。站在此岸,泅入河中,到达彼岸,这该是古人讲的入得金木水火土五行之内,出得金木水火土五行之外,也该是古人还讲的看山是山看水是水,看山不是山看水不是水,看山还是山看水还是水吧。

说实情话,几十年了,我是常翻老子和庄子的书,是疑惑过老庄本是一脉的,怎么《道德经》和《逍遥游》是那样的不同,但并没有究竟过它们的原因。一日远眺了秦岭,秦岭上空是一条长带似的浓云,想着云都是带水的,云也该是水,那一长带的云从秦岭西往秦岭东快速而去,岂不是秦岭上正过一条河?河在千山万山之下流过是自然的河,河在千山万山之上流过是我感觉的河,这两条河是怎样的意义呢?突然醒开了老子是天人合一的,天人合一是哲学,庄子是天我合一的,天我合一是文学。这就好了,我面对的是秦岭二三十年代的一堆历史,那一堆历史不也是面对了我吗,我与历史神遇而迹化,《山本》该从那一堆历史中翻出另一个历史来啊。

过去了的历史,有的如纸被糨糊死死贴在墙上,无法扒下,扒下就连墙皮一块全碎了,有的如古墓前的石碑,上边爬满了虫子和苔藓,搞不清那是碑上的文字还是虫子和苔藓。这一切还留给了我们什么,是中国人的强悍还是懦弱,是善良还是凶残,是智慧还是奸诈?无论那时曾是多么认真和肃然,虔诚和庄严,却都是佛经上所说的,有了罣碍,有了恐怖,有了颠倒梦想。秦岭的山川河壑大起大落,以我的能力来写那个年代只着眼于林中一花,河中一沙,何况大的战争从来只有记载没有故事,小的争斗却往往细节丰富,人物生动,趣味横生。读到了李尔纳的话:一个认识上帝的人,看上帝在那木头里,而非十字架上。《山本》里虽然到处是枪声和死人,但它并不是写战争的书,只是我关注一个木头一块石头,我就进入这木头和石头中去了。

在构思和写作的日子里,一有空我仍是就进秦岭的,除了保持手和笔的亲切感外,我必须和秦岭维系一种新鲜感。在秦岭深处的一座高山顶上,我见到了一个老人,他讲的是他父亲传给他的话,说是,那时候,山中军行不得鼓角,鼓角则疾风雨至。这或许就是《山本》要弥漫的气息。

一次去了一个寨子,那里久旱,男人们竟然还去龙王庙祈雨,先是祭猪头,烧高香,再是用刀自伤,后来干脆就把龙王像抬出庙,在烈日下用鞭子抽打。而女人们在家里也竟然还能把门前屋后的石崖,松柏,泉水,封为××神,××公,××君,一一磕过头了,嘴里念叨着祈雨歌:天爷爷,地大大,不为大人为娃娃,下些下些下大些,风调雨顺长庄稼。一次去太白山顶看老爷池,池里没有水族,却常放五色光,万字光,珠光,油光,池边有着一种鸟,如画眉,比画眉小,毛色花纹可爱,声音嘹亮,池中但凡有片叶寸荑,它必衔去,人称之为净池鸟。这些这些,或许就是《山本》人物的德行。

在秦岭里,可以把那些峰认作是挺拔英伟之气所结,可以把那些潭认作是阴凉润泽之气所聚,而那山坡上或洼地里出现的一片一片的树林子,最能让我成晌地注视着。每棵树都是一个建筑,各种枝股的形态那是为了平衡,树与树的交错节奏,以及它们与周遭环境的呼应,使我知道了这个地方的生命气理,更使我懂得了时间的表情。这或许又是《山本》布局。

随便进入秦岭走走,或深或浅,永远会惊喜从未见过的云,草木和动物,仍还能看到像《山海经》一样,一些兽长着似乎是人的某一部位，而不同于《山海经》的，也能看到一些人还长着似乎是兽的某一部位。这些我都写进了《山本》。另一种让我好奇的是房子，不论是瓦房或是草屋，绝对都有天窗，不在房屋顶，装在门上端，问过那里的老乡，全在说平日通风走烟，人死时，神鬼要进来，灵魂要出去。《山本》里，我是一腾出手就想开这样的天窗。

作为历史的后人，我承认我的身上有着历史的荣光也有着历史的龌龊，这如同我的孩子的毛病都是我做父亲的毛病，我对于他人他事的认可或失望，也都是对自己的认可和失望。《山本》里没有包装，也没有面具，一只手表的背面故意暴露着那些转动的齿轮，我写的不管是非功过，只是我知道了我骨子里的胆怯，慌张，恐惧，无奈和一颗脆弱的心。我需要书中那个铜镜，需要那个瞎了眼的郎中陈先生，需要那个庙里的地藏菩萨。

未能一日寡过，恨不十年读书，越是不敢懈怠，越是觉得力不从心。写作的日子里为了让自己耐烦，总是要写些条幅挂在室中，《山本》时左边挂的是"现代性，传统性，民间性"，右边挂的是"襟怀鄙陋，境界逼仄"。我觉得我在进文门，门上贴着两个门神，一个是红脸，一个是黑脸。

终于改写完了《山本》，我得去告慰秦岭，去时经过一个峪口前的梁上，那里有一个小庙，门外蹲着一些石狮，全是砂岩质的，风化严重，有的已成碎石残沙，而还有的，眉目差不多难分，但仍是石狮。

2017. 10. 13 夜

关于"山水三层次说"的认识

——在陕西文学院培训班讲话

"看山是山,看水是水;看山不是山,看水不是水;看山还是山,看水还是水。"这句话自从一个和尚说过后,千百年来,不停地被引用,似乎已经成为一句俗话。但是,当一些话司空见惯了,就不当一回事,这如同心肺气管不发生毛病时,就不理会呼吸。今天,从这句话对于我们当下写作的意义上,我谈些个人一些新的认识。

这句话分为三个层次。第一个层次是"看山是山,看水是水"。这就是我们面对的尘世的万物万象。尘世的万物万象那是有规律的,因为它一直保持着平衡而运行着。且不论日月山川,四季转换,那么多的声音和色彩,就说生老病死吧,它就是人生的规律,每个人都必然经历,能突破吗,无论怎么努力,它总是在那儿,不以人的意志而转移。我们就在这万物万象中,有时想,这个尘世多么丰实啊,你进来了什么都看不够,听不够,闻不够,尝不够,触摸和感受不够,在这里,一切都有序的。有序得像是精心地安排。有了一种树叶被认定为茶,那么就有了采茶的篓、炒茶的锅,装茶的罐,煮茶的炉子,盛茶的壶和碗,又有了茶桌、茶凳。它就像一颗石子丢进水里所起的涟漪一样,无尽扩散。在这其中,你感觉什么都从未生,又从未死,你就是它的一部分,好像你在,好像你又不在,多了你并不拥挤,少了你也并不空旷。这就是尘世,在尘一样多的东西组合的世界里,而我们是写作人,写什么呢？有一个词在说：文学是写生活的。生活就是这万物万象。在万物万象中人是最主要的，又有一个词在说：文学是人学。怎么写人呢？万物万象之所以有序，有规律，其实就是关系。文学就是写这种关系，既然人是万物万象中的一种，人肯定与万物万象有关系。再就是人是群生的，人群里有人伦秩序，有社会秩序，有生命秩序，有情感秩序，这就有了民族和国家，有了阶级和阶层，有了制度和意识形态，有了吃穿住行，生老病死，喜怒哀乐，柴米油盐，人就和人发生着关系。每个人在这个关系中寻找着自己的位置和角色，这关系运行的轨迹就是竞争，贪婪，嫉妒，快乐，忧伤和恐惧。而这恐惧就是对日常生活的恐惧，对悲伤的恐惧，对死亡的恐惧，对碌碌无为人生的恐惧，人类之所以常常有了困境，就是对一种平衡的破坏，然后修复，再归于合理和平衡，也就是对关系的一种梳理和调整。在这期间，人性得到充分的暴露和表现。佛教上讲，每个人原本都是佛，只是到了尘世之后，久而久之向外追逐，忘却了本来面目，人的成长过程暨是污染的过程，也是知道了污染而一步步再消除污染的过程，强调人生的意义一是寻找自己本来的面目，二是为这个世间加持。这一点又如同爱情，有科学讲，人的能量有阳能量和阴能量，但常常是一半能量一直在沉睡的，正因为生命要补充，要平衡，才有了寻找另一半能量的行为，这就是爱情，爱情就是寻找自己的另一半，不是这样吗？（当然，个人内在的能量平衡了，也就是阳能量和阴能量都醒着，这样的人就是雌雄共体，便了不起，是大的人才，这种人才有政治的，经济的，军事的，文学的，艺术的。比如刘邦、毛泽东，比如韩信、林彪，比如苏东坡、沈从文，比如伍尔芙、戈迪默、乔伊斯和阿尔可斯。）文学就是写这些关系的，写出人类的困境和新呈现的人性。

这一层次上，如果和尚是对我们讲的，那就是文学面对的是什么，就是写作的基本面。但是，仅仅停留在这个层次上，文学的角度是"我们"的，是人与人、物与物间的平视。作品免不了见什么写什么，就事论事，诚然你有才华，文笔很好，描写精妙，遗憾的要么是兔子没有翅膀，要么有翅膀又如鸡一样只能飞过墙头。而且易于被一时形势左右，成为暂短的宣传品。那么，怎样使作品不平庸，这就要说到第二层次："看山不是山，看水不是水"。

因为在万物万象中，人类因竞争、贪婪、嫉妒、自私而产生的仇恨、悲伤、烦恼和恐惧，又无法摆脱，意识到了这些，就创造出了思想、主义、哲学、宗教，用这些东西来阐释，从而制造了一种幻象。这种阐释越巧妙，越深奥，越受人推崇，成为学问去探究竟，经过不断的宣传，就变成了所谓的真理。似乎依照这些真理的追求和探索而麻醉自己，使自己活得更好。以至于从学问到学问，到后来芸芸众生们其实只掌握些名词概念而达到心理精神上的需求。从文学来讲，在这一层次上，我们常常听到对作品的评价有"深刻""有意义写作"，是"诗与远方"，是"自由之精神，独立之思考"之类的话。这个时候的文学角度是"我"，是局外人的视点。强调的是个性，风格，刻意，哲理，象征。老子提出天人合一，那是哲学命题，庄子提出天我合一，那是文学的观点。天与我，我的存在，就是个性，风格，刻意，象征。"我"的观察，"我"观察对象，"我"的见解等等，这就衍生出了怀疑，否定，颠覆，批判，矫枉过正，形成了观念和思想。什么都讲究"我"，什么都要"分别"。但是，当我们不屑和鄙视第一层次，都热衷于第二层次，文学上，观念的概念性作品就特别多，强作欢和强作愁的作品就特别多。以批判为深刻，以象征为意义，以形式变化为手段,是易于产生那些做作的,矫情的,骨感的,浓妆艳抹的作品。这如同一根电线上的无数的不同颜色的灯泡,灯泡有别,电源相同。不同颜色的灯泡发出来的光也正是不同时期不同阶段的观念。观念是随时改变的,比如,七七年的革命文学的观念已经变了,"文革"后的伤痕文学的观念已经变了。以观念写成的作品,时过境迁,还有什么价值呢?所以说:观念是变的,事实会永远,事实就是指万物万象关系中的那些故事。

现在我谈第三层次:"看山还是山,看水还是水"。如果说第二层次的文学角度是"我",是局外人的视点,那么第三层次的角度就是"无我"而"无我不在",是太空的俯视。它的作品的意义,不是思想、观念加进去的东西,是所写的东西自性的力量在滋生、成长。它大实大虚,它圆融,它是作为"道"的形象的生活本身,是自然万物万象的天意运行。如一朵花由种子,由根由茎由叶而自然开花到散发芳香。佛教总的是讲因果关系的,但它最高境界便是《心经》,《心经》讲的就是第三层次。如果说佛经还难以理解,那被后人推崇的王阳明的学说,那世纪之交风靡的心灵导师如鲁米和克里希那穆提的那些学说,他们学说的要义就是让现实回到现实,让生活回到生活,一切都是本来面目,然后观察你自己,而得以超越。我们在写作时要塑造人物,都知道主要人物难写,次要人物则容易写,戏曲里的小丑就好写,也最受观众和读者欢迎。这是因为习惯了要给他(她)加思想加观念,还是非白即黑的思维。(当然,这里边也存在了审读能力的问题,在当下,审读能力已经是个严重的事。)《红楼梦》写了什么呢,写了社会巨变背景下大观园中一群少男少女,主要人物贾宝玉、林黛玉,作家给他强加了什么吗,除了有怎么来的,就是他们的以成长而成长,这些以成长而成长的就是那些日常生活。它是没有观念和思想的加入，但它把什么都写出来了。这如同一个人长得高高大大了，有力气，他是可以挑担也可以拉车的，必须是他长得健壮，你就写他的健壮的过程，这样他自然能挑担也能拉车。若不写他健壮的过程，硬要让他挑担或拉车，他太瘦太弱，病病恹恹，能挑担和拉车吗？麦苗长到二尺才能结穗，长到一尺就结穗，穗能饱满吗？把所写的人与物写到极致，写到圆满，它本身就产生所有的意义。把灯点亮了，自然就能放光，就能指引方向和道路，飞虫会来，众人会聚集。作品的境界取决于视野，视野就是太空的，"无我而无我不在"的视角。这当然建立于作家的先天才能和后天的认识、觉悟、学养上，而一旦这样，就可能出大作品。

"看山是山，看水是水；看山不是山，看水不是水；看山还是山，看水还是水。"这句话讲了单纯—复杂—单纯的过程，讲了视角的提升扩大的过程。这是世间从事任何行当成功的真谛。可以说，是神的旨意。什么是神，是你对大自然的一种反应，你有了这样的认识，自觉，听从了这种反应，它会对你引导，产生力量，这如同手机，你喜欢看哪一类新闻，你看得多了，手机就不停地会将同类的新闻传给你。

2020 年 4 月 6 日